KIDNAPPÉS !

BETTY MAHMOODY

présente

PATSY HEYMANS

KIDNAPPÉS !

Avec la collaboration de
William et Marilyn Hoffer

Adaptation française de Marie-Thérèse Cuny

document

FIXOT

ISBN 2-266-07314-1

Avant-propos

En 1986, lorsque j'ai enfin retrouvé mon pays, avec ma fille Mahtob, j'ignorais tout du kidnapping d'enfants par leurs propres parents. Je croyais mon histoire unique. J'imaginais encore moins que « Jamais sans ma fille », cette phrase que j'avais criée à mon mari, était le cri de révolte de tant d'autres femmes dans le monde.

Patsy Heymans fut l'une d'entre elles. Elle était jeune, amoureuse, confiante, adorait le pays où son mari l'avait emmenée vivre : Israël. Et soudain tout a basculé. Le séducteur est devenu tortionnaire, le pays un enfermement, la liberté de penser ou d'agir une illusion perdue.

La vie de Chaïm et de Patsy n'était plus qu'un affrontement cruel entre deux êtres, l'un voulant dominer l'autre et en faire une esclave. Lorsque l'esclave s'est révoltée, qu'elle a voulu fuir et soustraire ses enfants à un père devenu paranoïaque, il l'a poursuivie, harcelée, menacée, jusqu'à imaginer la seule vengeance qu'il savait absolue : kidnapper leurs trois enfants, et disparaître avec eux. Il ne s'agissait pas de la part de Chaïm d'amour paternel, ni de désir d'élever lui-même ses enfants, mais bien d'une vengeance pure dont Marina, Simon et Moriah, étaient les victimes.

Patsy Heymans n'a jamais renoncé. Pourtant cette jeune mère fragile a connu la plus terrible des épreuves. C'est une souffrance animale, que l'on vit, jour après jour, lorsque l'on est privée de ce qui représente sur terre le bien le plus précieux : son enfant. Cette souffrance, Patsy l'a vécue durant six années. Elle ignorait totalement ce qu'étaient devenus ses enfants. Après l'arrestation de son mari, elle a compris qu'ils étaient vivants quelque part dans le monde, aux mains de personnes étrangères.

Ils lui avaient été arrachés non seulement par leur père, mais par une secte religieuse intégriste située aux États-Unis qui n'a pas craint de fournir son aide financière et logistique au kidnappeur. Fonctionnant au mépris des lois, elle s'est approprié les enfants, afin de les « protéger » du monde extérieur, jugé impur, les a enfermés dans sa doctrine étouffante, mentalement aliénante et a coupé tous leurs liens avec leur famille.

Trop de gens de par le monde, au nom de la religion, de convictions étroites, et de je ne sais quel fondamentalisme voudraient faire de leurs enfants des fanatiques. Marina, Simon et Moriah, sans l'amour de leur mère, n'avaient aucun espoir d'échapper à cet obscurantisme. Mais dans de telles affaires d'enlèvement, la religion représente surtout un prétexte. S'appuyer sur une secte est un moyen d'obtenir un soutien, d'échapper plus facilement aux recherches et aussi de se faire des alliés en convainquant les uns et les autres d'agir pour le bien des enfants au nom de la religion. Après six ans de lutte, Patsy Heymans a dû réapprendre à ses enfants à vivre normalement. À fréquenter une école normale, à parler, penser, aimer sans peur et sans contrainte.

Le 11 décembre 1986, lorsque les enfants de Patsy Heymans ont été kidnappés ils avaient six, quatre, et trois ans. A partir de ce jour, elle a parcouru le monde à leur recherche, traversé l'Atlantique des dizaines de fois, ne vivant plus que pour les retrouver, s'épuisant à la recherche du moindre indice, soumise au chantage, à la torture morale, aux pressions, allant jusqu'aux limites de ses propres forces psychologiques. Mais elle a tenu.

L'instinct maternel de Patsy, plus fort que tous les obstacles, a réellement soulevé des montagnes, et a provoqué mon admiration, comme celle de tous ceux qui l'ont côtoyée.

La famille de Patsy l'a activement soutenue et aidée financièrement. Sans elle, elle n'aurait pas réussi à faire tomber les murs, à forcer les lois et les frontières, à convaincre le F.B.I., à lutter contre la force invisible qui prétendait faire de Marina, Simon et Moriah des êtres définitivement privés de liberté physique et intellectuelle.

La résistance et le courage de ces trois enfants, leur faculté de récupération forcent également l'admiration. Ils n'oublieront jamais ce jour où Patsy a ouvert timidement la porte d'un bureau du F.B.I. à New York, en leur disant : « Je suis votre mère. »

Elle était leur enfance perdue, l'amour qui ne les avait jamais abandonnés. Elles leur tendait les bras, et ils n'osaient s'y précipiter.

Durant leur longue séparation, « on » avait cherché à leur faire croire que leur mère était morte, mais sans y parvenir. Cette cruauté mentale était le fait de leur père. Il ignorait qu'une mère comme Patsy Heymans refuserait d'abandonner ses enfants dans un monde privé de son amour.

L'histoire de Patsy, Marina, Simon et Moriah est une lumière dans la sombre liste des enfants kidnappés.

Betty MAHMOODY.
Michigan (E.U.)
Juillet 1995.

Avertissement

Ceci est une histoire vraie. Les personnages et les événements de ce récit sont réels. Mais l'identité de certaines personnes a été volontairement dissimulée, afin de les protéger, ainsi que leurs familles, contre une éventuelle discrimination. Il s'agit de Samuel Katz, ami de mon père à Tel-Aviv ; Rachel, mon amie en Israël ; la Duchesse ; l'agent secret Nechemia ; Sarah, mère de famille hassidique, dont les neuf enfants ont été enlevés ; et Abraham, Judas, Source, Écho et Samaritain, les informateurs.

Au cours des événements rapportés dans ce livre, on m'a parfois accusée d'antisémitisme. J'ignore cette maladie de l'âme. J'ai tout simplement vécu un conflit personnel avec un homme juif, et quelques-uns de ses partisans. Mon combat ne m'opposait qu'à eux, nullement à une religion ou à un peuple. Ce sont mes ennemis personnels qui m'ont accusée d'antisémitisme. Il a dû leur paraître tentant d'utiliser cet argument fallacieux pour justifier leurs actes criminels.

Je respecte les idées de chacun, en espérant qu'on respecte les miennes.

Je m'en remets au jugement de Dieu.

Patsy HEYMANS.

Prologue

Je l'ai tant de fois revue dans ma tête, cette matinée qui commençait comme les autres.

– Simon, réveille-toi, allez ! C'est l'heure.

Il avait plus de mal que les filles à se lever le matin, son regard ensommeillé disait qu'il voulait tellement retourner sous l'oreiller !

– Simon, dépêche-toi, Marina est déjà en train de s'habiller...

Sa sœur a enfilé l'uniforme bleu de l'institution, chemisier blanc, jupe et pull-over bleu marine. Elle avait sept ans depuis le mois d'octobre, et se débrouillait toute seule. Je suis allée réveiller Moriah pour l'habiller en continuant comme chaque matin à répéter :

– Simon, debout... sors de là...

Moriah dormait toujours avec sa « pupuce », une poupée de chiffons désarticulée, avec une tête en plastique, et des yeux bleus aux paupières qui clignent. « Pupuce » avait subi tant de câlins qu'elle n'était plus tellement présentable.

Moriah s'est réveillée joyeusement, toute pétillante de l'énergie de ses quatre ans. Il était 7 heures du matin, j'avais préparé le petit déjeuner la veille comme d'habitude. Simon est arrivé le dernier autour de la table, après avoir enfilé son jean, et un pull-over à rayures jaunes que je lui avais tricoté.

Ils ont avalé leur lait et leurs tartines de confiture, moi mon café, puis j'ai emballé leur goûter et vérifié le contenu de leurs cartables avant de partir.

Marina a grogné, elle n'était pas contente de sa coiffure, les petites filles de cet âge deviennent coquettes, je l'ai houspillée un peu :

– Dépêche-toi, Marina, enfile ton manteau !

À 7 h 45, nous étions prêts à partir.

Je me revois sortir de la maison, dans l'air froid de ce jour de décembre, installer les enfants sur la banquette arrière, Moriah au milieu. Ma vieille 2 CV n'avait pas de verrouillage automatique, et les deux plus grands étaient chargés d'empêcher la cadette de tripoter la portière.

Cinq minutes plus tard, nous sommes arrivés à l'école Saint-Joseph. Un bisou à Simon :

– Au revoir, Simon, passe une bonne journée...

Un baiser à Marina qui tenait sa sœur par la main.

– Bonne chance pour l'interrogation aujourd'hui... bisou à Moriah...

Bonne chance...

C'était le 11 décembre 1986, il était 7 h 50 du matin.

Le jour maudit. Le plus terrible de ma vie.

Un jour un homme m'a dit : « Je t'aime, Patsy ! Prouve-moi que tu m'aimes ! Prouve-le-moi ! » J'avais dix-sept ans, j'étais encore une enfant passionnément amoureuse, je ne savais rien.

Cinq ans plus tard il a hurlé : « Je détruirai ta vie ! » J'avais vingt-deux ans, j'étais la mère de ses trois enfants, et cette fois je savais.

Marina, Simon et Moriah furent l'arme qu'il choisit pour me détruire. Ils ont disparu dans un univers clos – derrière les murs imprenables d'une secte religieuse – où moi, leur mère de chair et de sang, je n'avais aucun droit d'exister.

1

Autocritique

Patsy, tu as seize ans, tu te trouves grosse, et tu l'es. Tu es tout le temps malade, et ta rébellion permanente est une protestation contre ce mal de vivre. Patsy, ma fille, tu n'es pas heureuse. Tu es mal dans ta peau, personne ne t'aime. Tu traînes ta vie comme un fardeau...

Voilà ce qui me trotte dans la tête au printemps 1977, dans ma bonne ville de Bruxelles. Je ne suis sûrement pas la seule fille de mon âge à cracher à la fois sur mon miroir et sur la balance, mais, bien entendu, je ne veux pas le savoir. Je vais mal, tout va mal. Les autres aiment la musique, pas moi. Les autres ont des petits copains, je n'en ai pas. Les autres se gavent de dessert, pas moi. Les autres mangent normalement, je jeûne. Cent grammes de viande, cent grammes de légumes, un fruit, ou rien. Voilà le menu.

Ces deux dernières années, la puberté a empoisonné mon existence. Il y a des adolescentes heureuses, sans boutons, sans kilos superflus, qui ne parlent pas de leurs règles, n'ont jamais mal au ventre, et entament leur existence adulte avec une désinvolture que j'envie. Moi, Patsy, j'accumule les problèmes. Les règles viennent me rendre visite quand elles le veulent, et, quand c'est le cas, les crampes sont tellement douloureuses qu'il m'arrive de rentrer de l'école pliée en deux par la douleur. Certains médicaments supposés m'aider à devenir une fille normale m'ont fait prendre du poids.

Fille unique au milieu de trois frères, je m'entends régulièrement traiter par eux de petit boudin, ou de petit ballon. Ils ont la cruauté inconsciente des garçons de leur âge.

« Pousse-toi de là, grosse barrique... »

À table, stratégiquement, les parents sont obligés de m'éloigner de mon frère aîné. Son ironie m'est intolérable. Un seul regard moqueur, et j'explose. Nous nous battons comme des chiens enragés. Il me méprise d'être une fille ? D'être grosse ? D'avoir les cheveux en baguettes de tambour ? Peu importe. J'attaque. La violence fait partie de ma vie. Comme je ne m'aime pas, et que je ne peux pas passer mon temps à le dire avec des mots, je l'exprime comme je peux.

Avec le recul, je me mettrais volontiers des gifles, j'ai dû en faire baver à tout le monde. Je me souviens de comportements à la limite du supportable pour les autres... Comme cette crise pour une feuille de salade...

On me fait suivre un régime alimentaire draconien pour que je perde du poids. Si je grignote des cacahuètes chez des copains, je dois les recracher après avoir eu l'immense « plaisir » de les mâcher. Seulement les mâcher. La frustration est telle que je mordrais tout le monde. Je déteste avoir faim. Et j'en ai marre des salades vertes. Un soir, à table, papa me dit :

– Patsy, tu dois manger au moins une feuille de salade !

Mais je déteste aussi les ordres. C'est une atteinte insupportable à mon besoin exacerbé d'indépendance. Je choisis cette feuille avec précaution... Je touille et retourne les autres pour ce faire et la dépose avec ostentation dans mon assiette, comme une martyre.

Papa dit que je n'en ai pas pris assez, ou que la

feuille est trop petite, je ne m'en souviens plus, alors, je renverse le saladier tout entier dans mon assiette, en hurlant :

– Ça ira comme ça ?

– Dans ce cas, mange tout !

J'envoie tout promener. Saladier et salade. Si je prends des claques c'est que je les ai réellement cherchées. Mais le résultat est toujours le même, au bout du compte : personne ne m'aime. D'ailleurs je me déteste moi-même et je déteste sans doute le monde entier. Comme je refuse de pleurer, j'éclate de colère. Je crie tellement qu'on m'a surnommée dans la famille « Miss Trompette ».

Maman voulait une petite fille, Dieu lui en a offert une en troisième position. Il y a d'abord Éric, l'aîné, Géry, le second, Patsy, la fille, et Michel, le troisième garçon. Nos âges sont proches, dix-neuf, dix-sept, seize et quinze ans...

J'ai vu le jour en janvier 1961. Maman aurait sûrement aimé me voir grandir en petite robe froufroutante, avec des bouclettes dans les cheveux et un sourire d'ange. Elle s'est retrouvée très tôt devant un garçon manqué. Et maintenant, devant une fille qui pèse à seize ans soixante-dix kilos pour un mètre soixante.

Si je n'étais que grosse encore, mais les ennuis s'enchaînent. Problèmes cardiaques, rénaux. Il m'arrive par moments de prendre jusqu'à seize médicaments par jour. Et je dois dormir au moins neuf heures par nuit, afin que mes reins accomplissent correctement leur travail d'élimination.

Toute cette souffrance due à la féminité me révolte. Cette chimie interne qui refuse de se mettre en place me hante jour après jour. Je ne me sens pas « fille ». Je me suis persuadée que je ne serai jamais une femme normale, que je serai stérile. Or, mettre des enfants au monde est à mon sens la chose la plus importante pour une femme. L'enfant, c'est l'aboutissement de sa vie, sa nécessité. J'adore les enfants. Si je ne parviens pas à être mère, qu'y aura-t-il d'autre ? Rien.

J'ai un caractère de cochon. Une sale gamine. Une forte tête, obstinée, volontaire. Un vrai mur. Quand je veux quelque chose, je me bats jusqu'au bout pour l'obtenir. Maman dit que je suis faite ainsi depuis l'âge de trois ans. Je discute, j'argumente, je me dispute avec mes parents, m'engueule avec mes frères. Mais l'ennemi préféré de ces combats familiaux, c'est mon père. Je tiens de lui cet acharnement à rallier l'autre à son avis, à le convaincre que l'on a raison. Je veux qu'on me laisse faire les choses comme j'ai décidé de les faire. Mes parents savent que je suis toujours à la limite de la fugue. Lorsque nous entrons en conflit, mon père et moi, je réagis avec une violence décuplée et au fond désespérée.

Je suis capable de disparaître, de me cacher dans le coffre de sa voiture, et de le laisser faire le tour du quartier, mort d'inquiétude, ne sachant pas qu'il transporte avec lui son volcan de fille. Une fois, j'ai carrément ouvert la portière de la voiture pour sauter en marche.

Souvent, lorsque j'ai atteint le paroxysme de la colère, la famille n'a pas d'autre ressource que d'appeler au secours mon meilleur ami, Didier. Copain de classe de mes frères, Didier est le seul à pouvoir me calmer. Le seul à qui je peux me confier. Il est presque mon frère, avec l'avantage de ne pas l'être génétiquement. Notre amitié est aussi pure que solide, et j'ai confiance en lui. Il est carré, moralement et physiquement, calme, armé de raison et d'indulgence. Et je suppose qu'il en faut énormément avec moi.

J'ai reçu une éducation catholique, et l'un des grands sujets de bagarre avec les parents, c'est mon refus de les accompagner à l'église. Je n'aime pas ce que je considère comme une comédie dans les religions, l'apparence, le côté dévot. Je me suis déjà fait expulser de l'école, pour avoir dit un jour à une sœur : « Allez au diable ! »

L'école... je sais ce que l'on pense de Patsy Heymans à l'école, je suis même d'accord. « Recherche la facilité, ne s'applique jamais. » Les nonnettes n'ont pas su trouver la bonne méthode d'éducation avec moi. Je n'ai d'intérêt pour presque rien.

Seize ans n'est pas le plus bel âge de la vie. Que ceux qui prétendent cela le rangent une fois pour toutes au rayon des illusions.

Je me sens un peu comme mon pays la Belgique, cet amalgame de cultures différentes. Les Wallons sont romantiques, les Flamands réalistes. Les premiers rêvent au clair de lune, les seconds ont les pieds sur terre, le sens du devoir et une rigueur absolue.

Mon père, Jacques Heymans, n'appartient à aucune de ces deux catégories. Élevé en Flandres, il parlait néerlandais à l'école et français à la maison. C'est un homme d'affaires brillant. Il exporte dans le monde entier du matériel militaire de haute technologie. Sa voix est impressionnante, profonde, rauque. On pourrait le croire d'une sévérité redoutable, mais il a le rire facile et contagieux, il est généreux et passionné.

Hélène, ma mère, c'est la rigueur incarnée. Son surnom rescapé de notre enfance, « Mizou », adoucit un peu cette rigidité qu'elle a reçue de son éducation. Une mère parfaite dans son rôle d'hôtesse – elle sait magnifiquement recevoir –, mais aussi une mère particulièrement émotive, incapable de maîtriser ses sentiments. Elle pleure d'émotion, de bonheur comme de tristesse. Et je dois reconnaître que cela m'énerve. Sa passion à elle, c'est la famille, et sa bande d'amis.

Elle est belle, « Mizou », ma mère. Des yeux clairs, bleu azur, étincelants de vie. Une chevelure blonde, un visage fin, presque émacié, aux pommettes hautes. La bouche parfaitement ourlée, le nez droit, une longue silhouette gracieuse, souple et vivante. Elle est aussi féminine que je suis garçon manqué. Et plus on me le fait remarquer, moins je change de jeans.

Les relations d'affaires de papa et le talent de maîtresse de maison de maman attirent chez nous une cohorte d'invités venus du monde entier. La famille est très ouverte culturellement parlant. Le vaste complexe en béton du quartier général de l'OTAN, entre le centre de Bruxelles et l'aéroport, draine continuellement un flux de visiteurs étrangers. Des militaires, des fournisseurs de matériel de défense, américains, britanniques, canadiens, pakistanais, indiens, égyptiens s'assoient régulièrement à notre table.

J'apprécie particulièrement nos visiteurs israéliens. Je les trouve brillants, intelligents. Des caractères forts, au service des grands desseins de leur pays, et qui savent être charmants.

Israël est mon meilleur souvenir d'adolescente. Il y a un an, nous avons pris des vacances en famille sur la vieille terre biblique. Quand je suis descendue de l'avion, à l'aéroport Ben Gourion de Tel-Aviv, j'ai eu la sensation curieuse et immédiate de me trouver enfin chez moi. Ce pays, cette terre était ma maison, ma place en ce monde.

Pendant que la famille faisait le tour des sites touristiques, j'ai passé mon temps à étudier les jeunes. Ils étaient différents. En Europe, les adolescents aux cheveux longs et aux vêtements négligés ne me plaisent pas. Je n'aime ni leur désinvolture ni ce côté faussement rebelle qui me semble plus une attitude à la mode, que le reflet d'une véritable réflexion sur la vie. Les cheveux courts, l'allure déterminée, le regard sérieux, les garçons israéliens sont plus mûrs, peut-être parce qu'ils sont les fils de ces pionniers qui, à force de courage, de témérité et d'obstination, ont forgé le destin de leur pays au sein d'une région hostile.

Ce pays est un pays héros. J'en ai fait l'objet de mon admiration, comme d'autres ont idolâtré Che Guevara, ou installé dans leur chambre des posters de Marilyn Monroe. Je bouquine absolument tout ce qui paraît sur Israël, et je voudrais parler hébreu. J'aime les langues étrangères, elles me sont relativement faciles, je retiens vite la musique des sons, l'accent. Pour une fille quasiment nulle en classe, qui ne consent des efforts que pour obtenir la moyenne et la paix, cette passion est probablement une soupape, un besoin vital.

Ce voyage de quelques jours m'a impressionnée à tel point, que, depuis, tout mon argent de poche passe dans l'achat de livres ou de magazines, de n'importe quoi parlant d'Israël. Même en classe, j'ai dormi jusqu'au jour où j'ai pu me passionner pour un travail de groupe sur Israël. J'ai passé, à cette époque, des soirées entières à plat ventre sur le sol de ma chambre, le nez dans les livres de cours étalés sur la moquette. La toute jeune histoire d'Israël m'a fascinée. Je rêve de retourner là-bas. Les parents ont pris l'engagement de m'offrir la moitié d'un billet d'avion, un franc d'eux contre un franc de moi, et je travaille comme une dingue pour économiser. Baby-sitting, ménage – je lave les vitres, j'astique des carrelages –, n'importe quoi pour faire grimper le tas de mes économies.

Les parents sont assez contents de me voir aussi active, à la poursuite d'un objectif. J'oublie un peu les kilos et les boutons d'acné pendant ce temps. Mais me laisser partir seule en Israël, à seize ans, pas question. C'est pourquoi l'arrivée du père Edgar à la maison ce soir-là est un vrai miracle pour moi. Un cadeau du ciel.

J'adore le père Edgar. Il vient dîner chaque mercredi soir, il fait partie de la famille. À Noël et à Pâques, à toutes les fêtes carillonnées, il est de la maisonnée. Les sœurs de mon école manquent d'humour, les autres pères de la paroisse sont guindés, mais lui est différent. D'abord il s'occupe d'une maison pour adolescents « difficiles ». Il tient le langage de notre génération, sans effort. Il note les plaisanteries et les choses drôles de ses élèves dans un petit carnet noir, pour ne pas les oublier. C'est une sorte de grand-père gai, accessible, humain, plus qu'un prêtre de paroisse. Ses yeux bleus brillent d'humour, et maman, fervente catholique, l'adore. Elle a beaucoup d'admiration pour lui et lui fait totalement confiance.

En finissant sa deuxième portion de frites, il vient d'annoncer la chose la plus merveilleuse du monde : un voyage en Terre sainte durant la semaine de Pâques... il y va en pèlerinage.

Mes yeux s'écarquillent, la langue me démange. J'ai mes économies, il ne me manque qu'un chaperon agréé par les parents... La question qui me dévore doit être aussi lisible, dans mon regard suppliant, qu'une publicité au néon. Alors, en lui resservant du vin, mon père demande :

– Pourriez-vous emmener Patsy avec vous ?

Et ma mère ajoute :

– Vous savez à quel point cela lui ferait du bien.

Sous-entendu : « ma fille Patsy, son caractère de cochon, ses problèmes d'adolescence, notre inquiétude à son sujet... » Le père Edgar sait tout cela depuis longtemps. Il prend son temps, rumine sa décision, réfléchit, boit une gorgée de vin, tandis que je trépigne intérieurement d'impatience. Évidemment ce brave père Edgar s'apprêtait à faire un voyage tranquille, calme, détendu, sans adolescent difficile accroché à ses basques pour une fois. Il se gratte le crâne, ébouriffe ses cheveux blancs, avale encore quelques frites, puis le petit sourire malin apparaît enfin sur ses lèvres :

– Bien sûr, Patsy, tu es la bienvenue !

J'exulte. Pâques illumine ma vie morose, et l'espoir brille comme l'étoile de Bethléem ! Seule en Israël avec le père Edgar ! Remettre les pieds sur la terre vibrante de l'histoire du peuple juif. La passion de mes quinze ans. Là, dans ce pays difficile et merveilleux, je vais revivre, respirer, exister. Loin des brumes de Bruxelles où ce printemps de 1977 a du mal à me réconcilier avec moi-même. J'ai besoin de la chaleur et du soleil comme d'une drogue.

Là-bas je ne serai plus malade, ni dans ma tête ni dans mon corps. Là-bas je vais m'emplir les yeux de toutes les couleurs, de tous les parfums. Je vais respirer enfin. Là-bas...

... quelque chose m'attend que j'ignore. Quelqu'un dont je ne connais pas le nom. Qui existe pourtant, qui m'attend lui aussi sans le savoir. Il se nomme Chaim, il est beau et mystérieux. Il a les cheveux courts, et le regard profond. C'est un fumeur de Camel. Un aventurier de dix-neuf ans. Un chasseur de proies faciles. Un manipulateur diabolique.

Celui qui m'a dit un jour : Patsy, je t'aime.

Et je l'ai cru.

Celui qui m'a dit aussi : Patsy, je détruirai ta vie.

Et il a failli y réussir.

Voilà qui j'étais aux environs de mes difficiles seize ans, et j'en souffrais. Est-ce qu'on récolte toujours ce que l'on a semé ? Sûrement, oui.

2

Pâques à Jérusalem

En remettant le pied sur la terre d'Israël, j'ai retrouvé cette sensation étrange de bonheur et de liberté soudaine. La chaleur n'est pas infernale comme elle l'est en été, je devrais être en forme, or je me sens malade. J'ai failli me trouver mal le Vendredi saint à l'église catholique de la vieille Jérusalem. Le père Edgar a dû me ramener à l'hôtel. Aujourd'hui il était prêt à passer la journée enfermé avec moi pour respecter son rôle de chaperon. Mais le savoir privé de son pèlerinage et de sa tranquillité me rend plus malade encore. Je le persuade de me laisser seule dans ma chambre, en promettant de le rejoindre en début d'après-midi si je me sens mieux. Il me donne rendez-vous près du Mur des lamentations. De là nous devrions visiter Bethléem.

Vers deux heures de l'après-midi, j'enfile un vieux jean et un tee-shirt, je me sens effectivement mieux. Je noue mes cheveux en queue-de-cheval, et descend dans le hall. Le concierge m'indique une station de bus assez proche pour rejoindre la vieille ville. J'attends ; pas un seul bus n'arrive. Je scrute désespérément l'horizon et je commence à m'inquiéter de rater mon rendez-vous. Au bout de cette route isolée, sous un soleil de plomb, pas une âme. Soudain je me souviens que nous sommes samedi, en plein sabbat, et que les juifs pratiquants observent scrupuleusement ce repos, du crépuscule du vendredi soir au samedi. Personne ne travaille, il n'y aura pas de bus ! Je retourne à l'hôtel pour m'expliquer avec le concierge, qui avait oublié de me prévenir. Il se débrouille pour que je prenne la navette de l'hôtel, et le conducteur me dépose le plus près possible de mon point de rendez-vous. Mais le père Edgar n'est plus là, je suis trop en retard. Il a dû penser que j'étais trop fatiguée pour le rejoindre.

Je ne verrai pas Bethléem aujourd'hui, mais la solitude ne me dérange pas, au contraire.

Je m'engage dans un dédale de petites rues si étroites que le soleil n'y pénètre pas. Je renifle tous les parfums qui embaument cette ombre précaire, le poivre, la coriandre, le kif, le piment. Je m'enfonce profondément dans le souk, les enfants courent en piaillant dans les allées, font du slalom entre les étals, les badauds s'agglutinent par petits paquets immobiles devant des piles de marchandises hétéroclites. Ça sent la sueur et les épices, l'Orient que j'aime, l'ailleurs.

Après avoir dépassé la synagogue Josef Porat, j'arrive enfin au Mur des lamentations. Cette masse de pierre qui mesure 45 mètres de long et 20 mètres de hauteur, constitue un fragment, côté sud-ouest, du temple d'Hérode. Devant ce monument impressionnant, on se sent minuscule, empli de respect et de crainte. Le murmure des prières monte en permanence devant les vieilles pierres, l'endroit le plus sacré du monde pour les juifs, et un lieu de culte pour d'autres religions. C'est ici que l'enfant Jésus fut présenté au temple, ici qu'il fut tenté par Satan. Après La Mecque et Médine, les environs immédiats de ce mur symbolique représentent également l'un des plus importants sanctuaires de l'islam.

Je flâne un moment près du tribunal du Vieux Temple, avant d'ôter mes sandales pour pénétrer dans la mosquée Al-Aqsa. Puis dans la mosquée du Rocher. Plus de douze siècles au-dessus de ma tête et sous mes pieds. Bien qu'il ne soit jamais venu à Jérusalem, la légende veut que Mahomet soit parti d'ici pour gagner le paradis, sur son cheval blanc.

Le temps s'écoule paisiblement, mes pieds nus sur les mosaïques fraîches, le regard inondé de cette splendeur. Ombre puis lumière ocre et douce. Pâques à Jérusalem, je l'ai enfin gagné !

Me voilà repartie dans les ruelles de la vieille ville, où le spectacle est permanent entre les clients qui marchandent et les marchands qui discutent, le regard sombre ou rieur des enfants, les silhouettes de femmes voilées et de jeunes Occidentales brusquement opposées au détour d'un mur. Je suis belge, blanche et plutôt blonde, pas une goutte de sang oriental dans les veines, et pourtant je me sens bien ici, en sécurité, et délicieusement libre.

Libre aussi de rentrer à pied jusqu'à l'hôtel. Il doit bien y avoir quelques taxis, dont les chauffeurs, arabes, ne respectent pas le sabbat, mais je n'ai pas une seule livre israélienne en poche. Je ne parle pas l'hébreu, et je serais bien incapable de donner au chauffeur le nom et la direction de notre hôtel, de lui expliquer aussi que le concierge pourra le payer. À force de rêver, me voilà perdue, seule sur cette colline aride qui domine les lieux saints et les terrasses blanches de la ville.

Une voix d'homme, roulant les consonnes d'un anglais que je comprends difficilement, me demande si j'ai besoin d'aide. Je fais d'abord semblant de ne pas avoir entendu. Ici les hommes sont volontiers insistants avec les étrangères. Je ne regarde pas, j'avance. Mais l'homme persévère, d'une voix basse et profonde. Le ton n'est pas agressif, plutôt amical, il n'y a peut-être rien à craindre. Il a probablement deviné que je ne sais plus où aller.

Je me retourne lentement. Il est jeune, mince, le muscle sec. Je dois lever la tête pour bien l'observer car il me dépasse de quinze bons centimètres. Il porte l'uniforme vert foncé des soldats israéliens. Le visage me paraît magnifique, les traits fins et sculptés sur le teint mat, presque tranchants, le nez busqué, le cheveu ras. L'image parfaite du soldat de Tsahal, l'armée israélienne. L'air orgueilleux, il cligne des paupières dans la fumée d'une cigarette.

L'uniforme me rassure, il y a du monde autour de nous, et j'ai effectivement besoin d'aide. Je tente alors de lui expliquer, dans un anglais balbutiant, que je voudrais rentrer à mon hôtel et que j'ignore comment faire. Il écoute patiemment et poliment mes explications laborieuses, puis se présente. Chaïm Edwar. Notre conversation est difficile, mais je parviens à comprendre qu'il est parachutiste. Il voudrait savoir comment j'ai trouvé mon chemin pour parvenir jusqu'ici, et quels sont les monuments que j'ai visités. De politesse en politesse, il propose de m'accompagner pour le reste de ma promenade, de me montrer d'autres endroits de Jérusalem, et ensuite de me raccompagner jusqu'à mon hôtel.

Le jeune sourire sur les dents blanches, l'allure dégagée et militaire me persuadent définitivement que j'ai trouvé la solution à mon problème. Il est d'une courtoisie délicieuse. Pour moi, qui ne connais que la brutalité de mes frères, leur langage un peu rude, c'est une rencontre qui chavire la tête. Pourquoi s'est-il intéressé à la boutonneuse, au boudin que je suis... Comment ai-je réussi à ce qu'il fasse attention à mes pas et descende le sentier qui surplombe le mur, pour qu'il me parle et s'occupe de moi? Ce jean délavé, ce tee-shirt dépenaillé qui me servent de protestation vestimentaire à côté de son bel uniforme... Je me sens pousser des ailes... Une rencontre, un beau jeune homme dans une ville lointaine, exotique, le soleil qui pâlit dans le ciel bleu, le vent léger... C'est bien moi qui marche aux côtés de l'homme idéal. Je n'ai même jamais osé rêver d'une scène pareille.

À nouveau la grande place où se pressent au loin les silhouettes des hommes et des femmes en prières, le mur incrusté de petits papiers blancs. Il parle et je le laisse faire la conversation car son anglais est meilleur que le mien. Je ne comprends pas tout, mais la musique de la voix grave me berce. Nous faisons halte dans un petit bar au cœur de la cité arabe, où je sirote un jus d'orange et lui un café. Il a dix-huit ans. Il a déjà l'air d'un adulte, et je suis une enfant.

– Tu es déjà venue en Israël ?

Je lui raconte notre premier voyage en famille, mon adoration pour ce pays, et comment j'ai fait pour y revenir.

– Ta famille voyage beaucoup ?

J'énumère les pays que nous avons visités. L'Écosse, la Yougoslavie, la France, la liste est déjà longue. Mes parents considérant que les voyages ouvrent l'esprit et sont la base d'une bonne éducation, j'ai été gâtée dans ce domaine. Chaïm me semble très impressionné et attentif.

Pour la première fois de ma vie d'adolescente, j'ai le sentiment d'exister dans le regard de quelqu'un. Je savoure le reste de cette promenade, minute par minute, dans le labyrinthe des arcades et des galeries, jusqu'à hôtel King David où nous prenons un taxi pour rejoindre mon propre hôtel.

Prudemment, je demande à Chaïm de faire stopper la voiture en bas du sentier tortueux qui mène à l'hôtel. Je ne veux pas me faire remarquer par le concierge, et risquer que le père Edgar me demande des comptes sur le compagnon de mon escapade.

Nous faisons encore le reste du chemin ensemble, côte à côte jusqu'à une petite grotte creusée à même la roche, puis le tour du jardin, au milieu des bougainvillées. C'est fini. Il part, me dit adieu. Je ne le reverrai pas. Pourquoi aurais-je cette chance ? Il ne s'est intéressé à moi que poliment, je ne suis qu'une jeune touriste égarée qu'il aura aidée et qu'il va oublier.

Le brave père Edgar se faisait déjà du souci en m'attendant. Je lui raconte une promenade en solitaire, lui détaille les monuments que j'ai vus, en terminant par un vague :

– En fait, j'étais un peu perdue, mais quelqu'un m'a ramenée...

Le lendemain matin, alors que je me prépare à accompagner le père Edgar à la messe de Pâques, le concierge me prévient :

– Quelqu'un vous demande à la réception.

Le quelqu'un, ce ne peut être que lui, Chaïm ! Le cœur battant je me rue dans l'escalier, à la fois excitée et embarrassée.

– Tu veux faire une autre promenade avec moi ?

Son sourire est tentant. Je voudrais dire oui sur-le-champ, mais je n'ai que seize ans, et le père Edgar désapprouverait cette invitation d'un jeune soldat. Mon esprit bouillonne ; je cherche une idée, je veux tellement, tellement le suivre.

– Attends-moi dans le jardin derrière l'hôtel...

Ce qui a marché la veille devrait marcher aujourd'hui. Il suffira d'un petit mensonge.

Je remonte l'escalier quatre à quatre, retiens mon souffle un peu trop précipité en frappant à la porte de la chambre du père Edgar.

– Je ne me sens pas très bien, mon père, j'ai peur d'être encore malade pendant l'office. Avec tout ce monde, je serai sûrement oppressée...

– Repose-toi dans ta chambre dans ce cas...

Par sécurité, tout de même, et pour ne pas le tromper tout à fait, j'ajoute :

– J'irai peut-être faire un tour, l'air frais me fera du bien.

Les crises d'asthme ont bon dos. Le père Edgar s'en va sans rien soupçonner. À peine libérée de mon chaperon, je cours rejoindre Chaïm.

– J'ai quelque chose d'étonnant à te montrer...

Nous prenons la direction du sud, empruntons la

rue Rav Uziel, vers la banlieue de Bayit Ve Gan, jusqu'à l'emplacement de l'hôtel Holyland. Il y a là, sur une surface de plus d'un hectare, la réplique de Jérusalem telle qu'elle était à l'époque du second temple, peu après le règne du roi Hérode. L'époque du Christ. Un émouvant camaïeu de pierres, de sable, aux couleurs subtiles, un mélange de colonnes de marbre, de pierres et de bois précieux. C'est un spectacle superbe, la ville miniature s'étend de la tour de Pséphimus aux basses terres de la vallée de Kidron. Un jeu de lumières reconstitue l'aube et le coucher du soleil. Détailler les rues de Yeroshalayim, la ville de la paix, imaginer, derrière les minuscules portes des maisons, tout ce peuple ancien, c'est un plongeon dans le passé, une formidable leçon d'histoire visuelle. Je me demande pourquoi l'école est incapable de nous rendre l'histoire aussi vivante.

Chaïm est heureux que je sois heureuse. Je bois ses paroles et son sourire discret. Je le suis dans cette nouvelle balade, fascinée, jusqu'à ce que nous nous disions au revoir et à demain. La nuit je pense à lui, et je me réveille en voyant son visage. Le lendemain, même mensonge pour échapper à la surveillance, et rebalade avec lui.

Je suis tombée amoureuse de mon beau militaire. Émerveillée de parcourir la ville que j'aime le plus au monde en sa compagnie. Je ne regarde même plus le paysage, j'écoute. Je ne comprends pas tout, mais je m'en fiche, et lorsqu'il me prend la main, m'embrasse sur la joue pour me dire au revoir, mon cœur se dilate de bonheur, et d'espoir du lendemain. Il ne cesse de bavarder, sûr de lui, péremptoire, donnant son opinion sur tout. L'armée est son sujet de prédilection, il est fier d'être para, il répète souvent qu'il est « le meilleur ». Le meilleur par rapport à qui ? Je ne sais pas, peu importe, je le crois. Je croirais n'importe quoi, et de toute façon le sens général de son discours m'échappe complètement. Mais l'énergie et l'assurance qui l'animent, son enthousiasme sont contagieux.

Il pose énormément de questions sur ma famille, sur notre style de vie, il veut savoir qui est mon père, qui est ma mère, où nous vivons, si la maison est grande.

– La maison est grande, dans un quartier résidentiel, peut-être le plus beau de Bruxelles. J'ai une chambre pour moi toute seule, comme mes frères. Il y a deux salons, un grand pour recevoir, un petit pour les enfants. Nous avons aussi une maison de campagne près de Bastogne, mon père a une passion pour la chasse...

Chaque fois que l'on me demande le métier de mon père, je dois expliquer qu'il n'est pas marchand d'armes, mais qu'il travaille dans le secteur de l'armement pour le gouvernement. Il n'a rien à voir avec un vilain marchand de canons !

La situation de mon père, la vie aisée que j'évoque, impressionnent beaucoup Chaïm. Et moi je suis fière, naïvement, de parler de ma famille, des voyages, de la chasse, de la campagne... En revanche il parle peu de sa propre famille : il est le fils d'immigrés yéménites. Ses parents se sont installés en Israël après la guerre, je n'en saurai pas davantage. Mais après tout, c'est moi l'étrangère dans son pays. Il fait ce qu'il peut pour me montrer sa ville. Je préfère de beaucoup les interminables promenades à pied en sa compagnie au pèlerinage conventionnel du père Edgar. Rien n'est plus fort que de marcher, librement, les mains dans les poches, d'aller au hasard. Et puis je suis folle de lui. Je ne pense qu'à lui. Il est mon premier petit ami, le premier qui soit venu me chercher, me tienne la main, m'embrasse sur la joue, puis sur les lèvres, à me faire trembler le cœur.

Nous visitons un cimetière militaire, je contemple les tombes alignées marquées de l'étoile de David. Chaïm portant son uniforme, vivant, à mes côtés, le visage grave, devant ses frères tombés pour son pays, m'impose le respect. Puis du haut de la colline, il me montre une série de petits immeubles sans charme, de deux ou trois étages, des constructions rapides, des logements de fonction.

– Tu vois comment nous vivons ici ? Le rez-de-chaussée sert souvent d'abri contre les bombes. Nous sommes toujours sous la menace d'une guerre, c'est une habitude. Tu veux voir de près un appartement israélien ? Je peux te montrer l'appartement d'un ami. Tu te rendras mieux compte. Quand on est à l'hôtel, on ne voit pas ce genre de choses.

J'ai accepté sans hésiter, mais soudain, au milieu de ces lotissements déserts, voilà qu'une inquiétude sournoise vient gâcher la promenade. Que dirait le père Edgar ? Patsy sa protégée, prétendument malade, visitant un appartement en compagnie d'un jeune homme inconnu ? Pendant quelques minutes, je ne me sens pas tranquille. Les questions et les réponses se bousculent dans ma tête. Si l'ami de Chaïm n'est pas là ? Nous ne pourrons pas entrer tout simplement. Et s'il est là ? Eh bien je lui dirai bonjour, il n'y a pas de mal à ça. Je le soupçonne de quoi au fond ? De vouloir m'entraîner dans un guet-apens ? Mais non, il n'y a aucune chance pour que nous nous retrouvions seuls dans l'appartement... Une situation que je n'ai jamais connue et qui m'effraie un peu d'avance.

Chaïm est devant une porte, et surprise je le vois sortir une clé de sa poche.

– Tu as une clé ?

– Mon ami me permet d'utiliser l'appartement quand je suis à Jérusalem, j'ai toujours la clé.

Il est trop tard pour faire demi-tour. Si je proteste, j'aurai l'air idiote, une mijaurée qui fait des manières. Une gamine qui a peur de lui, ou qui lui prête des intentions qui ne sont pas les siennes... Je me persuade. Tout va bien, c'est un garçon honnête, voilà deux jours entiers que tu te promènes avec lui, et il n'a pas eu un seul geste déplacé. Prends l'air détendu, Patsy, décontracté, tu es une grande fille...

Il glisse la clé dans la serrure, ouvre la porte, et nous entrons. Affalé sur un divan, l'ami de Chaïm se lève, étonné et surpris, pour nous accueillir. Je respire, mais Chaïm semble déçu de le trouver là. Il espérait probablement bavarder tranquillement avec moi. Je dois aussi me convaincre de cela. Et j'y arrive très bien. Malgré la visite rapide de l'appartement, très ordinaire. Trois pièces minuscules, un divan convertible, des meubles médiocres et rares, étant donné le manque de place. Nous avalons une tasse de thé, et dix minutes plus tard, nous sommes déjà dehors.

Des années après, j'ai clairement compris que les intentions de Chaïm ce jour-là n'étaient pas du tout honnêtes. La clé dans sa poche, sa déception en découvrant que son ami était là, cette visite trop rapide, et ce départ comme une fuite... Mais j'étais déjà l'incarnation même de l'amour aveugle. L'incident n'était d'ailleurs pas très grave. Il est difficile de reprocher à un garçon de dix-neuf ans ce genre d'astuce pour être seul avec une fille. Mais avec son éducation, l'enfant que j'étais encore, malgré ses faux airs délurés, aurait mal vécu cette situation. Amoureuse certes, mais essentiellement dans la tête, comme en rêve. Pas du tout prête à affronter la réalité des rapports sexuels. Qui sait, je me serais peut-être enfuie, si l'ami de Chaïm n'avait pas été là... et s'il avait tenté un geste. Mais avec des si, on mettrait Jérusalem en bouteille...

Le père Edgar se doute de quelque chose. Quelqu'un de l'hôtel lui a sûrement parlé du jeune militaire qui m'attend chaque jour dans les jardins, et avec qui je disparais bras dessus bras dessous dès qu'il a tourné le dos. Ou alors il m'a vue. En tout cas, mon alibi est éventé. Mon mentor a passé sa vie à côtoyer des adolescents, et il doit connaître toutes leurs ficelles et leurs secrets si mal gardés...

– Patsy, j'aimerais beaucoup que tu me présentes ton nouvel ami...

J'ai un petit choc, mais il n'y aura pas de drame pour autant. Le bon père va dire à Chaïm : « Content de vous connaître. » Et Chaïm va répondre : « Moi aussi. »

Après cette brève entrevue, le commentaire du père Edgar sera amusé dans le ton, et méfiant dans le regard.

– Il m'a l'air très poli, ce garçon, et charmant...

Quatre jours à Jérusalem, quatre jours avec Chaïm, un espace lumineux et magique dans le temps. Sur le petit chemin derrière l'hôtel, nous nous promenons pour la dernière fois main dans la main. Il regarde la terre, je regarde mes pieds. Les oliviers me disent adieu. Les bougainvillées me laissent partir. Dans la petite grotte devenue notre refuge, nous nous promettons solennellement de nous écrire.

Il glisse mon adresse dans la poche de poitrine de son uniforme. Je suis là, un petit bout de papier plié sur son cœur. Mon premier vrai baiser contre la paroi du rocher, l'ombre de cet homme penché sur moi, toute cette tendresse, je vais l'emporter sous mon ciel gris de Belgique comme un morceau de soleil volé à Israël. Il m'offre un petit galon de l'épaulette de son uniforme, que j'attache précieusement à la lanière de mon sac.

Mon premier amour fulgurant me plonge dans un chagrin d'amour tout aussi fulgurant. Je reprends seule le sentier tortueux en me disant : « C'est fini. Tu ne le reverras plus. C'était trop beau pour être vrai, il reste, tu pars, à des milliers de kilomètres. Des années-lumière vont nous séparer. Il va t'oublier, Patsy, tu n'es pas quelqu'un d'inoubliable. »

Je retombe dans le noir désespérant du doute sur moi-même. Je déteste cet avion qui ne vole pas dans le bon sens. Triste à mourir. Triste comme on sait l'être à seize ans.

3

L'amour

Je fais le siège de la boîte aux lettres comme un chiot malade de tendresse. Le cœur qui bat en décachetant les enveloppes. Tout le courrier du monde est adressé à d'autres. L'espoir s'envole, puis renaît le lendemain tout aussi violent. Je veux une lettre, je la veux, je la veux... Je l'ai !

L'enveloppe révèle une écriture volontaire, tracée à grands traits. Il a écrit mon nom et mon adresse, en petites majuscules. Je me réfugie dans ma chambre avec le dictionnaire d'anglais. Ainsi je savoure mieux chaque mot, je m'en assure, je me le répète dans ma tête et dans mon cœur. « Je t'aime, tu me manques, je t'aime, tu me manques »... La page en est pleine. Certaines phrases sont soulignées d'un trait si fort que l'empreinte en est encore visible cinq pages plus loin. Cinq pages pour dire : « je t'aime, tu me manques ».

L'éloignement et le délicieux mystère d'un tel message, venu d'aussi loin, me donnent un sentiment nouveau. Je mûris, du moins je le crois. Je deviens quelqu'un. Un être à part entière, l'objet de l'amour d'un autre. J'étais tellement persuadée jusqu'ici que personne ne m'aimait. Je réponds immédiatement dans l'enthousiasme, cherchant avidement dans le dictionnaire les mots pour dire la même chose, avec de la folie en plus. Un lien régulier s'instaure désormais. Les lettres arrivent en général le mercredi, par le jeu des transports aériens je suppose. Je compte les jours anxieusement : seul le mercredi est un jour de bonheur, le reste de la semaine n'est qu'une attente maladive. Dès que la lettre arrive, je m'enferme dans ma chambre pour la lire et la relire. Princesse, mon petit teckel, est vautrée sur la couverture avec moi. Je caresse son pelage sombre, en savourant les mots tendres et passionnés. Il ne donne guère de nouvelles de lui, il ne parle que d'amour, et c'est un enchantement.

Maman a remarqué les timbres, elle m'a vue m'enfermer, semaine après semaine, et il est plus que probable qu'elle a été prévenue de ma rencontre avec Chaïm par le père Edgar. D'abord elle ne dit rien, puis un jour se décide :

– Qui est-ce qui t'écrit ?

– Oh, un copain...

J'ai répondu d'un air qui se voudrait indifférent. La règle dans notre famille, c'est la discrétion et le respect de l'intimité de chacun. Maman n'insistera pas, je le sais. Elle doit se dire que sa fille vit un petit béguin, éphémère, qui mourra de lui-même avec la fin des lettres venues d'Israël.

Cette fois, c'est un petit paquet. Il est décoré de l'écriture de Chaïm et sa provenance est reconnaissable. Maman m'observe avec intérêt le débarrasser de ses couches de ruban adhésif. À l'extrémité de la grande table de bois de la cuisine, je m'énerve, impatiente, elle a l'air de s'amuser de ma nervosité, alors je prends les ciseaux pour trancher dans le vif. Un court message d'abord : « Je t'aime. » Maman est dans mon dos, regardant par-dessus mon épaule. Je cache rapidement le mot d'amour au fond de ma poche. Le cadeau est minuscule. Un petit pendentif de plastique, portant le signe du zodiaque de Chaïm. Un scorpion. Je l'accroche symboliquement sur mon sac, à côté du galon.

Je transporte ainsi tous les jours Chaïm avec moi. Il ne me quitte pas. Israël ne me quitte pas non plus. Ma passion pour ce pays ne fait que croître, et je harcèle les parents pour qu'ils m'inscrivent à un cours d'hébreu une fois par semaine. Et je réponds à chaque lettre. Mais les réponses commencent à s'espacer. Le vide désespérant de la boîte aux lettres me ronge le cœur. Je continue d'écrire, obstinément, imaginant n'importe quoi, il est dans l'armée, loin, en mission, mon beau parachutiste. Il ne peut écrire à son amour lointain... Ou alors il en a rencontré une autre, ou alors il ne pense plus à moi, ce n'était qu'un jeu.

Je passe mes grandes vacances la mort dans l'âme. Déprimée. Des mois sinistres et vides, le temps immobile, le bonheur disparu.

Septembre. Les parents m'ont inscrite dans une excellente école privée de secrétariat, il faut bien que je prenne mon avenir en mains. Mais le rythme des études ne me convient pas. Je manque de discipline, de maturité. Ennui, frustration, solitude... Patsy, qui a cru s'envoler un jour, traîne à nouveau les pieds. Je suis retombée sur terre, avec le poids de mes doutes sur moi-même, toute ma révolte profonde. J'en ai marre d'être grosse, marre d'avoir des boutons, marre de ne m'intéresser à rien, marre d'en avoir marre. Mon destin est bouché, noir. J'arpente l'avenue des Fleurs pour aller à l'école et revenir à la maison, j'affronte la famille à table avec mes cent grammes de viande et de légumes, comme si j'allais mourir demain.

Maman ne vient jamais me chercher à l'école, et, ce jour-là, j'ai peur en la voyant à la sortie. Il a dû se passer quelque chose de grave.

– Regarde qui est venu te voir, Patsy...

Chaïm est derrière elle. Souriant, en civil, habillé d'un jean et d'une chemise, son éternel paquet de Camel et son briquet à la main.

– Il a frappé à la porte ce matin!

C'est la débandade dans ma tête. Les sentiments se bousculent. Il a fait un si long voyage pour me voir que j'en suis fière et heureuse. Mais la gêne, la surprise, et la colère aussi m'envahissent. Il n'écrivait plus depuis des semaines, et le voilà? Il a frappé à la porte de la maison, comme si tout le monde n'attendait que lui?

– Bonjour...

Aucun autre mot ne peut sortir de ma gorge pour l'instant. Maman est venue en voiture, nous montons, Chaïm et moi, à l'arrière, et très vite il veut prendre ma main dans la sienne. Je résiste, il la prend d'autorité. Maman jette des regards furtifs dans le rétroviseur, et je devine qu'elle est mal à l'aise. Moi aussi. Nous roulons en silence jusqu'à la maison. Là, il m'explique qu'il a dû cesser de m'écrire à cause d'une blessure au bras droit.

– Ça s'est passé pendant des manœuvres, regarde!

Il me montre fièrement son bandage, et les cicatrices. Il a reçu pour sa bravoure une permission exceptionnelle, dont il a profité pour venir me voir. Le moral remonte avec cette explication que je prends pour argent comptant. Il a réellement fait tout ce chemin uniquement pour moi, son silence n'était pas voulu, je l'ai mal jugé.

L'hospitalité dans notre maison est de rigueur, une seconde nature pour mes parents. Ils proposent tout naturellement à Chaïm de quitter son hôtel pour s'installer chez nous le temps de son séjour. Maman lui prépare une chambre au second étage. Et nous nous retrouvons au dîner, autour de la table de la cuisine. Chaïm est reçu comme nous recevons tous nos invités, chaleureusement, même si je perçois toujours cette lueur de gêne dans l'œil de maman. Un petit ami pour sa Patsy de seize ans, c'est peut-être un peu tôt pour elle.

Aussi loin qu'il m'en souvienne, maman a toujours été attentive à la culture et aux traditions des autres. Par exemple, lorsque nous recevons des juifs, elle ne sert pas de porc. Elle m'a demandé :

– Il mange casher, ton ami, je suppose ?

– Non.

Ce soir, nous mangeons donc du porc. Chaïm réclame une seconde portion de viande. Maman sourit :

– Je suis heureuse que tu aimes le porc !

– Ne dites pas que c'est du porc !

La réponse est sèche, brutale. Il a l'air choqué, et ma mère, confuse, est sur la défensive :

– Mais si, c'est du porc !

– Non ! Il ne faut pas dire que c'est du porc !

Il paraît sérieux, et le ton reste autoritaire, ce qui met tout le monde mal à l'aise. Mes frères se regardent, indécis quant à la contenance à adopter. Un silence pesant règne tout à coup, car personne ne comprend. Est-ce une gaffe ? Chaïm est-il vexé d'avoir mangé du porc sans le savoir ? Il daigne enfin nous éclairer sur sa réflexion curieuse :

– Il vaut mieux l'appeler « la viande que j'aime ».

Maman lève un sourcil étonné, les lèvres serrées. Elle réplique immédiatement :

– C'est de l'hypocrisie pure et simple, non ? La viande que j'aime ?

– Mais oui, c'est parfait... voilà ce qu'il faut dire.

Chaïm sourit, mais refuse d'en prendre davantage. Le malaise a du mal à se dissiper autour de la table. Je sens une sorte de désapprobation familiale collective de cette attitude. Chacun reste poli, mais n'en pense pas moins. Ma mère en aura la confirmation dès le lendemain, mais je n'en saurai rien sur le moment.

Chaïm demande à mon frère Éric de l'emmener à la chasse avec lui, près de Gentinne. Il y a là-bas des plates-formes de tir installées dans les arbres. Éric est un amoureux fou des oiseaux, un ornithologue en puissance. Mon frère adore la nature et la solitude, la chasse aussi, comme mon père. Quelques heures plus tard, lorsqu'ils sont de retour, Éric fait une sale tête, l'air buté. Maman demande :

– Qu'est-ce qu'il y a ? Ça s'est mal passé ?

– Ce mec n'a jamais été un para ! Il n'est pas plus militaire que je suis pape !

Éric ironise toujours, une seconde nature chez lui. Il a le don de toujours mettre le doigt sur les faiblesses des autres. Son ton moqueur m'a souvent exaspérée pendant notre enfance.

– Il a la trouille de l'altitude ! Le vertige ! Quand je lui ai montré la première plate-forme dans un arbre, il s'est défilé sous prétexte qu'il avait les mains gelées, et qu'il n'arriverait pas à monter là-haut. Tu parles ! Il était mort de trouille oui !

Maman ne m'a rien dit, je n'ai appris cette conversation que plus tard. Elle ne voulait pas me décevoir, et pourtant elle s'inquiétait. M'aurait-on dit que Chaïm était un trouillard ou un lâche, à ce moment-là je n'y aurais vu que l'éternelle ironie fraternelle.

Nous nous promenons beaucoup, Chaïm et moi. Nous marchons des heures, comme à Jérusalem, seuls, libres de nos paroles et de nos gestes. Il prend des photos sans arrêt.

– Mets-toi devant la maison, je montrerai la photo à mes copains de chambrée.

Pourquoi toujours la maison ? Elle semble le fasciner. Le quartier de l'avenue des Fleurs, les belles demeures, dont la nôtre, font l'objet d'un reportage méticuleux. L'herbe toujours verte, les jardins, c'est une sorte de paradis pour lui qui vient d'un pays aride, où les maisons se ressemblent toutes, mais quelque chose me dit que la maison familiale est l'objet principal de son attention. Il veut pouvoir la montrer là-bas en disant :

– Voilà la maison de ma petite amie !

Je ne sais pas si cela doit me rendre fière ou m'agacer. De toute façon, il est tendre, passionné, mes sentiments pour lui ne font que grandir. Le recul, discret mais évident, de la famille devant l'homme de ma vie ne m'arrête pas. Au contraire, il ne fait qu'amplifier mon amour. Me rapprocher de lui.

Mais, mon chien ne l'apprécie pas non plus. Et il le lui rend bien.

– Tu t'occupes plus de ton chien que de moi !

L'instinct animal ne parviendra pas non plus à me rendre méfiante. Je suis éblouie, aveuglée.

Bien plus tard, Chaïm m'avouera que la première nuit de son arrivée en Belgique, à l'automne 1977, il l'a passée sous nos fenêtres, avenue des Fleurs, à contempler les lumières de la bâtisse de trois étages, élégante et spacieuse, où habitait sa petite Patsy. La belle maison aux portes de fer, lourdes et blanches, closes sur un jardin représentait pour lui le luxe. Ses parents vivaient à l'est de Tel-Aviv dans une banlieue poussiéreuse, proche du désert. Il n'était pas ce qu'il prétendait, il n'était pas ce qu'il montrait.

Tandis qu'il fumait dans la nuit sous ma fenêtre, en examinant les lieux, je dormais dans ma chambre. Je l'avais presque oublié. Et si les hasards de la vie avaient voulu que j'habite un taudis, je ne l'aurais jamais revu. Ce n'était pas moi qu'il voulait, mais bien cette maison, le symbole de ce qu'il prenait pour la richesse. Il a d'abord évalué la chose et il est revenu frapper à la porte le lendemain matin, bien décidé à prendre dans ses filets la jeune oiselle que j'étais. Naïve, têtue, aveuglée par l'amour, j'ai mis le pied dans le piège volontairement. Si ma famille, à cette époque, avait tenté de contrarier cet amour fou, je me serais enfuie. Mes parents le savaient, ils ont supporté cela avec l'espoir que les choses n'iraient pas loin. Mais j'étais une enfant révoltée, qui ne s'aimait pas, prête à toutes les folies pour celui qui disait l'aimer.

Le week-end que nous passons à la campagne, dans la maison de Nassogne, est un enchantement pour moi. À une heure au sud de Bruxelles, c'est la forêt, l'air pur, le calme que j'aime depuis mon enfance. Comme à celle de Bruxelles, maman a su donner à cette maison une chaleur particulière. Les trophées de chasse de mon père accrochés au mur, la cheminée de pierre, le décor simple et confortable, les bougies, les noisettes à grignoter sur la table, les fleurs du jardin dans les vases, les parquets patinés, la grande table de chêne qui peut accueillir douze personnes...

Chaïm contemple cette solidité, cette opulence tranquille de la pierre et du bois. La vue au-dehors est sans limite. La grande forêt des Ardennes, les roches de granit... Par son âpreté même le paysage est profondément sécurisant.

Et c'est ici que Chaïm trouve un moyen de s'affirmer devant ma famille. Mon père n'est pas bricoleur, il dit souvent en plaisantant :

– J'ai deux mains gauches et dix pouces !

Or Chaïm est extrêmement habile de ses mains. D'une adresse étonnante. Qu'il s'agisse d'électricité, de plomberie, de travailler le bois ou le métal, il semble pouvoir tout faire. Il a entrepris de réparer le loquet de la porte de la salle de bains, et mon père étonné et ravi s'exclame :

– On va t'appeler « doigts d'or » !

– Je suis le meilleur !

Il en est persuadé. Fier du compliment de mon père. Cet avantage qu'il a sur les autres le met en valeur. Comment critiquer un garçon de son âge qui sait tout faire de ses doigts ?

Didier, mon grand ami, ne me paraît pas impressionné par « le meilleur ». Lorsque je les présente l'un à l'autre à notre retour de week-end, ils échangent un regard glacial. La haute silhouette, bien charpentée, de Didier, ses cheveux châtains, ses yeux bleus et son rire spontané rendent peut-être Chaïm un peu jaloux. Je lui explique ce que représente Didier pour moi, le presque frère, celui qui calme mes fureurs, l'ami indéfectible. Jamais nous n'avons flirté. Notre amitié n'y aurait pas survécu, et nous y tenons tous les deux.

Chaïm me donne l'impression d'enregistrer l'information, mais ne fait pas de commentaires. Pourtant, vers la fin de son séjour, alors que nous bavardons tranquillement, je ne me souviens plus exactement de quel sujet, il demande tout à coup :

– Est-ce que tu es vierge ?

La phrase en anglais me laisse interloquée. Je me demande si j'ai bien compris. *Virgin ?* Il a bien dit *virgin*, vierge... Je réponds platement :

– Évidemment.

– Tu n'as jamais fait l'amour avec un garçon ?

Il me met terriblement mal à l'aise. Ce genre de question m'est insupportable en fait.

– Non ! Bien sûr que non !

Toute la conversation précédente, dont je n'ai gardé qu'un vague souvenir, il l'a menée pour en arriver là. Insidieusement, l'air de rien. Il sait ce qu'il voulait savoir. Être vierge à seize ans, c'est normal, étant donné mon éducation et mes idées sur le sujet. Je n'ai pas de petit ami, j'ai du mal à faire confiance aux garçons, et si, justement, je lui ai fait confiance à lui, Chaïm, c'est que son attitude a toujours été respectueuse, qu'il dit m'aimer, et le répète suffisamment pour que j'y croie.

Cette question m'a troublée profondément. Et si j'avais voulu l'oublier je n'aurais pas pu, car, à peine de retour en Israël, Chaïm m'adresse une lettre commençant par ces mots : « Ma petite vierge chérie ». Toutes les autres feront mention de cette virginité à laquelle il semble donner une importance presque mystique.

Chaïm revient quelques mois plus tard, après m'avoir bombardée de lettres d'amour. Mes parents font un voyage, mes frères et moi sommes seuls à la maison, et je viens d'avoir dix-sept ans. Je ne me demande pas, comme mes frères et mes parents, comment il fait pour voyager ainsi, si l'armée est aussi prodigue de permissions. L'amour est pour moi une raison suffisante. Je lui manque, il ne peut pas vivre sans moi. L'hiver bruxellois en est illuminé de soleil.

Deux ou trois jours après son arrivée, Chaïm entame son sujet préféré. Il oriente habilement la conversation sur les relations sexuelles en général afin de continuer son enquête.

– Dis-moi la vérité. Tu as déjà couché avec un garçon, oui ou non ?

À nouveau mal à l'aise, je réponds calmement et sincèrement :

– Non, jamais.

– Prouve-le-moi !

Donner la preuve de ma virginité ? Comment faire ? Ma parole ne lui suffit pas ?

– La seule solution, pour que je te croie, c'est que nous couchions ensemble. D'ailleurs, c'est mieux pour toi. La première fois, il vaut mieux qu'une fille couche avec quelqu'un d'expérimenté.

Je ne sais pas comment répondre à cet ultimatum. Nous discutons dans le petit salon, après le dîner. Mes frères sont dans leurs chambres, j'ignore s'ils se doutent que je ne suis pas dans la mienne, et je m'en fiche. Si Éric ou Géry me faisaient une réflexion, je saurais bien les envoyer promener. Cela, ils le savent. Et les parents sont en Espagne.

Ce salon d'habitude si joyeux, réservé aux enfants de la maison et aux copains, avec ses canapés de tissu douillets, est devenu le lieu de nos discussions amoureuses. Chaïm me regarde d'un œil noir, impérieux. Son nez d'oiseau, se découpant dans la lumière, sa bouche mince et autoritaire m'impressionnent. C'est un homme, lui. Il a de l'expérience, et je ne suis qu'une gourde.

La chose qu'une jeune fille supporte le moins, en tout cas moi, c'est de passer pour une gourde, justement. Avoir l'air de savoir, de tout savoir, d'être grande.

– Et si je tombe enceinte ?

Chaïm connaît mes problèmes de santé. Il sait que je suis un traitement médical. L'air compétent il m'assène :

– Mais non ! Tu ne peux pas tomber enceinte ! C'est impossible !

Selon lui, je ne fais pas partie des femmes qui « peuvent » tomber enceinte. J'accepte la condamnation. Quel autre argument puis-je avancer ? Puisqu'il m'aime, que je l'aime, qu'il a vingt ans et moi dix-sept, que nous sommes libres, et qu'il veut la preuve précieuse que je n'appartiens qu'à lui...

Pour la première fois de ma vie, je me trouve devant quelqu'un qui se montre plus persuasif et plus obstiné que moi. Il est déterminé à obtenir ce qu'il veut. Il en a l'art et la manière. C'est le genre d'homme qui explique tout, analyse, décortique, et persuade l'autre qu'il a raison. Il enfonce le clou jusqu'à le faire disparaître complètement dans le bois.

À vrai dire, il n'a guère d'effort à faire. Je suis tellement amoureuse, exaltée par cette passion, que je me jetterais au feu pour lui. La seule barrière qui m'arrête vraiment, c'est la peur d'être enceinte. Je suggère l'utilisation d'un contraceptif. Mais son visage se durcit, et il secoue la tête avec dédain :

– Pour quoi faire ? Tu n'en as pas besoin, tu es stérile, j'en suis certain.

J'hésite encore. Alors il me jette un conseil, puisque je suis une débutante ignare.

– Écoute, si ça t'inquiète, tu n'auras qu'à te laver soigneusement après.

Toutes les jeunes filles ont vécu ce moment. La première fois... Pour moi, il y avait l'amour bien sûr. Le fait aussi que mon corps n'était pas mon meilleur ami. J'ai voulu faire ce que je ne savais pas faire. L'amour. Comme j'aimais Chaïm moralement, j'ai tenté de lui prouver que je l'aimais physiquement. Le résultat fut totalement déprimant.

Tout se passe très vite, cinq minutes à peine, une nuit où nous attendons patiemment que mes frères soient endormis à l'étage au-dessus. Juste après, pourtant, je suis heureuse, je veux l'être, d'avoir donné du plaisir à Chaïm. Mais nous sommes déjà en complet décalage. Il dit d'abord :

– T'as vu ? Je suis super, non ?

Je n'en sais rien. J'ai souffert en serrant les dents, je n'ai rien dit par pudeur. Je n'ai rien ressenti de « super », comme il dit. J'ignore ce qu'il fallait attendre de ce premier rapport. De la tendresse, des précautions, une attention particulière... Je n'ose pas le contredire. Mais ensuite il a une réaction tout à fait étrange.

– Pourquoi tu n'as pas crié ? Si tu étais vierge, tu aurais dû avoir mal ! Tu aurais dû saigner !

Pétrifiée par cette accusation, je le regarde examiner ma chemise, et affirmer méchamment que ma « participation » évidente prouve mon expérience sexuelle ! J'ai voulu simplement adopter une contenance, ne pas apparaître comme le piquet terrorisé, que j'étais en fait. Et il appelle cela de l'expérience. Pour lui, c'est la preuve que je ne suis pas la pure jeune fille qu'il attendait. J'ai beau insister, il refuse de me croire. Pourtant je me suis réellement donnée à un garçon, pour la première fois de ma vie, et mon engagement est total. Mon éducation catholique m'interdit de prendre les choses à la légère. Et cet interrogatoire est très pénible, humiliant.

C'est probablement ce qu'il cherchait avant tout. M'humilier, me mettre en état de culpabilité, m'obliger à devenir une « chose » obéissante, peureuse. Il ira dans ce domaine jusqu'au lavage de cerveau. Je m'en rendrais compte trop tard. Je réagis déjà comme une coupable, une esclave qui cherche désespérément à prouver sa bonne foi au bourreau.

Après quelques jours, durant lesquels il ne cesse de marteler son accusation, il m'achève :

– Prouve-moi que tu étais vierge !

Comment fait-on pour prouver cela ? Me voilà devant un annuaire téléphonique, à la recherche d'un gynécologue. Je fais le numéro, je dérange chez lui le médecin choisi au hasard. J'insiste, et je lui pose la drôle de question. Il m'envoie promener, bien entendu. Alors je me décide à appeler celui qui a soigné mon dérèglement hormonal.

– S'il vous plaît, lorsque vous m'avez examinée la première fois, est-ce que j'étais vierge ?

Il bredouille, un peu gêné :

– Autant que je m'en souvienne, oui...

– Est-ce que vous pourriez le mettre par écrit ?

Ma demande est complètement stupide.

– Mais pour quoi faire ? Pour quelle raison avez-vous besoin d'un pareil document ?

Profondément humiliée, je fournis l'explication. La réponse du médecin ne pouvait pas être différente :

– Un homme qui ne vous croit pas sur parole ne mérite pas que vous vous attachiez à lui ! Quittez-le !

Éperdue d'amour, je refuse d'ouvrir les yeux, de faire tout simplement preuve de bon sens. Alors la question de ma virginité reste en suspens, entre Chaïm et moi, comme une arme empoisonnée, un reproche injuste dont il peut se servir quand il veut.

Parallèlement à cette inquisition, il s'occupe de ma santé. Je prends cela pour une preuve d'amour. Il me persuade de diminuer progressivement ma dose quotidienne de médicaments. Et il a raison. Ma santé s'améliore considérablement, j'en viens à penser que les traitements étaient plus néfastes que la maladie elle-même.

Chaïm est devenu pour moi une sorte de gourou. J'ai peur de l'avenir. Il va repartir, me laisser seule, sans amour, le grand vide. Je n'ai rien d'autre en tête que lui, ni but ni passion. Les disputes avec mes frères sont constantes. L'affrontement avec mon père quasi permanent. Je confie à Chaïm tous mes malheurs. Les résultats médiocres à l'école, l'ennui, le désespoir d'une existence sans lui.

– Si tu es malheureuse ici, viens en Israël ! Tu verras, on fera des choses passionnantes, des balades dans le pays, tu seras au soleil, tu aimes tellement le soleil ! Viens ! je m'occuperai de toi.

Viens ! Viens en Israël ! Je me laisse d'autant plus facilement persuader que j'ai la conviction de lui appartenir. Nous avons fait l'amour.

Chaïm est reparti. Il m'écrit des lettres insistantes, des déclarations d'amour, qui sont autant de sujets de désespoir pour moi, demeurée seule à Bruxelles, confrontée à ma solitude et à mon caractère lunatique d'enfant gâtée. Je possède désormais l'occasion de rompre les ponts avec ma famille. De faire enfin cette fugue dont je la menace constamment. J'annonce mon intention d'aller rendre visite à Chaïm en Israël. La discussion familiale est houleuse. Mon père lance d'abord de sa belle voix grave :

– C'est de la folie !

Puis il hausse le ton :

– Et tes études ? Tu as pensé à tes études ? Si tu pars en Israël, tu renonces à tes études !

L'approche de ma mère est différente. Elle utilise la douceur.

– Patsy, est-ce que tu es sûre que Chaïm est le garçon qu'il te faut ?

Les réponses sont tranchantes, absolues. Je refuse d'écouter, je ne veux pas de conseils. Je hurle à mes parents qui ont déjà tant souffert de mes excès de violence :

– Ça suffit maintenant ! Que vous le vouliez ou non, je pars ! Je vais rejoindre Chaïm !

– Pour combien de temps ?

– Je n'en sais rien. On va visiter le pays. Deux semaines, peut-être trois... qu'est-ce que ça peut vous faire ? Si vous n'êtes pas d'accord, je partirai quand même, je me débrouillerai !

C'est un chantage dont ils connaissent la portée. S'ils refusent de m'aider, ils me perdent. Or ils ne veulent pas me voir partir de la maison en claquant la porte, ils ont toujours essayé de me protéger contre moi-même, de négocier avec ma rébellion. Alors ils cèdent provisoirement, et à contrecœur. J'aurai l'argent qui me manque pour acheter un billet d'avion avec un retour open.

La liberté. Ce billet représente alors le « caprice » le plus terrible de ma vie. La possibilité de fuir la famille pour retrouver mon amour, et de rentrer quand je le voudrai... Si je le veux.

Si mes parents n'avaient pas cédé, j'aurais fui de toute façon. Ni les claques, ni les raisonnements, ni l'affection des miens n'y pouvaient rien. Les voix autour de moi, celles de ma mère, de mon père, d'Éric et de Géry ne me touchaient plus. Leur condamnation de cette folie ne faisait que la renforcer.

J'ai pris l'avion comme une noyée émerge à la surface d'un océan hostile.

4

La fuite en Israël

L'instant où je mets le pied sur l'aéroport Ben Gourion est toujours pour moi un véritable bonheur.

Tel-Aviv, la colline du printemps en hébreu, l'immense cité industrielle, moderne de Tel-Aviv... Il y règne une circulation infernale et un bruit terrible. Nous prenons aussitôt un autocar pour Jérusalem. Chaïm m'emmène dans un camp qui vient de s'établir dans la partie arabe de la cité. Nous y passons la nuit dans une caravane. Dès le lendemain matin, la première balade commence. Sac à dos nous partons à travers le désert au nord-est de Jérusalem, en direction de Jéricho, l'ancienne cité dont on dit qu'elle aurait plus de dix mille ans. Une oasis datant de l'âge de pierre!

Vingt kilomètres à faire sur la rive ouest du Jourdain, territoire occupé depuis la guerre des Six Jours en 1967. Chaïm avance devant moi d'un pas alerte. Ce n'est pas un désert de sable, le sol est recouvert d'une multitude de cailloux minuscules, qui tailladent mes pieds chaussés de sandales. Nous suivons un sentier tortueux utilisé autrefois par les bergers arabes. Par moments on ne distingue plus les limites du sentier, volatilisé dans les cailloux, mais Chaïm a une carte, il m'explique avoir fait plusieurs fois ce parcours en expédition militaire. Mes pas dans les siens, je respire le bonheur de l'aventure, de l'amour, de la liberté. Pour qui n'a jamais marché dans le désert, c'est une sensation impossible à traduire.

Soudain, devant nous, une longue roche plate sur laquelle quelqu'un a peint trois dragons noirs. Chaïm ignore l'origine de ce graffiti mystérieux et diabolique qui m'impressionne.

Après une courte halte nous repartons vers Jéricho. Mais, dans l'après-midi, je souffre d'ampoules énormes, mes pieds sont des plaies douloureuses, et la souffrance augmente à chaque pas. Je n'en peux plus, j'en ai les larmes aux yeux.

– Du courage, Patsy, nous ne sommes plus très loin, assieds-toi un moment, la route est meilleure maintenant.

Ces maudites sandales ne sont pas du tout faites pour la marche. J'ai atrocement mal et le sentier monte, la côte est raide, jusqu'à une butte que Chaïm veut atteindre pour y camper la nuit. Il m'encourage et je m'accroche, mes pieds ne sont plus qu'une cloque.

Mais une nuit dans le désert avec Chaïm, à la belle étoile, à ce moment-là, c'est une véritable symphonie de bonheur. Le lendemain matin, nous reprenons la route, plus lentement car j'ai toujours mal. J'aperçois de loin un camp de réfugiés palestiniens où flotte le drapeau des Nations unies. Nous longeons des rangées de petites maisons basses aux murs d'argile rouge. À l'approche de Jéricho, nous nous arrêtons dans une petite épicerie, pour faire un stock de provisions : corned-beef et légumes en conserve.

Cette ville qui fut jadis le cadeau de Marc Antoine à Cléopâtre est un mirage surgi du désert. Des hibiscus géants au rouge somptueux, des orangeraies, des bananeraies à perte de vue... Après la chaleur étouffante du désert, c'est un miracle d'ombre et de fraîcheur. Nous achetons de la gaze pour panser mes plaies, et je peux visiter plus confortablement les superbes ruines romaines.

En commençant notre randonnée, nous voulions traverser la rive ouest du Jourdain, et atteindre Mishmarot, un kibboutz où habite le frère aîné de Chaïm, Mordechaï. Mes pieds ne me permettent pas d'aller si loin, j'ai des ampoules de plusieurs centimètres de diamètre. Cent kilomètres de marche sans chaussures adéquates, c'est impossible. Nous reprenons donc la direction de Tel-Aviv pour y acheter ce qu'il me faut. Chaïm décide de prendre le car de temps en temps. Nous piqueniquons au milieu des vergers, dans le parfum entêtant des citrons jaune d'or ou verts, des oranges, des pamplemousses. Le ciel étoilé nous sert de toit. J'ai l'impression d'une magie suspendue dans le temps... Le coucher de soleil, le lever du soleil, l'ombre parfumée, le goût du pamplemousse frais cueilli de notre main... même la souffrance physique, à chaque pas, contribue à cet état d'euphorie dans lequel je me trouve. J'ai accompli cette marche dans la douleur, en dépassant mes limites, et, pour une fois, je suis fière de moi.

Une paire de rangers aux pieds, considérablement soulagée, je suis prête à repartir vers le nord. Chaïm, toujours attentif, n'a cessé de m'encourager, en s'arrêtant chaque fois avant que je m'effondre. Maintenant mon pas est meilleur. Nous longeons la côte, en traversant des villes et des villages d'un autre temps. Hezliya, Shefayyim, Netanya, la perle du Sharon, des plages superbes sur des kilomètres de sable doux, Avihavil, Hadera.

Mon amour pour ce pays augmente de jour en jour, et mon amour pour Chaïm aussi, le guide, le révélateur de ce bonheur romantique. Je me moque bien des hôtels et des plages de luxe : dormir sous les étoiles, allumer un feu de camp, ouvrir une boîte de conserve en riant, et mordre dans une orange à pleines dents, à mon âge, c'est le véritable luxe de la liberté. Se doucher sous les tourniquets des vergers embaumés, regarder voler les gouttelettes d'eau précieuse dans la lumière... J'aimerais pouvoir le hurler, ce bonheur-là.

À Mishmarot, je fais la connaissance de Mordechaï Edwar, frère aîné de Chaïm, de sa femme Gila, et de leurs deux petites filles. Mordechaï est technicien, dans la petite usine du kibboutz. Très affable, gentil avec moi, il semble plus éduqué que Chaïm. J'observe avec intérêt, pour la première fois, cet exemple de vie communautaire qui a fait tant rêver la jeunesse des années soixante-dix. Chaque matin, les hommes partent travailler dans les vergers ou à l'usine, certaines femmes aussi, les autres partagent leur temps entre les différentes tâches communautaires, cuisine, lessive, jardinage, garde des enfants, école. Les maisons sont petites, sobrement meublées, les repas sont pris dans un immense réfectoire. La seule chose qui me gêne dans un kibboutz, c'est l'absence totale de vie privée. Vivre en permanence à la vue des autres, devant les autres, je me sens trop individualiste et indépendante pour pouvoir le supporter longtemps.

Nous ne restons que deux jours à Mishramot, et rentrons à Tel-Aviv. Mon amour est ici. Terre et homme à la fois. L'envoûtement est total.

La voix de ma mère qui décroche le téléphone.

– C'est toi, Patsy ?

– Je ne rentre pas, maman. Je reste en Israël avec Chaïm !

Je vais toujours droit au but. Et comme d'habitude je n'écoute pas ses arguments. À quoi bon, je les connais par cœur. « Tu es trop jeune, tes études »... Elle m'annonce son arrivée avec mon père à Tel-Aviv par le prochain avion, et je suis convoquée avec Chaïm à l'hôtel.

L'entrevue est tendue. Mes parents nerveux, Chaïm agressif. En Belgique il se serait peut-être tu, mais ici en Israël, chez lui, il prend les devants.

Brusquement il interrompt la conversation qui m'oppose à mes parents.

– De toute façon, elle n'était pas vierge !

La colère et l'incrédulité sur le visage de ma mère. Cette provocation ridicule est manifestement destinée à embarrasser mes parents. Ils sont en effet bouleversés. Chaïm ne leur a jamais parlé sur ce ton, avec un manque total de respect. Il ne leur plaisait déjà pas, à présent ils ont peur pour moi. Maman dira plus tard que cette journée de discussion dans une chambre anonyme d'un hôtel de Tel-Aviv a été le début d'une longue série de jours difficiles. Je suppose qu'il leur a fallu un grand courage, ce jour-là, pour ne pas s'opposer brutalement à cet homme qui leur volait leur fille avec autant d'arrogance. Ils savaient qu'ils perdraient contact avec moi, s'ils le faisaient. Ils espéraient que j'allais reprendre mes esprits, tôt ou tard, et qu'à ce moment-là je n'hésiterais pas à faire appel à eux. Une rupture entre nous aurait été trop grave. Ni mon père ni ma mère ne pouvaient utiliser cette stratégie.

Au contraire, mon père décide de prendre le meilleur parti possible de l'événement.

– D'accord, tu peux rester, tu as toujours ton billet de retour open, c'est déjà ça, mais je mets une condition à ce séjour prolongé. Tu vas t'inscrire à l'école, et apprendre l'hébreu.

Bien entendu j'accepte avec empressement cette proposition qui évite un drame. Car je n'ai pas encore dix-huit ans, et l'autorité des parents demeure tout de même un frein à ma soif de liberté totale.

Ils repartent. Adieu contrainte, me voilà seule au monde avec Chaïm Edwar, je vais vivre avec lui. Dormir avec lui, me réveiller avec lui pour toujours.

Un cube de ciment qui donne sur un jardin. C'est une maison, celle des parents de Chaïm à l'est de

Tel-Aviv, dans la grande banlieue, entre Ramat-Gan et Petakh Tikwa. Des rues poussiéreuses, des bâtiments alignés, la banlieue du désert.

La maison familiale de mon prince charmant ressemble à toutes celles de ce quartier sans âme. Une vaste pièce centrale, trois autres petites pièces, qui servent à tout. Dans chacune des pièces, un lit et une armoire bourrée de couvertures. Il y a aussi une cuisine et une petite salle de bains. Le temps a bien éprouvé la solidité des murs. À leur jointure avec le toit, filtrent par endroits des rayons de soleil. Ou la pluie.

Le père de Chaïm, Sholomo, maigre, nerveux, le menton orné d'une barbe blanche en pointe, est le premier juif pratiquant dont je fais la connaissance. Il porte de chaque côté des oreilles les *peyots* traditionnels, mèches de cheveux qui descendent juste en dessous du lobe de l'oreille. Il arbore toujours un chapeau ovale, de couleur noire, sur ses cheveux gris. Cet homme ne m'aime pas. Il me rejette dès la première minute. Je suis chrétienne, et pour ce juif religieux, émigré du Yémen, c'est une malédiction. Au début je n'ai pas compris pourquoi il se déplaçait dans la maison avec une telle lenteur, prenant appui sur les murs de ses mains maigres et noueuses. Finalement je me suis rendu compte qu'il était ivre en permanence. Il rentre chez lui vers quatre heures de l'après-midi, et fouille tous les placards à la recherche d'une bouteille de vodka. Le verre doseur est dans sa poche. C'est une manière de vivre ou de se suicider, je ne sais pas, mais il lui arrive de boire tellement qu'il tombe en syncope.

Leah, son épouse, est chaleureuse. Une petite femme solide portant de longues robes sur un pantalon bouffant. D'origine yéménite, elle aussi, elle a été mariée à Sholomo alors qu'elle était encore impubère. Une enfant qui est tombée enceinte dès ses premières règles. Qui obéit à l'époux et aux fils selon la tradition séculaire. Jusqu'à devenir leur esclave. La femme appartient au mari, la mère doit se dévouer à ses fils. Dans la journée elle travaille dans un foyer pour enfants.

Le soir elle rentre vite pour être présente au retour du mari et des enfants, à l'écoute de leurs désirs, et toujours souriante. Elle seule fait l'effort de m'accepter dans la famille. En dépit de son mari, qui ne tarde pas à avoir l'injure à la bouche. Lui, je l'entendrai souvent grommeler, comme si je n'étais pas là.

– Pute de chrétienne ! Chienne de chrétienne !

Ils nous ont laissés nous installer au fond de la petite cour, derrière chez eux, dans une autre construction de ciment. Minuscule. C'est notre maison. Outre la pièce principale, on y trouve une cuisine lilliputienne, et un coin douche. L'hiver, nous nous servirons d'un poêle à fuel, et l'eau sera chauffée comme dans la plupart des maisons israéliennes, par l'énergie solaire. L'été, c'est une fournaise. Mais cette existence spartiate, à quelques mètres des parents de Chaïm, me convient parfaitement. Toujours l'idéalisme de mon âge, l'attrait de la nouveauté. Je trouve romantique de devoir déplier chaque soir le canapé-lit qui prend toute la pièce, romantique de me lever tôt le matin, sur la pointe des pieds, pour ne pas réveiller Chaïm. Me voilà pionnière moi aussi de ma nouvelle vie.

Chaïm ne se réveille que vers une heure de l'après-midi, prend sa douche, enfile son costume et une cravate, et part vers de mystérieuses affaires. La plupart des gens ici travaillent en short et en chemisette en été, mais Chaïm estime qu'il est important d'avoir l'apparence du jeune cadre dynamique. Il a fini son temps dans l'armée, et dispose de toutes ses journées pour construire notre avenir. Il le voit grand. Fonder une entreprise, faire de l'import-export, gagner beaucoup d'argent. En attendant il se contente de vendre des encyclopédies au porte-à-porte.

J'ai mes propres occupations de jeune fille au foyer. J'allume d'abord la radio, sur la fréquence de

Kol ha Shalom, la Voix de la Paix. La station n'appartient pas à l'État et émet à partir d'un navire situé hors des limites maritimes d'Israël, donc illégalement, selon Chaïm. Elle a pour moi l'avantage de diffuser des chansons, en hébreu et en anglais, de parler de paix et d'amour, et de m'aider à balayer et nettoyer notre petite maison. Ensuite, je passe à la lessive. À la main. Les draps sèchent au-dehors en une demi-heure, tant le soleil est éclatant. En fin d'après-midi, je prends le temps d'aller rendre visite à la tante de Chaïm. Elle a épousé un Français, et le fait de pouvoir parler un peu ma langue maternelle est reposant. Parler anglais est toujours difficile avec Chaïm, bien que j'aie fait des progrès, et l'hébreu me demande encore des efforts.

Je ne suis pas du tout cuisinière. Ma mère est pourtant experte en la matière, mais aux fourneaux je ne suis bonne à rien, et heureusement nous prenons nos repas chez les parents de Chaïm. Un soir au cours du dîner, composé comme la plupart du temps d'une délicieuse soupe de poulet et de légumes, Sholomo se lève brusquement, en m'injuriant. Il parle en hébreu et beaucoup trop vite pour que je puisse le comprendre, mais il me paraît évident que j'ai dû faire quelque chose de mal, sans le vouloir. Chaïm semble prendre ma défense, la discussion finit par s'apaiser, mais toute la famille a l'air embarrassée. Je dois attendre que nous soyons seuls dans notre nid de ciment pour demander à Chaïm quel outrage j'ai bien pu commettre.

– Mon père a cru que tu versais du lait dans ton assiette, à côté du poulet. Il refuse de dîner en face de quelqu'un qui ne mange pas casher.

– Du lait ? Mais c'était de la mayonnaise !

Il était tellement soûl qu'il a pris cela pour du lait. Or une règle casher exige, lorsqu'on a consommé de la viande, que l'on attende plusieurs heures avant de consommer des laitages. J'ignore le sens de cette règle. Et j'ai du mal à lui trouver une explication. Je me dispute avec Sholomo à chaque dîner.

Je ne tiens pas du tout à offenser qui que ce soit dans cette famille. Je les respecte, comme je voudrais qu'on me respecte, et je mange casher parce qu'ils mangent casher. J'ai posé beaucoup de questions sur ces règles, à Chaïm comme aux autres. À l'origine il s'agissait de règles d'hygiène, m'a-t-on dit. Il ne fallait pas manger la viande des animaux carnivores. Le porc, qui mange de tout, était considéré comme un charognard donc impur, ansi que tout ce qui provient de la mer et ne porte pas d'écailles protectrices. Il me semble qu'au fil des siècles, la plupart de ces règles sont devenues inutilement contraignantes...

Mes disputes avec Sholomo rendent l'atmosphère de la maison pesante.

Leah ne dit rien. Son visage a prématurément vieilli, son corps est las d'avoir mis au monde bien trop tôt ses enfants. Elle supporte les hurlements de son alcoolique de mari. Ce devait être une jeune fille jadis, au moment de l'exode des juifs yéménites, lorsqu'on lui a fait épouser sans son avis Sholomo, afin d'éviter à celui-ci d'être enrôlé dans l'armée israélienne.

Leah a mis cinq garçons au monde, ce dont elle est fière. Elle a perdu un de ses fils à l'adolescence. Il lui reste l'aîné, Mordechaï, qui vit au kibboutz, Asher, jeune homme au caractère ouvert et agréable, très à l'aise avec les femmes et les enfants, le contraire de Chaïm, que l'on pourrait qualifier de « macho » pur et dur ; et puis il y a Goory, le dernier, huit ans, c'est avec lui que j'apprends le mieux l'hébreu. D'abord parce qu'il s'amuse de ce qui lui apparaît comme un jeu, et aussi parce qu'il a un caractère heureux.

Chaïm reste le chouchou de sa mère. Le fils chéri, celui à qui l'on pardonne tout, « le meilleur ». Ce qu'il dit de lui si souvent est une vérité établie par sa mère. Elle m'a laissé entendre qu'il avait commis quelques bêtises, adolescent, mais qu'il s'était laissé entraîner par des copains.

– Ce n'est pas sa faute...

Leah est fière du courage de son fils, blessé à l'armée. Cela se traduit par une adoration qui me gêne presque quand, parfois, elle l'exprime avec emphase. Un jour, elle sort d'une boîte en carton une chemise déchirée rouge de sang.

– Il a reçu une balle pendant une fusillade ! Cette nuit-là lorsqu'il est rentré à la maison, son uniforme était rouge de sang !

– Mais pourquoi garder cette chemise tachée ? Vous ne voulez pas la laver ?

– Chaïm voulait garder un souvenir.

Chaïm ou elle ? Ou les deux. Ce que veut Chaïm, sa mère le veut aussi. La chemise tachée retourne dans la boîte en carton, précieuse relique du héros. Quand j'aurai des doutes sur la réalité de la bravoure du héros et ses exploits, il sera trop tard.

L'armée est un perpétuel sujet de colère pour Chaïm. L'armée ne lui a pas fourni les soins médicaux dont il avait besoin, l'armée se moque de lui, lui Chaïm le brave... Chaque année les vétérans de l'armée doivent reprendre du service durant un mois, et ce jusqu'à l'âge de la retraite. Ils sont également mobilisés en cas d'alerte. J'ignore pourquoi Chaïm, parachutiste d'élite, n'est pas appelé comme les autres.

– C'est à cause de ma blessure au bras !

Il porte toujours un bandage élastique, comme en ont les sportifs. Je n'ai jamais réellement déterminé de quel handicap il souffrait, et si la blessure avait laissé des séquelles. Chaïm est un héros de l'armée puisqu'il le dit.

Je me suis inscrite à des cours d'hébreu, mais les leçons se transforment en d'assommantes discussions politiques. L'année dernière le président égyptien Anouar El-Sadate est venu à Jérusalem faire un discours à la Knesset, le Parlement israélien, et il souffle dans le pays, pour la première fois depuis des années, un vent d'optimisme. Le rétablissement de la paix avec les pays arabes est possible. Je suis pour la paix bien sûr, mais je hais la politique. Je soutiens Israël, je connais son histoire, et je comprends les conflits historiques qui l'opposent aux Palestiniens. Mais j'ai constaté que la plupart des Palestiniens sont des gens ordinaires, pas des terroristes, qui essaient tout simplement de gagner leur vie. Je n'ai pas envie d'entrer dans des discussions arbitraires. Je décide donc d'abandonner les cours. J'ai acquis des bases suffisantes en Belgique – je suis douée pour les langues – pour pouvoir me contenter de parler hébreu avec le petit Goory. Il m'apprend des chansons, me sert de traducteur, corrige mes fautes. Je parle aussi beaucoup avec Leah, de choses simples, comme la cuisine yéménite, le ménage, les hommes, la famille. J'apprends ainsi, par bribes, un peu de l'histoire de cette femme courageuse.

Sholomo et elle étaient riches lorsqu'ils ont quitté le Yémen pour s'établir en Israël. Et leur arrivée en Terre promise après la guerre a été rude. Entassés dans des camps de fortune, vivant dans des hangars métalliques, où la chaleur était horrible en été, ils ont connu des conditions de vie épouvantables. Leah me raconte que certains Européens ont abusé des juifs yéménites, qu'ils considéraient comme une caste inférieure. Elle a vu une femme s'emparer d'un enfant yéménite sous prétexte de le soulager de ces conditions de vie épouvantables, et ne jamais le ramener. Les femmes sans enfants se procuraient donc des bébés à bon compte dans les camps d'immigration.

Le système hiérarchique des castes en Israël, tel que me le décrit Leah, est étonnant. Les juifs d'Europe ou d'Amérique occupent le haut de l'échelle sociale, les juifs d'Afrique du Nord, le bas, les Yéménites également. On leur prête une réputation de paysans rustres et grossiers, un esprit de clan, et des coutumes trop arabes dans leur mode de vie. Leah se considère comme victime d'un rejet et d'un certain mépris. Ainsi le couple Edwar est tombé dans la pauvreté. Et Chaïm voudrait être riche.

C'est un inspecteur redoutable et maniaque du ménage. Il inspecte la maison en rentrant de son travail, et ne ménage pas ses remarques. Même injustifiées.

– Tu es une mauvaise femme ! Il y a trois semaines que tu n'as pas lavé les draps ! Ou même un mois !

– Pas du tout ! Je les lave deux fois par semaine, comme tu me l'as demandé.

– Je ne les vois pas dehors !

– Parce qu'ils sont secs en moins d'une heure ! Je les remets à leur place aussitôt, c'est pour ça que tu ne les vois pas sécher !

Comme il n'a pas l'air de me croire, à partir de ce jour-là, je laisse les draps étendus, et j'attends qu'il rentre pour les retirer.

C'est le genre d'homme à passer son doigt sur la table, et à faire la grimace en m'accusant de ne pas avoir nettoyé la poussière, ou balayé, ou je ne sais quoi d'autre. En fait, il a tendance à me ramener sans arrêt à mon statut de ménagère, et cette attitude me met mal à l'aise. Je l'aime, mais je ne sais toujours pas ce que je veux faire de ma vie, et un avenir en forme de serpillière ou de lessive obligatoire sous les ordres d'un mari maniaque ne me tente pas forcément. Car c'est une manie chez lui. Même s'il n'y a pas de poussière du tout, il m'accuse d'avoir négligé le ménage... Je proteste, et il arrive à me convaincre que j'ai tort.

Femme, il faut être femme de la pointe des pieds au front baissé en signe d'obéissance à l'homme. Je me suis enfuie pour le rejoindre, c'est un fait, je suis toujours amoureuse, et aveugle, mais cette fuite n'a pas résolu mes problèmes. Par moments je suis heureuse d'être ici, sous ce ciel que j'aime, et à ses côtés. À d'autres moments, je ressens cruellement le vide, l'absence d'amis, de famille, et cette rue poussiéreuse, qui mène toujours à la même épicerie, au même arrêt d'autobus, me déprime.

Une lettre de maman apporte de bonnes nouvelles. Le 16 novembre 1978 est le jour anniversaire de mon père. Elle écrit : « J'ai invité toute la famille pour lui faire une surprise, et tous ses amis, nous ferons une grande fête. Ce serait merveilleux si nous pouvions être au complet. Je vous offre les billets d'avion, pour que vous veniez tous les deux. »

Chaïm commence par refuser. Mais j'insiste tellement qu'il finit par céder. Une heure avant le début de la fête, nous atterrissons à Bruxelles. Mon frère Éric est venu nous chercher pour nous conduire chez grand-mère, afin de préserver la surprise. Elle habite juste à côté de chez mes parents. Chaïm est de mauvaise humeur, et dans ces cas-là il trouve n'importe quel prétexte pour gâcher l'ambiance. Avec un acharnement surprenant. D'abord il refuse de monter dans la voiture que conduit Éric. Nous prenons un taxi. Ensuite je rêve de prendre un bain dans la somptueuse baignoire de grand-mère, pour me délasser, il refuse. Je n'ose pas protester, et pourtant je n'ai pas vu de baignoire depuis un moment. J'ignore pourquoi je lui cède. Il me domine.

Pour couronner le tout, il refuse maintenant de se rendre chez mes parents à l'heure de la grande surprise. Mon frère Éric ne comprend pas.

– C'est l'heure, la fête a commencé !

– Je ne veux pas y aller.

Éric ne fait pas de commentaires et disparaît prévenir ma mère qui, à son tour, vient tenter de raisonner Chaïm. Comme il ne donne pas de raison à son refus, une bouderie évidente, ma mère se montre ferme :

– Ce n'est pas le moment de faire la forte tête ! Si tu as un problème tu nous expliqueras ça demain !

Chaïm cède, à contrecœur. Il daigne assister à la fête, au cri de joie de mon père qui me serre dans ses bras. Et soudain, il se montre extrêmement courtois avec tout le monde. Un autre homme. Mais il se renfrogne dès le lendemain, et refuse obstinément de parler à mon frère Éric. Il m'interdit d'approcher mon chien. Ma pauvre Princesse a beau frétiller, et me regarder de ses yeux tendres, ceux de Chaïm sont noirs de mépris.

– Laisse ce chien, c'est ridicule !

Une semaine à Bruxelles, entre bonheur et chagrin, doute et inquiétude. Comme dans un brouillard, je ne ressens qu'une chose, la peur de le perdre. J'obéis, je le suis comme un petit chien fidèle. Je ne me rends pas compte de ce qui le gêne. En réalité, comme tous les possessifs, il craint ma famille, l'influence qu'elle pourrait avoir sur moi. Je lui ai raconté mes bagarres de garçon manqué avec mon frère Éric, il le déteste certainement. Comme il doit détester mon père et tous les hommes autres que lui qui pourraient avoir une autorité quelconque sur moi.

Je reprends l'avion pour Tel-Aviv, obstinée à suivre mon destin les yeux bandés.

Peu après notre retour, un matin, j'assiste à une scène déconcertante. On frappe violemment à la porte. En regardant par la fenêtre, j'aperçois un collègue de Chaïm, un jeune homme qui, d'après ce que je sais, vend des encyclopédies avec lui. Chaïm sort pour discuter avec lui dans la cour, et referme la porte. Ils se disputent, je ne comprends pas encore suffisamment la langue pour saisir leur sujet de désaccord. Ils sont tous les deux très énervés. Soudain le visiteur sort un revolver de sa poche, il ne pointe pas l'arme sur Chaïm mais se contente de la montrer. La menace est claire. Je ne veux pas savoir ce qui se passe. Normalement un vendeur d'encyclopédies ne se promène pas avec un revolver dans la poche, c'est tout ce que je sais. Je sors très vite, passe devant les deux hommes en coup de vent, en disant seulement à Chaïm :

– Excuse-moi !

Réfugiée chez l'oncle Henri, le Français, j'attends un moment avant de retourner à la maison. L'homme au revolver n'est plus là, mais Chaïm est fou de rage !

– Tu dois toujours rester à mes côtés ! Qu'est-ce qui t'a pris de filer ?

Sa voix dérape dans les aigus, son visage est déformé, cette colère me poignarde le cœur. Pourquoi s'acharne-t-il sur moi ? Je n'ai rien à voir dans son histoire. Au contraire, je ne voulais ni m'en mêler ni le questionner.

– Ton devoir est de rester avec moi ! De me protéger si j'en ai besoin !

Moi ? le protéger ? Contre un revolver ?

– Mais pourquoi cet homme t'a-t-il menacé ?

– Ça ne te regarde pas.

L'image idéale de l'homme avec qui je rêvais de passer ma vie vole soudain en éclats.

Pourtant je résiste, je refuse de penser qu'il est lâche, qu'il est probablement impliqué dans des affaires louches, que j'ignore tout de lui au fond. L'amour est difficile à tuer. Si difficile que je n'ai pas fini de souffrir. Et de découvrir en moi une nature que j'ignorais. La patience, l'humilité, l'autorité, tout ce que j'ai rejeté dans mon adolescence, je vais le supporter jusqu'à l'asservissement.

Les jours suivants, Chaïm fait tout son possible pour que je n'oublie pas ce qu'il appelle ma « trahison ».

5

La punition

– Je t'interdis de parler à qui que ce soit ! Tu m'as compris ? À personne, sans ma permission !

L'hypocrisie règne pendant les repas en famille, Chaïm s'y comporte normalement, mais dès que nous sommes rentrés dans la petite maison de l'arrière-cour minable, je ne dois plus ouvrir la bouche. C'est une torture mentale. La solitude et le silence imposés m'emprisonnent mieux que les murs d'une citadelle.

Deux Patsy s'affrontent alors en moi, celle qui est furieuse de se voir imposer un traitement aussi injuste, et celle qui la sermonne :

– Patsy, tu es immature, tu n'es qu'une enfant sans éducation, tu dois apprendre à obéir à l'homme que tu aimes.

Ainsi la Patsy soumise l'emporte sur la Patsy rebelle. J'accepte la punition. Et lorsque mon bourreau décide enfin de me délivrer, je lui en suis reconnaissante. J'ai plongé dans son univers, l'inertie me gagne, une sorte de mollesse, d'indifférence. Je perds l'appétit et j'ai déjà six kilos en moins. Je crains la réapparition des symptômes qui m'accablaient avant ma rencontre avec Chaïm.

Leah, mère attentive, est ma seule confidente. Encore cette confidence est-elle discrète. Je lui laisse entendre que je suis malheureuse, et elle promet d'essayer d'en parler à son fils. Mal m'en a pris. Après une conversation avec sa mère, dont j'ignore le détail, Chaïm est dans une colère noire.

– Tu cherches à m'humilier ? Tu veux faire croire à ma mère que je suis incapable de te rendre heureuse ? Interdiction de parler !

Le jeune visage que j'aime, aux sourcils broussailleux, épais, aux cheveux drus, semble changer au fil des jours. Il se dessèche de méchanceté gratuite.

Demeurée seule dans la cabane, que je trouvais romantique et qui n'est que misérable, je décide de faire cuire des œufs durs. Je pose une casserole sur le poêle, et attends que l'eau se mette à bouillir. Soudain le poêle prend feu, une fuite de fuel probablement. Je cours vers la porte en criant au secours. Asher se précipite et étouffe le feu.

– Pourquoi as-tu appelé mon frère à ton secours ? me demande Chaïm.

– Mais il y avait le feu ! C'était urgent !

– Je t'avais interdit de parler ! Peu importent les circonstances ! Tu as désobéi, donc je t'interdis maintenant de sortir de la maison.

Cette fois la Patsy rebelle l'emporte sur l'autre. Personne ne m'a jamais tenue physiquement prisonnière. Si je veux sortir je sortirai. Mais où aller ? Vers qui me tourner ? Sans argent, sans amis, parlant un hébreu encore approximatif, je dépends entièrement de Chaïm. Quant à appeler mes parents pour demander du secours, je ne parviens pas à m'y résoudre. J'ai refusé leurs conseils, j'ai voulu affirmer mon indépendance, ce serait désespérant pour moi de leur demander de l'aide. Trop dur. Alors, en désespoir de cause, me souvenant d'un ami de mon père, Samuel Katz, un homme d'affaires qui habite Tel-Aviv, je décide de lui demander asile. Cet homme obligeant ne refusera pas de m'aider, et il pourra servir d'intermédiaire entre mes parents et moi.

Dès que Chaïm est sorti, je prépare fébrilement ma petite valise, et je file. Mais soudain, sur le chemin, mon esprit vacille. Je perds contact avec la réalité. Rien ne va plus. Le vide se fait dans ma tête. Désorientée, ne sachant plus dans quelle direction avancer, incapable de faire un pas, je me réfugie sous un bosquet d'orangers. Recroquevillée au pied de l'arbre, ma valise serrée contre moi, je m'endors. Une inconscience totale. J'ignore combien de temps je suis restée là. On m'aurait fait une piqûre anesthésiante, le résultat aurait été le même.

Le bosquet d'orangers où je me suis réfugiée est situé sur la pelouse d'un hôpital psychiatrique. C'est un aide soignant qui me découvre. J'ai un petit rasoir dans le creux de la main, je ne m'en suis pas servie, je n'ai même pas le souvenir de l'avoir emporté avec moi. J'ignore ce que j'avais l'intention d'en faire. Je me réveille lentement de cette absence bizarre, l'infirmier me parle gentiment, il se rend compte que je ne risque rien, que je ne suis un danger pour personne. D'ailleurs j'ai retrouvé mes esprits, et je lui réponds normalement, lorsqu'il propose de me raccompagner chez moi. Docilement, je me relève pour le suivre. La Patsy hébétée reprend le chemin qui mène à Chaïm.

Je viens de commettre une série de péchés contre Chaïm. Défier son autorité en sortant seule, parler à quelqu'un et, pis que tout, à un homme. Sa colère se traduit par des tirades d'injures violentes. Il hurle pendant des heures. Je ne sais même plus ce qu'il hurle. Lorsque le silence revient dans la cabane, il conclut par la sentence habituelle :

– Je t'interdis de parler à qui que ce soit.

La solitude devient totalement insupportable, et une fois de plus je décide de partir. Même valise, même fuite dans l'intention de me réfugier auprès de Samuel Katz. Le destin me met à nouveau des bâtons dans les roues. En passant devant la maison des parents de Chaïm, j'aperçois Goory, le fils cadet, qui tente vainement de faire descendre un chaton réfugié en haut d'un arbre, et qui miaule désespérément. Ce spectacle m'attendrit, je prends le temps d'aider l'enfant et le chat, et je me fais prendre en flagrant délit de fuite.

La valise à mes pieds, je m'attends au flot d'injures habituel. Mais Chaïm se comporte exactement à l'inverse. L'air contrit, bourrelé de remords.

– Excuse-moi, Patsy, j'ai mauvais caractère... Je t'aime... Je t'en supplie, ne me quitte pas. Je t'en supplie, je t'aime...

Il vient de dire les mots que j'attendais. Comme le chaton sur sa branche, affolé par le saut à faire, se rassurait dans mes mains tout à l'heure.

Je rentre, le bras de Chaïm autour de mon épaule. Il m'aime.

Tout le pays résonne encore de la nouvelle. Il y a quelques mois, à Camp David, dans le Maryland, Anouar El-Sadate et Menahem Begin ont signé le traité de paix entre l'Égypte et Israël. La paix dépend, entre autres problèmes, de l'évacuation du Sinaï, dans un délai relativement bref.

Moi aussi, j'ai signé une drôle de paix avec Chaïm. Qui m'a laissée amaigrie, et accablée de fatigue. Le jour où je me décide à demander enfin l'avis d'un médecin, j'apprends que je suis enceinte de trois mois. Curieusement je m'en doutais instinctivement. Je dessinais des silhouettes de femmes enceintes sur tous les bouts de papier que je trouvais. Ainsi je ne suis pas stérile. Tous les arguments de Chaïm pour m'en persuader étaient stupides. Il avait presque réussi à me convaincre définitivement. Je vais avoir un bébé !

Je plane, je suis euphorique, heureuse. Cet enfant dans mon ventre me redonne d'un coup toute mon énergie perdue, toute ma détermination. J'ai un but précis, maintenant, être mère.

Chaïm apprend la nouvelle avec un calme qui me surprend. Comme si cela ne l'intéressait pas. Je m'attendais à discuter avec lui de cette stérilité qui n'en était pas une, de l'avenir, du bébé, mais rien. Ici les enfants sont le problème des femmes. A-t-il seulement dit : « C'est bien », ou « Je suis content pour toi, pour nous » ? Je ne m'en souviens absolument pas. Je lui aurais signalé un bouton sur mon nez, il n'aurait pas réagi autrement.

Inquiète à cause de problèmes de saignements je vais consulter une femme gynécologue, qui confirme la grossesse, me prescrit du repos, et demande :

– Vous avez pris votre décision ?

En Israël, l'avortement est illégal, mais il est facile d'y recourir.

– Je le garde.

On m'arracherait le cœur, en m'arrachant un enfant. Chaïm se montre gentil durant cette période de repos, très protecteur, il veille sur moi, se plie à mes caprices.

Mes parents, toujours attentifs à ne pas me perdre de vue, envoient des billets d'avion pour nous offrir de courtes vacances en Belgique. Nous partons.

Je ne leur ai pas encore annoncé la nouvelle, et bien qu'ils sachent parfaitement que nous vivons ensemble en Israël, ici, dans leur maison, nous devrons continuer à faire chambre à part. Après tout, officiellement, ils ne savent rien : Chaïm n'a pas demandé à mes parents l'autorisation de vivre avec leur fille. C'est moi qui suis partie...

Maman ne remarque pas mes robes amples. De toute façon, même si elle se doute de quelque chose, elle n'en parlera pas tant que je n'aurai pas parlé moi-même. Notre femme de ménage, Hélène, qui a connu ma mère au berceau, et que je considère comme ma grand-mère, tente une approche :

– Patsy ? Tu peux me parler, tu sais... Je sais ce que c'est d'être jeune...

Mais même à elle, je refuse de me confier. Une grossesse qui commence à peine, balbutiante, si fragile, avec tout mon passé de problèmes hormonaux... Je veux d'abord savoir si le bébé est en bonne santé. Je décide de faire une échographie. En Belgique, l'examen me sera remboursé par la Sécurité sociale, et personne n'en saura rien. C'est ce que je crois. Car quelques jours plus tard, une lettre arrive à la maison, au nom de Mme Heymans. Et ma mère, pensant que cette lettre lui est adressée, l'ouvre tranquillement, pour apprendre qu'elle serait enceinte de quatre mois...

Je suis dans la salle de bains, occupée à brosser mes cheveux châtains toujours raides, et à les répartir soigneusement par une raie bien droite. Maman me tend la facture du centre médical, sans un mot. Puis se décide :

– J'ai été stupide de ne rien remarquer...

Elle prend la nouvelle calmement en apparence, même si cela ne la réjouit pas.

– Nous irons acheter des vêtements de grossesse cet après-midi.

C'est au milieu des robes et des salopettes, des poussettes de bébé, qu'elle entame sérieusement le sujet, toujours calme.

– Qu'est ce que tu comptes faire à présent ?

Je hausse les épaules. Rien. Attendre. Elle n'insiste pas. Mais la pression familiale se fait sentir les jours suivants. Une pression ferme, et logique au fond, venant de parents.

– Patsy, tu as choisi de vivre avec Chaïm, tu nous as dit que tu prenais cette décision en adulte, maintenant il faut affronter les conséquences de ce choix. Tu dois te montrer responsable.

– Responsable ? Ça veut dire épouser Chaïm ?

– Il faut légitimer cet enfant.

Le mariage ne m'est jamais venu à l'esprit. Je n'ai même jamais songé à épouser Chaïm. Un papier ne sert à rien à mes yeux. Le véritable engagement est ailleurs, personnel, il n'a pas besoin d'être enregistré par un prêtre, ou un maire. En vivant avec un homme, je peux avoir le sentiment d'être mariée à lui, sans avoir besoin pour cela de cérémonies. Mais Chaïm semble trouver l'idée à son goût. Et l'insistance des parents finit par avoir raison de ma résistance. Pour faire plaisir à tout le monde, après tout, pourquoi pas ? Seul mon vieil ami d'enfance, Didier, déclare à ma mère tout de go, planté au milieu de la cuisine :

– Il ne faut pas l'obliger à se marier, c'est de la folie ! Ne faites pas ça !

– S'il y a une chance sur un million pour que ce mariage réussisse, il faut la courir. Patsy est enceinte, catholique, il faut au moins qu'elle se marie civilement.

Didier fait l'avocat, argumente autant qu'il peut, mais mon père et ma mère ne changent pas d'avis. Mon grand-père maternel, qui a immédiatement éprouvé de l'antipathie pour Chaïm, insiste pour que le mariage se fasse sous le régime de la séparation de biens. Vexée, je résiste, mais il est inflexible.

– Patsy, si tu ne fais pas ce que je te demande, je déshérite ta mère, c'est simple. Je ne veux pas que ce Chaïm empoche le moindre sou de cet héritage.

Cette nuit-là, dans le salon, Chaïm Edwar et Patsy Heymans se disputent âprement. Il se plaint d'être traité comme un étranger, de ne pas être accepté par la famille. J'essaie de temporiser.

– Mes parents veulent ce mariage, ne dis pas n'importe quoi !

– Peut-être, et je vais bientôt faire partie de la famille. Pourtant, en se conduisant ainsi, ils me rejettent !

Me voilà prise entre deux feux, et je ne sais pas quoi faire. Il m'est difficile de résister aux pressions de Chaïm, difficile de soutenir la position de mes parents. Mais finalement je me décide à trancher.

– Il faut accepter, Chaïm. Pour ma mère. Il le faut.

Orgueil blessé ? Ou déception de ne pouvoir profiter d'un héritage convoité ? Il regagne sa chambre en râlant. Et le lendemain refuse de me parler. Il prétend avoir des affaires à régler en ville et disparaît toute la journée. À son retour, il m'ignore complètement. La loi du silence à nouveau, et pendant cinq jours. Lorsqu'il condescend enfin à m'adresser la parole, il retrouve une Patsy pénitente et docile, vouée à son maître.

La séance chez le notaire me rend nerveuse. Lorsqu'il évoque la clause de séparation de biens, et demande à Chaïm s'il est d'accord, j'ose à peine regarder les traits crispés de mon futur mari. Le visage pâle, comme vidé de son sang, il finit par murmurer :

– Oui.

Mariage. 20 juillet 1979. Je porte une ample robe chemise de couleur marron, et un gilet beige. Ma grand-mère m'a offert une adorable broche de diamant, un bijou de famille d'une grande valeur, que j'ai épinglée sur mon pull-over. Chaïm paraît calme et serein. En pantalon clair, blazer bleu marine et cravate, il se tient à mon côté devant le bureau du maire, à l'hôtel de ville de Bruxelles. Le père Edgar est mon témoin. La cérémonie est courte. Chaïm répond « oui » le premier. Je regarde droit devant moi et, lorsque c'est à mon tour, j'ai la sensation de recevoir un coup de poing dans la figure. Assommée. J'hésite à répondre, les images valsent dans ma tête, se bousculent : le visage de mon futur mari, déformé par la colère, sa voix basse et injurieuse, ses exigences, puis je vois sa mère, Leah, soumise, lasse et résignée, son père enfin, tremblant, l'air mauvais, cherchant une bouteille de vodka... Aucun son n'arrive à sortir de ma bouche. Le silence imposé par Chaïm me revient comme un écho. Au fond de moi, je m'entends crier d'une toute petite voix : « Non ! Dis non ! » Mais rien ne sort de ma bouche...

Je me retourne vers les visages inquiets et attentifs derrière moi. Mes frères Éric, Géry, Michel, en rang d'oignons, mes parents... Je ne peux pas leur faire ça. Je ne peux pas crier « Non » et m'enfuir! Ils ont tout préparé, le buffet, la réception, ce sont eux qui ont offert les billets d'avion pour nous voir. Eux qui m'ont dit :

– Patsy, agis en adulte!

Et Chaïm? L'humilier? Le planter là? Et mon bébé? Ces quelques secondes de panique sont terrifiantes. Se passer la corde au cou est une expression qui dit bien ce qu'elle veut dire. Je la sens, cette corde, me serrer la glotte, compresser mes muscles, jusqu'à ce que je murmure :

– Oui.

Chaïm passe un anneau d'or blanc à mon doigt, il a des difficultés car mes mains ont enflé depuis que je suis enceinte. Et lorsque vient mon tour, elles tremblent si violemment que je manque de laisser tomber l'alliance.

Maman a réellement tout prévu. Nous avons droit à deux lits jumeaux, des draps neufs et des couvertures pour notre nuit de noces, dans ma chambre. Pauvre maman, elle me présente une requête embarrassée, qu'elle doit avoir en tête depuis un moment, mais ne pouvait pas formuler avant que sa fille soit officiellement l'épouse de Chaïm.

– Patsy, est-ce que tu pourrais demander à Chaïm d'enlever son slip lorsqu'il prend sa douche? Je le retrouve tous les jours, trempé, sur le carrelage.

Pourquoi fait-il cela?

– Chaïm? Pourquoi fais-tu cela?

– Je ne peux pas enlever mon slip avant d'avoir à portée de main une serviette, ou un peignoir pour m'y envelopper!

Intérieurement, je me dis que cela ne l'empêche pas de le ramasser ensuite au lieu de le laisser traîner négligemment pour que ma mère ou qui que ce soit d'autre le fasse à sa place. Mais il est sincère au sujet de la nudité. Je ne l'ai jamais vu nu. Il insiste pour se cacher sous les couvertures. Et pourtant je porte son enfant.

– Ramasse-le au moins, pour ma mère...

– D'accord, d'accord, je le mettrai dans le panier à linge sale... en voilà une histoire.

Et, à partir du lendemain, ma mère a le grand plaisir de retrouver le caleçon de Chaïm, trempé, au milieu du linge.

J'ai dû discuter beaucoup pour parvenir à rester en Belgique jusqu'à l'accouchement. Papa a trouvé logique de suggérer à son gendre de trouver un emploi pendant ce temps. Mais Chaïm refuse de travailler sous les ordres de quelqu'un. Il veut être son propre patron et commence par s'installer carrément dans le bureau de mon père, qui se trouve à côté de notre chambre.

Il téléphone pendant des heures, à travers le monde, à ses contacts dans l'import-export, s'intéressant à tous les produits. De la cigarette au bidon d'essence. Le soir au dîner, devant mon père crispé, il parle de millions de dollars, d'affaires juteuses...

– Bientôt je n'aurai plus besoin de travailler.

Il se lève la nuit, selon les décalages horaires, pour investir le bureau, me réveille pour que je passe un télex. Il s'est trouvé une associée en affaires, une jeune femme brune, plutôt petite, au teint mat, qui réside à l'hôtel Métropole sur la place de Brouckère, en plein centre de Bruxelles. Il va lui rendre visite presque chaque jour, lui téléphone souvent, et comme ils parlent en anglais, j'en conclus qu'elle n'est ni belge ni israélienne. Mais je ne sais rien d'autre sur elle. Les affaires de Chaïm demeurent son domaine, et son mystère.

Je m'ennuie. Lorsque Chaïm ne me confie pas

de travail de bureau, j'aide maman à faire la lessive. Nous allons parfois faire des achats pour le bébé, mais les journées sont longues. J'attends.

Chaïm devient plus que possessif. Au début je pouvais trouver cela flatteur, à présent, il m'étouffe. Ma chienne est son sujet de jalousie préféré.

– Tu l'aimes plus que moi...

– Non, je ne l'aime pas plus que toi.

– D'accord, je l'admets.

En réalité il n'admet rien du tout. Sa tactique, c'est la campagne de persuasion insidieuse. Il ne dira jamais franchement : « Débarrasse-toi de ce chien ! » Mais il fait sentir, deviner que c'est ce qu'il veut. Il biaise, il insinue, il ravine l'esprit, le creuse, puis, comme un serpent, se glisse habilement dans une faille. Et il est beaucoup plus facile évidemment de lui céder, que de résister à ses exigences mesquines. Sur de grands problèmes je me montrerais peut-être plus résistante, mais sur les détails courants, je n'ai pas le courage de résister. Il m'use.

Je sais aussi que son apparente tranquillité couve une colère qui ne demande qu'à jaillir. À force de refuser de me séparer de Princesse, mon petit teckel, une grande lassitude me prend. Peu à peu je choisis inconsciemment de ne plus m'occuper d'elle, de la négliger. Et, comme si elle n'attendait que mon dédain pour partir, Princesse s'étiole, et meurt.

J'hérite d'un sentiment de culpabilité terrible. Et la nouvelle cible de Chaïm prend forme. Mon meilleur ami, Didier.

– Parle-moi un peu de ton ami Didier. Tu es sortie avec lui ?

J'éclate de rire, et j'avoue tout.

– Nous avons été tentés de le faire, à un moment, mais finalement notre amitié était plus forte, nous ne voulions pas la gâcher.

Il boude. Puis quelques jours plus tard, râle :

– Tu passes trop de temps avec ce Didier. Je veux que tu mettes un terme à cette relation !

Et comme j'ai appris à ignorer mon chien, je commence à prendre des distances avec mon ami d'enfance.

En revanche, je n'ai pas le droit de manifester le plus petit soupçon de jalousie envers la petite dame de l'hôtel Métropole. Il s'y rend très tôt le matin, et demande souvent à ma mère de l'y déposer. Je conçois que cet hôtel soit un lieu de travail agréable. Ce palace au charme suranné, aux lustres 1900, aux boiseries magnifiques, dispose de suites superbes et d'un personnel aux petits soins. Chaïm ne revient parfois que vers quatre heures du matin, en taxi. Un jour, la curiosité l'emporte.

– Comment se fait-il que tu passes autant de temps avec elle ? Tu l'invites dans des restaurants chic, et moi tu m'offres Mac Donald ?

– Il s'agit de relations professionnelles ! Uniquement professionnelles ! Tu veux que je réussisse ? Alors laisse-moi travailler comme je l'entends !

C'est vrai au fond. De quoi suis-je en train de me mêler ? Je me conduis comme une gamine ! Qui suis-je pour critiquer ses relations d'affaires, alors qu'il s'acharne simplement à subvenir aux besoins de notre couple et du futur enfant ?

Mi-octobre 1979, à un mois de mon terme, je ressens des contractions. Le médecin constate que le col s'est déjà dilaté, et me conseille le repos. Fille ou garçon, je n'ai pas voulu le savoir pendant l'échographie. Et nous n'avons pas choisi de prénoms, car Chaïm n'a pas envie d'en discuter. On ne peut pas dire qu'il soit d'un enthousiasme délirant.

Quelques jours après cette visite de contrôle, le 18 octobre, les contractions reprennent, plus régulières, et je suis prise de panique. Je n'ai que dix-huit ans, je vais être mère. La réalité me saute au cœur brutalement, je ne me sens pas prête. Mon corps est prêt lui, mais pas moi. Je me sens petite fille tout à coup !

Le temps d'arriver à l'hôpital et je suis folle de terreur et de douleur. L'infirmière doit me calmer dans la salle de travail.

– Tenez-vous à mon bras, et calmez-vous, mon petit !

Je lui agrippe le bras, et le mords jusqu'au sang. Une réaction animale, incontrôlable, et qui m'apaise, mais la malheureuse femme refuse de remettre les pieds dans la salle.

J'ai la gorge sèche. Les contractions se rapprochent, la dilatation est presque totale, mais le médecin a encore peur d'être contraint à une césarienne, et refuse qu'on me donne à boire au cas où il faudrait m'opérer. Je supplie Chaïm de me donner n'importe quoi, un linge mouillé, des glaçons... Il refuse aussi, et s'en va. C'est l'infirmière qui a pitié de moi, et accepte d'aller me chercher un verre d'eau, pendant que nous sommes seules.

Et au milieu des douleurs, la panique revient. Chaïm m'a interdit de boire, s'il apprenait que je lui ai désobéi ? La tête me tourne. Heureusement, avant que l'infirmière revienne, je ressens un formidable besoin de pousser, je hurle, et on m'emmène en hâte en salle d'accouchement.

Une minuscule petite fille de deux kilos et demi, aux cheveux noirs et brillants, aux immenses yeux clairs, atterrit sur ma poitrine. C'est terrifiant, cette nouvelle vie, les responsabilités. Je suis submergée d'émotions contradictoires mais, en regardant ce petit visage, en une seconde, tout est balayé. J'éprouve pour ce premier enfant un amour puissant, fort, sans question. Un prénom me vient à l'esprit.

– Tu es Marina...

Marina repart avec les infirmières enveloppée dans un papier argenté, comme un bonbon précieux. Marina était une petite fille que je gardais le soir, au temps où je faisais du baby-sitting pour payer mon voyage...

Marina souffre d'une déficience en calcium, d'hypoglycémie, et d'hypothermie. Il n'est pas nécessaire de la mettre dans une couveuse, mais elle va séjourner dans une salle spéciale dont la température est maintenue à 32 degrés. On a introduit une sonde nasale dans le nez minuscule de ma fille, et j'ai le droit de la prendre dans mes bras avec une blouse, un masque, des gants et des bottes stériles. À une semaine près, elle aurait peut-être eu de bien plus graves problèmes, a dit le médecin.

C'est dur. Les trois autres mères de la chambre ont leur enfant avec elles. Elles allaitent en toute quiétude, alors que je suis contrainte à me soumettre à l'humiliation du tire-lait pour nourrir deux fois par jour mon lointain bébé. Je suis désespérée, gravement déprimée, comme il arrive parfois après l'accouchement. Chaïm se montre encourageant.

– Elle va s'en sortir...

Cinq jours plus tard, on me fait sortir, mais Marina doit rester à l'hôpital. Sa santé s'améliore, mais l'inquiétude ne me lâche pas et, un soir, vers dix heures, je n'y tiens plus.

– Il faut que j'aille la voir.

– Tu ne peux pas la voir à cette heure-ci ! C'est contraire au règlement de l'hôpital !

– Ils ne me laisseront peut-être pas la prendre dans mes bras, mais au moins la voir à travers la vitre. Juste un peu ?

Chaïm a compris que je ne dormirais pas cette nuit avant de l'avoir vue, et m'emmène en voiture jusqu'à l'hôpital.

Marina, ma fille, est une petite poupée parfaitement formée, tout le monde la trouve ravissante, je suis fière comme jamais je ne l'ai été. Dans mon crâne, vient de s'inscrire une certitude :

– Patsy, tu es faite pour avoir des enfants. La voilà ta voie en ce monde.

Marina m'est rendue dix jours plus tard, elle doit rester au chaud encore trois semaines, sans sortir de la maison. Pour elle, la chambre est surchauffée, et nous dormons mal. Mais elle est là.

Les affaires de Chaïm ne rapportent pas d'argent. Il a repeint toutes les fenêtres de la maison de l'avenue des Fleurs et, en contrepartie, mes parents nous ont acheté une vieille Ford. Chaïm l'utilise pour ses rendez-vous à l'extérieur, dont j'ignore tout. Il continue à se vanter de progresser... Mais les dépenses sont lourdes à présent. Il a tellement investi la ligne téléphonique que plus personne ne peut joindre mon père, et que, lorsqu'il est en voyage, c'est lui qui ne peut plus nous joindre. La note s'élève à 350 000 francs belges, et chaque fois que mon père ou ma mère tentent d'aborder ce sujet avec Chaïm, il trouve toujours un prétexte pour filer.

Mon père est à bout de patience.

– Chaïm, je suis désolé, tu n'utiliseras plus mon téléphone.

La note de télex monte alors jusqu'à 60 000 francs belges pour les deux semaines suivantes. Chaïm met tout le monde sur les nerfs. Sa litanie permanente, qui consiste à se présenter comme « le meilleur », fait maintenant soupirer la famille. Chez les Heymans nous sommes aussi querelleurs que solidaires. Les portes claquent parfois, mais si quelqu'un de l'extérieur vient nous chercher noise, le bloc se forme aussitôt. La famille fait donc bloc, moi comprise, devant le manque de courtoisie de Chaïm. Et un soir la dispute qui m'oppose à mon mari prend des proportions insupportables. Il s'attaque à mon père et lui reproche son atttitude. Lorsqu'il s'agit d'attaques dirigées contre moi, je suis incapable de me défendre, mais s'il touche à mon père, ou à qui que ce soit de la famille, je deviens une furie. Comme je lui tiens tête, il quitte la maison en ouragan. Il revient au bout d'un moment. Je claque la porte, ferme les fenêtres, en criant :

– Puisque tu es dehors, restes-y ! Je suis chez moi, c'est la maison de mes parents, et j'ai le droit d'y rester ! Remonte dans l'avion et fiche le camp !

Immédiatement le ton change.

– Je suis désolé, Patsy ! Je ne sais pas pourquoi j'ai réagi de cette façon. Pardonne-moi, je ne le ferai plus.

Alors j'ouvre la porte, pour mettre fin à une scène ridicule avant que mes parents ne rentrent. Je ne veux pas l'humilier devant eux. Un homme comme lui mis à la porte par une femme...

Tous les prétextes sont bons pour déclencher une crise de rage...

– Où est ton alliance ?

Lorsqu'il me fixe de cette manière, les yeux plissés, les sourcils froncés, je devine la suite.

J'ai retiré mon alliance en aidant maman à préparer le dîner de nouvel an, et j'ai dû la poser sur le rebord de la fenêtre de la cuisine... Toute la famille passe la Saint-Sylvestre dans notre maison de Nassogne. Nous sommes dans le salon, devant la cheminée de pierre où le feu crépite, confortablement installés dans les bons vieux fauteuils de cuir. J'étais si bien. Maman achève la préparation du plateau de fruits de mer. Il y aura du saumon fumé, du gibier, et nous sommes sur le point de passer à table.

Je me précipite dans la cuisine, pour récupérer mon alliance, elle n'y est plus. J'étais pourtant certaine de l'avoir posée sur le rebord de la fenêtre. En revenant au salon, je joue la désinvolture avec l'espoir de désamorcer une scène.

– Je l'ai égarée, ce n'est pas grave, on va forcément la retrouver.

Nous sommes momentanément seuls dans le

salon, et il en profite, car devant mes parents il n'oserait pas se montrer brutal. Il me frappe à l'épaule assez violemment pour que je perde l'équilibre, me saisit les poignets en les serrant comme dans un étau, me secoue sans ménagement, le regard mauvais :

– J'exige que tu la retrouves tout de suite !

Fébrilement je retourne fouiller la cuisine. J'ai honte, coupable d'avoir perdu le symbole de son pouvoir sur moi. Ma mère ne comprend pas cette frénésie subite, je tremble d'énervement.

– Qu'est-ce qu'il y a, Patsy ?

– Mon alliance ! Il faut absolument que je la retrouve !

Nous passons la maison au crible toutes les deux, sans pouvoir mettre la main sur l'anneau. Tranquillement installé sur le lit de la chambre, la porte ouverte, fumant une cigarette, Chaïm insiste ironiquement :

– Alors, tu la trouves oui ou non ?

Maman est gagnée par ma nervosité, car nous avons soulevé chaque coussin, examiné tous les recoins de la maison, sans résultat.

– Si tu ne la retrouves pas, cela voudra dire que tu n'es plus ma femme !

Au bord de la crise de nerfs, je sanglote pendant tout le repas du réveillon, et maman, qui a pitié de moi, est dans le même état. Le dîner est gâché. Mon père fait ce qu'il peut pour parler de choses et d'autres, mais la fête, les vacances sont fichues.

Durant les deux semaines suivantes, Chaïm ne manque pas une occasion de me rappeler l'événement. Jusqu'au jour où il me montre triomphalement l'alliance. Soulagée, heureuse, je lui demande où il l'a trouvée.

– Dans la cuisine, le soir du réveillon, elle était sur le rebord de la fenêtre...

– Tu la caches depuis tout ce temps ? Pourquoi ?

– Je vous ai bien eues ! Je l'ai planquée dans le poste de radio. J'étais sûr que personne n'irait la chercher là.

Le sourire ironique, méchant, il paraît ravi de son mauvais tour. La bague est à nouveau à mon doigt, mais pour raconter cette histoire à maman, je ne la regarde pas dans les yeux. J'ai honte, je suis bouleversée, et elle aussi. Qui est cet homme ? Quel sorte de jeu joue-t-il ? Je ne veux toujours pas le savoir. Cela vaut mieux, car si j'analysais sa personnalité d'après ce comportement, mon histoire d'amour n'aurait plus aucun sens. Alors, je m'ordonne d'oublier. Se cacher la tête dans le sable, ne rien exprimer, se protéger. Taire.

À présent que nous sommes mariés, que je suis la mère de son enfant, Chaïm estime qu'il peut tout se permettre y compris lorgner les filles. À cela aussi, je m'efforce de ne pas faire attention. Mais c'est pénible à avaler.

Une jeune Française au teint de porcelaine et aux longs cheveux châtains habite le quartier avec sa famille. Je ne lui ai parlé qu'une ou deux fois, je la trouve un peu snob. Mais Chaïm l'apprécie beaucoup. Depuis ma fenêtre, je le vois traverser la rue pour lui rendre visite, une ou deux fois par jour, sous prétexte qu'elle est au lit avec une mauvaise grippe. Cet air coupable qu'il prend, les prétextes qu'il trouve trahissent ses intentions.

– Tu es obligé d'aller la voir aussi souvent ?

– Qu'est-ce qu'il y a de mal ? Tu avais bien un ami, toi ! Ton Didier ! Et il n'y avait rien de mal à ça, n'est-ce pas ?

Après notre voisine, c'est au tour de ma jeune cousine Cathy, de passage à Bruxelles. Cathy est ravissante, elle passe quelque temps chez grand-mère, et un jour vient me trouver dans la salle de bains, pour me parler seule à seule.

– Ça m'ennuie de te dire ça, Patsy, mais voilà... c'est à propos de Chaïm... Il m'a écrit un mot, il me demande de sortir avec lui. Je lui ai répondu en l'envoyant promener, tu penses bien. Je lui ai dit ce que je pensais de lui !

– Tu as dû te tromper sur ses intentions. Cathy, je suis sûre que tu as mal compris !

Elle me regarde avec inquiétude, surprise par mon attitude. Je refuse de savoir ?

– D'accord, Cathy, je te promets de réfléchir à ça...

Ma cousine s'en va, me laissant seule face à mon miroir. Elle a dit ce qu'elle avait à dire, si je persiste à garder un bandeau sur les yeux, c'est mon problème.

Comme les grands projets de Chaïm n'ont pas vu le jour, en février 1980 il décide que nous devons rentrer en Israël, sûr que là-bas les choses seront différentes pour lui.

Mes parents nous aident à monter un ménage, des meubles que nous entassons dans une caisse de trois mètres cinquante de long. Je bourre les espaces vides avec les paquets de couches pour Marina, car en Israël c'est extrêmement cher. Notre vieille Ford sera acheminée avec le reste par bateau.

Et j'emporte avec moi mes rêves et l'espoir que tout se passera mieux là-bas. Au pays natal, Chaïm retrouvera un équilibre, nous formerons une famille, une vraie, heureuse et stable. Maman viendra nous voir en vacances. Généreusement, mon père a offert à Chaïm 250 000 francs belges pour démarrer.

Marina a quatre mois le jour du départ. De bonnes petites joues rondes, et des yeux clairs.

Je veux croire au bonheur.

6

Le père de mon fils

– Signe là !

Les formulaires d'entrée en Israël sont rédigés en hébreu. Dans l'avion, Chaïm m'a expliqué que ces papiers me donneront le statut d'immigrée et me permettront de recevoir une aide financière du gouvernement, ainsi qu'une allocation logement.

– Dans ce pays, il vaut mieux prétendre que tu es juive, si tu veux t'intégrer.

Je signe. Nous louons une maison à Hod Hasharon, une ville à quelques kilomètres de Tel-Aviv, et des parents de Chaïm. La maison est minuscule, un rectangle comprenant deux pièces, un petit jardin dans la cour planté de bouquets d'impatiens rouges et roses et de quatre citronniers, dont je mange les fruits comme des oranges. Tout près de là un jardin d'enfants, où je passe des heures à regarder s'amuser les petits, en rêvant au jour où Marina pourra les rejoindre. Cet endroit modeste est notre première vraie maison. J'ai installé les chaises du salon face à la fenêtre, pour pouvoir admirer les fleurs et les citronniers.

J'entame une vraie vie d'épouse au foyer. Le ménage, le marché, Marina occupent mes journées, tandis que Chaïm cherche du travail. Toujours maniaque, il inspecte soigneusement la maison en rentrant, à l'affût d'un grain de poussière inexistant, mais il est calme, tendre, respectueux.

J'avais donc raison d'espérer, son pays lui manquait, le bonheur est pour demain.

Marina est une enfant sage et docile, qui pleure rarement, et se montre si peu exigeante qu'il m'arrive d'en oublier parfois l'heure du biberon. Un bébé qui dort d'une traite jusqu'au matin, c'est un cadeau du ciel. Si mon deuxième enfant pouvait être aussi sage... J'ai la conviction silencieuse d'être à nouveau enceinte.

Chaïm circule dans la vieille Ford, dont il n'a pas pris la peine de faire changer l'immatriculation. Et il n'a pas de permis de conduire. Cette désinvolture m'inquiète toujours un peu. Il a placé à la banque les 250 000 francs offerts par mon père, sans les convertir en livres israéliennes car une vague d'inflation vient de s'abattre sur les cours, et il pense pouvoir faire une petite fortune avec.

Les temps sont difficiles, tout est horriblement cher. Les efforts de Chaïm pour trouver un emploi se soldent régulièrement par des échecs. La crise n'est pas seule en cause, car il en a trouvé plusieurs mais aucun ne lui convient. Ou il démissionne ou il se fait licencier immédiatement. Son emploi le plus stable dure trois semaines, il est embauché comme directeur dans une petite société et, un soir, rentre dégoûté :

– J'en ai assez ! Cette boîte est dirigée par des imbéciles ! Je ne peux plus les voir en peinture !

Nos économies fondent à vue d'œil, il ne reste bientôt plus que 40 000 francs belges à la banque. Chaïm change souvent de banque et chaque fois les employés lui réservent semble-t-il un accueil empressé. J'ignore tout de ces transactions dont il fait grand mystère. Mais il insiste toujours pour que je l'accompagne avec Marina. Je ne vois pas l'utilité de rester dans la voiture devant la porte de la banque s'il ne veut pas que j'y entre.

Cette fois il a déposé les 40 000 francs rescapés de notre fortune sur un nouveau compte à la banque Leumi de Hod Hasharon. Et un curieux événement se produit. En recevant le dernier relevé de compte il découvre une erreur. Une grosse erreur, car quelqu'un a ajouté un zéro, ce qui porte la somme à 400 000 francs belges. Chaïm est tellement surexcité que cette fois il est incapable de garder la nouvelle pour lui. Je suis donc au courant, et lorsque maman vient passer quelques jours en Israël, je le lui raconte. Au téléphone maman raconte à son tour l'histoire à papa.

– Il faut dire à Chaïm de s'en occuper immédiatement. La banque a fait une erreur, elle s'en apercevra tôt ou tard, et elle voudra récupérer l'argent !

Mais Chaïm ne veut pas. Alors mon père conseille de mettre cet argent sur un compte rémunéré, ainsi il en touchera les intérêts et pourra rendre le principal. Dans ces conditions la banque ne pourra pas lui faire d'ennuis. Chaïm dit qu'il va réfléchir. Mais les conseils des autres l'importunent. Au lieu d'être raisonnable, se croyant plus malin, il retire cet argent, achète des actions, et me fait miroiter des bénéfices miraculeux. Les actions à hauts risques, selon lui, devraient rapporter le double en peu de temps. Très vite, il perd de l'argent, mais il s'obstine et, en l'espace de quelques semaines, il ne reste plus rien. Tout est parti en fumée. Même le deuxième bébé, dont je lui ai annoncé la venue, n'a pas réussi à freiner sa folie de spéculation.

Nous revoilà en Belgique pour de courtes vacances offertes, bien entendu, par mes parents. C'est là que je surprends une conversation qui me bouleverse. Chaïm a quitté notre chambre pendant que je change Marina, il est au téléphone, et je l'entends parler hébreu. Au bout de quelques minutes je comprends que l'interlocuteur est la belle-mère de son frère aîné Mordechaï. Cette femme, qu'il appelle sa tante, est une juive moderne, qu'il aime beaucoup et qu'il respecte. Mais un mot qu'il vient de prononcer me tord le cœur. *Hapala*. Avortement.

– Comment faire pour qu'elle avorte ? Ce n'est pas trop tard ?

Dès qu'il a raccroché je me lance à l'attaque :

– Pourquoi parles-tu d'avortement ?

– Il est trop tôt pour avoir un deuxième enfant ! Il peut très bien être anormal ! Et puis on ne peut pas se permettre une folie pareille !

Une boule horrible me serre la gorge, j'essaie de déglutir, de ravaler mes larmes.

– Je refuse d'avorter !

Je vais me réfugier derrière les rideaux de la fenêtre. Et je pleure, en me balançant d'avant en arrière, comme une folle, blottie dans un coin, traquée. Je ne sais pas combien de temps je pleure avant que maman arrive dans la chambre.

– Qu'est-ce qu'il y a, Patsy ? Je ne voulais pas entrer, je ne veux pas me mêler de vos affaires, mais je ne supporte pas de t'entendre sangloter comme ça ! Tu vas te rendre malade !

Entre deux sanglots déchirants, je lâche la vérité. Je savais que ma mère ne le supporterait pas. Elle sort de la chambre en furie, prête à affronter Chaïm. J'entends de loin la dispute.

– Il est hors de question que Patsy avorte ! Tu m'as compris, Chaïm ? Comment oses-tu parler d'une chose pareille ?

– Je lui ai dit qu'il était trop tôt pour avoir un deuxième enfant ! Elle vient seulement d'avoir Marina, et de toute façon on ne peut pas se le permettre financièrement !

Après une discussion houleuse, ma mère finit par conclure :

– Si c'est un problème financier, je m'en charge ! Les frais médicaux, la nourriture, les vêtements, tout ce que vous voudrez, je paierai tout !

Le silence lui répond. Pourtant, je commence à connaître Chaïm. Il ne lâchera pas le sujet tant qu'il n'aura pas tout tenté pour me laver le cerveau et y implanter son idée. Jour après jour, il relance le débat, mais sur ce point je suis capable de résister. Inflexible. Il peut me faire céder sur presque tout, mais pas sur un avortement. Jamais. Une victoire qu'il va me falloir payer.

– Repasse mon jean !

– Mais je viens de le sortir de la machine à laver, attends qu'il sèche.

– Non, je veux le mettre maintenant, repasse-le !

– Mais il est mouillé !

– Repasse-le jusqu'à ce qu'il soit sec.

Maman me regarde faire, en silence. Chaïm surveille mes efforts. La vapeur me brouille les yeux, que je n'ose lever sur ma mère. Je sais trop ce qu'elle pense. Lorsque j'ai achevé ce travail stupide, il prend le jean enfin sec, et le laisse tomber sur une chaise.

– Finalement, je préfère en mettre un autre !

La grossesse m'épuise. De retour en Israël, je n'ai pas la force de m'occuper du ménage, et Chaïm me donne parfois un petit coup de main, pour laver la vaisselle, ou ranger ses affaires, mais le plus souvent il me reproche ma négligence, inspecte la maison, m'invective.

Il a une manière bien à lui de m'insulter. Jamais un mot grossier, mais des phrases qui font mal, qui me rabaissent, et me culpabilisent avec efficacité. On dirait qu'il n'a pas fini de me faire payer le défi de l'avortement. Parce qu'il a dû céder, il a besoin de me faire sentir que c'est lui qui tient les rênes. Je m'enfonce dans la torpeur, je dors seize heures par nuit... Je ne me lève que pour m'occuper de Marina, et juste avant que Chaïm rentre à la maison. En fait, je suis totalement déprimée, et je ne m'en rends pas compte. Je refuse de voir la réalité en face. Rien ne va.

– Eh bien ! On ne peut pas dire que la maison étincelle de propreté !

– Évidemment, je n'ai rien nettoyé !

Cette fois je lui ai ri au nez. Il pince les lèvres en un rictus désagréable, et cherche à avoir le dernier mot :

– Bon, la maison n'est pas propre, mais elle le sera bientôt, c'est l'essentiel !

Une envie folle de le défier à nouveau me démange. Boucle-la, Patsy, du calme, ne mets pas le feu aux poudres. Tais-toi.

Yom Kippour 1980. Ce jour est destiné à faire pénitence. Chaïm ne va pas jusqu'à assister au service de la synagogue, mais il respecte le jeûne. Il est supposé passer la journée en prières, pour se faire pardonner les péchés commis l'année précédente, il est supposé aujourd'hui se conduire de façon exemplaire. Rien de tout cela. Il est irritable, il s'ennuie, se plaint de cet ennui, et déclare tout à coup qu'il va prendre en main l'éducation de Marina.

Mon petit bout de chou n'a pas encore un an, elle commence à tester son équilibre, apprend à se lever toute seule, s'accroche au tissu des chaises pour arriver à se mettre debout. Son père l'observe. Et il m'observe lorsque j'aide ma fille à se rasseoir, sans tomber.

– Laisse-la tranquille ! Si elle est capable de se lever, elle est capable de se rasseoir toute seule !

Marina recommence son petit exercice, s'agrippe au coussin, se hisse, et cherche mon approbation du regard.

– Bravo !

J'applaudis mon bébé qui me sourit fièrement. Puis elle vacille, la crainte remplace le sourire, elle me supplie des yeux de la rattraper, comme d'habitude. Au moment où je me penche sur elle, Chaïm grogne :

– Non ! Marina, tu dois y arriver seule ! Tu peux parfaitement te débrouiller !

Il lui parle comme à un adulte, et le petit visage se crispe. La lèvre inférieure commence à trembler, elle a peur, elle va pleurer. Alors je m'avance pour l'aider, et Chaïm se jette sur moi, m'attrape le bras, me traîne jusqu'à la cuisine, me pousse dehors, et claque la porte à mon nez. J'entends tourner la clé dans la serrure. Il est devenu fou ? Je fais le tour de la maison pour regarder ce qui se passe dans la pièce à travers la fenêtre. Il oblige Marina à rester debout. Elle tremble sur ses jambes, pleure de désespoir, cherchant vainement de l'aide autour d'elle. Mais son père s'assoit sur une chaise et pose ses pieds sur le coussin où s'accrochent péniblement les petites mains.

Marina me cherche et, en tournant la tête, m'aperçoit derrière la fenêtre, ce qui provoque des pleurs supplémentaires. Elle ne comprend pas que je suis impuissante, et pousse bientôt des cris perçants. Je me sens devenir folle, je pleure comme elle, je tremble, une véritable crise de nerfs se déclenche, et je tiens mon ventre à deux mains, pour protéger mon bébé de six mois. Cette torture gratuite est insupportable. Marina pleure sans discontinuer, je ne peux plus supporter de la voir, de l'entendre, je m'écroule sous le porche, recroquevillée, les genoux sous le menton, en me bouchant les oreilles, mais les cris de ma fille me percent les tympans. Jamais je ne l'ai entendue hurler de cette façon. Je voudrais mourir.

Le cauchemar stupide dure une heure et demie avant que les jambes de Marina finissent par céder et qu'elle retombe par terre. De grosses larmes d'épuisement sur ses joues, elle finit par tomber dans un sommeil agité, secoué de sanglots et de hoquets. Alors seulement Chaïm se décide à m'ouvrir la porte.

– Eh bien voilà ! Elle a compris !

Je l'ignore, il vaut mieux l'ignorer, il est plus important pour moi de bercer mon pauvre bébé, de la réconforter. D'ailleurs, je n'ai pas la force de discuter de sa cruauté. Moi aussi je suis épuisée de tous les sanglots qui m'étouffent.

Le médecin a calculé que mon deuxième enfant naîtrait aux environs de Noël, et je retourne en Belgique avec Chaïm pour accoucher. Je vais avoir vingt ans, et nous avons décidé de fêter mon anniversaire, Noël et l'arrivée du bébé en avance, puisque la date de naissance est encore incertaine.

Maman a fait des folies. Une bague splendide qu'elle a fait monter spécialement pour moi, en se servant des diamants de sa broche. Deux diamants d'un carat chacun, encadrés par deux autres plus petits, et montés sur un anneau d'or blanc. La merveille ne passe malheureusement pas l'obstacle de mes articulations gonflées, et maman doit la rapporter au bijoutier pour la faire agrandir. Le regard de Chaïm devant ce bijou qui m'a mise en extase est celui du mâle vexé dans son orgueil. Il court aussitôt acheter une autre bague sertie d'un petit saphir, qui lui coûte 6 000 francs belges.

Noël passe, et comme nous l'avons fêté à l'avance, cette journée est un peu étrange. En prévision de l'accouchement surprise, nous allons fêter le nouvel an, en avance aussi, à Nassogne. À propos de bague, chacun évite de parler de l'incident de l'année précédente, mais personne ne l'a oublié, j'imagine. L'atmosphère est tendue de toute façon. Plusieurs jours s'écoulent sans que je ressente la moindre alerte. Le médecin accoucheur se demande si son confrère israélien ne s'est pas trompé dans son calcul. Enfin, dans la nuit du 1er au 2 janvier, les premières contractions me réveillent brutalement.

– Chaïm, réveille-toi il faut y aller ! C'est très violent !

– Attends encore un peu !

Il me repousse de l'autre côté du lit pour se rendormir. J'attends, allongée dans le silence de la nuit, angoissée. Sa voix ensommeillée avait la résonance de l'ordre auquel je dois obéir. Les contractions se rapprochent. Je tente de le réveiller à plusieurs reprises, mais c'est ma mère qui, alertée par mon remue-ménage, surgit de la chambre voisine, et oblige Chaïm à me conduire immédiatement à l'hôpital. Je ressens déjà le besoin de pousser, et nous arrivons presque trop tard. L'infirmière et la sage-femme sont obligées de retenir la tête du bébé avec une compresse de gaze. Le médecin, une femme, est très en colère que nous ayons attendu aussi longtemps. Il y a de quoi, le cordon ombilical, enroulé autour du cou de l'enfant – il a même fait deux tours –, aurait pu l'étrangler. C'est au milieu de cette agitation que naît mon fils. À la voix qui me demande le prénom à inscrire, je réponds :

– Rony.

Le premier qui me soit venu à l'esprit. Mais nous avons cinq jours pour le déclarer à la mairie. Chaïm téléphone fièrement à ses parents pour annoncer la bonne nouvelle. Un fils, c'est important. Puis il retourne se coucher. Je le revois le lendemain après-midi avec mes parents, mais pas du tout le surlendemain. Il arrive à l'hôpital, tard dans la soirée, ayant visiblement bu.

– Où étais-tu ? Pourquoi n'es-tu pas venu nous voir ?

– Eh bien, j'ai fêté dignement la naissance de mon fils !

– Avec qui ?

– Des amis.

Je me demande bien lesquels, il connaît peu de monde à Bruxelles. Le lendemain, en revenant de la mairie, il annonce tranquillement :

– Voilà, c'est fait, il s'appelle Simon !

Il ne s'est pas soucié le moins du monde du prénom de Marina. Nous n'avions rien décidé non plus pour Simon. Le nous n'est pas de mise.

Mes parents s'inquiètent réellement. Maman m'a trouvée triste aujourd'hui, et ne comprend pas que Chaïm ne soit pas à mes côtés. Lorsque j'appelle dans la soirée pour parler à Chaïm, il refuse de venir à l'appareil. La famille essaie de le convaincre, mais en vain. Le lendemain, il est encore au lit, alors que toute la famille prend le petit déjeuner. Cette fois mon père perd patience, et déclare qu'il le traînera par la peau des fesses jusqu'à l'hôpital s'il le faut. Tout le monde est d'accord, il a lassé la patience des miens, qui estiment le moment venu de lui donner une leçon.

Papa frappe à la porte de la chambre et, n'obtenant pas de réponse, entre, réveille Chaïm, et le traite de paresseux, d'insensible, de cruel.

– Tu laisses tomber ta femme et ton fils ! Un bon à rien, voilà ce que tu es ! Tu prétends réussir des choses qui n'aboutissent jamais ! Maintenant, ça suffit, tu vas te lever, t'habiller, et aller voir Patsy à l'hôpital !

Il est pris de court devant la colère paternelle. L'attaque vient de le toucher sur les deux fronts les plus sensibles. La famille, et la réussite professionnelle. Je suppose qu'à ce moment-là il est malade d'humiliation, mais trop lâche pour répondre à plus fort que lui. Mon père est un homme équilibré, solide, dont la voix grave, quand elle tonne, est impressionnante.

Je vois arriver dans ma chambre un Chaïm enragé. Un déluge de reproches me tombent sur la tête. Mon père l'accuse injustement, donc c'est à moi d'être punie.

– Je t'interdis de parler, je t'interdis d'adresser la parole à ton père et à ta mère.

Comment peut-il croire une seconde que je vais obéir ? Mes propres parents ? Alors que nous logeons sous leur toit ?

– Chaïm, tu me demandes une chose impossible. Je ne peux pas.

– Si, tu peux, je te l'ordonne !

Il devient menaçant, et je ne sais plus quoi dire. La panique revient, me fait battre le cœur à toute volée. Ce petit garçon tout neuf dans mes bras qui devrait me remplir de joie n'y parvient pas. Je suis faible, lasse, Chaïm cherche à tout détruire autour de moi. Mon ami Didier a disparu de ma vie. Mon chien est mort. Il arase, il déblaie, il veut que je sois seule, totalement.

– Je te défends d'adresser la parole à tes parents !

Il s'en va. Il a compris à mon visage désespéré que je cède. Lorsque maman arrive dans l'après-midi, je reviens de faire un tour dans les boutiques de l'hôpital au rez-de-chaussée, je tombe sur elle devant l'ascenseur. Elle ouvre la porte avec un chaleureux bonjour, mais je détourne la tête.

– Patsy ?

Je regarde les murs, le sol, mes pieds, tout sauf ma mère... En arrivant au premier étage, je la laisse seule, plantée dans l'ascenseur, effarée, pour disparaître dans les couloirs. Lorsque je regagne enfin ma chambre, à l'étage maternité, je découvre un petit mot sur l'oreiller : « Patsy, si tu as besoin de papa et de moi, nous serons toujours là. »

Elle a compris, à ce moment-là, à quel point Chaïm me tenait sous sa domination. Compris qu'il excerçait sur moi une emprise totale, démente. Et que j'étais proprement hallucinée par cet homme.

Je pleure pendant des heures, terrorisée. Après un accouchement une femme est toujours plus vulnérable que d'habitude, et j'éprouve des sentiments confus d'aliénation et d'impuissance. Même avec le recul des années, la question reste posée. Comment ai-je fait pour supporter, obéir, continuer ma vie avec Chaïm ? Où était cette révolte qui me faisait sauter en l'air à la moindre tentative d'autorité des parents, à la plus petite plaisanterie douteuse de mes frères ?

À la naissance de Simon, je suis un sac vide, sans forces, sans vouloir. L'obstétricienne a deviné beaucoup de choses, je lui ai un peu dit le reste. Elle tente d'aborder prudemment la question.

– Et si vous changiez d'hôpital, vous et le bébé ? Histoire de vous reposer, de prendre le temps de réfléchir. Vous ne verriez pas votre mari pendant quelque temps, ce ne serait pas plus mal.

– Mais, s'il me retrouve ?

J'imagine que les conséquences seraient terrifiantes. Curieux comme lorsqu'on est prise au piège, tel un rat dans une cage de laboratoire, on ne trouve pas les moyens de s'en sortir.

– Je vais y réfléchir. Mais je ne crois pas que ce soit la chose à faire.

Chaïm se lancerait à ma recherche, je serais coupable de m'être enfuie, tout serait ma faute, la mienne, pas la sienne. Jamais la sienne.

Ainsi quelques jours plus tard, je quitte l'hôpital avec lui, et il nous conduit chez un juif très religieux qui cumule les fonctions de traiteur casher et de spécialiste de la circoncision. Il veut que Simon soit circoncis. Il ne se soucie absolument pas des règles de la religion juive, ni de celles de l'hygiène. L'homme qui va opérer n'est ni rabbin ni médecin. Il ne prend pas la peine de murmurer une prière, mais il opère rapidement et proprement sur la table de sa salle à manger. Simon n'a même pas pleuré. Je n'ai pas soulevé la plus petite objection.

Nous retournons chez mes parents, où je continue à obéir à mon mari. Chaque matin, maman dépose le linge propre devant la porte de la chambre, sans aucun bruit. Elle s'occupe de Marina sans commentaires. Prépare les repas que nous prenons tous ensemble, malgré le silence glacé et stupide de Chaïm, et le mien. Cette cruauté mentale n'a aucun sens, mais la famille a décidé de tolérer la situation jusqu'à l'absurde, pour m'éviter des ennuis avec Chaïm.

Il a réussi, comme une araignée, à tisser une

toile impénétrable entre Patsy et les siens. J'imagine que mon père et mes frères aimeraient bien la pulvériser, cette toile, et m'extirper définitivement des pattes de Chaïm. Mais ils savent aussi qu'affronter cet homme, alors que je ne le demande pas moi-même, que je me résigne, ne ferait que compliquer ma situation, me rendre encore plus malheureuse et eux aussi.

Ma famille est formidable.

Simon est un enfant nerveux et difficile, il n'a pas le calme de sa sœur, et dort rarement plus de trois quarts d'heure d'affilée. Les nuits sont épuisantes, les journées aussi, car il pleure constamment. Je suis au-delà de la fatigue à m'occuper de lui nuit et jour.

Chaïm choisit cette période de tension pour décréter que Marina, qui n'a encore que quinze mois, doit apprendre à être propre. Il s'attelle jour et nuit à la tâche, l'oblige à rester sur son pot pendant des heures. Les larmes me montent aux yeux, mais il m'interdit de pleurer aussi. J'ai l'autorisation, exceptionnelle eu égard à la loi du silence qui m'est imposée, de parler à ma fille et de lui raconter des histoires pour la détendre, mais pas de la retirer de son pot. Les gémissements de Marina me mettent au supplice, les bras me démangent de la prendre.

Ma mère et moi nous échangeons des regards éloquents, sans oser nous parler, le silence entre nous est lourd de souffrance. Elle est allée rechercher la bague de diamants, mais ne me l'a pas rendue. Son regard m'a dit : « Je ne fais pas ça pour te faire du mal, mais pour empêcher que Chaïm te la prenne. »

Simon a deux semaines, lorsque Chaïm décide de rentrer en Israël. À six heures du matin je quitte la maison, avec mes deux petits. Chaïm, le mari, le père, a pris sa décision sur un coup de tête, et la famille me regarde partir en silence. Triste à mourir, je n'ose même pas dire au revoir. Même pas.

7

Mère coupable

Nous avons quitté la petite maison de Hod Hasharon pour nous installer dans un appartement à Tel-Aviv. Tel-Aviv, l'Israël moderne, disent certains. Je déteste cette ville. Pour moi ce n'est qu'un assemblage de blocs de béton sans aucune originalité. La circulation y est démentielle, et il y règne une humidité permanente. L'appartement n'est pas situé au centre de la ville, je ne m'y rends de toute façon jamais – il paraît que la pollution y fait crever les mouches et les moustiques. Dans ce pays, que j'aime tellement, Tel-Aviv est le dernier endroit où j'aimerais vivre.

Chaïm et le soleil écrasant de cette ville m'accablent pareillement. Il peut être charmant, séducteur ou se conduire comme une brute incontrôlable. Un amour ou un démon. Il change de face comme une pièce de monnaie, en quelques secondes. Face, c'est un sourire éclatant de gentillesse, c'est ainsi que je l'ai rencontré. Pile, c'est un fou. Je ne me rappelle plus quand et pourquoi il m'a frappée pour la première fois. Il voulait peut-être seulement me bousculer, et n'a pas pu se maîtriser...

Souvent, après une dispute entre nous, dont je ne peux généralement déterminer la cause, il fouille dans mon placard, en sort les vêtements et les lacère à coups de ciseaux. Cette conduite infantile me rend malade, mais je ne veux pas lui donner la satisfaction de le montrer. Ma résistance vaut ce qu'elle vaut. Dès qu'il pique une crise, je sors des vêtements et les lui tends :

– Vas-y ! Tu veux t'amuser avec tes ciseaux ? C'est ça ?

Il lacère une robe, et je le regarde faire avec un pauvre petit sentiment de vengeance. Le jeu ne l'amuse plus, puisque j'ai l'air de m'en moquer.

Il me met parfois dans des situations totalement inexplicables. Un jour il me fait sortir de l'appartement avec les enfants. Il sort derrière nous, ferme la porte à clé, monte en voiture et disparaît. J'ignore complètement ce que j'ai pu faire pour mériter ce genre de punition et je me retrouve seule devant ma propre porte, Simon dans les bras, Marina à mes côtés. Le biberon de Simon est à l'intérieur. Comment faire pour lui donner à manger si Chaïm ne revient pas ?

J'attends, je cherche comment réagir, que dire à son retour. Finalement lorsqu'il rentre, je l'accueille joyeusement.

– Tu as eu une bonne idée, on s'est amusés comme des fous. On a fait semblant de piqueniquer, il faisait bon aujourd'hui et frais, alors nous nous sommes installés dans l'herbe pour jouer. Marina a tressé des brins d'herbe pour en faire des bracelets... Nous nous sommes bien amusés.

La ruse est grossière et la réplique facile. Il nous enferme cette fois dans l'appartement. Pendant plusieurs jours nous n'aurons pas le droit de parler à qui que ce soit, et pratiquement rien à manger. Comme Chaïm n'a pas fait le marché, et qu'il n'y a plus de lait, je suis obligée de mélanger de la farine et de l'eau pour le biberon de Simon. Ce n'est pas la première fois.

Mais la punition la plus dure, celle qui me donne le sentiment de devenir folle, abandonnée dans une solitude sans fin, c'est le silence. Interdiction de parler. Le seul moyen d'en sortir est de pleurer, de m'asseoir à ses pieds en le suppliant de me pardonner mes fautes. Il fait durer son plaisir, me jette de temps en temps un regard excédé, comme si j'étais un chiot capricieux et geignard. Replonge dans son livre ou son journal, fume une cigarette, m'ignore le temps qu'il juge nécessaire à l'expiation.

Parfois en me regardant dans la glace le matin, j'ai l'impression de ne plus exister. Patsy a disparu, on lui a lavé le cerveau. La torture mentale distillée de cette façon, lorsqu'on dépend entièrement du bourreau, détruit complètement. On n'a plus d'amour-propre, plus une parcelle d'orgueil, on rampe.

Chaïm manque d'argent. Les Israéliens en ce moment ont tous des difficultés. Beguin a pris des mesures drastiques, tout le monde se serre la ceinture...

Un soir mon mari m'emmène au restaurant. Comme à chaque fois qu'il décide de m'emmener dîner dehors, nous attendons que Marina et Simon se soient endormis. Les laisser tout seuls, enfermés dans un appartement, m'empêche d'apprécier le dîner. Je ne vis plus tant que nous ne sommes pas rentrés, mais je ne peux pas m'opposer à ses désirs. Heureusement, jusqu'à présent, il n'est jamais rien arrivé en notre absence.

Ce soir-là, il m'a demandé de m'habiller, de porter des bijoux. L'endroit où nous atterrissons est tout à fait ordinaire, et mon élégance y est parfaitement déplacée. J'ai l'impression de faire le marché en robe du soir. Un inconnu s'approche, Chaïm le fait asseoir à notre table, lui fait admirer la broche, et l'homme la regarde avec autant de curiosité que s'il était en train de l'évaluer. Il me met mal à l'aise.

– Pas mal. Mais les diamants ne sont pas très gros. Pour la qualité, je ne sais pas...

En rentrant, Chaïm me demande de lui confier la broche.

– Pour quoi faire ?

– Il vaut mieux la mettre dans un coffre.

Je ne la reverrai jamais.

C'est lui qui décide des finances du ménage, lui qui décide de tout.

– Signe ça ! En bas de la page.

C'est une feuille vierge, et je refuse de signer quelque chose en blanc.

– Signe, je te dis ! C'est pour remplacer un formulaire pour les impôts, ça m'évitera de revenir à la maison pour te le faire signer.

J'obéis, et il étale devant moi plusieurs feuilles de papier, blanches elles aussi.

– Recommence ! Au cas où je me tromperais en recopiant le formulaire.

Ses crises de colère étant totalement imprévisibles, j'accède à toutes ses demandes.

Soudain, l'histoire de la banque ressurgit. Chaïm est bien obligé de m'en parler, car je suis la seule à pouvoir l'aider. L'erreur a été découverte, les 400 000 francs belges qu'il a perdus en boursicotant lui sont réclamés par la banque Leumi de Hod Hasharon, déduction faite des 40 000 francs qui lui appartenaient, bien sûr. Chaïm est bien incapable de restituer la somme. Ce n'est peut-être pas si grave, mais il y a autre chose, qu'il se résigne à m'avouer.

– J'ai déjà été condamné en octobre 1978, par le tribunal de Nazareth, à un an de prison avec sursis, et trois ans de liberté surveillée... Si la banque porte plainte, je serai obligé d'accomplir mon temps de prison, ils annuleront le sursis.

– Pourquoi as-tu été condamné ?

– Effraction.

– Mais quel genre d'effraction ? Qu'est-ce que tu as fait ?

Pas de réponse. Je suis mariée à un voleur. Patsy Heymans, tu es tombée amoureuse d'un voleur, tu l'as épousé, et il est le père de tes enfants. Et s'il va en prison? Qu'est-ce que tu vas devenir avec tes enfants? Il participe peu à notre entretien, mais si peu que ce soit, c'est tout de même nécessaire.

Le choc de cette révélation, la peur, le dégoût... mon esprit s'embrouille. Comment se sortir d'une situation pareille? La solution de Chaïm est simple, et immonde.

– Tes parents! Il n'y a qu'eux pour nous fournir l'argent. Tu vas les appeler, leur expliquer la situation. S'ils payent la somme que demande la banque, je te permettrai de reprendre contact avec eux.

Du chantage! Il nous tient en otages, les enfants et moi, éloignés de ma famille depuis la naissance de Simon, et ce preneur d'otages me charge, moi, la victime, d'entamer les négociations. J'ai le vertige. Prison, voleur, chantage, argent...

– Tu vas leur téléphoner! Tout de suite!

C'est horrible, ce qu'il me demande de faire. Mais je n'ai pas le choix, lui désobéir provoquerait un désastre. Mais ce téléphone tremble dans mes mains, ma voix s'enroue lorsque j'entends la voix joyeuse de maman, de papa, heureux de m'entendre après si longtemps, posant une foule de questions sur les enfants. J'éclate en sanglots. J'ai du mal à raconter mon histoire, et papa me demande des détails, c'est normal. Je m'efforce de ne pas parler de Chaïm comme d'un voleur, mais je ne peux pas éviter de dire qu'il a fait un cambriolage, qu'il a escroqué une banque, et qu'il m'autorise à parler à mes parents à condition de récupérer la somme indispensable à sa liberté de voleur en sursis. C'est une rançon que je demande par téléphone.

Papa va discuter âprement avec Chaïm, mais les parents finiront par accepter, pour les enfants et pour moi. Il le savait, ce monstre.

Lorsque maman arrive en Israël pour apporter l'argent, et qu'elle tend le chèque à Chaïm, elle est pâle :

– Je vous préviens ! C'est la dernière fois qu'on vous donne de l'argent !

Si ma famille avait encore quelques illusions sur Chaïm, c'est fini. Dès lors, mes parents vont attendre patiemment, et avec vigilance, le moment où ils pourront m'aider à quitter cet homme destructeur. Cet individu avide et profiteur qui n'a probablement jeté les yeux sur moi que par intérêt.

Je me replie sur moi-même, à présent. Le sentiment d'échec, la tromperie, l'illusion... je ne veux plus rien savoir. C'est ma seule défense, la fuite en moi-même. Je refuse même d'admettre, et je le ferai pendant des années, que c'est MOI qui ai téléphoné à mes parents pour demander cette rançon. Psychologiquement, c'est trop insupportable.

L'escroquerie de Chaïm a fait du bruit dans la presse et son nom de famille devient un handicap pour trouver du travail. Mais en Israël il est très facile de changer de nom. L'État accorde de grandes facilités aux immigrés qui souhaitent adopter un patronyme hébreu. Alors Chaïm Edwar remplit tout simplement les formulaires nécessaires pour devenir Chaïm Yarden. Il signe, quelques coups de tampon, et nous devenons tous des Yarden.

Mais Chaïm Yarden n'est pas très à l'aise. Il est toujours dans la peau du Chaïm Edwar contraint de demander de l'aide à la famille Heymans. Son caractère s'assombrit davantage, les crises de colère commencent dès le réveil. Il quitte la maison en aboyant des ordres, il y revient en critiquant ce que j'ai fait, ou n'ai pas fait.

– Tu n'as pas remis ce papier en place, tu n'as pas nettoyé ça, tu n'as pas rangé ci... tu as dit ci, et ça...

J'essaie de contrecarrer ses attaques les plus cruelles, de ne jamais montrer qu'il m'a humiliée, ou blessée. Mais je ne peux pas lui rendre ses gifles. Dressée sur la pointe des pieds, je n'atteins même pas sa joue, et il me repousse avec facilité. Cette faible résistance ne sert qu'à augmenter sa fureur. Il me bat de plus en plus violemment et s'arrange pour ne pas laisser de traces. Il me frappe dans le dos, dans l'estomac, parfois il m'arrache une poignée de cheveux.

Je prends tellement de raclées que je deviens insensible à la douleur. Comme ces enfants qui ne craignent plus les claques de leurs parents. Je rassemble toutes mes forces pour ne pas pleurer. Je refuse de lui donner cette joie. Alors, pour oublier, je compte à l'infini, je me récite l'alphabet jusqu'à ce qu'il arrête. Je suis quelqu'un d'introverti, qui a du mal à exprimer ses sentiments et ses émotions ; je garde tout à l'intérieur depuis mon enfance. Lorsque j'étais adolescente ce trop-plein explosait en rébellion et en colère. À présent j'enfouis.

Il arrive à Chaïm de perdre des batailles, même si je ne gagne jamais la guerre.

Un jour, après une violente dispute, j'installe Marina et Simon dans la poussette, pour aller au bureau des allocations. J'ai droit à un bon de soutien en tant qu'immigrée. D'habitude je rentre immédiatement à la maison, pour le remettre à Chaïm. Mais, ce jour-là, la rage au ventre, je vais directement à la banque encaisser l'argent, et je dépense tout. Des vêtements et des jouets pour les enfants, du maquillage pour moi.

À mon retour, il comprend immédiatement ce que j'ai osé faire. Sa main s'écrase sur mon visage avec une telle force que j'ai l'impression d'avoir le nez brisé. Je saigne abondamment, et je n'arrive plus à respirer. Au dispensaire le lendemain, je raconte au médecin le mensonge classique.

– Je me suis levée au milieu de la nuit, et je me suis cognée dans une porte.

Il aimerait en savoir plus sur cette porte, il me semble. Une porte ne fait pas tant de dégâts... Les portes ont bon dos dans le discours des femmes battues, ou les escaliers, mais je ne me vois pas dire : « Mon mari me bat. » Le médecin m'examine soigneusement, il ne peut rien pour moi, il peut seulement soigner mon nez. Il n'est pas cassé, et je repars avec un médicament pour atténuer l'enflure, et la douleur.

Après m'avoir battue Chaïm adopte deux sortes d'attitudes. Il peut se transformer en mari contrit, désolé de son emportement, pleurant sur lui-même plus que sur moi.

– Je suis désolé, je ne recommencerai plus jamais.

Mais, la plupart du temps, à l'issue de la raclée, j'ai droit à un sermon. C'est ma faute, ma conduite l'a obligé à me punir. J'ai commis tant de péchés que la litanie peut durer jusqu'à quatre heures du matin. J'apprends donc à négocier l'après-raclée : assoupie, les yeux entrouverts, je murmure « oui », de temps en temps, pour répondre aux reproches et aux justifications. C'est long. Chaïm semble ne jamais devoir s'arrêter de parler, et cette torture verbale achève de grignoter ce qui me reste de raison.

Mon plus grand souci est de préserver les enfants de toute cette violence. Le regard d'un petit sur sa mère battue serait insupportable. Heureusement il ne m'a jamais frappée devant eux. Pas encore...

Nos rares fréquentations sont des couples menant une existence semblable à la nôtre. Le mari fait la loi, la femme obéit. Voilà les seules personnes que Chaïm m'autorise à rencontrer. Leur exemple lui sert à justifier sa propre conduite. Un mari « a le droit de... » Une femme « n'a pas le droit de... » J'en arrive à oublier qu'il existe d'autres formes de vie sociale, que le couple de mes parents, par exemple, fonctionne différemment, avec amour et respect mutuel. J'ai accepté une norme, celle de Chaïm Yarden. Je vis dans un brouillard de soumission perpétuelle.

Le devoir conjugal en fait partie. Une bonne épouse doit consentir au désir de l'époux. Plusieurs fois par semaine. En matière de sexualité, il existe un « style yéménite » comme on dit en Israël. Cela veut dire que tout se passe très vite. Chaque fois j'ai l'impression de subir un viol psychologique.

Un soir, je suis assise dans la salle à manger, occupée à faire manger Marina et Simon. Pour simplifier les choses, j'ai préparé un plat pour deux, et la même cuillère va successivement d'une bouche à l'autre. Je donne la becquée à mes petits.

– Quelle mère es-tu? Indigne! Paresseuse et stupide! Comment peux-tu faire une chose pareille?

– C'est plus facile, et ça ne dérange pas les enfants! Ça leur est parfaitement égal. Pourquoi tu te fâches?

– Je me fâche parce que tu les traites comme des chiens!

Il abandonne provisoirement le combat, pour revenir à la charge dans la nuit. Je suis une femme minable, une mère indigne, je ne sais rien faire de bien, je rate tout ce que j'entreprends...

– Je ne peux pas dormir avec une femme comme toi! Va dormir dans le salon.

La perspective de dormir seule est un soulagement. Je ramasse une couverture, et ne tarde pas à m'endormir sur le canapé. Au beau milieu de la nuit il vient me secouer par l'épaule.

– Réveille-toi... Retourne dans la chambre.

Je sais ce qu'il a derrière la tête, je n'ai pas du tout envie de me soumettre, et je garde les yeux fermés, en faisant semblant de dormir profondément. Il retourne dans la chambre au bout d'un instant. Alors la nuit suivante, de ma propre initiative, je m'installe sur le canapé.

Pendant quelques jours, je sens couver l'orage. Il ne dit rien, mais mon refus silencieux le pousse à bout. De mon côté j'ai les nerfs à vif, l'énervement se mêle à une soudaine fatigue physique. Je reconnais les symptômes, c'est le début d'une nouvelle grossesse.

– Chaïm, j'ai besoin de lait pour les enfants.

– Prends de la farine et de l'eau, tu l'as déjà fait.

– Simon a grandi, il lui faut...

Je n'ai pas le temps de finir ma phrase, il me bouscule avec tant de force que je m'écroule par terre. Surprise par la soudaineté de l'attaque, je reste hébétée quelques secondes. Il en profite pour me donner un coup de pied dans l'estomac, la pointe de sa chaussure me coupe le souffle. Pliée en deux, j'étouffe, je cherche de l'air. Il me repousse du pied, et frappe dans les reins cette fois. Une douleur insupportable vrille ma colonne vertébrale. Marina réfugiée dans un coin de la pièce se met à hurler de terreur. Simon éclate en sanglots. C'est la première fois qu'il ose me frapper en leur présence, et c'est plus douloureux que les coups de pied qu'il m'assène. Roulée en boule je ne parviens pas à les éviter, il trouve toujours un endroit où frapper. La souffrance me submerge, je ne vois plus, je vais m'évanouir. Soudain j'entends frapper à la porte de l'appartement, et la voix d'un voisin inquiet qui demande ce qui se passe.

Chaïm me repousse sur le côté, et va entrouvrir la porte.

– C'est rien ! J'ai fait tomber un gros cendrier.

Le voisin n'insiste pas, et il referme la porte en grommelant.

J'ai du mal à marcher pendant deux semaines. Je dois faire un effort de volonté pour m'occuper des enfants. Il m'est impossible de m'asseoir, et je prends mes repas debout, en attendant le moment où je pourrai enfin m'allonger sur le ventre, et ne plus bouger. Il a frappé dans la région du coccyx, la douleur est insoutenable. Je devrai m'asseoir sur des oreillers pendant longtemps.

Le gouvernement israélien fait une offre aux jeunes couples qui acceptent de s'installer dans le nord du pays en réduisant pour eux le taux de l'emprunt logement. Chaïm décide d'en profiter, et m'emmène voir un appartement au huitième étage d'un immeuble neuf à Karmiel, une ville située à trente-cinq kilomètres à l'est d'Haïfa.

Je ne suis pas encore remise de mes blessures, je sais que je suis enceinte pour la troisième fois, et la déprime me ronge. Une sensation de vide intérieur, et de profonde anxiété en même temps. Mon corps ne réagit pas comme les autres fois.

Chaïm a besoin de justifier d'un emploi et d'un salaire suffisant pour obtenir cet appartement, mais il n'a ni l'un ni l'autre. Alors il téléphone à Bruxelles, et demande à mon père de lui envoyer une lettre de sa société attestant qu'il est employé par lui pour un salaire donné. Le chantage est implicite. Si mon père refuse, il appliquera la loi du silence, et me coupera de ma famille à nouveau. Mon père le sait, et il accepte.

Le déménagement se prépare, l'appartement est envahi de cartons. Je me traîne en faisant des paquets, quelque chose ne va pas. Une nuit, je suis prise de violentes contractions, et d'une hémorragie. Chaïm appelle une ambulance qui me conduit à l'hôpital, et l'auxiliaire médical me recommande de serrer les jambes, comme si, par ma seule volonté, je pouvais empêcher l'inévitable. Je souffre, j'ai peur, mais lorsque le médecin veut m'examiner, je refuse.

– Il faut la permission de mon mari.

– C'est complètement absurde. Même les Hassidim acceptent qu'un médecin homme examine leurs femmes en cas d'urgence !

Et les juifs hassidiques font partie des plus traditionalistes... Mais j'ai trop peur de la colère de Chaïm, si je prends cette décision seule. On le fait appeler, et il réclame que ce soit une femme qui m'examine. Comme cela est impossible, il se résigne, de mauvais gré, à me livrer aux mains du médecin.

Le bébé est mort. Après avoir pratiqué le curetage nécessaire, le médecin m'explique qu'il ignore la cause de la mort du fœtus et qu'il va pratiquer des examens pour la déterminer. Mon père, qui se trouve en voyage d'affaires en Israël, vient me voir le lendemain soir. Je suis seule dans mon lit, à pleurer la mort de mon enfant inconnu. Papa est si triste. Et il ne sait pas tout. À lui aussi je suis incapable de dire la vérité.

Cette nuit-là j'ai fait un cauchemar horrible, qui reviendra régulièrement par la suite. On m'arrache du ventre les membres d'un enfant, on les jette à la poubelle comme de vulgaires morceaux de poulet. Je me réveille en sueur, la respiration haletante, j'écarquille les yeux pour retrouver la réalité. J'ai peur de me rendormir. Le cauchemar va revenir... Il revient.

J'ai mis au monde deux enfants l'un après l'autre, le troisième est mort-né. Je suis vidée de mes forces, lasse à en mourir, et taraudée par l'idée que je ne pourrai peut-être plus jamais porter d'enfant à terme.

Lorsque je rentre à l'appartement, il faut le quitter pour cause de fin de bail. Mais l'immeuble de Karmiel est encore en travaux. Nous nous installons pour un mois chez les parents de Chaïm. Je retrouve Sholomo, ses insultes et sa vodka, Leah et sa gentillesse de femme soumise. Puis je vais chercher à l'hôpital le résultat des examens pratiqués sur mon enfant que je n'ai jamais vu. Le médecin est perplexe.

– L'enfant était parfaitement normal, nous n'avons pas pu déterminer la cause de sa mort. Il était mort depuis deux mois déjà, bien avant le début des contractions.

Durant deux mois j'ai porté mon enfant mort. C'était cela cette sensation de vide, d'être inhabitée, et si déprimée. Deux mois. La mort de mon enfant coïncide avec la raclée de Chaïm. Lorsqu'il m'a frappée dans le dos, et que j'ai ressenti cette violente douleur, comme une vrille dans toute la colonne vertébrale. Il a tué notre enfant à coups de pied.

C'est horrible, mais je préfère garder pour moi cette horreur, ne pas en parler. Confronter Chaïm à ce terrible constat serait inutile, et encore plus pénible. Il réussirait à me convaincre que j'en suis responsable, que tout est ma faute, et que je dois porter seule le deuil de cette tragédie. Seule. Toujours seule et toujours coupable. Je n'ai plus de larmes, plus de résistance, ce drame m'a achevée.

Sholomo Edwar m'a déclaré une guerre intensive. En présence de Leah, il m'ignore, mais dès qu'elle est sortie, il déclenche le tir. Je suis la fille de pute chrétienne, ou la putain chrétienne de Chaïm. Il me surveille, suit chacun de mes gestes pendant que je fais le ménage. Si j'ouvre une fenêtre, il la referme, si j'allume la lumière, il l'éteint. J'ai le sentiment de traîner un malade mental dans mon sillage. En général j'arrive à faire abstraction de sa présence, je n'ai pas d'autre solution, mais un jour, il se montre particulièrement odieux.

D'abord il me suit dans la rue, alors que je sors faire des courses, titubant dans mon dos, soûl de vodka, en hurlant ses obscénités habituelles. Je ne réagis pas. Mais le soir, alors que nous sommes à table, soudain c'est le déclic.

Nous mangeons des œufs à la coque. Sholomo fait irruption, désigne les enfants du doigt en criant :

– Chiens de chrétiens !

Il peut m'insulter, m'appeler de tous les noms qu'il veut, mais *pas les enfants. Pas les enfants.*

Jamais je ne laisserai qui que ce soit insulter mes enfants. Je m'empare des œufs et les jette sur mon persécuteur, en hurlant :

– Attaquez-vous à moi ! Ça m'est égal ! Rendez-moi malheureuse, ça m'est égal ! Mais si vous touchez aux enfants !

Un œuf s'est écrasé sur le mur, le deuxième a atterri sur la casquette du vieux Sholomo qui ricane !

– Ah bravo ! Bravo ! Regarde ce que tu as fait ! Tu es fière de toi ?

Chaïm a écarquillé les yeux de surprise, mais se tait. Pour une fois, il est de mon côté. La pauvre Leah veut nettoyer le mur, Sholomo le lui interdit, sa casquette aussi restera maculée de jaune d'œuf. Et plusieurs semaines après, devant moi, il montre les taches à un visiteur :

– Regarde ce qu'elle a fait, la chrétienne !

– Dites-lui aussi pourquoi je l'ai fait ! Vous ne lui dites pas ? Pourquoi ?

Il sort de la pièce en maugréant :

– Maudits chrétiens !

Je souffre d'une carence importante en vitamines. Ma peau se dessèche, mes doigts, gercés, se mettent à saigner. Je ne peux même plus éplucher un oignon, l'acidité me ronge la peau, et j'ai du mal à fermer et ouvrir les mains. Si je me lave les cheveux, elles se couvrent d'ampoules. Mes gencives se rétractent et gonflent.

Durant mes grossesses Chaïm m'a toujours interdit de prendre des médicaments, même les vitamines habituelles. Et le médecin m'a recommandé de ne pas tomber enceinte avant six mois. Mais mon mari refuse que j'utilise un contraceptif. Il ne veut même pas en discuter. Au début du mois de septembre 1981, je me réveille un matin, certaine que je suis enceinte de la nuit. Il n'y a évidemment aucun symptôme, mais je le *sais*.

Malgré la tension entre nous, malgré l'avertissement du médecin et ma fatigue, je suis heureuse. La certitude est là, dans mon ventre, je suis encore bonne à quelque chose, je peux encore mettre un enfant au monde. C'est la seule chose qui compte à ce moment-là. La seule.

Notre séjour chez les parents de Chaïm se prolonge. L'immeuble neuf n'est toujours pas habitable. Et c'est à cette époque que Chaïm décide enfin de passer son permis de conduire. Ce permis semble poser des problèmes bien compliqués. Il m'explique d'abord qu'il doit changer de statut militaire, passer une visite de contrôle pour sa blessure au coude, et aussi un test psychologique. Cette procédure s'étale sur une semaine. Puis il me montre un permis tout neuf.

– J'ai eu du mal à l'avoir, avec tous ces tests !

– Quel genre de tests ? Tu veux dire un examen de santé ?

– Non, des tests mentaux.

– Pourquoi ? c'est au coude que tu as été blessé, pas à la tête.

– Oui, mais c'est le règlement.

Étonnée, je l'écoute me raconter fièrement comment il a « piégé » le psychiatre.

– Je lui ai dit : « Je m'envole souvent pour la Belgique ! » Alors il a croisé les bras et m'a regardé bizarrement en demandant : « Vous voulez dire que vous êtes capable de voler ? – Bien sûr que non, je m'envole en avion ! »

Chaïm est tout fier de cette réponse qu'il juge astucieuse, et aurait, d'après lui, convaincu le médecin qu'il est sain d'esprit. C'est ainsi qu'il a obtenu son permis de conduire haut la main !

Et c'est ainsi que son nouveau statut militaire l'oblige à participer à de petites missions dans l'armée de réserve. Par exemple surveiller les coins de rue. Un travail d'habitude réservé aux vétérans âgés, que l'on ne confie pas aux jeunes réservistes. Les rapports entre Chaïm et l'armée israélienne sont assez mystérieux pour moi. Le beau parachutiste, le héros – qui a peur de grimper aux arbres – fait le planton et subit des tests psychologiques pour une blessure au coude... c'est bizarre.

Tant que nous sommes chez les parents de Chaïm, je bénéficie, à côté des insultes de Sholomo, le père, d'une relative protection de la part de Leah, la mère. Chaïm sait parfaitement qu'elle ne tolérerait pas qu'il me fasse, physiquement, du mal. Mais une nuit, dans l'intimité de notre chambre, il perd tout contrôle, me saisit par les cheveux et m'oblige à sortir du lit en les tirant si violemment que j'ai la sensation qu'il m'arrache le cuir chevelu. Mes cheveux sont longs, et la prise est bonne.

Une fois qu'il m'a traînée par terre, il me tabasse à coups de pied, en choisissant bien les endroits. Je compte silencieusement : un... deux... trois... Recroquevillée dans le noir, je n'ai ni la force ni la volonté de résister. Puis il saisit une paire de ciseaux, et taillade sauvagement ma chevelure. Quand sa rage a passé, je n'ai quasiment plus rien sur la tête.

Le lendemain matin, Leah me dévisage avec stupéfaction. Ma longue chevelure raide, qui se balance d'habitude autour de mon visage et sur mes épaules, n'est plus qu'un fouillis de quelques centimètres.

– Qu'est-ce qui s'est passé ?

Je hausse les épaules.

– C'est Chaïm.

Leah regarde son fils, l'interrogeant du regard. Il répond avec désinvolture.

– Plus elle sera laide, mieux ça vaudra...

La mère baisse les yeux. Elle n'entrera pas en conflit avec son fils. Même le petit dernier obtient d'elle absolument tout ce qu'il veut. Je l'ai vu un jour tirer sa mère du lit alors qu'elle venait de subir une opération, et ne tenait pas debout, en exigeant je ne sais plus quoi. Un bol de lait peut-être ! Et Leah a fini par obéir au gamin, en vacillant sur ses jambes.

Simon a tout juste dix mois, je suis en train de le changer, lorsque Marina entre dans la chambre pour me demander quelque chose. Le temps de tourner la tête pour lui répondre, et mon bébé bascule, et tombe sur le dos. Sa tête a heurté le sol, et il reste étrangement silencieux. Le cœur soulevé d'angoisse, je le ramasse avec précaution, en le serrant dans mes bras.

– Pardon... pardon, mon bébé... pardon, Simon...

Il ne pleure pas, et je crains de comprendre ce que cela veut dire. Un traumatisme crânien. Bientôt il est pris de vomissements. Je suis seule à la maison, je dois attendre le retour de Chaïm pour qu'il nous conduise à l'hôpital, mais lorsqu'il arrive une demi-heure plus tard, il hausse les épaules :

– Pas question ! Te voilà bien punie ! Ça t'apprendra à t'occuper sérieusement de tes enfants.

– Chaïm, je t'en prie, si tu ne le fais pas pour moi, fais-le pour Simon ! C'est ton fils !

– Tu as ce que tu mérites !

Toute la soirée, je guette désespérément des signes d'amélioration sur le petit visage de Simon. Toujours léthargique, il vomit de temps en temps. Et je suis là impuissante, coupable. Je m'endors et me réveille en plein cauchemar. Je me suis vue en mère indigne, sous les traits imprécis d'une femme anonyme, mais c'était moi l'anonyme. Enfin Chaïm veut bien nous emmener à l'hôpital, jouant maintenant auprès du médecin le rôle du père responsable et inquiet, alors que je me sens nerveuse et coupable, et que je dois en avoir l'air.

– Madame Yarden ? pourquoi avoir attendu si

longtemps pour amener cet enfant ? Vous l'avez battu ? Vous lui avez fait subir quelque chose ? Il souffre d'une commotion cérébrale, ça n'arrive pas tout seul !

C'est horrible, horrible ! Il m'accuse de mauvais traitements, il demande des examens supplémentaires pour déterminer si oui ou non Simon a été maltraité. Comme l'hôpital est bondé, on installe Simon dans un berceau dans le couloir, et je passe la journée assise sur une chaise à le veiller. Le regard des infirmières, des médecins, qui passent dans le couloir, m'accuse. Je n'ai pas dit la vérité sur Chaïm. Je suis faible à cause de lui, terrorisée, lasse, nulle, et je me sens coupable, c'est vrai, coupable de ne pas avoir répondu tout de suite que c'était lui le monstre ! Mais je n'ai jamais levé la main sur mes enfants. Jamais.

Simon se rétablit doucement. Lorsqu'il parvient à ingurgiter du liquide sans le vomir, on me laisse partir avec lui.

Je n'ai plus confiance en moi du tout. Chaïm a raison. Simon est tombé parce que j'ai regardé ailleurs, je n'ai pas fait attention. Je suis stupide, et bonne à rien. Et je suis une mère indigne, le médecin l'a dit. On n'attend pas pour emmener un enfant à l'hôpital. Une mère n'attend pas. Une mère doit tout savoir, tout dominer, tout réussir.

Chaïm ne se prive pas de me rappeler l'incident, comme preuve de mon incapacité à être une mère digne de ce nom. J'ai fait tomber mon fils. Et lui a failli le laisser mourir. Il est beaucoup plus préoccupé par le sexe de l'enfant que par sa tête. Il inspecte tous les jours l'appareil génital du bébé pour être sûr qu'il se développe normalement, et lorsqu'un jour il croit deviner une différence de taille entre les testicules, alors il nous envoie aussitôt chez un pédiatre ! Qui nous assure bien entendu que Simon est parfaitement constitué.

Cette préoccupation maniaque me révulse. La sexualité de Chaïm me révulse. L'amour avec lui n'est pas de l'amour. Une sorte de gymnastique assez désespérante qu'il faut subir, que je le veuille ou non.

Le mode de vie en Israël, les pratiques religieuses notamment me paraissent complexes. C'est d'après les coutumes des parents de Chaïm que je m'en fais une idée. Sholomo ne montre aucune ferveur dans la vie quotidienne, mais il observe scrupuleusement les règles du sabbat. Leah n'est pas pratiquante, mais elle suit en général l'attitude de son mari. C'est à peine s'il lui arrive, de temps en temps, d'allumer la lumière lorsque c'est interdit.

Le sabbat est un sujet de dispute entre le père et le fils. Un jour de sabbat les enfants sont au cœur des hostilités. Ils jouent dans la cour. J'ai laissé la porte entrouverte pour les surveiller de loin, mais Sholomo, considérant que les enfants se conduisent irrespectueusement – on ne joue pas pendant le sabbat –, pour ne plus les voir, claque la porte. Je vais la rouvrir, il la claque à nouveau vigoureusement, et ainsi de suite jusqu'à ce que Chaïm pique une colère et prenne pour une fois ma défense. Malheureusement, au cours de la dispute, il finit par claquer malencontreusement la porte sur le pouce de son père. Sholomo hurle ; il passe le reste de la journée à brandir son doigt enflé en marmonnant dans les vapeurs de l'alcool :

– Regardez ! Mais regardez ce qu'il a fait à son père un jour de sabbat !

De la laïcité totale à l'intégrisme des Hassidim, les juifs peuvent adopter toutes sortes d'attitudes face à la religion. Il y a les libéraux, les conservateurs, et les orthodoxes. Ceux qui mangent casher, et ceux qui s'en moquent. C'est extrêmement compliqué. Quelqu'un que l'on qualifie de « religieux » par exemple n'est pas forcément hassidique, quelqu'un de « très religieux » est classé dans la catégorie hassidique, mais selon les convictions de celui qui parle, le terme « religieux » peut trahir un regard admiratif, snob, ou dédaigneux.

Les Hassidim sont parfaitement reconnaissables à leur style vestimentaire. Les femmes sont vêtues de longues robes informes dont les manches leur recouvrent les poignets et d'épaisses chaussettes montantes, de manière à ne laisser paraître qu'un minimum de chair. Les hommes portent des costumes noirs, des chapeaux noirs à large bord, les *schreimeil*, et de longues boucles de cheveux de chaque côté de la tête, les *peyots*.

Le jour de son mariage, une femme très hassidique doit se raser la tête entièrement, afin d'être aussi peu séduisante que possible pour les autres hommes. À partir de ce jour-là, elle portera une perruque, ou un foulard orné de fausses boucles, pour sortir. Les cheveux ont un poids symbolique très fort dans la religion juive, j'en ignore la raison. Mais j'en ai subi les conséquences, la nuit où Chaïm m'a presque rasé la tête.

Les Hassidim parlent le yiddish entre eux, et considèrent l'hébreu ancien, *loshen kodes*, comme une langue sacrée réservée à la religion. Ils sont exemptés de service militaire, mais jouent un rôle important dans la vie politique du pays. Ils ne représentent qu'une minorité, mais le poids de leur vote est parfois décisif, et ils détiennent souvent les rênes du pouvoir.

Chaïm et moi menons une existence parfaitement laïque, mais nous nous efforçons de respecter les principes de ses parents. S'il veut fumer un jour de sabbat, par exemple, Chaïm sort dans le jardin. Nous essayons d'être discrets dans la non-observance du sabbat, mais nous n'avons pas renoncé à utiliser la voiture. Chaque week-end ou presque nous allons pique-niquer à la campagne, ou passer une nuit sous la tente. Chaïm emporte un téléviseur portable, et passe son temps devant l'écran, en nous ignorant, les enfants et moi. Mais j'aime ces moments-là plus que tout, la nature, les paysages splendides, loin de Sholomo, m'apportent une grosse bouffée d'oxygène. Jusqu'au jour où Chaïm va me priver de ce seul plaisir.

C'est un jour d'été, nous avons installé notre tente dans un coin proche de la mer de Galilée. Chaïm nous a déposés là en voiture, sous un bosquet d'eucalyptus, et est parti pêcher. L'endroit est particulièrement aride. Après avoir installé les enfants je ramasse quelques brindilles pour faire un feu que j'ai beaucoup de mal à allumer. Un grand coup de vent éparpille quelques braises, le feu prend à des feuilles sèches, et commence à s'étendre avec une rapidité effrayante. J'écarte les enfants et piétine les feuilles, mais chaque fois que je réussis à éteindre un foyer, un autre se déclenche, et je crains qu'il ne gagne les arbres. Enfin épuisée, je parviens à stopper ce début d'incendie. Chaïm revient, et pique une colère terrible. Je suis imprudente, stupide, à tel point qu'il ordonne :

– Tu vas rester ici, je reviendrai te chercher quand j'en aurai envie.

Il fait affreusement chaud, et je me réfugie sous un arbre avec les enfants. Marina est assez grande maintenant pour s'inquiéter de la colère de son père.

– Papa nous fait une farce, il va revenir, n'aie pas peur... il va bientôt revenir.

J'ai beau prendre un ton léger, je ne suis pas rassurée. Cet endroit est sauvage, hostile, le soleil nous traque et l'ombre est rare. Une voiture apparaît soudain, et le conducteur, étonné de voir une femme seule avec deux petits enfants dans cet endroit désert, s'arrête à ma hauteur :

– Vous avez besoin d'aide ?

– Non, merci, ça va... merci.

Accepter l'aide d'un étranger décuplerait la colère de Chaïm, il faut attendre, supporter, en regardant le ciel éblouissant, la terre sèche, en amusant les enfants comme je peux. Trois heures durant. Enfin le maître revient, mais il m'empêche de monter dans la voiture au dernier moment.

– Je prends les enfants, mais toi, tu restes ici!

Il démarre, avance au ralenti, et je cours derrière la voiture, angoissée. Durant plusieurs minutes, chaque fois que je suis sur le point d'atteindre la portière, il accélère, m'obligeant à courir et à forcer l'allure. Le visage de Marina derrière la vitre arrière, terrorisé, me fait prendre conscience de la cruauté de ce jeu imbécile, et je m'arrête instantanément.

Qui est donc cet homme que j'ai aimé? Pour jouer ainsi avec la peur? De quel plaisir morbide a-t-il besoin? Que veut-il prouver? Qu'il est le maître incontesté, surpuissant, absolu. Voyant que je ne « joue » plus, il consent à me laisser monter en voiture.

Cette scène cruelle, dans ce paysage aride et hostile, cette voiture qui accélère et ralentit, moi courant derrière mes enfants, tout cela est annonciateur de l'avenir qui m'attend, mais je l'ignore encore.

8

Le dire enfin

Cette quatrième grossesse est plus difficile à supporter que les précédentes. Je souffre dès les premiers mois de graves problèmes de circulation dans les jambes. Une nuit, alors que Simon s'est mis à pleurer, que Chaïm dort sans bouger comme d'habitude, je me lève pour aller voir mon fils, et ma jambe cède sous moi, complètement engourdie. Je m'effondre. Le lendemain à l'hôpital, la jambe est si douloureuse que le médecin me conseille du repos, sans vouloir faire de radio à cause de ma grossesse.

– Restez allongée un jour ou deux. Si ça ne va pas mieux, revenez me voir.

Chaïm ne peut absolument pas admettre que je sois contrainte de garder le lit, sans rien faire. Il n'est pas question de repos, je dois m'occuper de toute une pile de linge sale, préparer le dîner, en sautillant sur une jambe. Cette nuit-là, il me réveille en sursaut à deux heures du matin.

– Va me préparer du goulasch !

– Non, je dors.

– Si !

– C'est long à préparer, Chaïm... Je suis lasse...

Il me tire du lit de force, et me pousse en direction de la cuisine en hurlant, sans se préoccuper des enfants ou des voisins.

– Fais-moi du goulash ! Tu m'entends ? Je veux du goulasch !

J'ai des élancements dans la jambe, je dors à moitié, mais j'obéis. Il y a du bœuf dans le réfrigérateur, je le coupe en dés, j'émince des oignons et des tomates, je fais cuire à feu doux avec du paprika et des épices, jusqu'à ce que la viande soit bien tendre. Leah, qui a entendu du bruit dans la cuisine, s'est levée, et voudrait bien m'aider, mais le regard furieux de son fils l'en dissuade. Elle me regarde faire en silence. Lorsque le plat est prêt, je remplis une assiette et me retourne pour la présenter à Chaïm, mais il a disparu. Je fais le tour de la maison, l'assiette fumante à la main, à la recherche de mon mari, pour le trouver au lit, dormant à poings fermés.

Je suis arrivée au même stade de dépendance que Rachel. La seule amie que je me sois faite, une jeune femme du voisinage chez qui je vais souvent l'après-midi avec les enfants. Rachel a été enceinte un nombre incalculable de fois, et n'a qu'un enfant, silencieux et maussade. Chaque fois que j'ai tenté d'en savoir un peu plus sur sa vie, elle a éludé ma question ainsi :

– Excuse-moi, il est temps que tu retournes chez toi, je dois préparer du poulet pour mon mari, il veut manger du poulet ce soir...

Du poulet, ou du goulasch, en tout cas, ce que *veut* son mari. Elle en a aussi peur que moi de Chaïm. La peur paranoïaque de faire quelque chose qui ne s'accorde pas à un désir ou un ordre. Et nous nous interdisons même tout commentaire entre nous, sur leur comportement.

Rachel et moi, nous nous ressemblons, sans vouloir l'admettre. Nous sommes seules, malheureuses, et incapables de nous faire mutuellement confiance. Si je me confie à elle, ira-t-elle le répéter à son mari ? Qui le répétera à Chaïm... Elle éprouve la même méfiance à mon encontre. De toute façon je verrai moins Rachel, nous déménageons enfin.

L'appartement n'est toujours pas entièrement achevé, et nous sommes obligés de déposer momentanément nos affaires dans les autres appartements encore inoccupés de l'étage. Je passe mes journées à courir d'un endroit à l'autre, cuisinant ici, m'occupant de changer Simon là. Chaïm est rarement à la maison, et je me débrouille seule.

La fenêtre de la cuisine au huitième étage donne sur un paysage de roches, et de bosquets rabougris. À moins de cent mètres, j'aperçois les toits bleus d'un campement de bédouins : les moutons, les chèvres et les poulets. Cette partie de Karmiel est une zone de constructions nouvelles qui attirent beaucoup de jeunes couples. Chaïm pense y faire des affaires, il songe à ouvrir un magasin d'articles sanitaires. Carrelages, plomberie, robinets, le genre de choses dont auront besoin les nouveaux occupants. J'ignore pour quelle raison il a décidé de faire enregistrer ce fonds de commerce à mon nom, et pas au sien. Je lui ai demandé pourquoi, il a répondu :

– Tu es trop bête pour comprendre, signe les papiers, ne t'occupe pas du reste.

Dès que le magasin est ouvert officiellement, je ne le vois presque plus à la maison, c'est un soulagement. J'ai la paix, je ne cherche pas à en savoir davantage. Mais il y a des choses que l'on ne peut pas ignorer. Des traces de maquillage sur une chemise, du rouge à lèvres.

– D'où vient cette tache, Chaïm ? Qu'est-ce que c'est ?

– Rien, du stylo-feutre...

Le siège passager de la voiture est parfois plus incliné que d'habitude.

– Tu as emmené quelqu'un ?

– Personne.

Une nuit il ne rentre pas. Le lendemain matin, vers dix heures, il réapparaît tranquillement.

– Qu'est-ce qui s'est passé ? Pourquoi tu ne m'as pas prévenue ?

– Mais si, j'ai essayé de te prévenir ! J'avais des affaires à régler. J'ai téléphoné à un des ouvriers qui travaillent dans l'immeuble, il ne t'a pas fait le message ?

Au fond cela m'est égal. Du moment qu'il me fiche la paix, je me contente de ces réponses vaseuses. Une paix qui ressemble fort à une solitude totale, car les autres appartements demeurent inoccupés, et nous sommes seuls à habiter au dernier étage de l'immeuble. Nous n'avons pas le téléphone, la cabine la plus proche est à un kilomètre et demi, et je ne peux qu'appeler en PCV de toute façon. Chaïm garde tout son argent sur lui. Mon passeport et ma carte d'identité aussi. Je n'ai rien, ne possède rien que mes enfants. Je dois tendre la main pour pouvoir acheter quelque chose, ou le recevoir de Chaïm.

Je fais des progrès en hébreu, mais mon vocabulaire est encore limité, et il m'arrive de ne pas comprendre certains mots, à la radio par exemple.

– Ça veut dire quoi, ce mot, Chaïm ?

– Tu es trop stupide pour comprendre.

J'entends cela régulièrement, et je finis par le croire. Je dois être réellement stupide. Une fois ou deux par semaine, je suis autorisée à me rendre à l'épicerie, mais sans argent. Je signe des notes que Chaïm épluche ensuite.

– Pourquoi deux paquets de riz ? Un seul doit suffire. Tu ne dois pas acheter autre chose que des ailes de poulet, on n'a pas les moyens de faire autrement.

Le seul moment où j'ai un peu d'argent sur moi, c'est quand je vais au marché aux légumes, et Chaïm s'arrange le plus souvent pour m'accompagner. Tous les vêtements des enfants viennent de mes parents, il n'a pas d'argent pour les habiller. Lui, en revanche, ne se prive pas de costumes neufs. Quant aux jouets, ils sont exclus du budget.

Je fabrique moi-même des livres de coloriage, j'invente des jeux. Pour égayer ce triste univers, je tente une astuce.

– Chaïm, s'il te plaît, je peux garder la monnaie du marché pour acheter des jouets aux enfants ?

Il me rit au nez.

– Je t'en prie, on ne s'apercevra même pas de la dépense.

– Bon, d'accord, tu peux garder les pièces.

Mon petit tas de pièces augmente rapidement. En quelques semaines, j'ai réussi à acheter des petits jouets bon marché, cette réussite lui fait changer d'avis.

– Tu gardes trop de pièces ! Rends-les-moi.

Une fois, une seule fois il rapporte à contrecœur une veste pour Simon. Elle est beaucoup trop grande, mais au lieu de m'en plaindre je décide de faire moi-même les ajustements. Raccourcir les manches, et les munir d'un élastique. Je suis contente de mon ouvrage, pour une fois j'ai le sentiment d'être bonne à quelque chose.

– Regarde ce que j'ai fait ! C'est pas mal, non ?

– Tu as osé ? Sans ma permission ?

Il se lance dans une diatribe qui dure des heures, en me rappelant que j'ai fait tomber Simon par terre, et des multitudes de bêtises, réelles ou imaginaires, que je suis supposée avoir commises. Mauvaise épouse, mauvaise mère, indigne, incapable...

– D'accord. À partir de maintenant je te demanderai la permission sur TOUT !

Le sourire satisfait qu'il affiche ne tarde pas à s'éteindre, quand je commence à le suivre dans l'appartement comme une gamine en geignant :

– Je peux ouvrir la fenêtre ? Je peux allumer la lampe ? Je peux m'asseoir ?

– Boucle-la ou je te fiche une raclée devant les enfants !

Message reçu. Il vaut mieux tenir ma langue. Les enfants sont un moyen de chantage dont il connaît la valeur.

En bas de l'immeuble, des mères se retrouvent deux fois par jour, le matin et l'après-midi, pour surveiller les enfants qui jouent dans la cour au soleil.

– Je peux y aller ?

– Les enfants oui, mais pas toi !

– Je ne peux pas laisser les enfants jouer seuls, en les surveillant du huitième étage !

– D'accord. Tu peux y aller, mais ne parle à personne !

Je peux boucler mes lèvres, mais il ne peut pas m'empêcher d'ouvrir les yeux et les oreilles. Autour de moi, des jeunes femmes gaies, des enfants joyeux qui jouent en poussant des cris de plaisir. Des femmes qui dépensent leur argent comme elles l'entendent, libres d'aller où elles le veulent, de faire les choses quand elles le peuvent. « Je rangerai la maison demain, je n'ai pas eu le temps ce matin... » « Hier, j'étais fatiguée, Aaron a préparé le dîner... » « Mon mari m'a offert ce collier... »

Dans l'isolement où Chaïm me fait vivre, j'avais presque oublié qu'une femme mariée peut être ainsi. Simplement libre et heureuse. Il m'a coupée de la réalité, lentement, systématiquement. Et voilà que, peu à peu, au soleil de cette cour, à écouter les autres femmes, je me rends compte que mon mariage n'est pas normal. Il n'est pas normal que je ne puisse pas parler à ces femmes. Pas normal que je réponde à leurs questions craintivement, par oui ou par non.

Il m'est de plus en plus impossible de ne pas leur parler. Elles sont amicales, ouvertes. L'une d'elles est une Américaine d'origine allemande, et c'est avec elle que j'arrive à échanger quelques bribes de conversation un peu personnelle. Mais je reste prudente. Un jour elle constate tranquillement :

– Les murs sont minces ici...

Elle sait que mon mari me bat régulièrement, son regard me dit qu'elle veut m'aider, mais la violence de Chaïm la retient. Je me rends compte de l'anormalité de mon existence, du danger que je cours à continuer de la subir, mais j'ai toujours eu tendance à garder mes sentiments pour moi. Ma fierté, une pudeur maladive m'empêchent de demander de l'aide. Et aussi la peur, complètement irrationnelle, que Chaïm n'apprenne ce que j'aurai fait. Parler, me confier, exister en somme.

Souvent j'ai ressenti le violent besoin de supplier mes parents de me pardonner, et de venir à mon secours. Il m'étouffe sans que je parvienne à le satisfaire. J'ai voulu cet homme, cette situation, je le paye. Mes parents ont tout compris dès le début ou presque, pas moi. C'est terrifiant de se rendre compte de son propre manque de raison. Terrifiant de s'enfoncer dans une erreur aussi monstrueuse, et de ne pas pouvoir s'en empêcher.

Grand-père est en croisière. Il est de passage en Israël et son bateau fait escale à Haïfa. Nous allons le voir, mais il accueille Chaïm avec un dédain et une froideur visibles, sans chercher à dissimuler son antipathie et sa méfiance. Je me rends compte à quel point Chaïm a réussi à s'aliéner toute ma famille. Lorsque nous quittons mon grand-père, la solitude est encore plus pesante, plus lourde d'amertume. Qu'est-ce que je fais à ses côtés ? Où est passé l'amour ?

Juin 1982 approche, je vais accoucher bientôt, et ma mère a pris la décision de venir s'occuper de Simon et Marina pour me soulager. Mais, une fois de plus, le bébé est en retard sur la date prévue, et maman ne peut pas reculer son départ. Il lui faut repartir à Bruxelles avant la naissance. De quoi avons-nous parlé toutes les deux ? Comme d'habitude de rien qui concerne Chaïm. Je refuse de savoir ce qu'elle pense, de pleurer, ou de me jeter dans ses bras. C'est ainsi.

Maman vient de s'envoler, et la nouvelle tombe soudain. L'armée israélienne lance une opération de grande envergure sur le Liban. « La paix pour la Galilée. » L'objectif est de détruire les bases de commandos de l'OLP, d'où sont lancées les attaques terroristes contre le pays. Des transports militaires passent par Karmiel en direction du Liban, les routes sont bloquées.

Le 6 juin 1982, c'est la guerre. Israël attaque le Sud-Liban. L'aviation pilonne les positions palestiniennes depuis quarante-huit heures – à la suite de l'attentat contre l'ambassadeur israélien à Londres – lorsque mes premières contractions arrivent, vers cinq heures. À une heure, j'estime qu'il est temps de nous mettre en route pour l'hôpital de Haïfa. Il faut en principe quarante-cinq minutes pour s'y rendre. En atteignant la route principale, je regrette de ne pas avoir demandé une ambulance. Partout des tanks et des blindés, des barrages, des soldats qui vérifient les identités.

Je m'allonge sur la banquette arrière, en m'efforçant de respirer profondément à chaque douleur. La voiture s'arrête, un soldat se penche, Chaïm lui explique la situation, et nous repartons. La scène se répète je ne sais combien de fois. Deux heures et demie plus tard nous atteignons enfin le seul hôpital d'Haïfa capable d'accueillir les urgences d'accouchement. Tous les autres sont réquisitionnés pour les soldats blessés. Et même ici, les couloirs sont envahis de brancards. Je suis l'une des rares qui ait la chance d'avoir un lit minuscule, dans un box encadré par des rideaux. Chaïm repart très vite pour emmener Simon et Marina chez ses parents à Tel-Aviv. Il a une longue route à faire. Je vais donc accoucher seule, j'en suis soulagée, mais parmi les hurlements des autres femmes, j'ai du mal à me détendre. Elles me gênent, et me choquent, moi qui ai l'habitude de ne pas pleurer pendant l'accouchement. Je supporte mal cette hystérie qui m'entoure, ce manque de retenue.

La nuit passe avec une lenteur désespérante. Je perds beaucoup de sang. On m'a mise sous oxygène. Cinq médecins m'entourent au matin, quelque chose ne va pas. Ils envisagent une transfusion, puis décident finalement de pratiquer une césarienne en urgence. Juste à l'instant où l'aiguille de l'anesthésie va pénétrer dans ma veine, je ressens le besoin irrésistible de pousser... La seringue de l'anesthésiste reste en suspens, et quelques minutes plus tard, j'entends :

– C'est une fille.

Péniblement j'aperçois une petite chose sombre, violacée, que l'on fait disparaître aussitôt de ma vue, et je crie :

– Elle est violette ! Ce n'est pas normal !

– Mais non, mais non, calmez-vous, c'est toujours comme ça à la naissance.

– Non, n'essayez pas de me faire croire ça, c'est mon troisième enfant, je sais ce que je dis !

Mais le médecin accoucheur a déjà disparu avec mon bébé ! Et je reste là, seule dans ce box exigu, angoissée, les bras vides. Je pleure en silence.

On m'installe dans une salle prévue pour trois lits où se trouvent déjà six femmes. La journée passe, puis la soirée, je regarde les autres donner le sein, dorloter leur enfant, le changer, en attendant désespérément des nouvelles du mien. Nous sommes en guerre, et les ressources de l'hôpital sont limitées. Personne ne change les draps, les repas sont maigres, et quand Chaïm vient me rendre visite, il ne pose même pas une question sur l'accouchement. Il est peut-être déçu d'avoir une fille...

– Va la voir, s'il te plaît, dis-moi comment elle va, personne ne veut rien me dire depuis ce matin.

Quelques minutes plus tard il revient en m'annonçant :

– Elle va bien.

Et il s'en va.

La nuit est tombée sans que personne me donne

des nouvelles concrètes. Chaque fois que je pose une question à une infirmière, elle promet d'aller voir mon enfant et ne revient jamais. La souffrance physique, l'épuisement ne sont rien à côté de l'angoisse qui m'étreint. La nuit est horrible, j'imagine le pire jusqu'au matin. Je ne sais même pas dans quel service ils l'ont emmenée, j'ai accouché d'une disparue. Enfin le lendemain matin, une infirmière m'apporte mon bébé, avec un sourire rassurant :

– Tout va bien.

J'examine minutieusement mon bébé, le cœur et les yeux en alerte. Elle a des taches bleues sur les pieds qui s'arrêtent aux chevilles comme des socquettes, une autre minuscule, sur la fesse. Et une marque de naissance étrange, un petit cercle foncé sur la poitrine. L'infirmière se penche.

– Ce n'est rien. Le père est yéménite, et ça arrive fréquemment chez eux. Ça disparaîtra avec le temps.

Je me souviens en effet que Simon avait une marque semblable sur les fesses, et elle a déjà disparu.

Ma toute petite fille, qui a eu une naissance si difficile, se prénomme Moriah, du nom de la montagne où Abraham a offert son fils Isaac en sacrifice. Moriah. Que son père considère comme l'occasion de recevoir une prime de paternité, sans plus de tendresse.

Vingt-quatre heures après la naissance de Moriah, je dois quitter l'hôpital surchargé. Il est hors de question que je m'y fasse dorloter. Chaïm n'a pas envie d'attendre le lendemain pour toucher la prime. Dès que nous arrivons à la maison il m'ordonne d'aller à la banque. Je suis trop faible, trop épuisée, j'ai mal, il ne peut pas me demander une chose pareille... Je le supplie de me laisser me reposer un peu, mais il insiste. Alors je vais prendre ma place dans la longue file d'attente, la tête vertigineuse de fatigue, et tremblant sur mes jambes.

Dès que j'ai rapporté la précieuse prime de paternité, Chaïm décide d'aller reprendre Simon et Marina chez ses parents.

– Mais je n'aurai pas la force de m'occuper d'eux, on ne peut pas attendre une semaine ?

Ma requête est idiote, je suis une enfant gâtée. La colère gronde sur ma tête. Alors pour l'apaiser je m'attelle au ménage. En l'espace d'une journée, il a mis l'appartement sens dessus dessous. En me voyant attaquer la pile de vaisselle sale qu'il a entassée dans l'évier, Chaïm consent à retarder le retour des enfants.

Une semaine plus tard, nous allons chercher Simon et Marina. Le petit Goory, frère cadet de Chaïm, me demande innocemment :

– Je suppose que tu as eu une fille, puisque Chaïm ne nous a rien dit...

La naissance de Moriah a déclenché l'état d'alerte dans notre ménage. Les disputes se font de plus en plus violentes, les raclées de plus en plus sévères. Les voisins du dessous ne peuvent pas l'ignorer. Il arrive maintenant que Chaïm me menace de partir avec les enfants. Il est entré dans un cycle de violence que je ne peux pas contrôler du tout. Impossible d'éviter la querelle sur le moindre sujet. On se dispute, la crise non résolue en entraîne une autre, puis arrivent l'accès de rage et les coups, la tension retombe, et ça recommence. Une routine misérable, épuisante, odieuse.

J'ai besoin de chaussures, il me rapporte une vieille paire appartenant à sa mère pour éviter la dépense.

– Je ne peux pas les mettre, Chaïm, elle fait deux tailles de moins que moi !

Je suis ingrate, je manque de discernement, je ne comprends rien à rien, je suis égoïste et stupide...

Coupable, en tout cas, d'avoir fait naître trois enfants dans un univers aussi chaotique. Je m'occupe d'eux de mon mieux, mais je n'ai pas toujours la force nécessaire pour les éduquer sérieusement, leur parler, leur expliquer, rire avec eux. Notre existence est lugubre, et j'en suis responsable. Je dois tirer la leçon de tout cela, en prendre mon parti, et survivre comme je peux.

En secret, je fais le serment de ne plus avoir d'enfant. Maman m'a laissé un peu d'argent avant de repartir en Belgique. Chaïm l'ignore. Je peux aller consulter un médecin en cachette, et me procurer un stérilet. Entre 1979 et 1982, je suis tombée enceinte quatre fois. Si je vivais dans le bonheur ou la sérénité je ne m'en plaindrais pas, mais je n'ai pas le droit d'infliger à un autre enfant une telle existence.

Comment a-t-il fait pour le savoir ? Il a des espions partout ? On m'a vue ? On m'a dénoncée ?

– Tu vas faire retirer ce stérilet !

– Non. Trois enfants dans notre situation, au milieu des disputes, c'est déjà assez difficile. Je refuse.

– Ah, tu refuses ?

– Je refuse. Il n'en est pas question.

Il me jette dehors, ferme la porte à clé, et reste à l'intérieur avec les enfants. Je l'entends fulminer comme un enragé, et crier aux enfants :

– C'est une mauvaise mère ! Elle est méchante !

Blottie contre la porte, l'oreille aux aguets j'entends Moriah pleurer. De longues minutes passent et les pleurs ne s'arrêtent pas. Moriah n'a pas l'habitude qu'on la laisse pleurer aussi longtemps. Ses urines ont un taux d'urée trop élevé. Avec la chaleur de l'été et les couches en tissu, elle souffre d'irritations graves. Il faut la changer et la laver fréquemment, mais Chaïm s'en fiche. J'arpente le couloir comme un animal blessé pris au piège, désespérée par les pleurs de Moriah. Je frappe à la porte, de plus en plus fort, et je finis par hurler.

Il ouvre la porte, et siffle comme un serpent, avant de la claquer à nouveau.

– Tu fais trop de bruit!

Il m'a repoussée violemment. J'ai peur qu'il disparaisse avec les enfants, peur de demander de l'aide, je ne sais plus quoi faire. Une heure passe, une deuxième, puis une troisième, et Moriah pleure toujours. Je suis allongée devant cette porte comme un chien qui attend son maître. Un paillasson. Une épave de souffrance. Enfin Chaïm ouvre la porte et aboie les ordres.

– Bon! Il faut que je sorte! Tu vas rester ici deux heures, nettoyer la maison, faire la cuisine, et t'occuper des gosses! Quand je reviendrai, dehors!

Moriah a sauté un repas et un biberon. Son lit est trempé, sa peau entamée, elle est déshydratée. Je fais le plus vite possible pour la baigner, la nourrir et la bercer. Mais je ne parviens pas à l'endormir. Elle sanglote et s'étouffe de pleurs. Au bout d'une heure et demie, épuisée, elle finit par tomber de sommeil. Alors, je cours dans tous les sens pour nettoyer la maison, préparer le repas, je fais tout en même temps. Il a dit deux heures... Mais il reste absent très longtemps et, en rentrant, ne met pas sa menace à exécution. Simplement, il a réinstauré la loi du silence.

Durant six longues semaines, il ne m'adresse pas la parole à la maison. Je n'existe pas. Il passe devant moi et, femme invisible, je n'ai droit à quelques paroles qu'à l'extérieur. Il passe ses soirées à lire dans le salon, en ignorant complètement les enfants. Au bout de six semaines, je ne supporte plus ce néant, je viens m'asseoir à ses pieds, en sanglotant, et je confesse tous les péchés qu'il veut. Je suis une mauvaise mère, une mauvaise épouse, je quémande son pardon. Longtemps. Des heures. Pour m'entendre octroyer enfin d'une voix très calme le soulagement momentané :

– C'est bon, je te pardonne.

Le quitter? La pensée m'en vient de plus en

plus souvent, mais je l'éloigne aussitôt. Je ne peux pas, il ne faut pas, non, non... Et d'abord comment ?

Je ne sais pas comment j'arrive encore à montrer une ombre de résistance lorsqu'il lève la main sur moi au cours d'une discussion :

– Tu ne peux pas me dominer intellectuellement, alors tu frappes !

La gifle tombe quand même, mais je l'ai touché au vif. Il est plus fort que moi physiquement, mais je suis plus intelligente que lui. Il n'est pas « le meilleur », comme il le clame trop souvent.

Je me retrouve à la porte, bannie sur le palier pendant des heures. Honteuse à l'idée que les voisins puissent me trouver dans une situation aussi humiliante, je me réfugie sur la terrasse de l'immeuble. Je crains toujours qu'il ne reporte son agressivité sur les enfants. Sachant que je redoute les séances de raclées devant eux, il a trouvé pour me terroriser une technique encore plus odieuse. D'une voix basse, insinuante, sinistre, il me dit :

– Va dans la chambre, et attends-moi, je vais te battre... Vas-y ou je le fais devant les enfants...

Parvenue à ce point d'obéissance terrifiée, je finis par me confier à Sarah, cette jeune femme d'origine américaine qui m'a paru comprendre ma situation. Elle m'explique :

– Il faudrait qu'il te batte devant témoins, sinon la police ne fera rien. Et encore, ils se contenteront de le sermonner un peu, et de te renvoyer au domicile conjugal avec lui... À moins qu'il ne t'ait envoyée à l'hôpital... Mais de toute façon, pour pouvoir te plaindre, il faut un ou plusieurs témoins. J'ai une amie qui habite juste en dessous de chez vous. La prochaine fois que Chaïm te battra, ouvre la porte et crie au secours. Elle viendra avec d'autres voisins, et ils témoigneront pour toi devant la police.

Je n'ai pas longtemps à attendre. Mais le problème est de rassembler son courage pendant qu'il frappe, du dos de la main, régulièrement, que la tête valse d'un côté et de l'autre. De se dire : vas-y, Patsy, hurle, appelle, demande de l'aide, c'est ta seule chance d'en sortir... Il y a la honte, l'humiliation, la culpabilité, un mélange de sentiments que seules les femmes battues peuvent imaginer. Rassembler tout son courage en plein désarroi émotionnel.

Finalement j'y parviens. Je cours jusqu'à la porte pour l'ouvrir et appeler au secours. Mon appel résonne dans les couloirs déserts. Les voisins ouvrent timidement leurs portes, lèvent les yeux vers l'étage où je crie. Certains montent quelques marches, pour voir ce qui se passe, mais leur présence ne dissuade pas Chaïm de continuer à frapper en me poursuivant dans le couloir.

Se donner ainsi en spectacle, c'est dur. Je suis à terre, il me donne des coups de pied, et les voisins rentrent peu à peu chez eux en silence. Jamais je ne me suis sentie aussi humiliée de ma vie. Le lendemain tout le monde refuse de témoigner. La voisine me dit qu'ils ont eu peur.

– Il est trop violent, on a vu ce qu'il est capable de te faire subir. C'est un fou furieux. Quitte-le.

Si j'étais seule, la question ne se poserait probablement pas. Je ne l'aime plus. Il y a aussi, toujours, l'humiliation profonde vis-à-vis de ma famille. Reconnaître mon échec est une démarche mentale difficile. Mais surtout les enfants sont là. Trois enfants qu'on ne peut jeter dans une valise pour partir sur la route à l'aventure. Moriah se développe difficilement, plus lentement que les autres, c'est la conséquence de sa naissance difficile. Une fois par semaine je dois l'emmener dans une clinique d'Haïfa, pour une séance de kinésithérapie. On m'apprend les exercices à effectuer à la maison, pour aider sa croissance musculaire. Je l'allonge sur le ventre, et roule ses poignets sur une grosse balle de caoutchouc, en appuyant bien fort pour raffermir les muscles. L'exercice est douloureux pour elle, et ses pleurs retentissent dans l'appartement. L'atmosphère n'en est que plus sinistre.

J'ai vingt-deux ans, je suis une mère de trois enfants, et pourtant à bien des égards je suis encore une enfant moi-même. Ma famille me manque, ma mère, mon père, leur expérience et leur solidité, leur amour. Mais l'orgueil m'empêche de les appeler au secours. Je songe parfois à l'associé de mon père, Samuel Katz. Papa m'a souvent dit que je pourrais m'adresser à lui en cas d'urgence. Je me décide à lui téléphoner en février 1983. J'ignore ce que je vais lui dire, mais il faut absolument que je parle à quelqu'un, que je commence à démêler l'écheveau compliqué qui me tient prisonnière.

Car je suis prisonnière. Chaque matin, Chaïm me demande de lui exposer mon programme de la journée et je n'ai plus le droit d'en changer ensuite. Je choisis donc une matinée où je suis supposée emmener les enfants à la clinique pour les soins de Moriah. Il y a une cabine téléphonique non loin de là.

Une fois les enfants habillés, je me rends à pied jusqu'à la clinique, et à un kilomètre de là à la cabine téléphonique. Sur le chemin je réalise avec horreur que j'ai oublié de prendre le papier où j'ai inscrit le numéro de téléphone de Samuel Katz. Que faire ? Si je retourne le chercher à la maison je risque de croiser la voiture de Chaïm sur le chemin. Alors j'essaie de mettre mon cerveau en ordre et de me souvenir du numéro. Mais c'est le vide total dans ma tête. Pourtant je le connais, ce numéro, je l'ai regardé souvent. Il n'y a plus qu'une chose à faire : j'ouvre la porte de la cabine, je décroche le combiné, et miraculeusement le numéro se reforme sous mes doigts.

La première chose à demander à cet homme est de ne rien répéter de notre conversation à qui que ce soit.

– J'aurais peut-être besoin de votre aide, il est possible que je me décide à quitter Chaïm... peut-être, je ne sais plus...

Je m'embrouille dans mes explications et mes « peut-être ». Je lui dis que je suis malheureuse, mais j'ose à peine évoquer les mauvais traitements. Samuel Katz essaie de me calmer, il sent que je suis proche de la crise d'hystérie, mais il est trop courtois, et trop diplomate pour me poser brutalement la question. Pourquoi quitter Chaïm ? Il le sait, ou il s'en doute. Il dit simplement :

– Patsy, quand vous serez décidée, je serai là pour vous aider, n'hésitez pas à m'appeler.

À ce moment j'ignore complètement que mon père lui a déjà parlé de mes problèmes conjugaux. J'ignore aussi que mes parents vont venir bientôt en Israël, pour un voyage d'affaires, avec mon oncle.

Je rentre à l'appartement, le cœur battant, terrorisée à l'idée que Chaïm n'apprenne ce que je viens de faire, comme s'il était écrit sur mon front en grosses lettres lumineuses : « J'ai téléphoné à l'ennemi. » Pendant ce temps, mes parents discutent avec Samuel Katz de la meilleure façon de m'aider.

Mon père me dira plus tard que s'il avait réagi comme il le sentait, il m'aurait tout simplement obligée à partir avec les enfants. Mais que j'étais la seule, évidemment, à pouvoir prendre une décision pareille. Qu'elle devait absolument venir de moi, et qu'il était préférable de me faire comprendre qu'ils étaient prêts à m'aider.

Maman, elle, décide de venir me voir, seule, dès son arrivée en Israël, d'attendre que je me confie, et, si je ne le fais pas, de m'interroger. Chaïm ignore complètement ma mère. Elle n'est tout simplement pas là, elle n'existe pas. Il est invisible ou presque une grande partie de la journée. Maman m'emmène faire des courses et, comble de luxe, achète des steaks pour le dîner. Chaïm se régale de cet extra, mais ne prend pas la peine de la remercier. Un sourire, une politesse lui arracherait peut-être les dents...

De mon côté, j'essaie de faire bonne figure, je ris, je chantonne, comme si tout allait bien. Je ne lui ai toujours rien confié. Maman me connaît suffisamment pour savoir que l'orgueil m'en empêche, elle attend, et choisit bien son moment pour contourner la présence de Chaïm. Alors que je m'éclipse un instant pour me rendre dans la salle de bains, elle me suit, frappe doucement à la porte :

– Je peux entrer, Patsy ?

Vite, dans l'intimité de la pièce exiguë, elle parle :

– Tu ne veux rien dire, mais moi je veux que tu saches une chose. Je sais parfaitement ce qui se passe entre Chaïm et toi. Si tu as besoin d'aide, nous t'aiderons, mais la décision doit venir de toi.

– Ch... ttt...

La porte entrebâillée, Chaïm à quelques mètres, je n'ai rien répondu d'autre que ce « chut » angoissé. Pourtant, revenant à Bruxelles, maman est certaine que je vais rentrer. Elle ignore dans combien de temps, mais elle dit à mon père :

– Elle le fera. Ça va prendre du temps, peut-être des mois encore, ou plus longtemps, mais elle le quittera, je le sens.

C'est la pâque juive et nous partons en pique-nique. Le genre de choses que j'adorais faire autrefois avec Chaïm. Un autrefois qui n'est pas si loin, et me paraît à des siècles.

À Pâques les juifs mangent traditionnellement le matza, le pain azyme, mais Chaïm préfère le pain non casher, et l'on en trouve difficilement à cette période. J'en ai donc acheté d'avance une bonne quantité, que j'ai mis au congélateur. Le jour du pique-nique, dans la voiture, une dispute se déclenche à propos d'une bêtise que j'ai faite. J'ai mis du sel dans le biberon de Moriah au lieu du sucre en poudre. Cette histoire est stupide, j'en suis la première mortifiée, et bien entendu Chaïm me traite de « mère indigne ». Il est déjà d'une humeur massacrante lorsqu'il gare la voiture à l'ombre d'un bosquet d'eucalyptus.

Il sort de la voiture en claquant la portière et s'éloigne sans se retourner. J'installe les enfants, sors le panier de pique-nique, choisis le meilleur coin à l'ombre et j'attends. Une autre famille à quelque distance de là profite aussi de cette belle journée de printemps. J'étale une nappe en papier, et commence à manger avec les enfants. Chaïm revient. Il mord dans une pitta, et crache :

– Il n'est pas frais, ce pain ! Tu ne l'as pas congelé au bon moment !

S'il ne s'était plaint qu'une seule fois, je l'aurais supporté, mais cette histoire de pain congelé revient tout l'après-midi, comme un leitmotiv assorti d'insultes. Je ne suis même pas assez intelligente pour congeler du pain.

J'observe mes enfants. Marina joue tranquillement avec des feuilles. À trois ans et demi, c'est une petite fille calme et réservée, extrêmement craintive. Elle s'accroche à mes jupes où que nous allions, son besoin de protection est immense, elle a peur de tout. Simon, lui, est un hyperactif. Il a pris l'habitude de passer sa rage sur les objets. Une chaussure, un caillou, n'importe quoi, pour dépenser son trop-plein d'énergie. Il a plus de deux ans, mais se réveille encore en plein milieu de la nuit en larmes, comme un nourrisson. Moriah, qui a dix mois, ne peut pas tenir assise sans qu'on la soutienne. C'est là, à l'ombre des eucalyptus, dans la merveilleuse campagne d'Israël, que j'aime et ne contemple même plus, que je prends ma décision.

Dans le concert pénible des lamentations de Chaïm au sujet d'un pain congelé. Pâques 1983. C'est fini. Je n'en supporterai pas plus.

Marina est à l'école, je sais que Chaïm sera occupé au magasin pendant plusieurs heures. J'attache Moriah dans sa poussette, Simon trottine à mes côtés, sa petite main accrochée à ma jupe. La cabine téléphonique est à l'horizon, elle se rapproche, je suis devant la porte, je l'ouvre, et j'appelle mes parents. En PCV, car je n'ai pas d'argent. La sonnerie est longue, là-bas à Bruxelles, mais je suis d'un calme douloureux. Lorsque j'entends enfin la voix de maman, je dis très vite :

– Maman, j'ai décidé de quitter Chaïm.

Ça y est, je l'ai fait, je l'ai enfin dit.

9

La fuite

Mon père a pris la situation en main, et découvert immédiatement deux problèmes. Le premier est que Chaïm détient mon passeport. Je dois en faire établir un duplicata sans qu'il s'en aperçoive. Le second est plus grave. Selon la législation en vigueur en Belgique, les enfants nés d'un mariage mixte ont automatiquement la nationalité du père. Marina, Simon et Moriah seraient donc israéliens même dans mon pays.

Il ne m'est pas facile de téléphoner. Mes parents sont suspendus à mes appels et s'arrangent pour qu'il y ait toujours quelqu'un prêt à décrocher. Les conversations sont courtes, pratiques. Papa m'informe qu'il va se rendre en Israël le jeudi 21 avril 1983, il a réservé une chambre dans un hôtel de Tel-Aviv, le plus proche de l'ambassade de Belgique. Nous convenons que je l'appellerai chaque jour à partir de cette date, entre dix heures et midi, ou entre six heures et huit heures du soir si cela m'est possible. Le complot familial pour ma délivrance est en marche, et en attendant je dois continuer à vivre. En cas d'urgence, avant l'arrivée de papa, je devrai appeler Samuel Katz.

Je dois jouer une partie serrée pour réussir. La vie de tous les jours avec Chaïm est un parcours semé d'humiliations et de dangers. Je ne peux pas dire aux enfants la vérité, de peur qu'ils ne laissent échapper une remarque qui me perdrait. Chaque fois que Chaïm cherche une dispute, je me retiens de le provoquer par une réponse, si logique soit-elle, pour éviter une raclée. Mais je ne peux pas non plus subitement me mettre à tout supporter. Je deviendrais suspecte. Et s'il se doute de mon intention, il partira avec les enfants.

Mon père pensait pouvoir compter sur notre ambassade, mais les fonctionnaires n'ont aucune envie de s'impliquer dans ce qu'ils considèrent comme un conflit familial. J'obtiendrai un nouveau passeport, à condition de fournir une photo d'identité, mais ils n'inscriront pas le nom des enfants sur ce document. Ce qui revient à dire que je ne peux voyager avec eux sans l'autorisation écrite de Chaïm. Mon père a tenté de plaider ma cause, afin que je puisse au moins me réfugier avec eux à l'ambassade, mais la réponse est non. Furieux, il prend conseil auprès d'un avocat qui a des relations au ministère des Affaires étrangères à Bruxelles. Un haut fonctionnaire consent alors à envoyer un télex codé à l'ambassade de Belgique à Tel-Aviv, donnant l'ordre d'inscrire les enfants sur mon passeport. Mais il faudra attendre quelques jours, le temps que le télex parvienne à l'ambassade. Au téléphone papa me dit :

– Tu pourras partir jeudi, j'aurai tous les papiers. Aie confiance. Jeudi... Nous prendrons n'importe quel avion, pour n'importe où. L'essentiel est de décoller immédiatement. J'ai fait des réservations sur plusieurs vols différents à destination de l'Europe, nous prendrons le premier si c'est possible, en cas de problème, le deuxième...

En quittant l'appartement le jour fatidique, je ne devrai rien emporter. Quelqu'un pourrait m'apercevoir avec une valise et alerter Chaïm. Je ne prendrai donc rien que mes bijoux sur moi, et quelques vêtements pour les enfants, entassés dans deux sacs à provisions en plastique. J'ai peur, même de ces deux sacs. Il est pourtant courant de voir une mère de famille chargée d'enfants et de provisions, mais je suis devenue paranoïaque. Je préfère courir le risque de me confier à mon amie américaine. Elle accepte de se charger des sacs, et de me les apporter sur le parking de la clinique. Ma base de départ.

Nous sommes mardi. Le grand départ est pour jeudi. Plus que deux jours. Je rassemble les affaires des enfants dans la chambre avec cette obsession en tête, deux jours, plus que deux jours... Soudain j'entends la porte s'ouvrir, et le pas de Chaïm. Il rentre à l'improviste, je laisse tomber les sacs par terre, les pousse du pied sous le lit, et ravale ma salive, l'air de rien.

– Qu'est-ce que tu faisais ?

Y a-t-il de la méfiance dans le ton, ou est-ce une simple curiosité ? Est-ce qu'il « sent » quelque chose ? Mon cœur bat tellement fort, que j'en suis presque essoufflée.

– Rien... je triais les affaires des enfants.

Je vais à la cuisine rincer des verres, en m'efforçant de prendre un ton le plus neutre possible :

– Comment se fait-il que tu rentres aussi tôt dans la journée ?

– J'ai oublié des papiers, j'en ai pour une minute.

Il cherche ses papiers dans l'appartement, ouvre des tiroirs, et je n'en finis pas de rincer mes verres, d'essuyer, de compter cette minute qui s'étire en une demi-heure. Je suis certaine à présent qu'il se doute de quelque chose. Et les sacs sous le lit, bourrés de vêtements d'enfants... Si quelque chose dépasse, s'il se penche... Je fais semblant de faire le ménage, mes mains tremblent, je serre les doigts sur mon chiffon, sur le balai, et, lorsqu'il part enfin, j'en pleure de soulagement. Fausse alerte.

La nuit de mardi à mercredi, Chaïm exige de faire l'amour. Je subis, la tête et le corps pétrifiés, avec une idée en tête : c'est la dernière fois... la dernière fois...

Le mercredi matin je suis réveillée à l'aube. Plus qu'un jour. Lorsque j'appelle mon père au téléphone depuis la cabine, je prends une douche glacée.

– On ne peut pas partir demain. Je n'ai pas encore ton passeport.

– Papa, je t'en supplie ! Je ne peux pas attendre un jour de plus, je n'ai plus la force. Faire le ménage, la cuisine, me disputer avec lui, comme si j'allais rester, alors que je sais que tout sera fini d'un moment à l'autre, c'est au-dessus de mes forces. Je suis déjà partie dans ma tête, c'est trop dur...

– Il faut que tu tiennes, Patsy. Il le faut ! D'accord ? Vendredi ?

Et si ce n'est pas vendredi? s'ils nous font attendre encore ? Je ne pourrai jamais passer un week-end de plus avec Chaïm. Je vais craquer, il va comprendre, d'une manière ou d'une autre je vais me trahir...

– Je n'y arriverai pas, papa... Je ne peux plus...

– Bon. Écoute-moi ! Je passe mon temps au téléphone, et personne ne veut expédier ce fichu télex ! Mais fais-moi confiance, je vais les harceler, je vais réclamer ce papier jusqu'à ce qu'il arrive, je ne les lâcherai pas une minute. Et on agira demain ! Je vais louer une voiture, et je te retrouverai à neuf heures précises sur la place principale de Karmiel. Tiens bon, c'est pour demain !

Mon pauvre papa. Il a compris que la peur allait peut-être me faire faire une bêtise. Une raclée de plus, et je pourrais bien hurler :

– Je vais te quitter !

On ne « quitte » pas un homme comme lui. On ne demande pas le divorce à un homme comme Chaïm Yarden. On ne peut tout simplement pas, il n'y a que la fuite.

Ce soir-là je tâte le terrain, au sujet de la voiture.

– J'ai rendez-vous avec Moriah chez le kiné, n'oublie pas, j'aurai besoin de la voiture pour aller à Haïfa.
– Oui, je sais...
– Après, j'irai au marché aux légumes...
Il hausse les épaules, indifférent.

Jeudi matin. Il faut que j'accomplisse sans la moindre faille la routine habituelle. Préparer le petit déjeuner de tout le monde, le pain, la confiture, du lait pour les enfants, du café pour Chaïm et pour moi. J'aide Marina à s'habiller pour l'école, en sachant qu'elle ne va pas y aller. Je prépare du poulet et des pâtes à la sauce tomate pour le déjeuner. Je mets une lessive en route. Il est enfin l'heure de partir. J'ai fait tout cela mécaniquement comme une poupée articulée, tendue au point d'être raidie dans tous mes muscles.

Est-ce qu'il a remarqué quelque chose ? Je parle de tout et de rien avec la trouille de ne pas être assez naturelle. Est-ce que je parle trop ? ou pas assez ? Est-ce que j'ai l'air nerveuse ? Que répondre s'il me demande tout à coup :
– Qu'est-ce qu'il y a, ?

Nous arrivons devant le magasin. Chaïm sort de la voiture, je prends la place du conducteur, les jambes en coton. Je démarre et longe plusieurs pâtés de maisons, jusqu'au moment où je suis sûre d'être hors de sa vue, puis je fais demi-tour et fonce à l'appartement. Je laisse les enfants quelques minutes à mon amie, grimpe les escaliers en courant, récupère les sacs sous le lit, et m'accorde le temps d'installer une petite mise en scène destinée à Chaïm. Le sac que je porte habituellement restera dans l'entrée, comme si j'étais simplement sortie quelques minutes avec les enfants. J'en prends un autre pour y mettre mon portefeuille...

Au moment de refermer la porte, un frisson me saisit. Le choc de la réalité que je suis en train de vivre. Patsy, ma vieille, c'est maintenant. Tu prends ta vie en main, tu décides de l'avenir de tes enfants... As-tu fait le bon choix pour eux ? Ne pouvais-tu vraiment parler de cette décision à ton mari ? Comme à un être normal ? Devant cette porte, je deviens adulte. Toute ma vie avec Chaïm défile dans ma tête. Sa mère a été bonne pour moi, je vais lui faire de la peine en partant avec les enfants. Mais à qui d'autre ferai-je de la peine ? Ne pense pas à Leah, Patsy, pense à toi, aux enfants. Mets fin à ce calvaire, fuis pour toujours ces coups, ces insultes, ferme cette porte !

J'ai du mal, moralement et physiquement, à la fermer, cette damnée porte. Durant un instant, le symbole qu'elle constitue me paraît plus grand que moi...

Je ne me retourne plus, dévale l'escalier, donne les deux sacs à mon amie. Elle part en voiture de son côté, nous nous retrouverons dans cinq minutes sur le parking. À présent, si je croise Chaïm par malheur, il ne verra rien dans la voiture qui puisse l'inquiéter.

Les enfants sentent qu'il se passe quelque chose d'inhabituel. Je serre Moriah dans mes bras un peu trop fort, Marina et Simon ne me quittent pas d'un millimètre pendant que nous retournons à la voiture. Je ne peux encore rien leur dire, pas tout de suite. Il faut démarrer, conduire jusqu'au parking. J'accomplis tous les gestes nécessaires, détachée de mon corps, je me regarde agir d'en haut, dédoublée. Une fois sur le parking, en attendant mon amie, j'explique aux enfants quelque chose de simple, qu'ils peuvent comprendre.

– Nous allons voir grand-père, et ensuite nous irons nous promener avec lui... nous irons même en voyage avec lui...

Les yeux rivés sur le cadran de ma montre, j'attends l'arrivée de mon amie, elle est en retard, trop en retard. Que se passe-t-il ? Je l'ai peut-être mal jugée. Elle a pu me laisser tomber. Ou prévenir Chaïm. Chaque silhouette d'homme se profilant à l'horizon est une angoisse. La voilà enfin qui s'excuse pour je ne sais quel problème, que je n'écoute même pas. Je jette les sacs à l'intérieur de la voiture.

– Au revoir, Patsy. Je vais te suivre en voiture, jusqu'à ce que tu aies rejoint ton père. Bonne chance, Patsy. *Good luck...*

Je conduis, littéralement en transe. Mon trajet m'oblige à passer devant le magasin de Chaïm. Aucune ouverture ne donne sur la rue que j'emprunte, mais Chaïm peut très bien, pour une raison quelconque, être sur le trottoir.

Il est un peu plus de neuf heures, lorsque j'arrive enfin sur la place principale. Mon père, inquiet de ce retard, me guettait dans son rétroviseur. Je vois sa main me faire signe de le suivre, celle de mon amie qui me dit au revoir, et les deux voitures du commando de fuite roulent vers le sud de Karmiel, en direction de Tel-Aviv. Je suis toujours agrippée au volant, les mains tremblantes. À un moment, je dois faire signe à mon père de s'arrêter sur le bas-côté en même temps que moi.

– J'ai peur d'avoir un accident, je suis trop nerveuse, prends les enfants avec toi.

– Calme-toi, tout ira bien...

Mais il tremble comme moi. Son visage est rouge, la transpiration perle sur son front. Il fait une chaleur étouffante. Je dois parler calmement aux enfants, ils connaissent à peine leur grand-père.

– Vous allez monter en voiture avec grand-père et moi je vais vous suivre, d'accord, Marina ? Simon ?

Ils obéissent avec une confiance candide. Même ma petite Moriah, bien trop petite pour comprendre. Nous redémarrons, et je les vois, le visage inquiet derrière la vitre, surveiller ma voiture, s'assurant que je les suis. Papa a choisi de prendre la route de la côte, qui nous amènera tout près de l'ambassade de Belgique, rue Hayarkon, et de son hôtel. Il n'a toujours pas mon passeport.

Là, je dois trouver un endroit pour garer la voiture. J'y laisserai les clés de contact dans la boîte à gants. Ainsi Chaïm pourra repartir avec lorsqu'il l'aura retrouvée. Pendant que papa réserve une chambre contiguë à la sienne, et m'y attend avec les enfants, je tente de garer la voiture dans le parking privé d'un immeuble, à l'abri des regards, mais une femme me dit d'un air agressif :

– Ah non ! Vous ne pouvez pas rester là ! C'est privé ici !

– Je vous en prie, je n'en ai que pour deux minutes !

Elle me dévisage d'un air mauvais, et je préfère ne pas prendre le risque de l'énerver davantage. Je ressors, et vais me garer sur le parking de l'hôtel. Il n'y a de place nulle part ailleurs.

Les enfants ont faim, nous commandons un repas, pour les faire manger dans la chambre, et papa s'acharne au téléphone avec l'ambassade. Le télex n'est toujours pas arrivé. Nous allons rater les deux premiers vols prévus, c'est évident. Papa repart à l'agence de voyages modifier les réservations, j'ai l'estomac noué. Les enfants s'endorment sur des lits jumeaux. Allongée à côté d'eux, je contemple le plafond sans le voir. Ce qui est fait est fait, je suis partie, je suis dans cet hôtel avec Marina, Simon et Moriah, en fuite. Je ne peux plus revenir en arrière.

Papa arrive avec deux réservations différentes. Une option sur un vol de l'Australian Air Lines, qui part pour Vienne dans deux heures. Une autre sur la Lufthansa à destination de Francfort dans quatre heures. Puis il me donne de l'argent pour que j'aille faire une photo d'identité.

Trouver un Photomaton à Tel-Aviv, c'est très difficile. Je longe des rues, des vitrines, traverse des carrefours, rien, et le temps passe. Enfin j'aperçois la vitrine d'un artisan photographe, mais je dois encore attendre plusieurs minutes avant que les photos soient prêtes. Ensuite je piétine à un arrêt d'autobus pour retourner à l'hôtel. Je ne sais plus quelle heure il est, où je suis, ce que je fais.

Une zombie. Mon père se faisait du souci :

– Mais où étais-tu passée ?

En fait ce retard n'a guère d'importance, car de nouvelles complications ont surgi. Le précieux télex est enfin arrivé, mais l'employé chargé du code est parti déjeuner. Mon père est furieux. Ici, l'heure du déjeuner peut se prolonger par une sieste, ou une promenade, personne n'est pressé... Il fait chaud, il n'y a jamais le feu...

Papa court à l'ambassade et fait les cent pas dans les parages jusqu'à deux heures et demie de l'après-midi quand revient l'employé. L'ambiance n'est pas à la coopération totale. Le personnel de l'ambassade exécute les ordres du ministère des Affaires étrangères de mauvais gré. À côté du nom des enfants, sur la ligne nationalité, le fonctionnaire veut inscrire « citoyens non belges ». Mon père lui suggère de l'écrire en néerlandais et non en français. Espérant que le douanier israélien aura moins de chance de comprendre ainsi le sens de cette inscription. Mais l'autre refuse avec emphase.

Papa revient avec mon passeport et l'inscription terrible : « Non belges », en français dans le texte.

– Patsy, si on te pose des questions là-dessus, ne mens pas. Fais simplement comme si tu ne comprenais pas l'hébreu.

Il est trop tard pour embarquer sur le vol de la Lufthansa. Air France propose un vol en fin d'après-midi à destination de Paris, c'est le dernier avion de la journée partant pour l'Europe, et il reste des places.

Jusqu'à l'aéroport Ben Gourion, dans la voiture de location de mon père, nous avançons au ralenti, pris dans un embouteillage monstre. Comme je n'en avais jamais vu, même à Tel-Aviv. Il est bientôt cinq heures, l'avion décolle à sept heures, cette ville se ligue contre moi, m'étouffe, cherche à me retenir...

– Détends-toi, Patsy, nous avons tout notre temps...

Une heure d'avance en effet, malgré les bouchons.

Au poste de sécurité de l'aéroport, un garde nous demande :

– Vous allez en Belgique avec trois enfants, et vous n'avez pas de valises ?

Mon père répond calmement :

– Ils ont tout ce qu'il faut en Belgique, nous préférons ne pas nous charger.

– Et le père ? Où est-il ? Il ne voyage pas avec vous ?

– Il travaille, il doit nous rejoindre plus tard.

Cet échange de répliques passe au-dessus de ma tête. Je suis terrorisée, mon visage doit tout révéler. Mais le garde réfléchit un moment, puis hoche le front en nous faisant signe de passer.

Reste à présent le contrôle des passeports, et l'anxiété, qui ne fait que s'accentuer depuis que nous avons mis les pieds dans l'aéroport, commence à gagner les enfants. Ils sont surexcités, fatigués, et désorientés par cette journée. Ils pleurnichent tous les trois. Simon réclame à boire.

C'est une femme en uniforme, derrière un guichet, qui examine nos papiers. Je me concentre. Ne mens pas, Patsy, et rappelle-toi... tu ne parles pas hébreu. Tu ne comprends rien de ce que dit cette femme, tu lèves les sourcils, tu écarquilles les yeux, tu ne comprends pas du tout la question qu'elle te pose au moins trois fois... Mais elle répète finalement la question en français :

– Le père est israélien ?

– Oui.

Elle tient le passeport belge dans ses mains, où figurent le nom de mes enfants et la mention « non belges ». J'ignore si elle lit le français. Elle le parle mal.

– Ces enfants sont israéliens !

Marina et Simon pleurnichent, Moriah geint dans mes bras, mon père vient à mon secours. Il désigne un snack-bar de l'autre côté du détecteur de métal. Théoriquement, si je passe cette barrière avec les enfants, je ne suis plus en territoire israélien.

– Laissez-la s'occuper des enfants, ils ont soif. Vous permettez ?

– D'accord.

Mais la femme garde mon passeport en main et, tandis que mon père me pousse vers le passage, je l'entends dire :

– Ces enfants n'ont pas le droit de quitter le pays comme ça !

Et papa lui répond calmement :

– Ah bon, pourquoi ?

– Tous les citoyens israéliens doivent payer une taxe, en quittant le pays.

– Ah oui ? Et que faut-il faire ?

– Payer 55 dollars par enfant. Il y a une banque en haut du couloir. Je garde le passeport. Allez payer.

Mon père suit les instructions, il doit avoir les jambes qui flageolent en remontant ce couloir, en courant jusqu'au guichet de la banque, et en alignant les dollars. Il revient enfin avec un reçu de paiement de la taxe. Le sourire éclatant, il le tend à la femme, récupère mon passeport, passe la barrière et me rejoint à la cafétéria.

– C'est la première fois que je paye une taxe d'aéroport avec autant de joie ! Dieu, qu'elle m'a fait peur.

Maintenant nous pouvons envoyer un télégramme à Chaïm pour lui dire que les enfants sont en sécurité et qu'ils vont bien. À moins d'une catastrophe, il ne peut plus rien arriver.

Soudain une voix me fait sursauter.

– Vous êtes les Heymans ? Madame Heymans ?

Je deviens rouge, papa est sur le qui-vive. La catastrophe, la voilà. Chaïm a déjà éventé notre plan.

– On n'attend que vous pour décoller ! Dépêchez-vous ! Dépêchez-vous !

Il faut courir jusqu'à la porte d'embarquement, un steward nous fait monter en hâte. Je ne sais plus qui porte qui, Simon dans mes bras, ou Moriah, Marina entraînée par le steward, ou mon père portant les deux... un brouillard. L'odeur de désinfectant à l'intérieur de l'avion, les conversations des gens... Je me glisse entre les fauteuils, la porte de l'avion se referme avant même que je sois assise. Quelques minutes plus tard nous décollons pour Paris.

C'était le dernier avion de la journée, et nous avons failli le rater, après toutes ces angoisses, en nous trompant tout bêtement d'heure. Le décollage était prévu à 18 heures et non à 19 comme nous l'avions noté tous les deux !

Mon père commande un double scotch, qu'il avale d'un trait. Moi, je ne pense plus qu'à moucher le nez de Simon, à faire avaler un jus de fruits à Marina, à changer Moriah qui en a assez de faire pipi dans sa couche depuis deux heures... Je crois ne m'être rendu compte de ce qui se passait qu'en me réveillant à Paris.

10

Profil 21

La voix est doucereuse, obstinée, persuasive :

– Il faut que tu reviennes ! Tu sais bien que je t'aime... Patsy ? Dis-moi que tu m'aimes toi aussi ?

– Non, je ne t'aime pas.

Un mois après mon départ, il s'est décidé à me téléphoner. Mes parents ont eu peur d'abord de me le passer au téléphone. Ils ont peur des pressions et du pouvoir qu'il pourrait encore exercer sur moi. Mais je suis solide. Je me débrouillerai. Les milliers de kilomètres qui nous séparent m'aident à tenir bon. La joute verbale n'en finit pas : il s'excuse, il m'aime, je dis non et non, et finalement :

– Je vais venir en Belgique. Je te convaincrai de rentrer au pays avec moi.

Il arrive quelques jours plus tard, les bras chargés de fleurs. Des roses couleur framboise. Ma mère est terriblement inquiète.

– Ne lui parle pas.

– Mais si, je vais lui parler.

– Tu le connais, il va te manipuler. Il est capable de te harceler jusqu'à ce que tu cèdes, j'ai peur pour toi, Patsy.

– Ne crains rien. Je suis décidée. Laissez-nous seuls, j'ai besoin de régler cette histoire moi-même.

Maman monte au premier étage avec les

enfants, je laisse la porte du salon entrouverte. Mon père reste invisible, mais je sais qu'il n'est pas loin. Ils ne sont pas tranquilles tous les deux, car j'ai vécu cinq ans sous la domination de cet homme dont trois en Israël dans des conditions insensées, et ils ont du mal à croire que je suis capable de lui résister. Pourtant, curieusement, je peux être aussi forte que faible. Il est debout, les bras pleins de fleurs dans ce salon où j'ai été amoureuse, aveuglée par une passion inexplicable pour ce tyran. C'est la première fois depuis que je le connais qu'il m'offre des fleurs.

– Merci. Je n'en veux pas.

– Si, prends-les...

– Non.

– Prends-les, Patsy...

– Non.

– Mais je t'aime, tu dois accepter ces fleurs...

Il me lasse, je prends le bouquet avec un haussement d'épaules, vais jusqu'à la cuisine, et les mets dans la poubelle. Elles ont la couleur du sang. Je suis contente de les avoir jetées, ce geste me donne un élan de confiance en moi. Je retourne dans le salon.

– Je les ai jetées à la poubelle.

Il ignore la provocation et entame une litanie de je t'aime, je sais que tu m'aimes, dis-moi que tu m'aimes. Il est difficile de ne pas entendre qui dit vous aimer. S'il était sincère ?

– Dis-moi que tu m'aimes, Patsy, dis-le-moi !

– Non, je ne t'aime pas.

Je lutte car j'ai du mal à être inflexible avec lui, il a toujours eu le dernier mot. Pourquoi est-ce aussi difficile ? Il insiste et finit par m'arracher :

– D'accord, je t'aime, mais c'est un mensonge.

La suite est une longue discussion, une succession de reproches que Chaïm essaie de réfuter systématiquement, un par un, avec une mauvaise foi époustouflante.

Les coups, la violence :

– Je ne t'ai jamais battue, c'est le fruit de ton imagination... bon d'accord, je t'ai peut-être bousculée une fois ou deux, mais si je l'ai fait, c'est que tu l'avais mérité !

Les enfants étaient malheureux, instables, ils n'arrivaient pas à mener une vie équilibrée avec lui.

– Ça, c'est de ta faute, tu étais une mauvaise mère !

Il s'énerve un peu, le masque commence à tomber, le côté « je suis désolé, je demande pardon » disparaît déjà, et je sens la colère monter, prête à éclater. Il est tellement indigné qu'on pourrait le croire. Et je me fais une réflexion dangereuse. S'il avait raison ? Même un peu ? Une mère malheureuse ne se rend peut-être pas compte qu'elle fait partager son malheur à ses enfants... Je m'interdis de me poser trop longtemps la question, pas plus de trois secondes. Il est en train de me manipuler. J'attaque le sujet de l'argent. Il en avait toujours sur lui, et moi jamais – même pour acheter le strict nécessaire aux enfants. Nous avons mangé tant d'ailes de poulet que je les sentais pousser dans mon dos.

– Qu'est-ce que tu voulais que j'y fasse ? J'ai essayé de trouver du travail, comme tout le monde, personne ne voulait m'embaucher !

Il croit réellement à ce qu'il dit ou il se fiche de moi ? Il ment comme il respire, il refuse d'assumer la responsabilité de son comportement, de ses actes. C'est une brute sans aucune force de caractère, qui refuse de se regarder en face. Il peut maintenir pendant des heures, des journées, des mois entiers, que rien n'est sa faute, que c'est l'autre qui a tort, l'autre qui est stupide, l'autre qui doit se ranger à sa propre vision des choses, si tant est qu'il en ait une.

C'est fini, je vois clair en lui. Ce n'est pas un homme adulte conscient, responsable, respectueux des autres. Il ne pense qu'à lui, comme un gamin capable, après avoir volé de la confiture, et s'en être barbouillé la figure, de répondre insolemment qu'il n'a pas volé cette confiture, qu'il n'y a jamais eu de confiture !

Il n'a même pas demandé à voir les enfants, alors qu'il sait qu'ils sont là. Il est beaucoup plus préoccupé par son orgueil de mâle. Qu'on puisse le quitter, lui, Chaïm, est inconcevable ! Qu'une femme réussisse à lui tenir la dragée haute, ce n'est pas possible !

– C'est ton père qui t'a convaincue de rentrer à Bruxelles avec lui !

– Non. C'est moi qui l'ai décidé seule. J'ai pris cette décision de ma propre initiative, personne ne m'a forcée à quoi que ce soit. Je t'ai quitté, et c'est fini entre nous. J'en ai assez entendu maintenant.

Cette fois, il a compris, le coup est terrible. Tant qu'il pouvait se raconter des histoires, essayer de se convaincre que j'étais faible, influençable, incapable de raisonner, et de décider seule, il gardait encore une contenance. Il ne peut plus, et veut, quand même, avoir le dernier mot.

– Toi et moi ça n'a plus d'importance, tout ça, je m'en fiche à présent. Quoi qu'il m'en coûte, je détruirai ta vie. Je détruirai ta vie.

Je le crois sur parole. Il a le regard fou.

Chaïm repart les mains vides, ses roses dans la poubelle. C'est vraiment fini. Cette vie qu'il a juré de détruire ne fait que commencer pour moi. J'avais oublié le goût délicieux de la liberté : aller et venir quand bon me semble, sans crainte, ni culpabilité, sans demander la permission à qui que ce soit. Je m'efforce d'effacer de ma mémoire les cinq dernières années. Oublier Chaïm, l'homme, le mari, je le peux, mais ignorer ce que j'ai vécu, c'est impossible.

J'apprends maintenant des choses sur mon mari. Samuel Katz a eu la confirmation que la façon dont Chaïm, le héros, a quitté l'armée est suspecte. Tous les soldats israéliens sont classés en différentes catégories. Chaïm serait classé dans ce que l'on appelle le « profil 21 ». Le « profil 21 » désigne les individus jugés trop caractériels et instables pour accomplir leur service militaire. Certains d'entre eux n'ont même pas le droit de posséder un permis de conduire. Il semble que Chaïm ait été classé « profil 21 » après une bagarre avec un officier. Il n'est question nulle part de fusillade, de manœuvre et de blessure militaire, comme il s'en vantait, mais d'une vulgaire rixe, au cours de laquelle il a été blessé au coude.

Plus rien ne m'étonne à présent. Le fait qu'il ait eu des difficultés à obtenir ce fameux permis en passant des tests psychologiques, qu'il ne soit pas un réserviste comme les autres, et qu'on lui confie des coins de rue à surveiller plutôt qu'un fusil, ou encore qu'il ait eu tant de difficulté à trouver un emploi.

J'apprends aussi pourquoi mon grand-père avait le droit de se montrer distant avec nous lorsque nous l'avons rencontré en Israël. Durant les six mois qui ont précédé sa mort, grand-père m'a envoyé régulièrement 10 000 francs belges et je ne l'ai jamais remercié. Pour cause d'ignorance. Chaïm gardait l'argent, et nous nous nourrissions d'ailes de poulet. Il est trop tard maintenant pour demander pardon à grand-père. C'est un chagrin qui s'ajoute aux autres. Mais je refuse de réfléchir à toutes ces questions, je ne veux plus y penser, le simple fait de prononcer devant moi le prénom de Chaïm me rend malade. Je me sens la proie d'émotions violentes, obscures, troubles. Si je réfléchis à lui, je réfléchis à moi... pas question. C'est fini et bien fini. Je veux que toute la famille le sache :

– D'accord, je l'ai épousé. C'était une grave erreur. Maintenant je tourne la page. Je commence une vie nouvelle, je ne veux plus entendre parler de lui.

Mes parents savent qu'il me battait, ils ne posent pas de questions à ce sujet, et je n'en parle pas non plus. Le sujet que je trouve le plus pénible est ce coup de téléphone, au cours duquel j'ai demandé à mon père de sauver Chaïm de la prison en envoyant l'argent nécessaire pour rembourser la banque. Chaïm devait accepter en contrepartie de me laisser fréquenter mes parents normalement. Un véritable chantage. Papa a envoyé l'argent, mais Chaïm n'a pas signé le papier chez un avocat, précisant qu'il ne s'opposerait pas à ce que j'aie des contacts avec ma famille.

J'ai du mal à croire à tout cela, à toutes ces inquiétudes que je leur ai causées. J'ai tellement refoulé le souvenir de cet incident pénible que je ne me souviens même plus d'avoir téléphoné. Si mes parents y font allusion, je les supplie d'arrêter. J'ai trop honte. Cette honte, ce besoin d'oubli me font négliger la procédure légale. Pour divorcer, je dois reprendre contact avec Chaïm, et je n'arrive pas à m'y résoudre. Plus tard, je le ferai, mais plus tard.

Les enfants oublient eux aussi. Ils ne demandent jamais de nouvelles de leur père. C'est assez logique car Chaïm les ignorait la plupart du temps, et sa présence ne peut pas leur manquer. Maintenant, si on leur demande qui est leur père, ils répondent indifféremment Jacques, Éric, ou Géry. Mon père ou mes frères sont des pères de remplacement.

Le pédiatre est content d'eux. Ils se sont ouverts comme des fleurs au soleil. Marina est plus détendue, elle sourit facilement. Simon est un beau petit garçon à la peau couleur de miel, toujours aussi intenable et exubérant, mais beaucoup moins agressif. Moriah, qui ne pouvait rester assise à dix mois, marche maintenant comme n'importe quel enfant de son âge.

Plus que tout au monde, j'aspire à une vie normale, et eux aussi. C'est bon de les voir courir librement, respirer, manger, rire, dormir, faire des caprices, recevoir une tape sur les fesses, dévorer un gâteau... Le regard des enfants ne ment jamais sur leur équilibre.

26 septembre 1983, dans la petite chapelle catholique de Saint-Paul, le père Albert, un cousin de la famille, baptise les enfants. Marina a presque quatre ans, des fossettes sur ses joues rondes. Simon a deux ans et demi. Un peu nerveux, il observe l'entourage. Moriah, qui a quinze mois à présent, gigote dans mes bras.

Le père Albert commence par Marina, il fait le signe de croix sur son front, puis s'approche de Simon, qui recule légèrement.

– Ma petite sœur d'abord...

Il veut d'abord vérifier que ça ne fait pas mal !

Mes enfants sont maintenant baptisés, comme le reste de la famille.

Chaïm appelle de temps en temps, depuis Israël, et toujours en PCV, pour demander des nouvelles. Puis le PCV nous est demandé de villes européennes. Il semble voyager beaucoup, passer d'un Hilton à l'autre, et mener une vie assez confortable, mais j'ignore la raison de ses voyages, ni comment il est parvenu à mener un pareil train de vie. En Israël, il se plaignait sans arrêt de ne pas avoir assez d'argent.

De mon côté, j'ai repris des études de secrétariat, passé des examens assez difficiles et, après Noël 1983, je dois à la fois poursuivre des cours et faire un stage en entreprise. Mon père vient de prendre des parts dans une petite société de transport installée à Mons, à soixante kilomètres de Bruxelles, et c'est là que j'effectuerai mon premier stage. Mes parents ont loué une petite maison sur place et sont en train de l'aménager afin d'y passer le plus de temps possible.

Je vais profiter d'un peu de vacances avec les

enfants dans la maison de Nassogne. Ce jour-là, il neige un peu. Des flocons s'écrasent mollement sur le pare-brise de la voiture, au moment où je prends la route. Moriah est attachée à l'arrière sur la banquette dans son siège auto, Simon et Marina sont assis à côté d'elle. Il y a peu de circulation, je roule lentement.

– Tiens-moi la main, Patsy...

Marina aime bien que je lui tienne la main. Elle m'appelle Patsy comme toute la famille, son frère et sa sœur en ont aussi pris l'habitude. Je tiens la petite main de ma fille de la main gauche et le volant de l'autre. Nous chantons *Frère Jacques*, en français, puis une petite comptine en hébreu. J'aimerais bien qu'ils continuent à pratiquer les deux langues.

Il y a environ huit mois que j'ai quitté Chaïm. Et c'est là, sur cette autoroute presque déserte, en cette fin du mois de décembre, que commence la mise à exécution de la menace de Chaïm : « Je détruirai ta vie. »

Je ne fredonne plus. Je viens de me rendre compte qu'une voiture nous suit de près. Le faisceau puissant des phares éclabousse ma vitre arrière de lumière blanche. Il s'agit d'une grosse voiture, probablement une BMW, ou une Audi, et je ne comprends pas pourquoi elle ne me double pas. Chaque fois que j'accélère un peu, elle fait de même. Et si je ralentis, elle ralentit. Ma première pensée est aussi terrifiante que la seconde : il peut s'agir d'un cinglé de la route, qui a repéré une femme seule avec des enfants. Mais c'est peut-être Chaïm...

– On chante plus, Patsy ?

– Marina, reste tranquille, et verrouille les portières.

– Mais pourquoi ?

– Fais-le, Marina, sois gentille.

Simon s'inquiète.

– C'est quoi ? Qu'est-ce qu'il y a, Patsy ?

– Je ne sais pas. Rien. Tout va bien, restez calmes. Il faut être prudent, c'est tout.

Maintenant les enfants se taisent. Je vois dans le rétroviseur les yeux de Marina s'agrandir d'angoisse. Le danger est réellement derrière nous, je ne sais pas quelle forme il va prendre. Les kilomètres défilent, dans une tension extrême. Nous jouons au chat à la souris sur une route glissante de neige fondue. Je pousse ma Toyota à cent soixante kilomètres à l'heure, son maximum, le poursuivant accélère, alors je ralentis progressivement jusqu'à quarante, une vitesse d'escargot, et je m'y tiens obstinément, longtemps. Finalement la voiture se décide à me doubler, et j'aperçois au passage deux hommes à l'intérieur. D'après le profil, le conducteur pourrait être Chaïm, mais je n'en suis pas sûre. Je les laisse disparaître devant moi, en roulant toujours au ralenti sur la file de droite. Je sais que la prochaine aire de repos n'est pas loin, qu'il y a là une boutique de frites, certainement fermée car il est tard, mais je décide de m'y arrêter tout de même, pour mettre plus de distance entre les suiveurs et moi.

Erreur de ma part, car en approchant de l'aire de repos j'aperçois la voiture garée sur le parking. Manifestement le conducteur attend que je passe pour reprendre sa chasse. Si je pouvais réfléchir calmement à ce moment-là, je ferais demi-tour, pour me réfugier à Bruxelles, mais je ne vois rien d'autre à faire que de me garer moi aussi, et d'observer cette voiture, pour tâcher de savoir ce que les deux hommes vont faire. Marina est anxieuse.

– Pourquoi tu t'arrêtes ?

– Il faut que je me repose un peu. Quelques minutes.

Elle accepte provisoirement ce mensonge. La voiture est garée à l'autre bout de l'aire de repos, à la sortie du parking et ses phares éclairent l'autoroute. Je suis morte de peur à présent. Pour repartir, je n'ai que deux solutions. Attendre qu'ils s'en aillent, car leur voiture bouche l'issue, ou faire des appels de phare pour les obliger à dégager la voie. Je choisis la deuxième solution en me disant : « Si un des hommes sort de la voiture, je passe en faisant un écart sur le côté. » Quelques secondes seulement après mon appel de phares, mais ce laps de temps me paraît une éternité, la voiture démarre et s'engage dans la direction opposée, vers Bruxelles. Est-ce qu'ils ont renoncé ? Vont-ils faire demi-tour plus loin ? Je reprends la route jusqu'à la sortie suivante, qui mène à Marche-en-Famenne, la petite ville où nous faisons les courses lorsque nous sommes à la campagne. La chaussée est très glissante, je dois faire vite et j'ai peur. Peur d'avoir un accident, que les enfants ne soient blessés, que la voiture ne me rattrape. Les mains agrippées au volant, les yeux fixés sur la route luisante et grasse, j'arrive enfin, à bout de nerfs, sur le parking anonyme d'un supermarché.

Il faut que je me calme, que les palpitations qui me soulèvent le cœur s'arrêtent. Le supermarché est encore ouvert, mais il y a peu de clients en cette fin de journée d'hiver, sombre et neigeuse. Je surveille chaque voiture qui passe et, moins d'une minute plus tard, je vois nos poursuivants passer en trombe. Il semble que j'aie réussi à les semer. Mais Chaïm connaît la région, il sait où se trouve notre maison de campagne, il y a été invité plusieurs fois. Si c'est lui, il sait forcément que je vais à Nassogne. Et je risque de tomber sur lui là-bas.

Je roule maintenant prudemment sur de petites routes, traverse le village d'Ambly, en direction de la maison, mais je m'arrête chez des amis. Marie-Anne et Olivier habitent avec leurs trois enfants une toute petite maison, je ne peux pas m'imposer chez eux. Mais, après leur avoir raconté mon histoire, j'accepte la proposition d'Olivier de m'escorter jusqu'à chez mes parents.

J'aime énormément notre maison. Son isolement notamment, mais, pour une fois, j'aimerais mieux qu'elle soit un peu plus entourée. Une grande haie d'arbres la dissimule, et la rend invisible depuis la route. D'habitude, je me gare sur le bas-côté de cette route, mais ce soir je franchis la grille en voiture, et remonte l'allée, pour m'arrêter à l'abri des regards. Olivier fait le tour de la maison, inspecte le jardin, pendant que j'attends avec les enfants dans la voiture. Tout est normal.

Je m'installe très vite, et Olivier promet de passer de temps en temps pour vérifier que tout va bien. De mon côté j'appellerai chez lui en cas de besoin. Olivier repart. Je ferme la lourde porte de chêne massif, et pousse le verrou intérieur. J'appelle aussitôt mes parents à Mons pour leur raconter ma sinistre aventure. Papa prend la chose calmement.

– Je ne pense pas qu'il faille s'inquiéter, Patsy, il s'agit probablement de deux hommes qui se sont stupidement amusés à te faire peur.

Est-ce que je serais devenue paranoïaque au point de voir partout le profil de Chaïm ? Mon père se montre tellement rassurant, si raisonnable, que je finis par me calmer. Mais lorsque j'ai raccroché le téléphone, le silence de la grande maison me terrorise. Je vérifie chaque volet en vitesse avant de préparer à dîner et de coucher les enfants dans une chambre qui donne sur le devant de la maison. Je me couche juste à côté d'eux dans la même chambre. J'éteins toutes les lumières après avoir installé une bougie près de mon lit.

Olivier appelle deux ou trois fois dans la soirée. Il a parcouru les environs, et n'a repéré personne. Mais avant de me coucher, je vais choisir un fusil de chasse dans le râtelier de mon père. Papa m'a appris à tirer quand j'étais gosse. Je le charge, et laissant le canon ouvert, je le cache sous mon lit. C'est terrible mais, si Chaïm ose s'introduire dans cette maison pour enlever les enfants, je *sais* que je suis capable de lui tirer dessus.

Je ne peux pas m'endormir, les heures s'écoulent dans le noir avec une lenteur terrifiante. J'essaie d'imaginer tout ce qu'il pourrait faire. Couper la ligne de téléphone, forcer les volets, ou rôder à l'extérieur... Il est peut-être là, dans le jardin, sous une fenêtre, à attendre le matin pour agir. Mais que veut-il ? Que compte-t-il faire ? L'obscurité amplifie tous les bruits nocturnes, le moindre craquement de bois est une menace, le sifflement de l'hiver dans les arbres me donne parfois envie de hurler, bien qu'il n'y ait pas une seule chance pour que quelqu'un m'entende.

Le lendemain matin, le soleil brille dans un ciel d'hiver resplendissant de clarté. L'atmosphère est lavée des angoisses nocturnes, et ma trouille de la veille me paraît un peu ridicule. Les enfants déjeunent joyeusement. Je me persuade que Chaïm n'est pas à Nassogne, sinon il aurait tenté quelque chose cette nuit.

Comme il me faut des provisions pour les cinq jours de vacances, je retourne au supermarché avec les enfants. Ce matin la route est sèche, le soleil a fait son travail, je roule en toute sécurité. Derrière moi, une BMW marron. Mon cœur fait un bond, puis je tente de me raisonner. Arrête, Patsy, tu deviens dingue, il y a des tas de voitures marron de ce genre... arrête !

Marina et Simon font le tour des rayons en jouant devant moi, tandis que je remplis deux chariots de provisions, Moriah installée sur un petit siège métallique, entre mes bras. Après être passée à la caisse, j'amène le premier chariot à la voiture avec les enfants pour le décharger, et retourne prendre l'autre ensuite. Je me sens plus calme, joyeuse même, les enfants s'amusent et babillent. Je traverse le parking à moitié vide en poussant mon chariot vers la voiture.

Soudain je lève les yeux, il est là ! Chaïm. Le

choc est tellement violent que je m'immobilise sur place, en pensant : « Merde ! j'avais raison. »

Le cœur battant, je crie à Marina et à Simon devant moi :

– Restez près de moi ! Votre père est ici !

Il avance vers nous, et s'arrête à mi-distance. En m'efforçant d'être aimable, le corps vidé de sang et la bouche raide, je dis :

– Bonjour.

Il répond poliment : « Bonjour. » Puis il ordonne sèchement :

– Tu rentres avec moi en Israël !

– Pas question ! Après ce que tu m'as fait subir, jamais. Je n'irai pas, et tu le sais. Maintenant laisse-nous tranquilles.

Il paraît surpris de la virulence de ma réponse. Il ne doit pas reconnaître l'ancienne Patsy, l'esclave obéissante. Puis d'un bond il se jette sur nous, arrache Moriah du chariot, et part en courant vers la BMW marron que j'avais repérée plus tôt. Je cours derrière lui, j'attrape sa chemise en courant, tout en hurlant :

« Il kidnappe mon enfant ! Arrêtez-le ! Arrêtez-le !...

Marina et Simon courent aussi derrière moi, en hurlant de peur. Chaïm parvient à se dégager de ma prise, arrive à la voiture et jette Moriah sur la banquette arrière. Au moment où il va s'installer au volant je suis à hauteur de la portière et je continue à hurler aux clients disséminés sur le parking :

– Faites quelque chose, arrêtez-le ! Il a pris mon bébé !

Quelques passants s'arrêtent autour de nous, et nous dévisagent. Marina et Simon en larmes, plus effrayés par mes cris que par la présence de leur père, se réfugient dans les bras d'une femme qui les console, tandis que moi, accrochée à la portière, je continue de crier :

– Mon bébé ! Mon bébé ! Il s'en va avec leur petite sœur ! Aidez-moi !

Chaïm essaie de fermer sa portière, mais je parviens à l'en empêcher, je me penche désespérément en le bousculant pour tenter d'attraper Moriah, terrifiée, qui se débat sans comprendre, et m'échappe.

Personne ne m'aide. À cet instant je pourrais perdre la partie, Chaïm pourrait me repousser d'un coup brutal, fermer la portière et démarrer. Au contraire, il est mort de peur. Mes hurlements, la violence avec laquelle je résiste, ma détermination, ou sa lâcheté, je ne sais pas... Finalement un homme âgé, d'une bonne soixantaine d'années, émerge de la petite foule rassemblée autour de nous, s'approche, il se penche vers Chaïm, le prend par l'épaule, et ayant remarqué certainement l'immatriculation de la voiture, ordonne en allemand :

– Sortez de là !

Chaïm est jeune et vigoureux, il pourrait sans problème terrasser le vieux monsieur. Au lieu de cela, il bafouille misérablement, des « heu... heu... heu... ». Le tenant toujours par l'épaule l'homme l'oblige à sortir de la voiture, et je me précipite à l'intérieur pour récupérer Moriah. Mon sauveur s'interpose entre Chaïm et nous. D'autres gens nous entourent, et quelqu'un dit :

– Il faut aller au commissariat, madame.

La voix tremblante de larmes, je réponds :

– Oui, mais il faut que quelqu'un nous accompagne. S'il essaie de s'enfuir ? S'il recommence ?

Le vieux monsieur, rassurant, veut bien venir avec nous. Le poste de police se trouve à une rue de là. Nous nous y rendons en procession. Le vieux monsieur dans sa voiture, les enfants et moi dans la Toyota, et Chaïm dans sa BMW marron. Il a trop peur de s'enfuir à présent. Il n'ose pas.

Au poste, je demande au vieux monsieur de téléphoner à mes parents. Il s'en charge gentiment, les rassure l'un après l'autre, puis vient me dire qu'ils se mettent en route.

Cet homme est un amour de grand-père. Il fait une brève déposition, déclarant honnêtement ce qu'il a vu, et la police l'autorise à s'en aller. Mais, avant de partir, il vient me confier avec un accent wallon prononcé, caractéristique :

– Vous savez, si je suis intervenu, c'est que cet homme, avec sa peau bronzée et ses cheveux noirs, a l'air d'un Arabe... et vous savez, les Arabes...

Chaïm nie contre toute évidence avoir tenté de kidnapper les enfants. Il prétend qu'il voulait simplement me parler, mais son explication laborieuse laisse les policiers sceptiques. On lui confisque ses papiers, et on l'enferme dans une cellule, en attendant de savoir ce qu'il faut faire de lui. Quelques minutes plus tard, il cogne à la porte de la cellule en hurlant :

– Je veux du café !

Un policier soupire et verse du café dans une tasse. Il disparaît pour la lui apporter. Presque aussitôt j'entends crier :

– Ah non ! Pas de café instantané !

Je suppose qu'il doit tout de même s'en contenter. Ensuite il réclame à hauts cris une couverture qu'on lui apporte, puis une deuxième, puis à manger.

– C'est mauvais !

Les regards qu'échangent les officiers de police en disent long sur ce qu'ils pensent de lui. Son comportement ne plaide pas en la faveur de Chaïm Yardem.

L'arrivée de mon père provoque un large sourire chez l'un des officiers. Ils sont tous deux chasseurs, se connaissent.

– Monsieur Jacques Heymans !

J'ai de la chance que tout cela se passe dans une petite ville où les gens se connaissent. Car l'incident est grave en fin de compte. La police m'interroge longuement, elle parvient à retracer le parcours de Chaïm après plusieurs coups de téléphone. Il a loué la BMW en Allemagne, et n'est pas venu seul en Belgique. Trois hommes séjournaient avec lui dans un hôtel. Il semble bien qu'ils aient comploté ensemble l'enlèvement des enfants. Leur plan était de m'arrêter la nuit dernière sur une route de campagne, je les ai trompés en prenant la sortie avant Nassogne. Curieusement ils n'ont rien tenté pendant la nuit, probablement à cause de la surveillance d'Olivier. Chaïm a peut-être pensé aussi à la présence des armes de chasse de mon père. Quoi qu'il en soit, lorsqu'il a tenté d'agir seul, il a échoué. Il espérait me convaincre de repartir avec lui en Israël, pour continuer à jouer au tyran, à me battre et à terroriser les enfants et nous faire manger des ailes de poulet ?

Je dois admettre devant la police que nous n'avons ni l'un ni l'autre la garde des enfants, puisque je n'ai rien entrepris d'officiel. Donc Chaïm n'a pas enfreint la loi. Un juge pour enfants de Bruxelles nous le confirme, on ne peut rien contre lui. La seule chose que je puisse faire, en attendant de régulariser ma situation, est d'aller me cacher quelque part, qu'il perde ma piste. La police ne peut le laisser en garde à vue que jusqu'à ce soir.

C'est bizarre les réactions que l'on a, en pleine angoisse, en état de choc. Je n'ai qu'une obsession depuis que nous sommes au poste : les deux chariots de provisions que j'ai laissés sur le parking.

– Maman, je t'en prie, va les récupérer. Va chercher les provisions...

Mais où les mettre, ces provisions ? Où vais-je me réfugier ? Chaïm va sortir ce soir du poste de police, libre de recommencer. Encore plus furieux.

11

La traque

Cette aventure a bien entendu perturbé les enfants. Simon, qui extériorise volontiers ses émotions, passe sa rage en balançant ses jouets contre le mur :

– Méchant papa ! Laisse-nous tranquilles ! méchant !

Moriah est trop petite, elle n'a rien compris, mais Marina, dont le caractère est proche du mien, se renferme sur elle-même. Elle prend l'habitude de sucer son pouce, chose qu'elle n'avait jamais faite, et fait pipi dans sa culotte plusieurs fois par jour. La nuit elle mouille son matelas, alors qu'elle était propre depuis longtemps. Elle dessinait avec application, je l'observe maintenant tracer des gribouillis infantiles. Le pédiatre prescrit de légers tranquillisants que je répugne à lui donner. Je préfère l'envoyer quelques jours chez ma mère, dans un environnement familier et sécurisant qui l'apaise énormément.

Pour expliquer à mes enfants ce qui s'est passé, je n'ai d'autre solution que leur dire la vérité :

– Papa voulait vous emmener, parce qu'il veut que nous retournions en Israël.

– Mauvais papa.

Sans enquête préalable, le juge pour enfants hésite à me confier légalement la garde des enfants. C'est moi qui suis partie, j'ai quitté le foyer conjugal avec mon fils et mes deux filles. Pourtant la tentative de kidnapping et la terreur manifeste que Chaïm leur inspire va convaincre ce juge qu'ils sont réellement en danger. Le 17 janvier 1984, la cour de Bruxelles attribue provisoirement la garde à mon frère Éric, en qualité de tuteur, sachant parfaitement qu'ils continueront de vivre avec moi.

Nous nous retrouvons à Mons dans la petite maison que mes parents ont louée pour nous. Ses murs de brique ne la distinguent pas de ses voisines. Très agréable, elle est située au croisement de deux rues, près d'une épicerie. La circulation est importante, et nous passons en général par l'arrière de la maison, entouré d'une clôture grillagée. Je n'oublie jamais de fermer le portail à clé, et par prudence je dis aux enfants que nous habitons une ville qui se nomme Gand. Si quelqu'un leur demande quelque chose, un sbire de Chaïm par exemple, j'espère que cette fausse information nous permettra de gagner du temps.

J'ai trouvé une école pour eux, à trois cents mètres de la maison. Cette proximité me rassure. Il n'y a que deux classes : un jardin d'enfants pour les petits et une classe réservée aux enfants âgés de sept à douze ans. Bien entendu au moment de l'inscription, je montre aux instituteurs la copie du jugement de garde, en précisant bien qu'ils ne doivent remettre les enfants à Chaïm sous aucun prétexte. La menace est permanente, je vis sous tension. Dès que je perds une seconde des yeux un des enfants, je panique.

– Il ne faut pas parler à des gens inconnus, il n'y a que grand-père et grand-mère qui ont le droit de venir vous chercher ou mes frères. Personne d'autre. Faites bien attention aux grandes personnes que vous ne connaissez pas. Ne vous laissez pas prendre par la main.

À force de leur seriner les précautions à prendre, j'ai peur de les effrayer. Je ne veux pas leur décrire leur père comme un méchant monstre qui viendra les dévorer, mais il faut malheureusement qu'ils se méfient de lui. Je suis sur la corde raide.

Notre numéro de téléphone est secret, il n'est connu que des parents et des amis proches. Je ne reste jamais seule la nuit, je ne le supporterais pas. Mon père ou l'un de mes frères vient dormir à la maison. Si des amis me rendent visite, je leur conseille de faire attention aux voitures qui pourraient les suivre.

Lorsque je dois rouler entre Mons et Bruxelles, sur l'autoroute, je prends chaque fois des sorties différentes, je me gare sur le bas-côté, je vérifie que personne ne me suit avant de repartir. Je garde systématiquement en mémoire les numéros d'immatriculation des voitures que je trouve suspectes. C'est devenu un réflexe.

Mon père, qui possède un permis de port d'arme, garde un pistolet à la maison. Nous le mettons à l'abri au-dessus d'une armoire, et il m'a entraînée à le charger et à le décharger, il m'a même recommandé de m'exercer régulièrement, pour l'avoir bien en main, et l'utiliser sans affolement en cas de besoin. C'est étrange d'en arriver là. Et logique aussi. Toute la violence de Chaïm, ses menaces, sa tentative d'enlèvement y incitent. Je « sens », ma famille aussi, qu'il n'a pas abandonné.

La première régularisation officielle me rassure un peu. Le 3 avril 1984, la cour de Bruxelles me donne, après enquête, la garde de mes enfants avec l'accord de Chaïm. Elle lui concède un droit de visite, assorti de modalités strictes. Les visites ne pourront avoir lieu que les lundis et mercredis après-midi, chez mes parents à Bruxelles, et en ma présence. Les noms de Marina, Simon, et Moriah sont rayés du passeport de Chaïm. Pas seulement supprimés, mais visiblement rayés, afin qu'il soit immédiatement interrogé par la douane s'il tente de voyager avec eux.

Je m'attends, sans trop y croire, à ce qu'il tente d'exercer son droit de visite. Un matin, arrive une lettre recommandée. Je reconnais sur la grande enveloppe brune son écriture en lettres majuscules. Elle a été postée à Bruxelles, et ne contient qu'une brochure sur une organisation d'aide aux femmes seules. Je jette tout. Je trouve la plaisanterie douteuse, tout en me demandant ce qu'il cherche.

Les jours du droit de visite de Chaïm, je me rends bien chez mes parents et j'attends. Il ne vient jamais.

Quelques semaines plus tard, nouvelle lettre recommandée, même écriture, toujours postée de Bruxelles. Cette fois il s'agit d'un échantillon d'un parfum nommé « Clair de lune ». Son jeu est idiot, je n'en comprends toujours pas le but, mais cette fois je garde l'enveloppe et son contenu, à tout hasard.

J'ai repéré aujourd'hui dans mon rétroviseur une voiture suspecte. Toyota bleu vif, elle me suit à quelque distance depuis quelques minutes déjà. Je quitte l'autoroute au premier embranchement, elle me suit. Je file me garer sur le parking d'un petit centre commercial, la Toyota bleue passe à toute allure sans s'arrêter. Je respire, me sermonne moi-même. Je deviens réellement parano, il faut que je me calme.

Un peu plus tard sur la route, à nouveau la Toyota bleue. La même, j'en suis certaine. À nouveau je me gare rapidement, et à nouveau elle me dépasse. Je n'aime pas ça du tout. D'autant plus que je la vois repasser alors que je m'engage dans la petite rue de Mons où nous habitons.

Ça ne peut être Chaïm, ou quelqu'un qui me suivrait pour son compte, c'est ridicule. On n'utiliserait pas une voiture aussi voyante pour une filature. Quelqu'un a dû s'acheter une Toyota dans le quartier, voilà tout.

Moriah entre au jardin d'enfants à l'automne 1984, la vie s'organise selon une routine bien réglée. Chaque matin j'emmène les enfants à l'école en voiture, je les dépose, j'attends qu'ils soient à l'intérieur, et je pars travailler. Le soir, je les récupère de la même façon et après le dîner, nous passons les soirées à jouer aux cartes, ou à faire des puzzles. Il n'y a pas de télévision chez nous, je n'en veux pas. Cet engin abrutissant n'aura pas de place dans l'éducation de mes enfants. Nous sommes heureux cet automne-là, je suis plus calme, et nous avons adopté deux recrues. Max, un teckel de taille moyenne, et ET, un teckel lui aussi, mais minuscule. Il est vilain comme tout et nous l'adorons, il me rappelle un peu Princesse.

Le 17 octobre au matin, j'ai déposé les enfants comme d'habitude avant d'aller travailler, et je suis sortie pour acheter du matériel de bureau lorsque mon père reçoit un coup de téléphone affolé de la directrice de l'école.

– Il faut venir tout de suite, le père est là, il veut emmener les enfants !

Papa fonce à l'école. Éric appelle toutes les papeteries de la ville pour essayer de me joindre. Mon père arrive au moment où Chaïm se dispute violemment avec les instituteurs en brandissant un document sous leurs yeux. Il appelle la police sans attendre.

Pendant ce temps, je rentre tranquillement au bureau avec mes trombones et autres papiers carbone. Éric m'y attend. Je file aussitôt, la rage au cœur, pour arriver au beau milieu du chaos.

J'arrive à comprendre, après un certain temps,

que le papier brandi par Chaïm comme une menace est une lettre qu'il a obtenue, Dieu sait comment, d'un avocat belge stipulant qu'il a la garde des enfants. Muni de ce prétendu document, il s'est tout simplement rendu à l'école, en réclamant Marina, Simon et Moriah Yarden.

L'institutrice a refusé bien entendu de les lui confier, et il a eu le culot de prendre Moriah par la main, en disant :

– Je suis leur père, je les emmène en France.

Il n'imaginait pas rencontrer une telle résistance. L'institutrice a repris Moriah, et l'a gardée dans ses bras, son collègue de la classe des grands est venu lui prêter main-forte, et tandis qu'ils discutaient furieusement de la validité de ce papier, on nous a prévenus.

La police nous tire de cette situation pénible en comparant les documents : mon jugement de la cour de Bruxelles est évidemment plus fiable que la lettre d'un avocat. Les enfants me sont rendus aussitôt. Mais en sortant de l'école, je remarque une voiture garée non loin de là. Un homme attend au volant, et nous observe. Mon père s'approche fermement de lui.

– Qu'est-ce que vous faites là ?

L'homme paraît embarrassé, plutôt embêté, mais il ne refuse pas de nous répondre. Il est même particulièrement loquace.

– Je suis détective privé. Ce type est venu me voir un jour, il s'est présenté comme étant l'oncle de trois enfants dont le père était israélien et la mère belge. Il m'a raconté une histoire selon laquelle la mère était soupçonnée de maltraiter les enfants. Il avait promis à son frère demeuré en Israël de vérifier par lui-même, et de lui donner des nouvelles. J'ai accepté de l'aider, sans méfiance *a priori*. Nous avons commencé par surveiller la maison des grands-parents à Bruxelles, pour pouvoir vous prendre en filature. C'est comme ça qu'on vous a suivie jusqu'à Mons.

Ensuite j'ai téléphoné à toutes les écoles du coin. Lorsque j'ai réussi à localiser les enfants, monsieur est venu avec moi, comme convenu, pour voir comment allaient les enfants... Et c'est là que j'ai compris qu'il était le père, pas leur oncle. Et qu'il voulait les emmener avec lui... Évidemment je n'étais plus d'accord, j'étais même furieux, je l'ai planté là mais je suis resté dehors pour voir ce qui allait se passer. C'est un sale type ! Il a cru m'avoir... Il m'a raconté des histoires. Il avait tout préparé. J'aurais dû m'en douter, quand il a garé une voiture un peu plus loin... je parie qu'il avait prévu de sauter dedans avec les gosses et de gagner la frontière française. Mais soyez tranquilles, plus question de coopérer avec lui. Au contraire, si vous avez besoin de moi, on ne sait jamais, voilà mon téléphone.

La Toyota bleue, c'était lui. Chaïm avait prévu de changer de voiture au dernier moment. Nous aurions pu repérer la bleue, mais laisser passer l'autre, anonyme.

Maintenant il connaît mon adresse à Mons. La maison, l'école, toutes les précautions que j'ai prises suffiront-elles ? Est-ce que je dois encore partir et me cacher ailleurs ? Ce n'est pas la solution, ou alors je ne vais cesser de fuir. Chaque fois qu'il apparaîtra à nouveau, la vie des enfants sera complètement bousculée. Mes nerfs aussi. C'est une existence que je refuse. Il vaut mieux rester là, et affronter le danger avec prudence. Une extrême prudence.

Mais chaque fois qu'il réapparaît, je ressens exactement la même terreur qu'autrefois. Parfois je parviens à la contrôler, parfois elle me prend brutalement, me submerge, et je ne sais plus ce que je fais.

Je fais l'expérience de ma fragilité, au cours d'une scène qui, normalement, n'aurait pas dû me plonger dans une telle panique.

C'est un week-end de chasse dans la maison de Nassogne. La maison est bourrée d'invités, mes deux frères ont décidé de dormir dans notre ancienne cabane de chasse au milieu des bois. La soirée s'achève, après une journée harassante. Papa, qui a bien arrosé la soirée, s'énerve pour une peccadille, dont je ne me souviens même plus. Mais il s'emporte, et moi aussi. Comme dans mon adolescence, à bout de nerfs, je hurle aussi fort qu'il hurle. Mon père sort en claquant la porte. Moi, je décide de partir. Comme autrefois. J'en ai marre, je fiche le camp, je saute dans la voiture pour rejoindre mes frères à la cabane.

Mais mon père me rejoint et nous recommençons à nous disputer violemment, jusqu'au moment où papa en colère me repousse violemment de la main. Le simple fait de voir la main d'un homme levée dans ma direction déclenche une réaction complètement folle. C'est Chaïm que je vois, c'est lui qui lève la main. Je me revois sous sa domination, tremblante, soumise, affolée. Les coups vont pleuvoir, il y aura des coups, et encore des coups, et je ne pourrai plus le supporter, je ne pourrai plus les compter.

Je sors de la cabane d'un seul bond, pour m'enfuir à travers bois. Tout le hameau doit résonner de mes hurlements. Mes frères me courent après, et lorsqu'ils parviennent enfin à me rattraper, je suis en train de parler toute seule, de raconter Chaïm, et les pires moments de notre mariage... je délire complètement.

Ils me font monter dans la voiture d'Éric, mon frère aîné. Michel, le cadet, est obligé de s'asseoir sur mes genoux pour m'empêcher de sauter en route. Et pendant qu'ils foncent à toute allure chez le médecin, je dis tout ! Je vomis toutes les horreurs, la conduite bestiale de Chaïm. Jamais je n'ai parlé ainsi, jamais je n'ai donné autant de détails. Jusqu'ici mes frères avaient toujours cru qu'il s'agissait d'une gifle ou deux, de bagarres verbales, rien de plus. Ils sont atterrés.

Le médecin doit venir jusqu'à la voiture me faire deux piqûres de Valium. Il me pique à travers mes vêtements, impossible de faire autrement. Et je finis par me calmer. Lentement cette logorrhée, cette vague de terreurs refoulées, va s'apaiser. La furie que je suis devenue en quelques secondes est épuisée, vidée. Je ne sais plus ce que j'ai dit. Mais à partir de ce jour-là, j'entendrai souvent mes frères et leurs amis dire :

– Patsy, si on s'y mettait à trois ou quatre, et qu'on amenait ce type faire un tour dans les bois ? Tu vois ce que je veux dire ?

Éric est d'avis qu'il mérite en tout cas une bonne correction, voire plusieurs, juste pour lui faire comprendre de nous ficher la paix. Même mon père est d'accord.

– On devrait lui casser les deux bras, il aurait besoin de quelqu'un pour aller pisser, ça lui donnerait le temps de réfléchir à son cas.

Ils se défoulent ainsi, sachant parfaitement qu'on ne peut se faire justice de la sorte. Mais ce n'est pas l'envie qui leur manque. J'ai dû tout raconter dans mon délire pour qu'ils se montrent aussi vindicatifs.

La guerre des nerfs ne me laisse pas de repos. Un mois après la deuxième tentative d'enlèvement, l'avocat belge de Chaïm nous apprend que la cour d'Haïfa, en Israël, a attribué unilatéralement la garde des enfants à Chaïm, et cela depuis le 10 juin 1984, il y a donc plusieurs mois déjà. Il est chargé de rendre ce jugement exécutoire en Belgique.

– C'est ridicule ! Comment un tribunal pourrait-il rendre un verdict sans que je sois seulement avertie de la procédure ? Ils n'ont même pas demandé ma version de l'histoire !

Notre avocat obtient des copies de ce jugement où il est dit que Chaïm m'accuse de maltraiter les enfants. La Cour l'a cru sans même entendre la défense. Voilà qui explique sa hardiesse. S'il avait réussi, les enfants étaient définitivement à lui en Israël.

Dans la plupart des pays du monde, les deux parties sont en principe représentées au procès. Mais en Israël, le plaignant doit simplement fournir la preuve qu'il a communiqué la date du procès à l'autre. Et l'avocat de Chaïm dit posséder cette preuve. Il a une copie des reçus que j'ai signés pour chaque lettre de Chaïm expédiée en recommandé. La brochure s'adressant aux femmes seules, et le parfum « Clair de Lune ». Dieu merci j'ai conservé la dernière enveloppe et son contenu, ce qui nous permet de bloquer momentanément l'attaque qu'il vient de lancer.

Je porte plainte à la police judiciaire, en accusant Chaïm d'avoir utilisé de faux papiers pour obtenir la garde des enfants. Je remplis aussi une demande de séparation de biens, et j'exige qu'il verse une pension alimentaire pour les enfants. Je n'ai jamais convoité son argent, ce serait plutôt le contraire, mais j'ai décidé de passer radicalement à l'offensive.

Le 28 février 1985, la cour de Bruxelles confirme sa décision. J'ai la garde permanente des enfants mais, comme Chaïm refuse le divorce, et que je ne peux fournir aucune preuve des mauvais traitements que j'ai subis, je devrai attendre encore cinq ans avant d'être libérée de ce mariage.

En attendant, Chaïm est condamné par le juge à une pension de 7 500 francs belges par mois et par enfant. Il n'enverra jamais d'argent, mais je ne m'attendais pas qu'il le fasse. Simplement j'ai la possibilité, à présent, de le faire envoyer en prison, pour non-paiement. Les choses ont l'air de marcher. Il se tient tranquille.

À moi de me calmer à présent. Je devrais être capable de rentrer chez moi seule le soir. Il y a deux ans que je suis indépendante, et une cour m'a jugée suffisamment adulte pour me confier la garde de mes enfants. Patsy, ne fais plus l'enfant, contrôle ton angoisse, affronte la nuit, pars en week-end, c'est le printemps...

En rentrant d'un week-end à Nassogne, pour la première fois, depuis quatre mois, je ne réclame pas que mon père ou mon frère me raccompagne à Mons. J'ai décidé d'être courageuse. La nuit tombe. Je gare la voiture devant ma petite maison de brique, ouvre la porte, fais entrer les enfants, allume la lumière, referme la porte.

Quelqu'un est entré ici. J'en ai la sensation étrange, presque palpable. Pourtant rien n'a été dérangé en apparence, les portes sont intactes, aucune trace de crochetage, pas de carreau cassé. Mais il y a quelque chose de bizarre. Est-ce une odeur ? Je ne sais pas.

– Les enfants, vous allez rester dans la cuisine, sans bouger. Si je crie, vous courez chez les voisins, d'accord ?

Trois paires d'yeux me regardent avec angoisse. C'est d'accord. Je grimpe l'escalier raide qui monte au premier étage. Il n'y a pas de fenêtres dans cette partie de la maison, il y fait noir, et j'ai une peur bleue, presque la nausée. Je me tiens l'estomac à deux mains, les doigts crispés à m'en faire mal au ventre. J'inspecte les chambres, une à une, j'ouvre tous les placards, en essayant vainement de me rassurer au fur et à mesure que je ne trouve rien de suspect. Mes bijoux sont là, le pistolet en haut de l'armoire...

Bon, c'est ma première nuit toute seule, et je me suis flanqué la trouille pour rien. C'est mon imagination, mes nerfs, il faut que j'arrête d'effrayer les enfants.

– C'est rien... tout va bien. On va dîner et aller se coucher de bonne heure, tout le monde est fatigué !

À 11 heures du soir, je suis toujours éveillée, guettant le plus petit bruit. Et soudain, on frappe à coups redoublés à la porte d'entrée, juste en dessous de la fenêtre de ma chambre. Je me lève précipitamment dans le noir, écarte doucement les lourds rideaux. Dans la lumière du réverbère, je vois deux officiers de police. L'un d'eux brandit quelque chose. Un passeport, sur lequel je devine la photo de Chaïm. Il s'est réellement passé quelque chose. Je descends en courant, nouant la ceinture de mon peignoir, ouvre la porte. L'un des policiers me salue en disant :

– M. Chaïm Yarden est avec nous, il est à l'arrière de la voiture, il désire...

– Je refuse qu'il entre chez moi !

– Écoutez, madame, j'irai droit au but. Votre mari affirme que vous vous droguez, que vous revendez de la drogue, que vous battez et torturez vos enfants. Il nous a dit que vous leur aviez tailladé les doigts et les oreilles...

– Il est fou ?

– Nous n'avons pas de mandat de perquisition, mais si ça ne vous ennuie pas, nous voudrions simplement voir les enfants.

– Vous oui. Je n'ai rien à cacher. Entrez !

Je guide les deux policiers dans la chambre des filles, allume la lumière en chuchotant pour ne pas les réveiller :

– Allez-y, vous pouvez regarder les doigts, les oreilles, tout ce que vous voulez !

Évidemment, ils ne prennent même pas la peine d'aller voir Simon. Nous redescendons dans la cuisine, et pendant que l'un des hommes furète un peu dans la maison, mais sans se permettre d'ouvrir un placard ou un tiroir, l'autre bavarde avec moi en fumant une cigarette. Leur conclusion après cette enquête courtoise est que je n'ai pas l'air d'une droguée. J'insiste.

– Emmenez-moi au poste si vous voulez faire une prise de sang...

– Nous n'avons pas le droit. Mais il faudra vous rendre dans une clinique, et le faire. Demain, vous viendrez au commissariat avec les enfants, après l'école.

Ils s'en vont, me laissant à ma trouille et à ma fureur. Je ne peux pas rester seule. Il est revenu, il était là, dans l'ombre. Avec des flics en plus. M'accusant de turpitudes insensées.

Ma mère revient dès le lendemain pour me soutenir dans cette nouvelle épreuve. Elle reste chez moi pendant que je me rends comme convenu au commissariat, avec les enfants.

Les policiers agissent avec un calme et une gentillesse très professionnel. Ils emmènent les enfants dans une pièce où on leur donne des jouets. Ils vont leur poser des questions, apparemment anodines, sans les traumatiser. Pendant ce temps, je suis interrogée par un inspecteur.

– Où étiez-vous ce week-end ?

– Dans la maison de campagne de ma famille à Nassogne, avec des amis...

– Votre mari prétend vous avoir vue dimanche après-midi, dans le centre-ville de Mons, alors que vous vendiez de la drogue. C'est la troisième fois qu'il vient vous accuser, et chaque fois il nous a fourni des renseignements qui semblent précis.

C'est tellement stupide que je ne me sens même pas nerveuse. Je réponds aux questions sans aucune crainte, et pour cause.

– Est-ce qu'il vous a déjà parlé de drogue ?

– Je me souviens qu'une fois, à Tel-Aviv, il m'a désigné un endroit, où, d'après lui, on pouvait en acheter. C'est tout.

– Pensez-vous qu'il serait capable pour vous faire du tort de cacher de la drogue chez vous ?

– Tout de même ! Je ne pense pas qu'il irait jusque-là...

Les enfants reviennent, la police a constaté qu'ils étaient en bonne santé, mentale et physique, et je suis autorisée à rentrer chez moi.

Dans la voiture, je réfléchis. Cette obstination ne ressemble pas à Chaïm. En général il tente un mauvais tour ; si ça rate, il renonce assez vite, quitte à essayer autre chose... Or il est venu trois fois m'accuser au commissariat de Mons. Pourquoi est-il aussi sûr de lui ? Il faut que je fouille la maison.

Maman garde les enfants à la cuisine, et j'inspecte tous les recoins du rez-de-chaussée. Placards, tiroirs, armoires. Je ne trouve rien. S'il a vraiment caché quelque chose ici, il a dû le mettre dans ma chambre. Il y a là mon lit, et deux tables de chevet à tiroirs. L'une me sert à ranger mes affaires personnelles. L'autre, c'est le tiroir secret. Les enfants m'y laissent des messages, de petits dessins, des choses qu'ils ont faites à l'école. Il n'y a rien de suspect dans mes objets personnels mais, dans le tiroir secret, je découvre un tout petit paquet de papier jaune plié en quatre. En le dépliant je réalise qu'il est trop bien fait pour la main d'un enfant. Il contient de minuscules graines d'un beige grisâtre, comme du sable.

Je préviens le commissariat aussitôt. On me recommande d'apporter ce que j'ai trouvé le lendemain même. J'enveloppe la chose mystérieuse dans de l'aluminium, et cache cela en haut de l'armoire, hors de la portée des enfants. Toute la soirée je me demande ce que peut bien être cette poudre bizarre. Du poison ? Le lendemain je la remets au commissariat. Elle va passer au laboratoire. Nous aurons les résultats dans quelques jours.

En rentrant à la maison je songe tout à coup : « Et s'il y en a d'autres ? des petits tas empoisonnés disséminés dans la maison ? »

Une demi-heure après mon retour à la maison, quatre voitures de police s'arrêtent en même temps devant la porte, et cette fois les policiers ne sont plus tout à fait aussi courtois. Ils n'ont pas eu besoin de laboratoire pour comprendre que je leur ai apporté de l'héroïne ! On me demande de montrer mes bras. Je les montre. Il y a de petites traces de piqûres.

Je donne mon sang régulièrement, car j'ai un groupe sanguin assez rare et difficile à récolter – O négatif – et j'ai estimé de mon devoir de le faire, peu après mon retour en Belgique. Je montre ma carte de donneuse, et l'un des policiers remarque :

– Je suppose qu'on vous a fait des analyses, et qu'ils n'accepteraient pas le sang d'une droguée. Nous allons devoir le vérifier.

Je subis un interrogatoire précis, consigné dans un rapport, sous mes yeux. J'en profite pour faire part de mes craintes aux policiers, et leur demander de fouiller sérieusement la maison au cas où je n'aurais pas trouvé le reste.

– Comprenez-moi, j'ai peur pour les enfants. Vérifiez tout ce que vous voulez, emportez ce que vous voulez, j'aime mieux que ce soit vous qui trouviez cette drogue, s'il en reste, plutôt que les petits.

Je vais faire une prise de sang peu après et un examen des urines. Les résultats indiquent que j'ai mangé du poisson au dîner, et bu beaucoup de café. Pas de trace de drogue.

La police ne révèle rien de son enquête à Chaïm ; au contraire, ils l'écoutent attentivement chaque fois qu'il vient renouveler ses accusations contre moi. Il s'obstine, persuadé d'obtenir un résultat, ignorant que la police belge n'est pas aussi crédule.

Sa voiture est démontée pièce par pièce. Il ne transporte pas de drogue comme on aurait pu le supposer, mais il possède une carte de l'Europe sur laquelle il a entouré d'un trait au feutre tous les centres connus de distribution de la drogue. Cela ne constitue malheureusement pas une preuve suffisante pour l'arrêter. Mais je commence à me demander s'il n'a pas trouvé là le moyen financier de mettre sa menace à exécution. Détruire ma vie.

Les voyages, l'avocat, les tribunaux, le détective privé, les hôtels, les locations de voitures... Où trouve-t-il l'argent pour payer tout cela, le « pauvre » Chaïm ?

Je continue à me rendre chez mes parents les jours du droit de visite, le lundi et le mercredi. Trois quarts d'heure de voiture à chaque fois.

Parfois Chaïm se présente à la porte, mais ne sonne pas. Il reste là, planté comme un piquet. À attendre quoi ? Une voisine me téléphone un jour pour se plaindre. Chaïm s'est installé dans son jardin, pour surveiller la maison. Je le vois aussi à plusieurs reprises arpenter la rue sur le trottoir d'en face, mais il ne vient toujours pas demander à voir les enfants. Il joue encore à un jeu diabolique dont j'ignore les règles.

Environ trois semaines après l'incident de la drogue, la voiture de Chaïm réapparaît dans la rue de notre maison de Mons. Il passe plusieurs fois devant chez nous au ralenti, sans chercher le moins du monde à déjouer notre attention. J'ai fait rentrer Moriah qui jouait dans le jardin. J'attends. Je le vois se garer, venir jusqu'au portail fermé à clé, et secouer les grilles de fer forgé pour attirer mon attention. Je sors, en restant prudemment à distance.

– Qu'est-ce que tu veux ?

– Je suis venu voir les enfants.

– Attends ici.

Je retourne à l'intérieur discuter du problème avec mon père. Les conditions de son droit de visite sont strictes. Le lundi et le mercredi après-midi, et uniquement à Bruxelles, avenue des Fleurs. Ce n'est ni le bon jour ni le bon endroit. Notre avocat, au téléphone, déclare ne pas savoir vraiment ce qu'il faut faire. Il nous conseille simplement :

– Étant donné qu'il n'agit pas de manière légale,

c'est à vous de choisir. Si vous avez envie d'être méchants, dites non. Si vous préférez être gentils, dites oui.

Je suis presque décidée à le laisser entrer. Mon père est là, je ne risque pas grand-chose.

– Vérifie tout de même son passeport avant...

– Tu crois ?

– On ne sait jamais. Va le lui demander.

Je frissonne de tout mon corps en m'approchant de lui d'aussi près. Et pourtant la grille est entre nous.

– Donne-moi ton passeport, je vais le vérifier.

Il me le montre de loin sans l'ouvrir. J'exige de pouvoir le consulter. Alors le sourire mauvais, provocant, il me répond comme si j'étais une gamine de dix ans.

– Alors voilà, on l'ouvre, sur la première page il y a un numéro, et sur la seconde page, tu vois, on trouve une photo... et puis...

J'arrache le passeport de ses mains et repars en courant dans la maison, tandis qu'il hurle des insultes. Je feuillette le document, il n'y a pas le nom des enfants. Tout va bien. Mon père le prend à son tour.

– Laisse-moi voir ça de près.

Il tourne les pages une à une, lentement, et soudain remarque quelque chose :

– Regarde... Patsy, il manque une page, il l'a arrachée...

Nous sautons une nouvelle fois sur le téléphone pour appeler l'avocat, qui confirme :

– L'ordonnance du tribunal spécifie que les noms des enfants doivent être barrés visiblement, sur son passeport. C'est la seule manière d'alerter les frontières s'il voyage avec des enfants. Comme ce n'est pas le cas, méfiez-vous.

À travers la grille je le regarde avec dégoût.

– Tu ne peux pas entrer chez nous. Tu as arraché une page, et je sais laquelle, les enfants n'y sont plus.

Il se met aussitôt à hurler.

– Alors, c'est ça ? hein ? Tu refuses de me laisser voir mes enfants ! Rends-moi mon passeport !

– Non.

– Très bien, je te préviens que je vais au commissariat.

– Vas-y. Moi, je garde ce passeport.

Il part en furie, et je téléphone à tous les postes de police des environs. J'ignore où il va aller se plaindre. L'un des officiers à qui je téléphone soudain m'interrompt.

– Il est là, il vient d'arriver. Je vous rappelle dans quelques minutes.

Effectivement un moment plus tard, on me rapporte l'explication que Chaïm a donnée :

– Il nous a présenté un passeport israélien sur lequel, effectivement, les noms des enfants sont barrés. Il a dit qu'il avait deux passeports par précaution, parce qu'il se méfie de vous, et il prétend que c'est vous qui avez arraché la page manquante.

– Mais il ment !

– C'est possible, mais je vous demande de m'apporter le passeport que vous détenez.

J'arrive au poste, et je vois bien que les officiers sont décidés à nous contraindre à régler ce différend.

– On va vous laisser seuls tous les deux, pour que vous puissiez discuter, d'accord ?

Je n'ai pas du tout envie de me retrouver seule en face de lui, mais l'officier insiste :

– Il faut en sortir, d'une manière ou d'une autre...

Je n'ai pas le choix. Il faut que je reste polie, que je ne tremble pas, que je prouve aux policiers qui certainement nous écoutent que c'est lui le menteur. Il ne m'aura pas, je suis forte.

Nous nous asseyons de part et d'autre d'une table carrée, dans une salle de réunion triste et froide, aux murs nus. Il passe immédiatement à l'offensive en débitant le chapelet de ses récriminations habituelles. Mon père m'a obligée à quitter Israël ; lui, Chaïm, ne m'a jamais battue, et s'il l'a fait c'est qu'il y était obligé, étant donné mon comportement de mère indigne, etc. J'ai de plus en plus de mal à garder mon calme. Lorsque, soudain, je sors de mes gonds, il prend un ton mielleux, poisseux, insupportable.

– Allons, Patsy, ne t'énerve pas, ne sois pas si malpolie... Tu es vraiment une sale gamine... Et tu prétends élever correctement des enfants alors que tu parles aussi mal...

Après trois quarts d'heure de discussions interminables et vaines, un policier vient réclamer ses papiers d'identité à Chaïm. J'en profite pour lui demander :

– Est-ce que je suis obligée de rester ici avec lui ? Cette discussion ne mène à rien, et je suis très énervée...

L'officier hausse les épaules sans répondre et je sors avec lui. Chaïm reste dans la salle de réunion, tandis qu'on vérifie ses papiers. Ils sont évidemment rédigés en hébreu, et personne n'y comprend rien. J'offre mon aide, en les voyant perplexes.

– Ce n'est pas une carte d'identité, c'est sa carte de réserviste dans l'armée.

L'ordinateur se met en marche, les renseignements sur Chaïm se rassemblent au commissariat de Mons. L'imprimante les crache dans l'ordre.

Il a été expulsé une fois de Belgique, il a tenté de kidnapper les enfants, on le soupçonne d'être un dealer. Cette fois les policiers en ont assez. C'est suffisant pour eux, ils le font monter dans une voiture, pour le reconduire à la frontière française. Il est expulsé du territoire belge pour la deuxième fois.

Chacun sait qu'en Europe les frontières ne veulent pas dire grand-chose, et que, dès qu'il en aura l'envie, Chaïm pourra revenir, à pied ou en voiture, me harceler. La traque n'est pas finie, j'ai bien peur qu'elle ne soit longue. Parfois il m'arrive de penser qu'elle ne finira jamais, jamais, et que toutes les portes sont une menace, tous les coins de rue, toutes les nuits noires.

Heureusement il y a toujours le matin et le sourire des enfants barbouillés de lait, ou de confiture... La vie est plus forte que le sinistre Chaïm.

12

Une année d'indépendance

J'ai besoin d'un travail et de ma propre maison. D'abord, parce que la compagnie de transports routiers de Mons, où j'étais employée comme stagiaire, s'est déclarée en faillite, et ensuite, parce qu'il est temps que je contrôle moi-même la vie de ma petite famille. Je me fixe un délai pour y parvenir : la rentrée des classes 1985. Je trouve un emploi par les petites annonces dans les services administratifs d'Olivetti. Le salaire est bas, je suis censée classer des factures huit heures par jour dans un bureau surpeuplé et bruyant. Je déteste ce genre de travail, mais je l'ai trouvé seule, sans l'aide des relations d'affaires de mon père, et j'en suis fière.

Les bureaux sont situés dans un immeuble moderne que je trouve très laid, sur le boulevard du Souverain à Bruxelles. M'y enfermer tous les matins ne me procure pas une joie délirante. Pendant quelque temps je n'ai même pas de bureau attitré et je me balade avec ma pile de documents d'un endroit à l'autre. J'ai toujours avec moi, pour le poser sous mes yeux, un petit cadre, avec la photo des enfants. Ce détail n'a pas l'air de plaire à ma supérieure hiérarchique.

– Pourquoi emmenez-vous cette photo partout ?

– Parce que ce sont mes enfants !

– Les enfants sont une chose, le travail en est une autre !

Ça commence bien. Autre problème, la langue. À Bruxelles, beaucoup d'affaires se traitent en néerlandais, et les bureaucrates ont une petite tendance à snober les gens qui ne parlent que le français. Très rapidement, je me frotte à un certain Walter Boghaert, le chef de projets du département marketing. Il m'appelle en me donnant des ordres en néerlandais, à toute vitesse, je suis obligée de répondre :

– Parlez-moi français.

Et je raccroche. Ce petit jeu dure un moment. Probablement las de se faire raccrocher au nez, il finit par sonner à un autre poste pour demander ce qu'il veut, toujours en néerlandais, à une employée plus accommodante que moi. Lorsque nous nous croisons dans le hall d'entrée, nos regards s'évitent. Malgré ce genre d'inconvénients, mon contrat temporaire est prolongé, je passe à la gestion informatisée des stocks. Ambiance peu enthousiasmante, décor impersonnel... ici chacun ne semble penser qu'à une chose, grimper d'un échelon, quitte à écraser les autres.

Contre toute attente, je me trouve un allié, en la personne d'un homme plus âgé que moi, et si grincheux qu'on l'a relégué dans ce bureau du sous-sol. Il adore la tranquillité et l'isolement, c'est un expert en informatique, et il devient mon professeur, patient et efficace. Je me découvre un don nouveau : imaginer des concepts informatiques. Mais pour les transformer en programme bien structuré, j'ai besoin de beaucoup apprendre, et il m'aide considérablement. Mon contrat est renouvelé, je peux désormais envisager de ne plus dépendre financièrement de mes parents, et de m'installer quelque part avec les enfants.

Je déniche une petite maison, non loin de la maison familiale, au numéro 9 de la rue Verte, dans le quartier de Kraainem. Elle est étroite et sombre, mais comporte trois étages, cinq chambres et une petite cour sur l'arrière. Le jour où je signe le bail de location est une étape importante de ma vie. C'est la première fois que Patsy, à vingt-quatre ans, assume entièrement les responsabilités de mère de famille, célibataire désormais.

Je choisis l'école des enfants. Simon est inscrit à l'école catholique Saint-Joseph, en section langue néerlandaise. J'ai compris qu'il vaut mieux être bilingue pour réussir à Bruxelles. L'école n'est pas très loin de mon bureau. Pour les filles, une autre école catholique, et néerlandophone, l'institution Mater Dei.

J'explique à nouveau les précautions à prendre dans chacune des écoles. D'abord je montre la copie du jugement qui me donne la garde exclusive des enfants. Ils ne doivent être confiés à personne sans ma permission. Tout changement d'emploi du temps doit faire l'objet d'une surveillance particulière. S'il faut qu'ils manquent la classe pour une raison quelconque, l'information, écrite ou téléphonique, ne doit venir que de moi.

Ma première voiture à moi, une vieille Citroën deux-chevaux verte décolorée par le soleil, suffit amplement à mes besoins. Je ne lui demande rien d'extraordinaire. Chaque matin, vers 8 heures, elle m'emmène gaillardement jusqu'à l'école Saint-Joseph de Simon, où je dépose les trois enfants. De là, une amie conduit Marina et Moriah à leur institution. Ses enfants sont inscrits aux deux mêmes écoles. Cet arrangement me permet de filer ensuite à mon bureau, où je travaille toute la journée avec une pause d'une demi-heure pour déjeuner et faire les courses. À 17 heures je récupère Simon, puis les filles.

Selon la circulation, nous arrivons à la maison vers 17 h 30 ou 17 h 45. Je me consacre ensuite aux enfants. Les devoirs, les jeux, les puzzles surtout. Puis le bain, les rires, le dîner, et tout le monde au lit à 19 h 30. Une fois la nichée bien bordée, je m'occupe de ménage et de repassage.

Cette période est mon meilleur souvenir de cette époque de ma vie avec Marina, Simon et Moriah.

Simon a du mal à s'habituer à cette nouvelle routine, ses devoirs en néerlandais lui posent des problèmes. Mon fils est un perfectionniste, il s'énerve lorsqu'il ne réussit pas parfaitement à recopier son alphabet. Il déchire les feuilles de son cahier pour recommencer en pleurant. Parfois je le découvre suçant son pouce avec ennui, assis tout seul sur le canapé, un chien sur les genoux, l'autre contre lui. Cet enfant est stressé par les longues journées de concentration à l'école, il a besoin d'exercice, besoin de dépenser un trop-plein d'énergie. J'instaure le quart d'heure de football dans la cour de la maison et il se sent beaucoup mieux après avoir tapé avec acharnement dans son ballon. Unique garçon de la famille, Simon se considère comme le petit chef. Ainsi il a décidé que les « filles » n'ont pas le droit d'entrer dans sa chambre !

– D'accord, Simon, elles n'entreront pas dans ta chambre, seulement ce sera la même chose pour toi, tu n'iras pas dans la leur...

– Ah non !

Ce petit bout d'homme volontaire finit par accepter une cohabitation plus fraternelle...

Grâce à la semaine de trente-huit heures, j'ai la possibilité de me libérer un mercredi après-midi sur deux. Nous louons parfois une barque, quand le temps le permet, pour faire le tour des étangs près du Val Duchesse. Les enfants s'épanouissent, notre vie est agréable, la nichée est de plus en plus solidaire ; si l'un a fait une bêtise, ils sont trois à répondre en même temps :

– C'est moi !

Je suis fière d'eux. Et de moi aussi. Patsy, ma fille, tu ne t'en tires pas trop mal dans le genre mère de famille « indigne », comme il disait.

Chaïm est toujours là, quelque part dans l'ombre, cherchant à nous tourmenter. Une employée de la Sécurité sociale me téléphone un jour au sujet d'un problème d'adresse.

– Vous n'avez pas inscrit la même que celle qui est sur nos fiches... Pour nous, vous êtes domiciliée au 67, rue de la Clinique, et non au 9, rue Verte...

Je fonce vérifier cette histoire à l'hôtel de ville où l'employée me montre, sur le registre d'état civil, le libellé d'un changement d'adresse, de la main même de Chaïm !

– Votre mari est venu le faire lui-même...

Je suis obligée de rectifier, d'expliquer, de faire établir un document stipulant que personne d'autre que moi ne peut modifier mon adresse légale.

Le 67, rue de la Clinique est l'adresse d'un centre communautaire juif, et d'une synagogue. Pourquoi a-t-il indiqué cette adresse ? L'explication est à la fois simple et diabolique. Il cherchait à faire croire que nous vivions à nouveau ensemble, et si je n'avais pas corrigé cette erreur volontaire j'aurai dû entamer une nouvelle période de séparation de cinq ans avant d'obtenir le divorce.

Alors que nous commencions à nous détendre un peu, que je cessais de me méfier systématiquement de tout ce qui se passait dans mon dos, parvenais à mieux dormir la nuit, et que les enfants trouvaient leur équilibre grâce à une vie familiale presque normale, l'ombre diabolique de Chaïm resurgit à l'été 1986.

Nassogne est un petit village où tout le monde se connaît, les voisins n'ont guère de secrets les uns pour les autres. Un samedi d'été, le patron de la station-service du coin téléphone à la maison de campagne de mes parents :

– J'ai vu Chaïm aujourd'hui. Il a beaucoup changé, mais c'est bien lui. Il porte une longue barbe en broussaille, et un chapeau noir tout plat...

Sur le moment, je ne donne pas une signification particulière à cette information, mais le même jour la police de Nassogne interpelle Chaïm, en voiture, pour vérifier son identité. La police n'a aucune raison de l'arrêter, il s'agit simplement de lui montrer qu'il est indésirable dans le secteur. L'officier de police contrôle son véhicule, la mitraillette en bandoulière, et lui conseille sans ménagement de ne pas traîner dans les environs de Nassogne.

L'été s'écoule, sans autre incident, jusqu'au mois de septembre.

Et puis maman a soudain un étrange pressentiment. Tout est calme, trop calme depuis quelque temps, le calme qui précède l'orage. Elle est incapable d'expliquer pourquoi, mais elle est certaine que quelque chose se prépare. Et un jour, sur une petite route de campagne, entre Nassogne et Marche, elle croise une voiture, et reconnaît Chaïm au volant.

– Il a énormément changé physiquement, c'est vrai. La barbe, le chapeau noir... on dirait qu'il s'est déguisé. Mais j'ai bien reconnu son regard, il m'a fait une impression étrange. C'est lui, et on dirait quelqu'un d'autre !

J'ai du mal à l'imaginer avec une barbe. Il s'est déjà laissé pousser la moustache mais la barbe, jamais. Et ce chapeau ? S'il essaie de passer inaperçu avec cet accoutrement, c'est raté. Je n'aime pas ça, une petite lampe rouge s'allume dans ma tête, le signal d'alarme. Mais il ne se passe plus rien d'autre pendant trois mois.

Début du mois de décembre. J'ai l'impression d'avoir été suivie par une voiture dans Bruxelles. Et je me rends compte que le moment le plus dangereux de la journée se situe pendant le bref laps de temps où je laisse les trois enfants ensemble dans la cour de l'école Saint-Joseph. L'amie qui conduit Marina et Moriah dans leur institution n'arrive pas au même instant que moi, bien entendu. Je décide qu'à partir d'aujourd'hui, après avoir déposé Simon, c'est moi qui emmènerai les filles à l'école. Cela complique beaucoup le début de ma journée et mon père essaie de me raisonner un peu.

– Tu ne peux pas les surveiller à chaque seconde, Patsy, et tout faire en même temps, nous n'avons pas la moindre preuve que quelqu'un, Chaïm ou non, t'ait suivie !

Je me range finalement à son avis, je ne peux pas être sans arrêt en état d'alerte, et vouloir tout contrôler en permanence. À moins de vivre comme une prisonnière et d'enfermer les enfants avec moi, de leur interdire de parler, de bouger de sortir... Je me calme.

Le 11 décembre 1986 est le jour le plus terrible de ma vie.

– Simon, réveille-toi... allez, c'est l'heure !

– Dépêche-toi, Marina, enfile ton manteau !

À 7 h 45, nous partons. Cinq minutes plus tard, j'arrive à Saint-Joseph, j'embrasse Simon, Marina qui tient sa sœur par la main, puis Moriah, et je les laisse.

Je suis d'excellente humeur ce matin, sans aucune méfiance, contente du petit univers dans lequel je vis. Les enfants vont bien, je gagne ma vie, mon autorité de mère de famille s'est affirmée depuis que je vis seule avec eux. Chaïm est loin de mes pensées. Un fantôme flou, dont la seule influence est cette routine de sécurité que j'ai instaurée.

Aucune voiture suspecte dans mon rétroviseur. Je me faufile dans la circulation, mère de famille ordinaire allant au bureau comme des milliers d'autres.

Mais à partir de ce jour maudit de décembre, je cesserai d'être une mère de famille ordinaire. Pendant longtemps. Si longtemps.

13

Le récit de Marina

J'ai froid au nez. Patsy nous embrasse devant le portail de l'école, elle nous regarde entrer dans la cour. Ensuite, elle remonte dans sa voiture et s'en va. Mon petit frère Simon part vers sa salle de classe. J'attends avec Moriah la dame qui nous conduit tous les jours à l'école. Je ne me souviens plus du visage de la dame aujourd'hui, mais à ce moment-là je la connais très bien, et Moriah aussi.

Patsy vient juste de partir et deux hommes sortent d'une voiture qui était garée derrière la sienne. Ils marchent dans notre direction. Ils ont une drôle d'allure avec de grands manteaux noirs, et des chapeaux noirs, plats comme des galettes. Ils ont aussi de longues barbes noires et de drôles de cheveux en tire-bouchon sur les oreilles. Je ne les connais pas. Il y en a un qui me dit :

– Je veux que tu appelles Simon !

– Pour quoi faire ?

Il a l'air pressé et l'autre aussi.

– Parce que toute l'école va voir un film aujourd'hui, et il n'y a pas de place pour vous dans le bus. C'est nous qui allons vous conduire au cinéma.

Il a l'air de nous connaître, mais je trouve ça bizarre, et je pense que nous ne devrions pas l'écouter, ni le suivre. Je lui dis :

– Ma mère a dit qu'on ne doit pas monter en voiture avec des gens qu'on ne connaît pas.

– Mais non... n'aie pas peur. Si tu ne viens pas, tu resteras ici toute la journée, toute seule !

Bien sûr, je n'ai pas envie de passer la journée toute seule dans cette grande école, pendant que les autres vont au cinéma. Je me dis qu'il vaut mieux aller avec lui.

Simon est déjà dans le hall de l'école, mais je le vois de loin :

– Simon !

Il m'entend et revient. D'abord il ne veut pas venir avec nous, il fait la tête, mais je lui dis que tout va bien. Nous aimons beaucoup aller au cinéma. Le monsieur qui nous connaît s'assoit devant et l'autre conduit la voiture. On s'assied à l'arrière et il y a deux autres messieurs dans une voiture derrière nous.

Le monsieur nous donne des cadeaux. Pour Simon des petits soldats en plastique, pour ma sœur et moi un lapin qui joue du tambour. Il joue quand on tourne une petite clé dans son dos. La voiture roule un moment, et puis l'homme dit qu'il doit aller téléphoner pour savoir si les autres enfants sont déjà arrivés au cinéma. J'espère que nous n'arriverons pas en retard. L'homme qui reste au volant ne parle pas, je crois qu'il n'aime pas parler. L'autre revient, et il nous raconte que le film a été annulé, à cause d'un bus qui est tombé en panne, on est très déçus.

– On retourne à l'école alors ?

– On va voir. D'abord nous allons essayer de retrouver le bus.

Nous ne trouvons pas le bus. Et au lieu d'aller au cinéma, on nous emmène dans une grande maison, où il y a un très vieux monsieur avec une longue barbe grise. Il nous pose des questions, mais je ne me souviens plus lesquelles, il n'a pas l'air de nous aimer beaucoup. Il téléphone à quelqu'un, et il discute ensuite avec l'homme qui devait nous emmener au cinéma. Il dit que nous devons remonter dans la voiture pour aller ailleurs.

Nous arrivons dans un appartement, où il y a encore un autre homme, qui s'appelle M. Armoni. Il a des cheveux noirs très longs et il sourit tout le temps. Mais chaque fois que je lui demande quand nous allons voir le film, il répond :

– Demain... Demain...

14

Le jour maudit

Plusieurs enfants sont déjà dans le hall de l'école, sous la surveillance d'un instituteur, mais je ne vois Simon nulle part.

– Où est mon fils ? Où est Simon ?

– Je n'ai pas vu Simon.

– Mais vous l'avez vu après les cours ?

– Non, je ne l'ai pas vu.

– Il est peut-être sur le terrain de football en train de jouer ?

– Possible.

Il fait assez beau pour que les enfants jouent dehors, et après l'école, la plupart des garçons se retrouvent sur le terrain de foot. Mais il est désert.

Je commence à m'inquiéter sérieusement. Je cherche une explication logique. Mes parents sont rentrés aujourd'hui d'un voyage à Londres, ils sont peut-être venus chercher les enfants. Ce doit être ça. Il faut que ce soit ça, l'explication.

Je repars vers l'école des filles, à toute allure dans les petites rues étroites et sinueuses, je conduis ma vieille Citroën comme un bolide de course, j'entre dans le parking de l'institution Mater Dei, me précipite à la porte de derrière. Les filles ne sont pas là. Complètement paniquée, je parcours le bâtiment dans tous les sens, à la recherche d'une institutrice. Une des sœurs me répond :

– Mais on ne les a pas vues de la journée!

– Ce n'est pas possible, Marina avait une interrogation écrite aujourd'hui! Vous ne l'avez pas vue, et vous ne m'avez pas appelée?

Confuse, la sœur ne sait pas quoi me répondre. Je passe de classe en classe, comme une folle, en posant la même question à tout le monde:

– Je cherche mes filles, Marina et Moriah...

Puis je vais voir la directrice, qui vérifie le registre de présence des enfants.

– Elles ne sont pas venues aujourd'hui.

– Mais enfin, je n'ai pas écrit de mot d'absence, je n'ai pas téléphoné! Vous auriez dû me prévenir immédiatement! Ça ne vous a pas paru bizarre! Surtout pour Marina, qui avait une interrogation?

Je m'étrangle d'angoisse, en m'accrochant toujours à l'idée que mes parents sont venus les chercher, contre toute logique, car je sais bien qu'ils m'auraient prévenue, eux... J'appelle ma mère depuis le bureau de la directrice, et lui demande d'une voix affolée:

– Dis-moi que tu es passée chercher les enfants!

– Mais non, ce n'était pas mon tour...

– Ils ne sont pas ici, maman, Chaïm les a pris! On ne les a pas vus à l'école de toute la journée, ni Simon ni les filles...

Elle me crie quelque chose au téléphone, mais j'ai raccroché sans même lui dire où je suis.

Ma mère appelle mon père, qui prévient la police, mais je suis déjà dans ma voiture. Je fonce en direction de l'aéroport. Il me vient des idées complètement folles, la rage me prend par accès, j'imagine des situations de cauchemar pour les enfants, ficelés ou bâillonnés quelque part, pleurant et hurlant de peur.

À l'aéroport je m'engouffre parmi les voyageurs et les bagages, sans idée précise de ce que je dois faire. Où aller? À qui m'adresser? Je fonce au bureau de la police de l'aéroport, près du contrôle des passeports, au premier sous-sol. C'est là que l'on garde les passagers dont les papiers ne sont pas en règle, ou suspects. Un gendarme s'efforce de comprendre mon explication affolée, j'ai du mal à formuler une phrase qui ne soit pas hachée par l'émotion.

– Mon mari ! Il a emmené les enfants ! Il les a pris !

D'un geste frénétique je lui indique la zone de contrôle derrière lui.

– Je veux vérifier toutes les portes d'embarquement ! Je vous en prie !

– Mais vous n'avez pas le droit !

– Mes enfants ont disparu ! Vous comprenez ça ?

Il lève les bras au ciel.

– Et qu'est-ce que vous voulez que j'y fasse ?

Je tremble d'émotion et de rage. Je le frappe de mes poings impuissants à lui faire comprendre ma tragédie. Je monte sur une chaise pour franchir la cloison basse qui me sépare de la zone d'embarquement. J'entends quelqu'un dire :

– Laissez-la passer.

Un anonyme, qui a compris que j'enfoncerais un mur de béton pour passer ! Je cours dans l'interminable hall qui mène aux portes d'embarquement. De porte en porte je demande en pleurant :

– Avez-vous vu un homme avec trois petits enfants ?

Je croise un groupe de passagers qui débarque. J'interroge à la ronde. L'un d'entre eux, un Arabe, me demande :

– Vous avez des ennuis ?

Je hurle :

– Mon mari a emmené les enfants !

– Vous avez divorcé ?

– Presque.

– Alors c'est normal ! Les enfants doivent rester avec leur père.

Tout devient flou à partir de cet instant. Le monde s'évanouit autour de moi. Ma mère, elle, se souvient. Elle a fait les cents pas devant la petite maison de la rue Verte, pendant deux heures. Folle de chagrin. Enfin elle a aperçu ma voiture tourner à l'angle de la rue, je roulais en sens interdit. Je me suis garée, je suis sortie de la voiture, elle a vu que j'étais seule, elle est venue m'accueillir au portail. Mais je suis passée devant elle sans m'arrêter.

Les yeux pleins de larmes, j'ai arpenté la rue de long en large, dans une sorte de transe. Je serrais contre moi les affaires que les enfants avaient laissées dans la voiture le matin même. La veste de Simon, et « pupuce », la poupée de Moriah. Ma pupuce.

Alors, ma mère a demandé de l'aide à mon jeune frère Michel, interne à l'hôpital Saint-Luc. On m'a emmenée aux urgences, installée sur un fauteuil roulant dans lequel je me vois vaguement pleurer, distinguant des silhouettes autour de moi, comme dans un brouillard. Une éternité, me semble-t-il. On m'a dit que j'avais essayé de parler, mais que mes phrases étaient incohérentes, que je m'agitais dans mon fauteuil, m'obstinant à remonter mes chaussettes, sans arrêt.

Entre deux sanglots, il paraît que j'ai dit :

– Moriah va rater son rendez-vous chez le pédiatre... Tout allait si bien. Les enfants faisaient des progrès... Les oreilles de Moriah ! Il ne faut pas qu'elle se mouille les oreilles !

Je reprends conscience sur un lit d'hôpital, pleurant toujours. Didier, mon meilleur ami, entre dans la chambre, il essaie de me réconforter, je n'arrive même pas à lui répondre. Maman demande à un psychiatre de me donner quelque chose pour me faire dormir. Il refuse. Elle le supplie de ne pas me laisser dans cet état.

– Pour le moment il est préférable de la laisser pleurer.

Papa me jure qu'il ne cessera pas de chercher, jusqu'à ce qu'il retrouve les enfants.

– Je te les ramènerai ! Coûte que coûte !

Le lendemain matin on m'installe dans la maison de l'avenue des Fleurs. Je suis toujours dans un état bizarre, une sorte d'inconscience, de coma éveillé. Je respire, mais c'est à peu près tout ce qui fonctionne chez moi. Comme si tout le reste s'était arrêté en même temps... Mon cerveau refuse d'admettre cette horreur.

Nous retournons à l'hôpital, où je dois avoir un entretien avec un psychiatre. Ma mère est autorisée à y assister, et sa présence me rend nerveuse. Je me culpabilise, j'ai mal, il me semble que tout est ma faute.

– Je n'ai pas besoin de psychiatre. Je m'en sortirai seule.

Le médecin me prescrit des tranquillisants, et des somnifères et m'ordonne d'arrêter de travailler six semaines. Mon frère Éric m'emmène, avec sa femme Caroline, dans notre maison à Nassogne. Je trimbale partout avec moi la photo de Marina, Simon et Moriah. Elle a été prise ici, à la campagne, un jour où mon père venait de tondre l'herbe. Marina et Simon avaient recouvert leur petite sœur de touffes d'herbe coupée, ils riaient.

Chaque fois que je contemple cette photo, je me remets à pleurer, sans pouvoir m'arrêter. Je n'arrive pas à reprendre le dessus. J'ai peur. Rien ne peut me consoler. Je n'arrive pas à manger, je maigris. Une semaine passe ainsi, noyée dans les larmes.

Mon père, lui, s'est jeté dans l'action dès le premier jour. Il a porté plainte pour enlèvement. La police a alerté Interpol et tous les postes de contrôle des passeports en Europe. Mais la surveillance se limite aux aéroports, malheureusement ; il n'y a aucun moyen d'empêcher Chaïm de traverser une frontière terrestre avec les enfants.

Puis mon père est allé voir Joseph Hadad, l'ambassadeur d'Israël à Bruxelles. Le vice-consul Miriam Resheff assistait également à l'entretien.

C'est elle qui a appris à mon père que Chaïm s'était présenté à l'ambassade le 2 décembre, neuf jours avant l'enlèvement, pour faire prolonger son passeport. Miriam Resheff qui l'avait déjà rencontré auparavant a été surprise de son changement.

– Il avait l'air d'un juif hassidique, extrêmement pieux. La longue barbe, les *peyots*, le costume noir et le chapeau noir. Une transformation complète.

Miriam a accédé à sa requête avec beaucoup de réticence, car il était connu à l'ambassade comme un fauteur de troubles. Mais en sa qualité de citoyen israélien, il avait droit à la prolongation de son passeport. Elle ne lui a donné qu'un mois, le minimum autorisé. Elle promet à mon père de faire tout son possible pour nous aider à retrouver les enfants. L'ambassadeur, de son côté, a averti ses confrères à l'étranger. Les ambassades, les consulats d'Israël, en Europe et aux États-Unis, sont prévenus. Si Chaïm ne retourne pas en Israël, et veut faire à nouveau prolonger la validité de son passeport, il doit le faire avant le 2 janvier 1987.

Mon père a fait subir un véritable interrogatoire au directeur de l'école Saint-Joseph. Il en est ressorti que quelques jours avant l'enlèvement, deux hommes, vêtus comme des Hassidim, sont venus à l'école, et qu'ils ont parlé à plusieurs enfants. Ils n'ont posé que des questions anodines, pour gagner leur confiance, ou pour mettre au point leur kidnapping. L'employé chargé de l'entretien leur a demandé ce qu'ils faisaient là. Ils sont partis aussitôt.

Mon père a également éclairci un autre mystère. Une tragique coïncidence a voulu que mon amie chargée de récupérer les filles pour les emmener à l'institution n'ait pas pu venir ce jour-là. Elle avait envoyé à sa place une de ses amies, et la jeune femme ignorait que l'absence des enfants pouvait signifier le pire.

Quatre jours après la date maudite, le

15 décembre, Miriam Resheff apprend à mon père que Chaïm lui a téléphoné.

– Il est en Israël, et il dit que les enfants vont bien.

Cela paraît logique qu'il soit retourné là-bas où il a obtenu la garde des enfants sans que j'en sois informée à l'époque. Mon père prend aussitôt l'avion pour Israël, et s'envole le 17 décembre pour Tel-Aviv. Il va s'assurer là-bas des moyens légaux à ma disposition pour récupérer les enfants. Je le rejoindrai lorsque j'en serai physiquement capable. Nous devrions nous attendre logiquement à une bagarre de tribunaux, à des tractations difficiles, mais aussi à l'espoir d'obtenir gain de cause. Mon père engage rapidement sur place un avocat, et des détectives privés. Il se donne un mois pour retrouver Marina, Simon et Moriah.

Mais, avec Chaïm, rien n'est jamais logique. Le mensonge et la dissimulation définissent sa conception de l'existence. Et il veut détruire ma vie.

15

Thérapie

Une amie bien intentionnée m'a traînée de force dans les boutiques, et je suis habillée, certes, mais pas comme d'habitude. Une longue robe de laine, qui me descend jusqu'aux chevilles, trop élégante et trop chère, terne et grise comme mon existence. Deux vols partent aujourd'hui pour Israël, j'ai une place sur le premier. Je suis dans la file d'attente, bizarrement calme. L'effet des tranquillisants. La file d'attente devant le comptoir de la compagnie El Al avance avec lenteur. J'arrive devant l'hôtesse pour apprendre que, l'agence ayant trop loué de places, on m'a rayée de la liste. En compensation j'hérite d'une place en classe affaires sur un autre vol.

Les rencontres, dans la vie, sont parfois étranges. Walter Boghaert, le chef du département marketing d'Olivetti, est à quelques mètres. L'homme qui insistait toujours pour me parler en néerlandais, et à qui je raccrochais au nez. Il est grand, bien bâti, vêtu d'une chemisette et d'un jean, d'un pull-over qui me paraît coûteux mais dont la couleur jure avec le reste de sa tenue. Une mèche brune ondule sur son front. Nous nous sommes toujours évités au travail, mais ici, je ne suis pas mécontente de rencontrer un visage familier. Je m'avance pour lui dire bonjour, il a l'air surpris et réservé. Comme je m'en doutais depuis longtemps, il parle assez bien le français, suffisamment pour m'expliquer qu'il part en vacances en Israël.

– Et vous ?

Aussi tranquillement que si je parlais des clés égarées de ma voiture, je réponds :

– Chercher mes enfants, ils sont partis depuis quelques jours.

C'est en regardant machinalement la date sur mon billet d'avion, au moment d'embarquer, que je me rends compte. Le 19 décembre. Cela fait huit jours que les enfants ont disparu ! Je n'ai pas vu passer cette semaine, je ne sais pas ce que j'ai fait pendant ces huit jours, rien apparemment.

– Vous permettez que je m'assoie près de vous un instant ?

Walter Boghaert me tire du livre dans lequel je me suis plongée au décollage.

– Je vous en prie.

Il s'installe sur le siège voisin. J'attends poliment, mon livre ouvert sur les genoux, prête à reprendre ma lecture, la seule chose qui m'aide à oublier la réalité. Mais il entame la conversation. M'explique qu'il va passer quelques jours à Tel-Aviv dans une auberge de jeunesse, puis qu'il visitera Eilat. D'habitude il voyage en classe affaires, mais pour ses vacances, il paie lui-même son billet en classe économique... Moi je suis en classe affaires, par accident... Bavardage banal, au cours duquel je lui répète simplement que je vais chercher mes enfants, sans donner de détails.

À l'heure du dîner l'hôtesse lui demande de reprendre sa place. Dommage, je commençais à apprécier sa compagnie, et le siège à côté de moi est libre.

– Il ne gêne personne en restant ici !

– Je suis désolée, mais si nous autorisons ce genre de choses, tout le monde voudra faire pareil.

Mon compagnon de voyage me propose de le rejoindre après le dîner.

Je n'ai pas faim, je n'arrive plus à me concentrer sur mon livre, et je vais le rejoindre à l'arrière. C'est drôle, il n'a plus rien de l'homme un peu sérieux et obsédé par le néerlandais, que j'ai connu au bureau. Nous reprenons notre bavardage. J'apprends qu'il passe d'habitude ses vacances en Afrique, qu'il adore voyager, se plonger dans des cultures différentes. Pas le genre à bronzer sur une plage pendant des heures. Moi non plus. C'est la première fois qu'il va en Israël, il parle couramment quatre langues, mais pas un mot d'hébreu, alors je lui raconte le pays. Il m'écoute en hochant la tête de temps en temps. Cet homme de vingt-sept ans n'est pas très loquace, mais il est rassurant, apaisant. Il devine confusément que je ne suis pas dans mon état normal. Je parle beaucoup et bizarrement. Mais il ne m'en fait pas la réflexion. Il me le dira plus tard.

Je me rends compte que les tranquillisants m'ont rendue bavarde, ce qui n'est pas dans mon caractère. En d'autres circonstances j'aurais gardé mes distances, or je m'entends parler, parler, comme on boit de l'eau quand on a soif...

Le vol est détourné sur Vienne pour un problème mécanique. Et lorsque tout est réglé, l'heure rend impossible notre atterrissage à Tel-Aviv. Il est interdit à un avion d'atterrir après le coucher du soleil le jour du sabbat. Il s'en faut de quinze minutes, mais nous sommes coincés à Vienne, et la compagnie El Al doit offrir à ses passagers une nuit d'hôtel.

Malheureusement, je n'ai emporté que des vêtements légers, pour Israël, et c'est l'hiver à Vienne. Je râle devant l'employé d'El Al :

– Vous pourriez aussi nous offrir des vêtements chauds !

Walter sourit de mon culot. Mais, une fois seule dans ma chambre du Hilton, je ne suis plus aussi vindicative. Assise sur mon lit, je passe la soirée devant la photo des enfants, à pleurer, jusqu'à tomber de fatigue.

Visite de Vienne obligatoire le lendemain. Nous n'avons rien d'autre à faire en attendant le décollage. Je grelotte de froid. Walter m'écoute parler, parler de tous les sujets possibles, mais je ne lui dis toujours pas un mot de mes enfants. Ce sujet-là n'appartient qu'à moi, je ne pourrais sûrement pas le partager avec un presque inconnu.

À l'aéroport de Tel-Aviv, je présente Walter à mon père. Nous le déposons en voiture à son auberge de jeunesse, sur la route de l'hôtel où papa a pris des chambres. Dès que nous sommes seuls, j'écoute mon père faire le point. L'avocat qu'il a engagé doit essayer de faire révoquer le jugement qui attribue la garde des enfants à Chaïm depuis 1984. En attendant, mon père a mis à contribution son réseau de relations d'affaires, qui s'étend sur plusieurs continents. L'un de ses contacts lui a recommandé une agence de détectives privés, prête à travailler pour nous.

Mon père va se coucher, tôt comme d'habitude, et à huit heures du soir, je me retrouve seule à regarder fixement les murs de ma chambre sans pouvoir dormir. Si je ne bouge pas, je vais devenir folle. Je décide d'aller faire un tour jusqu'à l'auberge de jeunesse de Walter.

On va le réveiller, et il arrive somnolent dans le couloir, persuadé qu'une catastrophe est arrivée. Il me regarde, ébahi, lorsque je lui dis bêtement :

– Il faut que je parle à quelqu'un.

– Bon. Je vais voir si on peut vous laisser entrer ici.

Mais les femmes ne sont pas admises dans les dortoirs pour hommes. Il prend sa veste, et nous allons marcher dehors.

Il y a un parc de l'autre côté de la rue, qui longe la berge de la rivière de Hayarkon. La nuit est fraîche, il fait humide. Walter veut m'offrir sa veste, mais j'ai besoin d'avoir froid, pour me calmer. Je bouillonne. Un besoin d'exploser qui me dépasse.

Je me lance dans un flot de paroles désordonné. Il doit avoir du mal à s'y retrouver. Je raconte mon histoire par bribes, je mélange les morceaux du puzzle géant que je n'arrive plus à mettre en ordre. Jamais je ne me suis confiée à quelqu'un de cette façon, ni d'une autre d'ailleurs. Je ne comprends pas pourquoi je l'ai choisi, lui que je connais à peine, je lui raconte tout ce que j'ai sur le cœur, alors que j'ai du mal à en parler avec ma famille ! C'est justement peut-être parce qu'il est inconnu, ou alors parce qu'il est calme, si calme. Il me pose de temps en temps une question pour essayer de trouver une logique à mon récit. Il ne s'énerve pas, il écoute. Les humiliations, les coups, la solitude, le désespoir, la culpabilité, l'amour fichu, la haine, la fuite. Je tremble de tous mes membres, en revivant tout cela, et quand j'arrive à la fin, l'enlèvement des enfants, j'ai l'impression que tout va exploser dans ma tête. Les poings serrés, plantée devant lui, je dois avoir l'air d'une folle.

– Si ça peut te soulager, Patsy, frappe ! Vas-y, frappe sur moi.

C'est tellement inattendu, et si gentil, que mes poings se détendent, les larmes jaillissent, et je m'effondre en pleurant comme une enfant sur son épaule. Je me suis vidée. Je suppose que j'en avais besoin.

Mon problème, c'est que je ravale tout, jusqu'à l'explosion. Et parfois cela peut durer très longtemps. Quelle sorte d'animal écorché vif suis-je donc ?

Plus tard, en retournant à l'auberge, Walter me propose une idée :

– Je pars pour Eilat demain matin. Si tu veux venir, te détendre, te reposer, penser à autre chose, viens me rejoindre, tu es la bienvenue.

Dire que je lui raccrochais au nez...

Leah n'a guère changé, un peu plus vieille, un peu plus fatiguée. Elle nous invite, moi, mon père, et le détective privé, à entrer chez elle.

Leah s'est toujours montrée gentille, mais j'ignore ce qu'elle pense de moi à présent. Si l'on considère l'histoire de son point de vue, j'ai quitté son fils pour m'enfuir avec ses petits-enfants. C'est vrai d'une certaine manière, mais aucun interdit légal ne m'empêchait d'aller en Belgique, et j'ai toujours dit à Chaïm qu'il était libre de venir me voir là-bas, à condition de respecter les règles.

Leah semble comprendre ma souffrance. Chaïm a beaucoup voyagé, me dit-elle, il est revenu en Israël en 1985, et il est devenu très religieux. Elle n'est pas certaine que cette transformation soit sincère, car il ne fréquente pas régulièrement la synagogue, et ne respecte pas toujours le sabbat, mais il porte en permanence les vêtements traditionnels des Hassidim. Le jour où la police l'a arrêté à Nassogne, je m'en souviens, c'était un samedi, et malgré sa barbe et son chapeau, il n'aurait pas dû conduire un jour de sabbat.

Leah sait peu de choses en fait, mais elles sont intéressantes à connaître. Chaïm s'est lié d'amitié avec les membres d'une secte ultraconservatrice, parmi les plus intégristes des juifs hassidiques. Les Satmars. Un Satmar a une philosophie simpliste de l'existence d'après Leah. Tout ce qui est juif est bon, tout ce qui n'est pas juif est mauvais.

– Ces gens-là sont de vrais fanatiques. Et si Chaïm s'est mis avec eux, ils l'auront sûrement aidé à faire ce qu'il a fait.

Je suis comme elle, je ne crois pas à une conversion de Chaïm. L'homme qui mange « la viande que j'aime » et fume en cachette les jours de sabbat... J'ai vu des juifs hassidiques quand je vivais ici. J'ai toujours respecté leurs croyances, chacun a le droit de vivre comme il l'entend. J'espère seulement qu'ils font preuve de la même générosité à mon égard. Mais Leah n'a pas vu les enfants, et elle ignore où est Chaïm.

Mon père doit retourner en Belgique. Moi, je vais rester ici. Je ne pourrai pas faire grand-chose en période de vacances, sauf rester en liaison avec l'agence de détectives privés et les avocats. Je me sens frustrée, inutile, et toujours en état de choc. Mon père n'aime pas l'idée de me laisser seule à l'hôtel avec ma boîte de tranquillisants. D'un autre côté il sait que passer les fêtes à la maison sans mes enfants serait pour moi une véritable torture. La proposition de Walter de le rejoindre à Eilat lui semble un bon dérivatif, et il m'encourage à partir.

Je suis déjà allée à Eilat avec Chaïm, mais nous sommes restés chez des gens qu'il connaissait, et je n'ai rien vu de la région. J'appelle Walter au téléphone à l'auberge de jeunesse d'Eilat. Tout est simple avec lui.

– Je t'attendrai à l'arrivée du car.

Ce car prend une demi-journée pour parcourir les trois cents kilomètres qui séparent Tel-Aviv de la station balnéaire la plus touristique du pays. Je regarde le paysage, qui devient rapidement austère et aride, quelques champs cultivés par moments autour d'un kibboutz. J'essaie de ne penser à rien.

Eilat, c'est le royaume des boîtes de nuit et des cafés bruyants. Le piège à touristes classique. Je déteste cette ville immédiatement. Je passe le réveillon et la journée de Noël avec Walter et des amis à lui, et déjà je ne tiens plus en place. J'ai besoin de faire quelque chose, n'importe quoi, de trouver le début d'une piste qui me mènera aux enfants. Un des détectives de l'agence m'a suggéré de faire le tour des communautés hassidiques dispersées sur le territoire. Toutes ont des écoles. La chance est minime, mais il faut bien commencer par quelque chose.

Walter propose que nous voyagions ensemble. Il profitera de ma connaissance de l'hébreu et, en ma compagnie, pourra faire un peu de tourisme. Moi, je guetterai les visages d'enfants. Quelques provisions de pain, de thon en conserve, d'olives et de fromage, une couverture de camping nous suffisent pour prendre la route. Nous choisissons un car qui remonte vers le nord, longe la frontière jordanienne en direction de la mer Morte. Notre destination est la forteresse de Massada. Elle se dresse au sommet d'une colline rocheuse, cité imprenable bâtie il y a deux mille ans par le roi Hérode Ier.

Nous descendons du car devant un kibboutz et de là suivons une piste étroite et raide qui grimpe jusqu'à l'entrée du site de Massada. Le palais d'Hérode est une structure monumentale si haut perchée, qu'au dernier étage, les oiseaux volent en dessous de nos têtes. Ici en l'an 70 avant Jésus-Christ, deux mille juifs zélotes se sont réfugiés après la chute de Jérusalem. Ils ont repoussé les Romains pendant trois ans. Et, plutôt que de capituler, les assiégés ont finalement choisi le suicide collectif. Au loin on aperçoit les ruines des camps des assiégeants romains.

Il n'y a pas de mots pour dire le respect qu'inspire ce lieu tragique et superbe. On peut marcher pendant des heures dans cette forteresse, de terrasse en cave, de péristyle en colonnes corinthiennes. Les visiteurs sont nombreux, mais se contentent en général de faire le tour du palais. Walter et moi ne nous lassons pas du spectacle. Lorsque le gardien annonce la fermeture, je lui demande en hébreu :

– Est-ce que nous pouvons rester ici pour dormir ?

– C'est interdit.

– C'est si beau ici, faites-nous plaisir...

– Mais c'est impossible, pour des raisons de sécurité. La frontière jordanienne est toute proche, il y a des terroristes !

– Nous n'avons pas peur des terroristes.

– Mais il y a des serpents !

Walter ne comprend rien à ma conversation

avec le garde que j'essaie d'amadouer. Je la lui résume :

– Il dit qu'il y a des serpents.

Walter hausse les épaules avec indifférence. Mais le gardien me regarde d'un air méfiant à présent :

– Comment se fait-il que vous parliez hébreu aussi bien ?

– À cause de mon mari.

– Lui ? Mais il ne parle pas l'hébreu !

– Je vais vous faire une confidence, ce n'est pas mon mari...

Un sourire complice, et il est d'accord pour que nous campions ici. Mais sans faire de feu car, si les soldats aperçoivent un feu de camp dans un endroit supposé être désert la nuit, nous aurions des ennuis et lui aussi.

Le calme solennel qui règne ici m'aide à me détendre. J'arrive à discuter avec Walter et à me montrer plus raisonnable que la première fois. Cet homme est devenu mon ami, j'en avais bien besoin. Nous jouons à la bataille, et passons la nuit dans une tour, enveloppés dans des couvertures de camping. Au matin, le soleil se lève lentement à l'est du côté de la Jordanie, une lueur rose dans un ciel encore bleu de nuit, puis orange sur du bleu pâle. Nous voulions voir le lever de soleil sur Massada, nous n'avons pas été déçus. Un opéra flamboyant. Un petit oiseau fend l'air comme une flèche, et tout à coup la tristesse me reprend. Les visages des enfants se mêlent confusément à cette symphonie de couleurs, leurs rires au vent dans les pierres. Walter fait des photos, je regarde le vide.

Nous passons la nuit suivante au kibboutz d'Ein Gedi. Le lendemain nous remontons en car vers Jérusalem, où j'espère repérer des communautés hassidiques. Mais des pluies torrentielles nous immobilisent, impossible de sortir, je suis venue ici pour rien.

En retournant à Tel-Aviv, je reprends contact

avec l'agence de détectives. Ils n'ont aucune piste. Alors nous allons vers le nord, tantôt à pied, tantôt en car ou en auto-stop. Nous visitons de petites communautés hassidiques. Des costumes noirs, des chapeaux noirs avancent tête baissée. Combien y en a-t-il dans le pays ? Dans quel recoin de cette terre aride Chaïm s'est-il régugié ?

Walter et moi avons maintenant des relations de franche camaraderie. Il m'encourage à diminuer ma dose de tranquillisants car ils me rendent particulièrement distraite. Je ne dors pas pendant plusieurs jours, mais j'ai l'impression de revenir à la réalité. La halte suivante dans une auberge d'Haïfa, le 31 décembre au soir, nous mêle à une bande d'adolescents bruyants et joyeux qui s'apprêtent à fêter le réveillon. Je redoute de ne pas fermer l'œil de la nuit, mais au contraire, je m'écroule de sommeil, sans pilule. Pour la première fois depuis des jours, je me réveille en forme.

Les autres visites que nous rendons aux communautés hassidiques, au nord et au centre du pays, sont désespérantes. Les enfants sont graves. Les filles, dissimulées sous de longs manteaux, portent des chaussettes de laine et de grosses chaussures. Les garçons sont presque tous affublés de lunettes minuscules à monture carrée. Ils regardent le monde qui les entoure d'un air triste. Je ne perçois chez eux aucune spontanéité, ils me semblent prématurément vieillis.

Mes trois enfants, trois aiguilles dans cette immense meule de foin, sont-ils destinés à vivre ainsi ? Marina, qui faisait des dessins de toutes les couleurs sur la table du salon, Simon qui tapait dans son ballon de foot, Moriah qui commençait à peine à jouer. Parfois je cherche sur ces visages enfantins un regard qui se défile peureusement, un sourire qui a dû exister. Ce qui me frappe le plus chez eux, c'est leur air triste. Ils sont habillés de tristesse. Privés du soleil de l'enfance.

Walter doit rentrer en Belgique, ses vacances sont terminées. Il m'a été d'une grande aide. Notre amitié s'est nouée dans des circonstances particulières, j'ai versé à son côté beaucoup de larmes, et il en sait plus que mon propre père peut-être. Mais il a sa vie normale, et j'ai la mienne, compliquée, que Chaïm a juré de détruire.

– Walter, ne te sens pas obligé de m'appeler quand je serai rentrée. Si tu veux garder le contact d'accord, mais dans le cas contraire, ça ne fait rien, ne te sens pas obligé de le faire.

Après le départ de Walter je passe quelques jours encore chez l'ami de mon père Samuel Katz, et dans l'espoir de découvrir un indice quelconque je retourne à Karmiel dans notre ancien appartement au huitième étage. J'ai conservé une clé que j'ai pensé à emporter avec moi. Devant cette porte où j'ai vécu l'enfer parfois, j'ai un frisson.

Apparemment Chaïm a conservé l'appartement, mais n'y habite plus depuis longtemps. Toutes nos affaires s'y trouvent encore, entassées dans des cartons. Je découvre quelques lettres qui m'étaient adressées et ne sont pas décachetées. J'apprends ainsi avec étonnement que je dois de l'argent au gouvernement. Des taxes impayées sur des marchandises du magasin que Chaïm avait ouvert à mon nom. Je récupère une boîte contenant notre argenterie, maigre souvenir que je décide de rapporter en Belgique.

Au magasin, une jeune femme que Chaïm employait se montre très gentille, mais n'a pas grand-chose à m'apprendre.

– Il est resté quelque temps à l'appartement, puis il a fait ses paquets et il a disparu. Je connais une femme, une cartomancienne qui le connaissait, vous pourriez peut-être aller la voir...

Le surnaturel ne me tente guère, mais après tout pourquoi pas ? En jouant le jeu j'apprendrai peut-être quelque chose. Après avoir demandé vingt shekels, la cartomancienne me demande de lui citer trois pays.

– Argentine, Brésil, Canada.

– Pourquoi ceux-là ?

– Parce qu'ils se suivent dans l'ordre alphabétique.

Elle n'a pas l'air d'apprécier ma logique, et se met à retourner mollement des cartes.

– Le chiffre six est important dans vos recherches !

Je ne suis pas plus avancée. Six. Six jours, six semaines, six mois ? Je refuse de penser en années.

Aucune piste, nulle part, c'est le désert. Mon père revient en Israël et décide de changer de détectives privés. ICTS est l'abréviation de International Consultant for Targeted Security. Cette agence a des correspondants dans le monde entier. New York, Londres, Bruxelles, Paris. Son directeur, Dany Issacharof, est un petit homme trapu, qui n'a pas l'air de ce qu'il est. Un ancien agent de l'agence gouvernementale de sécurité israélienne « Shin Beth ». Sa spécialité est la surveillance des aéroports, mais il accepte de travailler pour nous, par amitié pour mon père, dont il est l'un des contacts en affaires depuis longtemps. Il met deux hommes sur le dossier.

Eitan Rilov est maigre et nerveux, toujours en mouvement. Il parle vite et avec emphase, se présente comme le plus intelligent, et le plus astucieux. J'ai le sentiment qu'il méprise les femmes en général. Il s'adresse toujours à mon père comme si je n'existais qu'à peine. Eitan Rozen au contraire est un homme ouvert, chaleureux, de petite taille, mais de toute évidence en meilleure condition physique que l'autre. C'est lui qui prend en charge l'aspect européen du dossier.

Tout cela est étrange. La disparition de mes enfants est devenue une « affaire », un « dossier ». Il y a maintenant un mois que le kidnapping a eu lieu, et je voulais penser qu'en un mois nous retrouverions les enfants, quelque part en Israël.

Un homme ne peut pas disparaître ainsi, se volatiliser avec trois enfants à sa charge. À présent je suis obligée de me fixer une autre date limite, six mois probablement. Le pire est certainement que je ne sers à rien dans cette « affaire ». C'est un travail de spécialiste. Moi, la mère, qu'ai-je réussi à faire en un mois ? Une dépression, et la visite de quelques écoles hassidiques...

– Il vaut mieux rentrer chez vous en Belgique, c'est à nous de prendre les choses en main.

Privée d'action, spectatrice impuissante de mon malheur, je me sens encore plus dépossédée.

16

Le récit de Marina

Nous passons un mois dans l'appartement de M. Armoni. Je voudrais bien savoir où est Patsy, mais il n'en parle pas. L'homme qui est venu nous chercher à l'école dit qu'il est notre père. Il est très différent du souvenir que j'avais de mon père, je ne le reconnais pas. Je lui demande où est Patsy. Il répond :

– Je voulais que vous veniez tous ensemble avec moi, mais elle n'a pas voulu nous accompagner.

Patsy me manque, je ne me sens pas à l'aise avec ces gens. Je me souviens très bien du numéro de téléphone de grand-mère, et je veux l'appeler. Un jour je décroche le téléphone, et je fais le numéro, mais je n'entends pas la voix de grand-mère. Seulement des bruits bizarres, et quelqu'un qui répète toujours la même chose. Papa s'aperçoit que j'ai essayé de téléphoner sans sa permission, et il se met très en colère. Il dit que je ne dois plus jamais me servir du téléphone.

Nous sommes tristes de ne pas fêter Noël avec Patsy. Au lieu de ça, M. Armoni et sa femme ont préparé un dîner pour célébrer une autre fête, mais je ne sais pas comment elle s'appelle. Ils ont allumé beaucoup de bougies, et lisent des prières dans une langue que nous ne comprenons pas. Ensuite nous nous asseyons sur le canapé.

Moriah est sur les genoux de papa, M. Armoni

est assis à côté de nous et il nous fait monter, Simon et moi, sur ses genoux. Sa femme prend une photo.

Nous n'aimons pas rester ici enfermés toute la journée. Une seule fois, on nous autorise à sortir. Papa et M. Armoni nous emmènent au zoo.

Un jour papa dit que nous allons partir en voyage. M. Armoni nous conduit à l'aéroport. Nous sommes très excités, et j'ai un peu peur dans ce gros avion. Nous arrivons dans un aéroport où il y a beaucoup de monde, c'est une grande ville qui s'appelle Londres.

Après ce voyage, nous nous installons dans un endroit appelé le Centre communautaire juif. C'est à Stanford Hill. Dans le quartier, les maisons sont toutes pareilles, petites, et collées les unes aux autres, sur de longues rangées. Tous les gens qui vivent ici sont juifs. Papa dit que nous sommes juifs nous aussi. Il y a un grand parc au bout de la longue rue, avec deux lacs.

Tout d'un coup, nous devons suivre de nouvelles règles à la maison. Le vendredi soir commence une chose qui s'appelle le sabbat. On ne doit pas faire de vélo, et il ne faut pas allumer la lumière avant le samedi soir, après le coucher du soleil. Papa nous dit que nous avons beaucoup de choses à apprendre.

Il y a un saint homme, appelé rabbin, qui nous récite des prières, et nous devons les répéter avant de boire ou de manger quelque chose, même un morceau de pain. Il faut baisser les yeux, et être très obéissants. On nous dit les règles pour bien manger casher, mais il y en a beaucoup, et nous avons du mal à les retenir.

Nous apprenons aussi une histoire qui est un grand malheur pour les juifs. Six millions de juifs ont été massacrés par un méchant homme appelé Adolf Hitler. Il les a tués seulement parce qu'ils étaient juifs. Mais ceux qui ne sont pas morts en ont tiré une leçon, ils doivent s'entraider, et surtout ne jamais, jamais faire confiance aux non-juifs.

Papa dit à Simon qu'il doit laisser pousser ses cheveux pour faire les *peyots*. C'est le nom qu'il donne aux boucles qu'il a de chaque côté de la tête.

Un jour il y a une grande réunion avec des gens. On nous fait réciter beaucoup de prières, et le rabbin nous dit que nous avons maintenant de nouveaux prénoms. Je ne m'appelle plus Marina, je m'appelle Sarah. Simon s'appelle Joseph, et Moriah Rachel. C'est difficile au début de ne pas se tromper. Mais quand j'appelle mon frère Simon au lieu de dire Joseph, papa se fâche.

Beaucoup de choses sont différentes. Rachel et moi, nous avons changé d'habits. Nous portons des robes longues et des grosses chaussettes de laine qui grattent beaucoup les jambes. Joseph doit mettre une petite casquette tout le temps.

17

La maison vide

Bruxelles, 9, rue Verte. J'ouvre la porte de la maison vide. Ma mère est venue faire le ménage, la cuisine est impeccable, le linge lavé, il n'y a pas un brin de poussière sur les meubles. Une propreté glaciale. Maman n'a pas eu le courage d'enlever les objets familiers qui ravivent mon chagrin. Les dessins de Marina sont encore étalés sur la table du salon, à côté des petites choses précieuses qu'elle a fabriquées elle-même avec du papier de couleur. Le ballon de Simon est là, immobile dans un coin du salon. La boîte de plastique réservée au goûter de Moriah attend sur la table de la cuisine.

Je regarde les dessins collés sur la porte du réfrigérateur. Cette maison était pleine de vie, de rires et de cris d'enfants. Son silence m'étouffe. Ce sont les détails qui font le plus de mal. Les cadeaux de Noël empilés dans un coin de placard, un pull-over plié, solitaire, une poupée muette. Je pleure pendant des heures.

J'ai trouvé dans la boîte aux lettres un petit mot court : « Appelle-moi. Walter. » Je n'en ai pas envie. Je vais reprendre mon travail chez Olivetti. La supérieure hiérarchique m'annonce le jour même que je ne fais plus partie de la société.

– Le médecin vous a prescrit un congé de six semaines, et nous avons appris que vous étiez partie en Israël ? Si vous avez pris des vacances, c'est que vous n'étiez pas malade, je suppose.

Elle fait attention à ce qu'elle dit, mais je comprends entre les mots. Une femme qui vient de perdre ses trois enfants en de telles circonstances ne sera pas productive.

– Écoutez, madame, j'ai perdu mes enfants, ma vie est complètement fichue, ne croyez surtout pas que le fait de perdre mon travail va me bouleverser !

Je sors du bureau comme une furie en marmonnant tout bas : « Vieille peau ! »

Walter est devant l'ascenseur, comme s'il m'attendait. Il me suit sans rien dire, jusqu'au parking. La nouvelle de mon licenciement a déjà fait le tour des bureaux. Beaucoup d'employés critiquent la direction. Walter estime comme eux que ce n'est pas une façon d'agir.

– Tu peux compter sur moi.

– Merci.

Je ne suis guère expansive. Il se trouve être la seule personne étrangère à ma famille en qui je puisse avoir confiance. Il sera mon ami. Comme Didier durant mon enfance.

Il n'y a aucune trace de Chaïm. À Tel-Aviv le ministère de l'Intérieur n'a pas de renseignement sur son retour éventuel au pays. Il n'a pas renouvelé son passeport depuis le 2 janvier. Où qu'il se trouve, il est maintenant en situation irrégulière.

La piste hassidique étant la plus évidente, c'est à elle que mon père s'attache en premier. La communauté la plus importante se trouve dans l'État de New York, il faut savoir si Chaïm a demandé un visa pour les États-Unis. Mais l'ambassade américaine à Bruxelles n'a pas de fichier informatisé, et nous demande du temps pour étudier les dossiers sur microfilm. Nous n'aurons pas de réponse avant la fin du mois de février.

En Israël, les détectives privés s'attaquent aux dossiers de la sécurité sociale, aux registres des écoles, aux archives bancaires. Une enquête fastidieuse qui ne donne rien. Chaïm et les enfants se sont volatilisés.

Il n'y a pas grand-chose que je puisse faire. Les enfants peuvent actuellement se trouver n'importe où dans le monde. En Israël, aux États-Unis, en France, en Hollande, en Autriche, en Allemagne, au Brésil, au Canada, en Argentine... et dans une douzaine d'autres pays, où l'on sait que sont implantées des communautés hassidiques. Le monde entier est contre moi, immense.

Et le chagrin me paralyse. Je ne supporte pas de vivre dans cette maison vide, je me réfugie chez mes parents. Il m'arrive de me réveiller le matin avec la certitude d'avoir rêvé des enfants, sans pouvoir me rappeler mon rêve. J'ai froid tout le temps, je suis malade, je flotte dans ma tête.

Je n'ai rien dit de Walter à mes parents, mais nous nous voyons de plus en plus souvent en secret. Il partage un appartement avec quatre étudiants, à Louvain, une petite ville universitaire. Le soir après son travail, nous nous y rendons en voiture, pour discuter longuement. Il a du mal à comprendre que je sois capable de raconter les événements de ma vie sans exprimer ce que je ressens. Il y a longtemps que Chaïm a tué toute émotion en moi. Avec des enfants je peux être chaleureuse et tendre, avec des adultes je garde mes distances, et si quelque chose m'ennuie, je me réfugie dans le silence. Walter doit se montrer extrêmement diplomate pour arriver à me faire dire ce qui ne va pas.

– Ta mère, par exemple, doit être déconcertée, frustrée de ne pas pouvoir te consoler. Tu ne te laisses jamais pleurer devant elle.

– Pleurer a toujours été pour ma mère un exutoire, pour les peines comme pour les joies. Moi, je ne peux pas. Ça m'est impossible.

– Elle souffre de te voir ainsi.

– Je sais mais je ne peux pas pleurer. Je suis incapable de pleurer. Sauf lorsque je suis seule, à l'abri du regard des autres. Autrement je me sens indécente.

Walter conclut :

– Alors ce n'est que ça ? C'est tout ? Ce n'est qu'un tout petit problème.

Effectivement être incapable de pleurer dans les bras de sa mère, ce n'est pas la fin du monde. C'est une chose que je peux assumer. Quoi que je fasse ou que je dise, Walter ne réagit jamais impulsivement. C'est sa manière à lui de faire baisser la tension. Il réfléchit longtemps avant de m'exposer sa vision des choses. Au début, ce calme, cette lenteur voulue, cette absence apparente de réaction, m'exaspèrent. Il arrive parfois que je réagisse violemment aux conseils qu'il me donne, que je me mette en colère ou que je supporte mal la contrainte de la réflexion. C'est exactement ce qu'il recherche.

– J'aime autant que tu décharges ton agressivité sur moi, plutôt que de t'empoisonner avec.

Il réussit formidablement bien à me transmettre sa force intérieure. Chaque fois qu'il sent faiblir ma détermination, que je me recroqueville pour entrer en moi-même, comme une tortue, il intervient fermement :

– Regarde-toi ! Qu'est-ce qui t'arrive ? Tu dois te battre ! Tu dois être forte !

Je ne m'en rends pas vraiment compte sur le moment, mais cette relation est une sorte de rééducation. L'inverse des rapports fous de domination que Chaïm avait voulu instaurer avec moi. L'empreinte est profonde, et je me débats encore dans des filets invisibles.

Notre médecin de famille, Jean-Luc Vossen, m'écoute calmement me plaindre :

– J'ai tout raté dans ma vie. Mes études, mon mariage, mon rôle de mère, je suis nulle.

En un mois je suis passée de cinquante-cinq à soixante-cinq kilos. Une véritable boule. Je me lève le matin sans aucune énergie. Chaque journée qui s'annonce est une épreuve que je n'ai pas envie d'affronter. Je me couche le soir en pensant aux enfants, je me relève en pensant aux enfants, la vie est un paysage morne et triste. Les heures, les jours passent. Les détectives continuent leurs recherches, la police est sur le qui-vive, mais il ne se passe rien. RIEN. Personne n'a découvert quoi que ce soit sur Chaïm, et je n'y peux rien. Je sombre, je me noie, je voudrais que le monde entier prenne pitié de moi. Le docteur Vossen me donne une petite réserve de tranquillisants assez puissants, à n'utiliser qu'en cas d'urgence.

– Pour le reste, régime alimentaire strict, exercice deux fois par semaine, occupez-vous ! Faites quelque chose de vos journées. Donnez-vous un but quotidien.

Je déteste nager, mais je m'impose d'aller à la piscine, trois fois par semaine, et d'accomplir un nombre précis de longueurs. Au début ce n'est pas formidable, mais j'arrive un jour au chiffre de cinquante longueurs par séance. L'exercice m'épuise, en me donnant l'immense satisfaction d'avoir accompli quelque chose. Obsédée par mon poids, je n'absorbe plus que 1 500 calories par jour. Il m'arrive même de pousser trop loin ce jeu dangereux. Je fonds comme neige au soleil. En observant la Patsy décharnée dans la glace, je la déclare boulotte. L'anorexie me guette.

Mon jeune frère Michel, interne à l'hôpital Saint-Luc, me trouve un nouvel exutoire. Travailler bénévolement à l'hôpital, m'occuper du transport des malades en fauteuils roulants. Je le remercie et lui suggère quelque chose qui me convient davantage : la salle de jeux des enfants hospitalisés. Et je commence sur-le-champ. Comme tout ce que je fais en général, je le fais à fond. Le bénévolat occasionnel devient un travail quotidien. Bientôt la salle de jeux ne me suffit plus, je veux aussi m'occuper des enfants gravement malades qui ne peuvent pas y jouer. Avec mon carton bourré de livres, de puzzles et de jouets je fais le tour des lits. Le sourire courageux de ces petits, cloués par la maladie, qui ne se plaignent pas, m'aide à prendre du recul sur moi-même. Les miens ne sont plus là, avec moi, mais ils sont probablement en bonne santé et en sécurité. Patsy, arrête de te plaindre, regarde ces enfants ! Aide-les.

J'ai pris en affection une petite fille marocaine, qui se bat contre la leucémie. La chimiothérapie lui a fait perdre ses cheveux, mais pas sa gaieté. Nous décidons ensemble de transformer sa chambre, grise et terne, en aquarium géant. Elle colorie puis découpe des poissons de papier, je les accroche au plafond au bout d'une ficelle. Il nage bientôt tellement de poissons dans sa chambre que la femme de ménage commence à se plaindre, mais nous continuons à orner l'aquarium d'algues de papier.

Un matin, le lit de la petite fille est vide, les poissons et les algues frétillent toujours au plafond, mais l'enfant a disparu en réanimation. Une dernière visite à un corps inerte, bardé de tuyaux, qui n'entend sans doute pas l'histoire que je lui raconte, et le lendemain, elle nous a quittés.

18

Le récit de Sarah

Nous n'avons passé que trois semaines à Londres. Puis papa nous a envoyées, Rachel et moi, faire un long voyage en avion. Un homme a veillé sur nous, nous sommes allées jusqu'en Amérique, dans une ville qui s'appelle New York. Papa a dit que notre frère Joseph nous rejoindrait bientôt.

Rachel et moi nous habitons maintenant dans une famille que nous ne connaissons pas. Il faut attendre l'arrivée de papa et de Joseph, dans une semaine.

Quand papa est là, il se passe de drôles de choses. Il n'arrête pas de changer de nom, et c'est trop compliqué pour nous. Il dit qu'il s'appelle David Mizrahi ; mais il y a des gens qui l'appellent autrement. Il déteste quand on lui pose trop de questions.

Un jour papa dit que nous allons déménager. Nous allons dans un autre pays cette fois, le Mexique. Pendant un certain temps, je ne sais pas combien, nous habitons avec une autre famille. Nous avons vu beaucoup de familles différentes depuis que Patsy n'est plus là. Puis papa trouve une maison pour nous tout seuls. Ici la communauté juive est très petite. Il fait chaud au Mexique. Les gens parlent espagnol, et c'est très difficile d'apprendre nos leçons. À l'école les enfants se battent beaucoup. Je me suis fait voler ma nouvelle paire de ciseaux et aussi ma gomme.

Papa est tout le temps de mauvaise humeur. Parfois il est malade de colère contre nous. Quand il dit que nous ne sommes pas sages, il tape sur nos doigts avec un crayon, encore et encore. Ça fait mal. Un jour Joseph jouait au ballon, et papa lui a dit de s'arrêter, mais Joseph n'a pas obéi, alors papa lui a arraché le ballon et il l'a crevé avec un couteau.

On en a marre de manger tout le temps des Rice Krispies et des Corn Flakes, il n'a jamais rien d'autre. Papa nous fait ramasser à la main toutes les saletés qui traînent par terre. Il dit que « les filles doivent faire le ménage ». Il se fâche très fort contre nous si nous parlons de la Belgique, alors nous n'en parlons plus. Nous n'aimons pas quand il se fâche comme ça.

Avant, quand nous étions chez M. Armoni, papa était vraiment très gentil avec nous. Mais maintenant je n'aime pas habiter avec lui. Il nous frappe souvent. Si nous faisons un tout petit bruit pendant qu'il dort, il nous gifle. Mais si l'un de nous trois veut faire la sieste et qu'il y a du bruit, il s'en fiche. Je trouve que ce n'est pas juste. Et puis aussi, avant, en Belgique je pouvais prendre mon bain toute seule, maintenant il me lave en même temps que mon frère et ma sœur. Je n'aime pas ça.

19

Le premier morceau du puzzle

Après mûre réflexion, Walter m'offre d'emménager dans son appartement, jusqu'à ce que mes problèmes s'arrangent. Ne pas retourner dans la maison vide. Ne pas revenir chez mes parents... Je ne suis qu'une errance en jean et en baskets. J'accepte, mais j'ai l'impression de fuir quelque chose, plutôt que d'aller de l'avant. Nous restons discrets, sur cette liaison. Personne ne sait chez Olivetti que M. Boghaert vit en ma compagnie.

Ma franchise, souvent trop brutale, est un trait de mon caractère qui a séduit Walter, mais qui nous pose parfois des problèmes.

– Je t'aime, Walter, je t'aime comme j'aimerais mon meilleur ami. Je suis bien avec toi. Mais ce n'est pas de la passion. Je sais qu'avec toi je peux me mettre en colère, et que tu comprendras. Je me sens protégée, à l'abri de tout. Chaïm a été la grande passion de ma vie, maintenant c'est fini. J'ai aimé passionnément, une fois, je ne pourrai plus aimer personne de cette manière. La passion, j'ai connu, j'y ai goûté, je n'en veux plus jamais.

Il est solide, Walter, il admet ce pacte d'amitié.

J'invente mille manières d'éviter des discussions douloureuses à propos des enfants. Dès que Walter évoque le sujet, je bondis sur place, tout à coup affairée : « J'ai oublié d'acheter du beurre... Il faut que j'aille nettoyer la salle de bains... »

Il voit clair en moi et finit par concevoir une stratégie qui m'oblige à parler : dans les embouteillages entre Bruxelles et Louvain, il sait que je ne peux pas m'échapper. Un jour, il me prend au dépourvu :

– Patsy, il est temps que tu te remettes à travailler. La recherche de tes enfants ne t'occupe pas à plein temps.

– Je n'y arriverai pas.

– Et pourquoi ? Il faut que tu mettes de l'argent de côté pour payer les recherches. Tu dois aider tes parents à les financer. Alors trouve un job, et reprends une vie normale.

Il m'a ébranlée sérieusement. Il a raison. Me lamenter, même en silence, sur le passé, ne sert à rien. Il vient de me donner la motivation dont j'avais besoin. Gagner de l'argent pour participer aux frais, déjà énormes, qu'a engagés mon père, pour retrouver les enfants. J'ai un but. Je trie les petites annonces, choisis un emploi similaire au poste que j'occupais chez Olivetti. Walter m'arrête :

– Tu peux trouver mieux que ça, cherche encore.

Il croit en moi, en mes capacités, en mon intelligence, et je commence à y croire aussi un tout petit peu. Chaïm avait tellement tout écrasé en moi.

– Quand on te demandera combien tu veux gagner, tu n'auras qu'à répondre : quel est le salaire normal pour ce poste ? Tu verras, ça marche !

Les informations de l'ambassade des États-Unis à Bruxelles sur une éventuelle demande de visa par Chaïm se font attendre. J'aurais dû avoir une réponse à la fin du mois de février, mais la date est dépassée depuis longtemps. Je téléphone sans arrêt, au risque de lasser tout le monde.

Le 26 mai 1987, à la demande des services de police, la télévision belge lance un appel public à toute personne susceptible de donner des renseignements sur les enfants. C'est la première fois. Dès le lendemain matin, un employé de l'ambassade des États-Unis, un certain Leider, téléphone pour m'apprendre qu'il détient des informations. Il avait oublié de nous les transmettre ! La télévision lui a rafraîchi la mémoire.

Chaïm a demandé un visa pour les enfants, et pour lui-même. Il a prétendu que la mère ne pouvait malheureusement pas voyager avec eux. L'ambassade US a accepté cette demande, le 2 décembre 1986, le jour même où celle d'Israël renouvelait son passeport. Il a donné pour adresse le 56 Mercator Straat, à Anvers, à soixante kilomètres de Bruxelles. Les Hassidim sont à la tête d'un important négoce de diamants dans cette ville, et notre détective, Eitan Rozen, y fait justement une enquête, supposant que l'aide trouvée par Chaïm en Belgique provient de la région. Il revient, triomphant :

– Cette ville est un marché aux ragots ! Un de mes informateurs dit qu'un certain Moïse Aaron Reich aurait aidé Chaïm avant l'enlèvement.

L'adresse de Reich est celle indiquée par Chaïm pour sa demande de visa américain, Mercator Straat. C'est le premier morceau du puzzle. L'information se confirme lorsque le détective déniche une contravention pour stationnement illégal dans cette rue, devant cette maison, au nom de Chaïm Yarden.

Voilà ce qu'a raconté l'informateur d'Eitan Rozen : Chaïm s'est présenté à la communauté hassidique comme un pauvre juif, sans ressources, ayant eu le malheur d'épouser une Belge issue d'une famille catholique très aisée et puissante sur le plan politique. Il leur a demandé de l'aide pour sauver ses enfants, qui subissaient l'influence de cette famille, et que leur mère maltraitait ! J'imagine que le fantastique pouvoir de persuasion de Chaïm a dû parfaitement fonctionner. Il a montré le jugement de la cour d'Haïfa avec son droit de garde, il a fait croire que j'avais placé les enfants dans un orphelinat, a prétendu que j'étais folle, et juré qu'il fallait absolument arracher ses pauvres enfants à leur mère indigne.

Les Satmars ne lui ont pas demandé de fournir d'autres preuves, ils l'ont cru sur parole. C'est ainsi, a dit l'informateur, que des quêteurs hassidiques sont allés de maison en maison, plaider la cause de Chaïm au sein de leur communauté. Ils ont gardé une part de la récolte, et ont versé 10 000 dollars à Chaïm pour financer son évasion. Et il ajouté : Les enfants sont à New York, chez des gens qui vont faire d'eux de « bons petits juifs ».

Le détective Rozen a réussi à parler à Reich, lequel a confirmé que Chaïm Yarden faisait maintenant partie de la secte satmar. D'après cet homme, Chaïm s'est réfugié dans une communauté satmar, soit à Brooklyn dans le quartier Williamsburg, soit à Monroe ou Monsey, deux petites villes au nord de l'État de New York.

Monroe, Monsey, Brooklyn... enfin des noms, des points repérables sur une carte, enfin un récit qui redonne de la réalité aux enfants. Ils n'ont plus tout à fait disparu, ils sont là, ou là...

Qu'ils reçoivent une éducation juive ne m'inquiète pas, ce qui m'angoisse, c'est le terme employé par l'informateur : « de bons petits juifs ». Le fanatisme religieux, quel qu'il soit, me fait peur. Les Satmars sont des fanatiques, les juifs eux-mêmes le disent. Et je n'ai qu'à me souvenir des visages tristes de ces enfants de quatre ans, dix ans, ou quinze ans... si graves et si austères qu'on les sent perdus dans un monde où l'enfance n'est qu'un long endoctrinement.

Mon père débouche une bouteille de champagne pour fêter l'événement. Je ne supporte pas de boire ne serait-ce qu'un verre d'alcool. Avec l'émotion en plus... Walter m'avouera plus tard :

– Je t'ai trouvée en train de hurler de joie, toute seule, à la fenêtre.

20

Le récit de Sarah

Papa nous a dit que nous allions retourner aux États-Unis, parce que les Mexicains sont des gens méchants. Papa ment aux gens de l'aéroport, il raconte qu'on est venus au Mexique pour trois semaines de vacances, mais je sais qu'on est restés beaucoup plus longtemps que ça. Quand le monsieur qui regarde les passeports demande à mon frère comment il s'appelle, il répond Joseph, et papa se fâche beaucoup, parce que le monsieur dit qu'il y a écrit Simon, sur le petit carnet. Il donne une grosse gifle à Simon. On aimerait bien que papa se décide pour les noms, parce que c'est très difficile d'être deux personnes à la fois.

Il nous emmène habiter dans une ville appelée Monsey. Nous habitons au 8 Maple Terrace avec un monsieur et une dame qui s'appellent Borochov. C'est une maison à deux étages. Nous vivons dans une pièce au sous-sol.

L'autre jour j'ai entendu papa parler avec un rabbin. Il parlait de moi, je crois qu'il a dit au rabbin : « Son père est un autre homme, mais M. Jacques Heymans m'a obligé quand même à épouser sa mère. » J'ai entendu ces mots. Ça m'a fait un choc dans la tête. Maintenant j'ai décidé que je ne voudrais plus entendre ces choses. Je fais comme s'il y avait une grande couverture noire, je ne veux plus me souvenir de rien.

21

Six mois déjà

J'oscille entre deux comportements. Il y a la Patsy qui s'enferme dans un silence maussade, et celle qui bascule subitement dans une attitude impolie et agressive envers tout le monde. De cette façon personne n'ose me poser de questions. J'ai toujours eu le sentiment d'être mon meilleur interlocuteur. Je me parle intérieurement, et ce que je me dis ne regarde personne.

Walter s'efforce d'en discuter avec moi, mais je refuse systématiquement de me confier.

Moriah aura cinq ans le 7 juin 1987. Je fais une fixation sur son anniversaire. Walter finit par me le faire avouer, dans la voiture, à force de persuasion.

– Je voulais acheter un petit cadeau, quelque chose qui l'attendrait à son retour, mais je n'arrive pas à le faire. Ça me fait trop mal. Je ne peux pas acheter un gâteau pour qu'elle l'emporte à l'école, je ne peux pas inviter ses petites copines pour l'anniversaire, je ne peux même pas lui envoyer une carte quelque part. Même pas ça. C'est monstrueux.

– Pleure, Patsy. Laisse-toi aller, tu te sentiras mieux après. Pleure !

Les larmes me montent aux yeux, une boule se noue dans ma gorge, mais j'arrive à me contrôler, en comptant silencieusement, un... deux... trois...

j'ai déjà versé un océan de larmes depuis que les enfants ont disparu. Ça suffit. Je vais me montrer forte, je ne veux plus pleurer, plus jamais. J'en ai assez de tout ce liquide, j'ai besoin de me solidifier.

Le 7 juin, quelques amis m'appellent par sympathie. Je leur en suis reconnaissante, mais en fin de compte leurs paroles de réconfort, leurs bonnes intentions me transpercent le cœur plus durement qu'une lame de couteau.

Quatre jours plus tard, c'est l'anniversaire du jour de l'horreur, le 11 décembre. Nous sommes le 11 juin. Les six mois sont passés, la date limite que je m'étais fixée. Je ne prendrai plus de pari sur l'avenir. Je supporterai le temps. Le temps qu'il faudra.

Les détectives de l'agence ICTS ont appris par les bureaux de l'immigration de New York que Chaïm et Simon ont pris un vol de la Pan Am, Londres-New York, le 7 février 1987. Il a donc réussi d'abord à gagner Londres et ensuite New York sans être inquiété ? Son passeport israélien était périmé, la police belge avait promis d'alerter tous les aéroports européens. L'alerte n'a donc pas été donnée comme convenu. Elle l'est à présent, mais bien trop tard. Par ailleurs rien ne permet de supposer que Marina et Moriah aient voyagé avec lui. Pourtant il avait obtenu des visas pour elles aussi. Deux hypothèses se présentent. Ou l'immigration a oublié d'enregistrer les filles, ou il les a fait voyager sous de faux noms.

Je passe un entretien d'embauche, dans une petite société informatique, la IES. Pour un poste dans la division administrative. Le directeur général, M. René Vanderheynde, me demande quel était mon salaire chez Olivetti. J'utilise la méthode de Walter :

– Quel est le salaire normal pour ce type de poste ?

Il m'annonce un chiffre deux fois plus élevé que mon ancien salaire. J'accepte sa proposition, puis avoue ce que je gagnais avant. Il en reste bouche bée.

Mon travail consiste à gérer les commandes jusqu'au règlement des factures. J'aurai besoin d'un ordinateur. Walter, qui m'a déjà énormément appris sur l'informatique, m'aide à préparer un programme de gestion des commandes. Je progresse.

Pendant ce temps, papa continue d'orchestrer les recherches sur tous les fronts. L'agence de détectives a lancé une opération d'investigation dans tous les quartiers hassidiques de New York. Mon père s'occupe de régler les détails légaux, afin que nous ayons toute autorité pour ramener les enfants en Belgique, le jour où...

À moins qu'il n'y ait pas d'autre solution, je ne veux pas être obligée de leur faire subir le traumatisme d'un autre enlèvement. J'ai signé une procuration qui donne officiellement à mon père le droit d'inscrire les enfants sur son passeport. Il a demandé des visas à leurs noms. Ainsi ils pourront voyager en toute légalité soit avec lui, soit avec moi.

Mes parents s'envolent pour New York, louent une voiture, prennent rendez-vous avec l'ambassadeur de Belgique à Washington, qui leur réserve un accueil chaleureux. Ils prennent aussi des contacts avec le ministère de la Justice, dans d'autres départements d'État. Puis ils retournent à New York, et louent les services d'un avocat, un juif religieux du nom de Franklyn Snitow, afin de me faire attribuer la garde des enfants au regard de la loi américaine. S'ils me remplacent ainsi dans toutes ces démarches, c'est qu'à l'époque mon cœur parle à la place de ma tête dès qu'il s'agit des enfants, et je ne me montre pas toujours très rationnelle... Nous espérons que l'action de Snitow va faire pression sur la communauté juive. Les

Hassidim n'ont sans doute aucune envie d'être accusés de complicité de kidnapping.

Mon nouveau directeur, M. Vanderheynde, a la gentillesse de me laisser utiliser le fax et le téléphone pour communiquer avec mon père à New York et, afin de le remercier, je fais des heures supplémentaires.

Mon premier salaire en poche, je veux remercier mes parents de tout ce qu'ils font, de tout ce qu'ils dépensent pour cette enquête qui a pris une dimension internationale. Ils se donnent à fond tous les deux, relations, voyages, avocats, détectives. Que ferais-je sans leur soutien ? J'ai choisi pour eux des cadeaux extravagants, une montre pour mon père, une bague ancienne pour ma mère... la presque totalité de ma première paye. Mais je sais qu'à partir de maintenant je pourrai épargner l'essentiel de mon salaire.

Un article d'un journal bruxellois, *La Dernière Heure*, présente le kidnapping des enfants en termes vagues et inexacts. Il y est dit, par exemple, que la mère, présentée sous les initiales de P. H., aurait également disparu ! Ce qui laisse sous-entendre que je ne recherche pas les enfants et qu'il m'est complètement égal qu'ils se soient volatilisés avec leur père !

Le lendemain matin de cette parution je fonce au journal, demande à voir le journaliste qui a pondu l'article. J'ai les joues rouges d'émotion.

– Je suis P. H. ! C'est moi Patsy Heymans ! Faites votre travail correctement, ou ne le faites pas du tout.

Le journaliste est stupéfait :

– De quoi diable parlez-vous ?

– De ça !

Je lui brandis l'article sous le nez.

– Maintenant j'exige que vous rectifiiez vos erreurs. Vous me causez énormément de tort en affirmant que j'ai disparu ! Je suis là, je vis ici, à Bruxelles !

– Mais je n'arrivais pas à vous joindre !

– C'est votre boulot de chercher les informations et de trouver les gens ! Ce n'est pas à moi de venir vous trouver !

– Calmez-vous, asseyez-vous, et racontez-moi votre histoire.

Le lendemain il fait paraître un article complet, en première page. D'autres journalistes s'emparent du sujet, et me demandent des interviews. Je n'en refuse aucune, tout est bon pour qu'on parle des enfants. Quelqu'un lira peut-être un de ces articles, et nous donnera des informations.

Je continue à payer le loyer de ma petite maison vide. Le numéro 9 de la rue Verte doit rester à la disposition des enfants. Être leur point d'ancrage à leur retour. Avec leurs affaires, leurs jouets, leur lit... J'ai le fol espoir que, s'ils réussissent à s'échapper un jour, ils reviennent habiter là. Que quelqu'un vienne me chercher pour me dire :

– Il y a trois enfants devant la porte du 9, rue Verte... ils vous attendent.

Mais j'ai l'angoisse, tout aussi folle, qu'ils ne parviennent pas à me retrouver si je ne suis pas à la maison, et qu'ils s'en aillent.

Lorsque le bail de l'appartement de Walter vient à expiration, je saute le pas. Nous ne pouvons pas continuer à payer deux loyers, c'est ridicule. Nous allons nous installer chez moi.

C'est dur de tourner la clé dans cette porte. Ça serre le cœur d'emballer les cadeaux de Noël pour les ranger au sous-sol, mais je ne peux pas avoir ce cauchemar sous les yeux en permanence.

En août, papa retourne aux États-Unis pour une concertation avec le correspondant new-yorkais de l'agence de détectives privés, Arik Arad. Il lui présente des inspecteurs de police qui opèrent dans les zones de concentration des communautés satmars. Williamsburg, et Borough Park à Brooklyn, ainsi que Monsey et Monroe au nord de New York.

Mon père ne pense pas qu'ils puissent nous apporter une aide efficace. Cette histoire n'est pour eux qu'une bagarre de famille. C'est donc lui qui arpente les rues du quartier juif de Brooklyn avec le détective Arad. Ils interrogent les gens, montrent la photo des enfants dans les restaurants casher. Un jour, un Hassid sursaute en regardant la photo. Il dit connaître Chaïm. Arad l'interroge aussitôt.

– Comment l'avez-vous connu ? Savez-vous où il se trouve ? Est-ce que les enfants l'accompagnent ?

Mais l'homme se défile, il semble craindre d'en avoir trop dit et quitte le restaurant précipitamment. Mon père est malade de le voir filer. Mais Arad lui recommande de ne pas bouger du restaurant et d'attendre pendant qu'il suit l'homme. Quelques minutes plus tard, il revient avec un numéro sur son carnet de notes, celui de la plaque d'immatriculation de la voiture du Hassid inconnu.

Ce numéro nous mène à une adresse à Monsey. Là vit une importante communauté de Satmars. Mais ces gens sont impénétrables, ils vivent entre eux. Une sorte de secte mystérieuse, que n'importe qui ne peut pas infiltrer. Papa engage un autre détective, Ben Jacobson, ancien officier de la police de New York. Ben va concentrer ses efforts sur Monsey.

Je me nourris de nouvelles par téléphone. Monsey devient un point de repère dans ma tête. À quoi ressemble Monsey ? Mes enfants marchent-ils dans les rues de Monsey ?

J'ai mûri, je suis différente. La jeune Patsy que Chaïm manipulait si facilement n'est plus. Lorsqu'il m'arrive de regarder une photographie de cette époque, j'ai du mal à me reconnaître.

J'étais une enfant, qui venait de sacrifier sa scolarité pour se lancer dans un amour fou. J'étais une enfant avec un bébé dans les bras, puis un deuxième et un troisième... Une enfant marchant dans l'ombre de Chaïm, pesante, possessive, torturante.

Aujourd'hui, je suis une femme. Je travaille ; je viens même de réussir un exploit. Grâce à un système d'inventaire des stocks que j'ai conçu moi-même, j'ai réussi à retrouver pour un million de francs belges, des marchandises livrées et jamais facturées. M. Vanderheynde, mon patron, a décidé de fêter ce résultat brillant au champagne.

J'économise mon salaire avec une discipline de fer. J'ignore combien de temps il faudra tenir, et les recherches sont onéreuses. Mes parents sont déjà allés deux fois aux États-Unis. Ils doivent y retourner encore. Le cauchemar coûte cher.

22

Le récit de Sarah

Papa nous a présenté sa nouvelle amie Iris. Elle n'est pas belle. Je croyais que c'était une dame pour faire le ménage, mais papa a dit non. Il a dit qu'il allait se marier avec elle. Joseph s'est mis à pleurer, il ne veut pas que cette dame devienne sa mère. Un jour Iris est venue en vacances avec nous, dans une ville qui s'appelle Washington. Iris a pris une photo de nous, devant les grilles qui entourent une grande maison blanche. Ma sœur et moi nous avons deux longs manteaux à carreaux verts. Joseph déteste qu'on le prenne en photo, il a essayé de se sauver. On s'est tous moqués de lui.

23

La duchesse d'Amsterdam

Eitan Rilov nous a donné rendez-vous à Amsterdam. Il a déniché une femme étrange qu'il doit rencontrer à l'hôtel Hilton. Elle ne veut pas nous voir, papa et moi, directement, mais Rilov est convaincu qu'elle possède des informations.

– Je lui ai promis de ne pas révéler sa véritable identité. Nous l'appellerons « la Duchesse ». C'est une Française, une chrétienne convertie au judaïsme. Elle a eu un fils d'un premier mariage, puis elle a épousé en secondes noces un rabbin, l'un des chefs hassidiques, qui est mort depuis. Petit à petit elle est devenue aussi intégriste que les Hassidim, mais il semble que ces gens l'admirent autant qu'ils la détestent. Je sais qu'elle a conservé des rapports très étroits avec leur communauté.

– Que veut-elle en échange de ses renseignements ?

– C'est très compliqué. On lui a volé certains documents personnels, très importants paraît-il, qui avaient appartenu à son mari. Le voleur essaie de la faire chanter. Elle veut récupérer ses documents, et s'est adressée pour cela à notre agence, mais elle ne peut pas nous payer les honoraires de 5 000 dollars que nous lui demandons. Elle propose un marché. Vous payez les 5 000 dollars à sa place, et elle s'engage à rechercher les enfants au sein de la communauté satmar.

Je me demande bien quel genre de documents ayant appartenu à un rabbin permettent d'exercer un chantage sur sa veuve... Activité illégale ? Politique ? Mœurs ? Nous ne sommes pas autorisés à le savoir. Eitan Rilov, le détective, ne révèle même pas le nom du rabbin.

– Il faut saisir l'occasion. C'est une femme très religieuse. Elle n'a pas d'argent et elle a besoin de nous ! Je saurai la manipuler, faites-moi confiance. Je sais comment m'y prendre.

Ce Rilov, maigre et emphatique, s'adresse toujours à mon père, jamais à moi. Il a l'air sûr de lui.

La « Duchesse » est un tout petit bout de femme, vêtue dans le style hassidique traditionnel. Nous la voyons traverser le hall de l'hôtel avec une rapidité surprenante pour une femme de son âge. Rilov joue l'intermédiaire entre elle et nous. Il s'efforce de ne pas appeler la Duchesse par son vrai nom, mais il fait un lapsus, que nous faisons semblant d'ignorer. L'information est enregistrée.

Mon père a entendu prononcer le chiffre de 5 000 dollars avec une certaine émotion. Il a déjà versé beaucoup d'argent à l'agence ICTS. Il déclare à Rilov :

– Il faudrait qu'elle donne un premier élément d'information pour nous prouver sa bonne foi. 5 000 dollars, c'est une somme !

Rilov fait la navette dans le hall, et revient assez vite.

– Elle dit que Chaïm a emmené les enfants directement à Amsterdam après l'enlèvement. Ils ont logé chez un certain Armoni, un charpentier. Elle ne connaît pas le prénom de ce M. Armoni.

– D'accord, voilà ce que nous proposons. Nous allons vérifier cette information, et ensuite nous déciderons d'accepter ou non le marché de la Duchesse.

Nous sommes en plein roman d'espionnage.

L'agence part à la chasse et circonscrit la liste des Armoni possibles à trois individus à Amsterdam. Le plus suspect des trois s'appelle Zvi Armoni, un juif orthodoxe, peu fanatique apparemment puisqu'il est marié à une chrétienne convertie au judaïsme.

Pour réussir à faire pression sur cet Armoni, l'agence conçoit un plan fondé sur l'escroquerie bancaire qui avait valu à Chaïm une certaine réputation en Israël. Un détective va prétendre qu'il est employé par une banque pour rechercher Chaïm Yarden, et récupérer l'argent détourné. Armoni se fait prier. Il admet que Chaïm et les enfants ont effectivement habité chez lui pendant un mois. Il pourrait peut-être en dire plus... moyennant une petite récompense en liquide.

Alors le détective lui révèle sa véritable identité et l'objet de sa mission. Il déclare à Armoni qu'il va nous contacter, et que ce sera à nous de décider de la récompense... Nous pourrions évidemment le poursuivre en justice, puisqu'il a admis avoir participé à un enlèvement. Mais nous ne cherchons pas à nous venger de cet homme, il est plus important d'obtenir sa coopération. Armoni a compris de son côté qu'il était dans une situation délicate. Il propose de se rendre en Israël pour collaborer avec l'agence ICTS, à condition qu'on lui paye son voyage.

L'interrogatoire qu'il subit là-bas nous permet de retracer les circonstances du kidnapping. Les enfants ont été emmenés d'abord à Malines, une petite ville belge. De là, ils ont été transférés à Amsterdam.

C'est dans l'appartement d'Armoni que les enfants ont commencé à recevoir les rudiments d'une éducation judaïque, dont la première étape fut la célébration d'Hanouka [1].

1. Commémoration de la consécration du Temple par les Maccabées en 165 av. J.-C. À cette occasion on allume les bougies d'un chandelier à huit branches.

Armoni précise que Chaïm était porteur d'un magot de 10 000 dollars pour financer sa fuite avec les enfants. Son cas n'est pas unique, d'autres enfants ont déjà été *secourus* ainsi par les Satmars. Ces gens s'arrogent un droit de regard sur la vie des gens. Et ils se donnent les moyens d'agir.

À Amsterdam, Chaïm a falsifié la date d'expiration de son passeport et s'est procuré en outre un faux passeport français. C'est dire l'organisation de ce réseau ! Grâce à ce faux passeport, il a pu emmener les enfants à Londres, le 11 janvier 1987, un mois après le kidnapping. Ils sont restés là-bas plusieurs semaines, parmi les Satmars. On les a logés dans un centre de la communauté juive à Stanford Hill. C'est là qu'ils ont été officiellement convertis et qu'ils ont reçu leur nouveau prénom. Je sais que Marina est devenue Sarah, Simon Joseph, et Moriah Rachel.

Les informations détenues par Armoni confirment le petit rôle qu'il a joué dans cette affaire : il a révélé aux détectives privés que pour la dernière étape de son voyage qui devait le conduire aux États-Unis, Chaïm a utilisé son vrai passeport israélien, la date d'expiration en étant habilement falsifiée. Le visa, lui, était authentique. Ce voyage s'est déroulé presque deux mois après le kidnapping. Et à ce moment, Chaïm devait se sentir tranquille. Soutenu par une communauté hermétique, totalement vouée à sa cause, lui offrant des abris sûrs en différents points du globe. Partout, d'autres Satmars pouvaient lui procurer de faux papiers, d'autres Satmars pouvaient l'abriter... Nous nous trouvons devant une toile d'araignée dont les fils se multiplient et s'étirent à l'infini.

Le plus émouvant pour nous, ce sont les photos qu'Armoni nous a vendues pour 5 000 dollars, après un interminable marchandage. Un ouragan me submerge en les découvrant. On y voit les enfants à l'intérieur d'une maison. Sur l'une des photos, ils sont en train de jouer, pendant la fête d'Hanouka. Une autre a été prise au zoo d'Amsterdam. J'ai dans les mains le visage de Moriah encadré dans une image de 15 cm sur 21. Un vieux canapé marron se détache sur un mur blanc et nu. Elle y est assise sur les genoux de son père, comme une poupée de chiffon, bras et jambes ballants, dans une posture qui semble indiquer une grande lassitude. Elle a les yeux baissés, je crois deviner un léger sourire résigné sur ses lèvres. Chaïm la maintient sur ses genoux, les mains crispées sous ses bras, comme pour l'empêcher de glisser à terre et de s'enfuir. Elle porte des collants blancs, et une robe de laine à carreaux noirs et marron.

Chaïm n'est que noirceur. Noir de barbe, de *peyots*, de costume et de chapeau. Je reconnais les sourcils épais et charbonneux, le regard fuyant. Armoni est assis à côté de lui, il porte des lunettes noires, et une tignasse de cheveux épais, une perruque de Beatles surmontée d'une calotte. Il arbore un sourire en inclinant la tête vers Simon et Marina.

Marina porte un pull-over noir avec trois boutons blancs, une sorte de jupe longue marron. Son visage rond est encadré de cheveux lisses coupés à la hauteur du menton, une petite mèche raide lui tombe sur l'œil. Sa petite bouche en demi-lune, boudeuse, elle a l'air triste et étonnée en regardant l'objectif. Il y a des cernes sous ses grands yeux marron.

Simon, au centre, porte une sorte de tenue de sport, bleu-vert rayée de rouge et de blanc au col et aux emmanchures. Il est le seul à regarder droit dans l'objectif, les lèvres serrées, le regard vide de toute expression. Il n'aime pas être là, et son visage figé le dit. Au sommet de la tête, sur ses cheveux noirs de jais, la yarmulke ronde. Sur une autre photo, mon petit garçon est assis sur une chaise, dans la même attitude que son père debout à ses côtés et qui le surveille des yeux, les mains serrées en prière, la tête basse.

Ben Jacobson, le détective américain, apprend que les enfants ont effectivement vécu à Monsey. La communauté y possède plusieurs pâtés de maisons. Il est en mesure de nous donner l'adresse d'une école où Marina et Moriah ont été inscrites. Mais il n'a pu trouver la trace dans la région ni de Chaïm ni des enfants. Les Satmars ont eu vent de nos recherches, et la piste s'arrête là. Immédiatement, mon père se rend à Monsey pour rencontrer la police locale, et lui transmettre toutes les informations que nous avons pu rassembler. Les autorités promettent de faire des recherches dans la région, et de se maintenir en état d'alerte.

La toile d'araignée a dû bouger.

24

Le récit de Sarah

Papa dit que nous devons encore partir. Il faut s'en aller de Monsey et aller dans un autre endroit appelé Lakewood, dans le New Jersey. Il dit que cette fois il ne pourra pas habiter avec nous, mais il promet de venir souvent nous voir.

Au début, nous habitons chez M. et Mme Glatzer, ensuite Joseph va habiter chez M. Enghorn, qui est le directeur de l'école. Il a une femme et trois enfants. J'aimais mieux quand on était tous ensemble, mais les deux familles sont amies, alors nous voyons Joseph assez souvent.

Rachel et moi, nous ne nous plaisons pas chez M. Glatzer, on ne va jamais nulle part. Leurs enfants ont le droit de les accompagner, mais pas nous. Chaque fois qu'ils s'en vont en week-end, ou à un mariage, on n'a pas le droit d'y aller. On doit rester chez leurs amis. On voit bien que M. et Mme Glatzer préfèrent leurs propres enfants à nous.

Au début papa est venu nous voir deux fois par semaine, puis il n'est plus venu qu'une fois, et maintenant il ne vient plus du tout. L'autre jour, Joseph a demandé à M. Enghorn :

– Pourquoi est-ce que papa ne vient plus nous voir ?

M. Enghorn a répondu que papa travaillait loin d'ici et qu'il ne pouvait pas venir.

Joseph a reçu sa première paire de lunettes. Elles ont coûté 100 dollars. Avec ces lunettes il lit mieux dans le livre de prières.

25

Des espions à deux têtes

Tel-Aviv. Nous avons rendez-vous avec papa à l'agence ICTS. Il faut coordonner les recherches des trois agents chargés d'infiltrer les communautés hassidiques de New York. Armoni est une bonne piste et, comme il a un grand besoin d'argent, il a accepté contre une certaine somme de partir pour les États-Unis à la recherche de Chaïm. Officiellement il le recherchera afin de lui proposer un travail. Et il montrera comme preuve de sa bonne relation avec lui la photo sur laquelle on le voit en compagnie des enfants et de leur père.

Une autre possibilité se présente. ICTS a mis sur l'affaire un nommé Nechemia, un retraité de la police israélienne, ou du Mossad, les détectives ne le précisent pas, mais qui, étant donné son parcours, représenterait pour nous le parfait espion. Il a été élevé chez les Hassidim et a renoncé à la vie religieuse. Cet ancien agent est spécialisé dans l'infiltration des groupes clandestins et des communautés hassidiques, dont il était chargé de surveiller les activités.

Mais nous rencontrons un problème, toujours le même : l'argent. Mon père refuse de reconnaître qu'il est à court. Il sait que Mizou, ma mère, sera peut-être obligée de vendre certains de ses bijoux pour faire face à de nouvelles dépenses. Chaque fois qu'on nous présente quelqu'un susceptible de fournir des renseignements, il est question de 5 000 ou 10 000 dollars. Toujours des dollars. Mon père demande souvent avec découragement :

– Existe-t-il au monde une somme inférieure à 5 000 dollars américains ?

Nous choisissons de privilégier deux agents déjà infiltrés à New York, et de garder ce Nechemia en réserve. Mon père accepte de payer les 5 000 dollars de la Duchesse à condition de ne les verser qu'une fois les fameux documents retrouvés. C'est grâce à elle que nous avons découvert Armoni. Lequel de son côté a touché une somme importante pour ses frais de transport et d'hébergement, en Israël, où il s'est rendu avec sa femme et son bébé.

Les vacances de Noël approchent. C'est la période qui m'est la plus douloureuse, mon chagrin devient insupportable à ressasser tous les souvenirs qui s'attachent à cette période de fêtes. Le 6 décembre, c'est la Saint-Nicolas. Le vieillard à la barbe blanche et à l'habit rouge fait le tour des écoles en distribuant des cadeaux aux enfants. Le 11 décembre, c'est la date anniversaire du jour maudit. Et puis arrive Noël 1987. L'année précédente je recherchais désespérément les enfants en Israël. Le 1er janvier sera le début d'une autre année sans eux. Et, le 2 janvier, Simon aura sept ans.

Pourtant les nouvelles sont assez bonnes. L'ICTS a retrouvé les documents volés de la Duchesse, mon père a payé les honoraires, et il appartient maintenant à ladite Duchesse d'honorer sa part du contrat. Elle est très connue dans les milieux hassidiques, elle n'aura aucun mal à mener une enquête discrète. Nous fondons de grands espoirs sur elle. C'est une femme, une mère, elle est très religieuse. Elle ne devrait pas nous mentir, en principe. Son premier message nous parvient par l'intermédiaire du détective Rilov :

– Je pars aux États-Unis. Je vais vous aider.

L'attente est pénible. Une semaine s'écoule sans une seule nouvelle de la Duchesse, puis une autre, puis un mois tout entier. Nous ne pouvons rien faire d'autre qu'attendre, toujours attendre, jour après jour, et toute la famille est en état de stress. Quoi que je fasse, je me sens déchirée par un sentiment de culpabilité. Si je ne pense pas à chaque instant de ma journée aux enfants et à l'enquête, j'ai honte. Honte de passer un moment avec Walter, honte de lire un bouquin.

Des amis demandent parfois à mes parents pourquoi nous n'abandonnons pas les recherches. En un an, disent-ils, les enfants se sont habitués à leur nouvelle situation. Patsy devrait oublier, refaire sa vie... Ils n'osent pas me le dire personnellement, en face. Je trouverais pourtant cela plus honnête que de se livrer à ce genre de commentaires devant mes parents.

Oublier et refaire ma vie... Ils ne savent pas de quoi ils parlent. Rien n'est plus affreux à mon sens que la disparition, l'absence de nouvelles, de toute certitude. La chair de ma chair vit sans moi. Peut-on oublier ça ?

Vendredi 12 février 1988. Un restaurant à Paris. Nous déjeunons Walter et moi avec Dany Issacharof, le patron de l'agence ICTS. Il parle vite tout en dévorant le contenu de son assiette. L'agence détient des documents qui doivent être remis à Armoni, à Amsterdam. La remise de ces documents doit se faire dans le plus grand secret. L'agence voulait demander à mon père une somme substantielle pour se charger de cette mission, Walter a déclaré qu'il pourrait aussi bien le faire à sa place. Issacharof lui tend, par-dessus la table, une enveloppe marron-jaune assez petite pour tenir dans la poche intérieure d'une veste.

– Ne l'ouvrez pas. Dans deux jours à midi précis, vous irez à l'hôtel Hilton d'Amsterdam, vous direz au portier que vous avez rendez-vous avec M. Armoni. Présentez-vous sous le nom de Peter Feltham. Le portier vous désignera M. Armoni. Vérifiez son identité, remettez-lui l'enveloppe, et ne répondez à aucune question.

Cette histoire est étrange, et, en rentrant à Bruxelles, Walter décide d'examiner le contenu de cette enveloppe. Il la décachette soigneusement à la vapeur. Nous découvrons des billets d'avion et des passeports israéliens au nom d'Armoni et de sa femme, avec des visas pour les États-Unis. Pour quelle raison l'agence s'est-elle chargée des visas ? Qu'est-ce qui a empêché Armoni de le faire lui-même ? Walter a bien envie de faire des copies des documents, mais je redoute la réaction d'Issacharof s'il l'apprend. On ne sait jamais, il a notre enquête en charge, je ne voudrais pas qu'un grain de sable fasse dérailler la machine.

Le dimanche suivant, nous sommes à Amsterdam tous les deux. Walter gare sa voiture près du Hilton, j'attends seule à l'intérieur. Je le regarde se diriger vers l'hôtel, vêtu d'un jean, d'un Tee-shirt et d'une veste légère, dans laquelle il a dissimulé l'enveloppe. Je le suis en pensée.

– Je m'appelle Feltham, j'ai rendez-vous avec M. Armoni.

Plus tard il me racontera la suite :

– J'ai repéré un coin tranquille dans le hall. J'ai dit au portier que j'attendais là. Je faisais semblant de lire un journal. J'observais les allées et venues. Au fur et à mesure que le temps passait, j'ai commencé à me poser des questions. Je me demandais si je n'avais pas fait une erreur, un geste, qui aurait fait fuir cet Armoni. Et puis la colère m'a pris. Je me disais : au fond ce type est un complice de Chaïm, il a gardé les enfants chez lui, prisonniers. Je suis sûr qu'il en sait bien plus qu'il n'en a dit aux détectives de l'agence. J'ai bien envie de lui tordre le cou, au lieu de lui donner cette enveloppe.

« J'ai attendu une bonne heure, et puis j'ai vu arriver une femme, un homme et un bébé. J'ai d'abord cru que c'étaient des hippies. Le type portait un vieux jean délavé et une chemise, elle un poncho marron avec des motifs indiens. Une blonde, les cheveux raides jusqu'aux épaules, si raides qu'on aurait dit une perruque... Ensuite je me suis aperçu que le type portait une calotte sur la tête, alors je suis allé vers lui et j'ai dit :

– Je m'appelle Peter Feltham, vous êtes M. Armoni ?

« La femme s'est écriée aussitôt :

– Vous êtes de la police !

– Non. Pas du tout, je ne suis pas de la police. Je ne suis qu'un messager.

– Si ! Vous êtes de la police !

– Écoutez... je suis désolé. On m'a simplement demandé de vous remettre ceci...

« J'ai tendu l'enveloppe, la femme s'est tue, Armoni s'est décidé à la prendre. Alors j'ai ajouté :

– Je ne sais même pas ce que c'est !

« Armoni a ouvert, il a inspecté le contenu. Il a eu l'air satisfait. La femme m'a demandé tout à coup :

– Quel temps fait-il à New York ?

« J'ai répondu qu'il faisait sans doute plus froid qu'ici, et qu'elle ferait bien d'emporter des vêtements chauds. Armoni m'a remercié et m'a demandé d'attendre cinq minutes après leur départ pour quitter l'hôtel. Je n'ai pas attendu plus de trente secondes, le temps qu'ils passent la porte d'entrée, et pourtant, quand je suis arrivé au coin de la rue, ils avaient disparu ! Volatilisés !

Ces gens semblent vivre dans l'illégalité en permanence.

Armoni a passé un mois entier à New York à chercher Chaïm en prétendant qu'il lui avait promis du travail. J'ignore s'il a appris quelque chose pendant cette période, en tout cas, il ne nous a rien dit.

La Duchesse refait surface en nous présentant de vagues excuses. Cette fois, dit-elle, elle *part* vraiment pour New York, cette fois elle va *travailler* pour nous. Jusqu'à présent, au lieu d'enquêter discrètement, elle s'est répandue dans tous les centres hassidiques autour de New York, avec la photo des enfants, en braillant à qui voulait l'entendre :

– Avez-vous vu ces enfants ? Nous les recherchons !

Nous nous sommes rendu compte trop tard de ce qu'elle était en train de faire. En réalité elle criait partout : « Attention, regardez bien ces enfants, cachez-les bien, ils les recherchent, ils sont près du but ! »

Rilov se vantait de pouvoir la manipuler mais c'est elle en fait qui a brouillé les cartes. Et l'agence nous propose d'engager des frais supplémentaires pour permettre à cette femme de chercher ailleurs ? Cette fois, c'est non. Ces gens qui profitent de notre détresse, ne craignent pas de puiser dans nos économies, ne nous disent pas la vérité, disparaissent subitement... c'est trop.

– Non ! Il est inutile de gâcher encore de l'argent pour cette Duchesse !

Des visages étonnés par le ton tranchant que j'ai adopté se tournent vers moi. Rilov surtout, qui ne parle qu'à mon père, et ne traite qu'avec mon père... Papa approuve ma décision avec une certaine réticence. Mais il m'écoute, et c'est la première fois qu'il m'écoute, la première fois que j'ai le dernier mot.

Le 11 mars 1988, la cour isréalienne a annulé enfin le jugement qui attribuait la garde des enfants à Chaïm Yarden. Depuis cette date, je suis l'unique personne au monde à avoir légalement des droits et des devoirs vis-à-vis de mes enfants.

Mais Chaïm a volé ces droits, et j'ignore s'il remplit son devoir... d'une quelconque façon.

26

Les yeux du cœur

Armoni n'a rien découvert, la Duchesse nous a roulés. Il ne nous reste que l'ancien agent israélien, connu sous le nom de Nechemia.

Son arrivée dans la ville de Monsey n'intrigue personne, il a tout du vrai Hassid. Le long manteau noir et le chapeau plat traditionnel sont authentiques. Seuls ses *peyots* et sa barbe sont des postiches, mais nul ne s'en aperçoit. Personne ne sait non plus que l'argent liquide qu'il a rangé dans son appartement lui a été remis par mon père.

Au début, Nechemia ne rencontre personne qui puisse le mener à Chaïm ou sur la piste des enfants. Il est prudent, il attend sans questionner ouvertement, ni se faire remarquer. Il parvient ainsi à dénicher l'homme qui a indiqué la piste de Monsey, l'homme du restaurant casher de Williamsburg, qui s'est sauvé en reconnaissant Chaïm sur une photo de peur d'en dire trop à mon père et au détective.

Cet homme dirige une compagnie de transport routier. Nechemia apprend qu'il a employé occasionnellement Chaïm, mais ne l'a pas revu depuis longtemps, et ne sait pas où il est. En discutant avec lui, il retient le nom du rabbin Ezekiel Tauberg, qui dirige une synagogue et une école. Ce rabbin sait peut-être où trouver Chaïm Yarden. Mais Nechemia nous rapporte une information inquiétante. Il semble bien qu'après la visite de mon père à la police locale de la région, un voire plusieurs officiers aient alerté des chefs de la communauté satmar. Peut-être même le rabbin Tauberg.

Cette information est difficile à croire, mais se révèle exacte malheureusement. Car le même jour, Chaïm s'est enfui de Monsey avec les enfants. Nechemia a appris que la communauté satmar de Monsey lui a fourni 9 000 dollars pour s'enfuir.

Il était donc encore là le jour où mon père expliquait à la police de Monsey qu'il avait kidnappé les enfants et qu'il était recherché... C'est déprimant. Apprendre que nous étions si près d'eux et que nous avons raté le coche. J'en suis physiquement malade. Tout le monde aide donc Chaïm à Monsey ? La police compris ?

Quand ce détective Rilov se permet de me dire au téléphone, depuis Israël, qu'il ne veut parler qu'à mon père, je hurle de rage :

– Il n'est pas là ! Et c'est moi la mère ! Dites ce que vous avez à dire !

– Je rappellerai votre père !

Je n'en peux plus, je suis folle de rage, et lui raccroche au nez. Pour qui se prend-il, ce macho ?

En Belgique comme ailleurs, les juges préfèrent avoir affaire à des avocats, mais je cherche à économiser de l'argent, et pour cette procédure c'est décidé :

– Je me représente moi-même dans cette affaire !

Le juge fronce les sourcils, mais m'autorise à continuer. Je demande que Chaïm soit condamné à la peine maximale prévue pour l'enlèvement d'un enfant par l'un de ses parents s'il est arrêté et extradé en Belgique, c'est-à-dire un an de prison ferme. Le 27 juin, le juge prononce cette condamnation par défaut. Un mandat d'arrêt international est lancé contre Chaïm Yarden. Interpol le transmet aux polices du monde entier. Il n'y a plus qu'à le retrouver. La cour est légalement obligée de lui signifier la sentence prononcée contre lui. Mais comme personne ne sait où il se trouve, les papiers sont envoyés à Sholomo et Leah, ses parents. Leah renvoie les papiers, en indiquant que son fils « vit quelque part aux États-Unis ».

Les affaires vont mal. La société qui m'emploie est contrainte de licencier, et je fais partie du lot. Heureusement, recommandée par mon patron, j'ai la chance de retrouver un emploi immédiatement dans une manufacture de mannequins. Je travaille à la gestion des stocks. C'est une petite entreprise familiale qui possède des bureaux à Bruxelles et à Paris. J'explique clairement ma situation, afin que personne ne soit surpris si des complications survenaient dans ma vie.

Walter est fasciné par le dynamisme de la famille Heymans. Mon père entretient une tradition voulant que tous les membres de la tribu se montrent solidaires les uns des autres en cas de crise. Solidaires, nous le sommes à un point qui étonne mon compagnon. Mes trois frères n'ont jamais fait la moindre objection à propos des dépenses engagées par mes parents pour rechercher mes enfants. Aucune jalousie à mon égard, au contraire, ils sont toujours là pour moi. Nous sommes si proches qu'il est difficile, même à Walter, de trouver sa place parmi nous. Il nous a surnommés affectueusement : la mafia Heymans.

Quelque peu exclu du cercle familial, il s'est attribué un rôle subalterne, mais inappréciable. Besoin de la photocopie d'un dossier ? Il court s'en charger. Problèmes de financement ? Il propose d'avancer la somme. Si je dois partir en voyage, il s'occupe de tout à la maison. Je me plonge dans le passé, il avance tranquillement vers l'avenir, prépare un environnement stable et confortable pour accueillir Marina, Simon et Moriah à leur retour.

Il sait que je suis incapable de rester seule dans cette maison, vide de mes enfants. S'il travaille tard, je sors faire des courses en attendant qu'il rentre, ou je dîne avec une amie. Nous arrangeons tout par téléphone dans la journée, depuis nos bureaux respectifs. Il me tient la main, fermement. Je n'aurais jamais pu m'en sortir sans ma famille, mais Walter est devenu mon point d'ancrage. Mon rocher.

Les nouvelles de Nechemia entretiennent l'espoir. Il a pris une décision culottée. Il est allé directement chez le rabbin Tauberg à Monsey et lui a dit :

– Le père de Chaïm Yarden est gravement malade. Savez-vous où je peux prévenir son fils ? La famille cherche à le contacter.

Nechemia dispose de suffisamment d'informations sur la famille de Chaïm pour être crédible. Il court néanmoins le risque que le rabbin vérifie ses dires en appelant Asher, par exemple, le frère de Chaïm, mais il ne prend même pas cette précaution.

– Chaïm Yarden ? Je lui ai parlé il y a deux jours. Il allait chez mon beau-frère, Stroh. Il se trouve actuellement chez lui, à Londres.

Nous lançons immédiatement une action en justice auprès d'un tribunal britannique, comme mon père l'a fait aux États-Unis, pour s'assurer de la coopération des autorités. Le correspondant de l'agence ICTS à Londres, Eitan Rozen, prend la direction de l'enquête. Nechemia se rend aussitôt à Londres à nos frais pour agir dans l'ombre. Il rend visite à ce Stroh, avec un magnétophone dissimulé dans ses vêtements. Stroh lui apprend que Chaïm a séjourné chez lui, et que le rabbin Tauberg a téléphoné de New York pour l'informer que son père était malade.

Au cours de l'audience qui a lieu quelques jours plus tard devant la Haute Cour de Justice, il nie sous serment avoir jamais rencontré Chaïm à Londres. Il ment, notre enregistrement le prouve, mais une bande magnétique n'a malheureusement aucune valeur légale. Stroh admet lors de son témoignage que ses enfants ont joué avec les miens, au cours d'un séjour de vacances à Monsey. Pour moi, c'est le plus difficile à supporter. C'est désespérant.

À Londres où j'entreprends de fréquents voyages, mon travail se divise en deux parties. D'abord j'incite la presse à faire des reportages sur nous, afin d'exercer une pression sur toute personne apportant de l'aide à Chaïm. Nous payons les services d'une agence de relations publiques pour obtenir des articles et une interview de mon père à la radio. À côté de cela, je fouille moi-même chaque centimètre carré de la communauté hassidique de Londres. Chaque week-end ou presque, je pars en chasse, depuis le domicile de Eitan Rozen, qui m'héberge dans sa famille.

Une heure et quinze minutes de métro pour me rendre à Stanford Hill. Le quartier est exclusivement hassidique. Il y a un grand parc. Je le traverse à pied au milieu des enfants qui jouent. Je m'approche d'eux le plus près possible, sans prendre le risque de les effaroucher. On a appris à ces enfants à se méfier de toute personne non juive, et à la considérer comme un ennemi susceptible de menacer son mode de vie.

Je parcours ensuite le dédale des rues, j'attends que des gens sortent de chez eux, que des groupes se forment, pour m'approcher un peu, et examiner les visages au passage. J'ignore ce que je ferais si je tombais tout à coup sur Chaïm.... Les chances de retrouver les enfants de cette façon sont minces, mais depuis qu'on m'a mis en tête qu'ils étaient peut-être là, quelque part dans une de ces maisons toutes semblables, je cherche, cherche obstinément. J'ai peur. Les enfants grandissent vite. Plus le temps passe, plus ils doivent changer. Je porte leur photo sur moi en permanence, dans les rues de Stanford Hill.

Souvent après ces journées épuisantes, je fais le même cauchemar la nuit. Je marche interminablement le long des rues, et les gens me regardent passer comme si j'étais une ennemie dangereuse. Je dépasse un groupe d'enfants, l'un de ces enfants est le mien, parfois Marina, parfois Simon, parfois Moriah. Mais je ne le reconnais pas, je ne sais pas que c'est lui. Alors cet enfant qui est le mien pense ceci : « C'est ma mère qui passe, mais elle fait semblant de ne pas me reconnaître, parce qu'elle ne veut pas de moi. » Je me réveille toujours à cet instant, tremblante, terrorisée, je me jette sur la photo des enfants près de mon lit, je scrute les visages, Marina, Simon, Moriah. Je les grave dans mes yeux, dans mon cerveau, dans mon âme.

Une équipe de la télévision britannique vient réaliser un reportage en Belgique. Pour les besoins du film, je dois refaire le chemin que j'ai suivi le matin du 11 décembre 1986, m'arrêter devant l'école Saint-Joseph, où j'ai vu mes enfants pour la dernière fois. Depuis vingt mois, j'ai soigneusement évité de passer devant l'école, justement. C'est une expérience pénible. Les journalistes sont derrière moi dans la voiture pendant que je conduis, depuis le 9 de la rue Verte, jusqu'au boulevard de la Woluwe. Il faut que je descende de voiture, que je montre à la caméra l'endroit exact où j'ai laissé Marina, Simon et Moriah. L'équipe filme les instituteurs, la salle de classe de Simon, le petit terrain de football. Ils n'ont pas besoin de moi pour ça, je peux filer dans un coin, pleurer tout mon saoul. Et avaler un tranquillisant que le médecin m'a recommandé de prendre en cas d'urgence. C'est une urgence.

Après la Belgique, l'équipe me demande de l'accompagner à Londres, filmer des scènes de la vie quotidienne des Hassidim dans le quartier de Stanford Hill. Là, des groupes d'hommes menaçants nous entourent très vite, j'entends siffler leurs commentaires :

– Allez-vous-en !

– On ne veut pas de vous ici !

– Nous ne voulons pas être filmés par la télévision !

La main d'un homme sur l'objectif repousse l'ennemi.

Je marche seule en direction du parc. Encore un samedi, encore un sabbat à Stanford Hill. C'est l'été, la journée s'étire, mais il fait encore chaud. Le parc est presque désert. J'aperçois au loin un groupe de six ou sept fillettes. Je les dépasse de quelques pas, lorsque soudain mon corps réagit. Je suis prise d'un frisson, mon cœur bat violemment, la tête me tourne, comme si je venais de recevoir un coup de poing en pleine figure. Moriah ? Est-ce que je viens de croiser le regard de Moriah ?

Je continue d'avancer, ivre d'émotion, pour ne pas effrayer les enfants. J'avance, j'avance, puis je fais demi-tour, le plus naturellement possible, telle une promeneuse sans but, en réalité morte d'angoisse. Moriah avait quatre ans lorsqu'elle a disparu. Elle en a six à présent. Il faut que je m'approche de cette enfant à moins de deux mètres pour pouvoir la dévisager sans ostentation. Elle est au centre du groupe.

Moriah a dû changer forcément, mais en quoi

a-t-elle changé ? Il me faut plus d'un regard pour m'assurer que c'est elle. Se souvient-elle de moi ? Je meurs d'envie de prendre cette petite fille dans mes bras, et de scruter son visage. Mais il ne le faut pas. Je les ferais fuir comme une volée de moineaux. J'accomplis le tour du parc une troisième fois, mais l'une des grandes a remarqué mon manège et se rapproche du centre du groupe pour protéger la plus jeune. Elle l'entoure avec ses compagnes d'un cocon protecteur.

Je cherche un détail clé, le nez de Moriah est très légèrement dévié. Quand elle était bébé elle avait l'air de loucher... C'est le même nez ! Je suis incapable d'ouvrir la bouche. Le nom de ma fille reste coincé dans ma gorge. Mon cœur cogne avec une telle violence que j'ai peur que les enfants l'entendent. Je ne sais pas quoi faire.

Le même nez ! C'est Moriah, c'est ma fille ! Elle ne peut pas me reconnaître. Il y a deux ans, j'étais plutôt boulotte, j'ai perdu neuf kilos depuis. J'avais les cheveux longs et raides, ils sont courts et un peu frisés. J'avais des problèmes d'acné, j'ai maintenant de petites rides au coin des yeux et de la bouche. Le chagrin m'a transformée.

Les enfants s'éloignent. Que faire ? Ne pas les perdre de vue ? Courir chercher de l'aide ? Je fonce vers une cabine téléphonique à deux cents mètres de là. Mes jambes pèsent une tonne, tout mon corps est en béton. La panique me prend lorsque je me rends compte que je ne peux plus voir les enfants depuis la cabine. J'introduis rapidement les pièces, mes doigts tremblent pour composer le numéro de Rozen.

– Moriah ! Elle est ici ! Je l'ai vue.

– Calmez-vous !

– Mais je l'ai vue !

– Vous en êtes sûre ?

– Oui, j'en suis sûre ! Aidez-moi, je vous en prie.

– Où êtes-vous ? Bon, d'accord, j'appelle la police et je vous rejoins le plus vite possible. Allez m'attendre au croisement du parc et de l'avenue.

Je raccroche et file au croisement, comme si Rozen pouvait arriver dans la minute. J'arpente le trottoir, l'aiguille de ma montre n'avance pas. Moriah, Moriah. J'ai vu Moriah...

Lorsque Rozen arrive enfin avec la police, nous nous précipitons à l'endroit où se tenaient les fillettes, mais elles sont parties. Je deviens folle.

Des officiers de police nous rejoignent dans les minutes qui suivent. Je leur raconte ce que j'ai vu, j'insiste sur le fait que les plus grandes semblaient protéger Moriah.

– Ne faites pas peur à ma fille, surtout !

– Vous êtes sûre que c'est bien elle ? Si vous avez le moindre doute, il vaut mieux nous le dire ! Ce serait normal, vous savez...

– Je suis sûre !

La police quadrille le quartier dans une voiture banalisée. Nous sillonnons les rues, mes yeux sont à l'affût, et soudain, à l'angle d'une rue, j'aperçois le groupe des filles, Moriah est encore avec elles. Elles entrent dans une petite cour, et disparaissent à l'intérieur d'une maison. L'officier de police m'arrête.

– Nous n'avons pas de mandat. On ne peut rien faire. Je vais noter l'adresse, nous irons au commissariat pour envisager le problème.

Au commissariat, en transe, j'appelle mon père. Il fonce à l'aéroport de Bruxelles pour me rejoindre. La police me pose une multitude de questions et interroge également Rozen. Il fournit tous les documents légaux nécessaires. Et chaque fois on me répète :

– Vous êtes sûre ?

– Regardez la photo. Elle a le nez légèrement dévié. Jamais je n'ai été aussi sûre d'une chose dans ma vie ! C'est elle.

Le lendemain, la police m'accompagne dans cette maison. J'ai passé la nuit terrorisée à l'idée que les gens qui l'habitent aient déjà fui avec Moriah. Mon père est arrivé avec un classeur bourré de documents, et de photographies. Je les ai regardées, ces photos, jusqu'à en avoir mal aux yeux. Je dois identifier formellement ma fille, cette fois.

– Si vous n'êtes pas sûre, ou si vous vous êtes trompée, ce n'est pas grave. Il vous suffira de le dire...

Deux officiers de police avancent vers la porte de la maison, ils vont entrer avant moi, pour parler à ces gens et leur expliquer. Il y a une femme et un homme. L'homme sur le pas de la porte répond :

– Non. Cette enfant est notre fille.

Ces gens semblent être des juifs ashkénazes. Ils ont le teint clair, leurs ancêtres probablement viennent d'Europe de l'Est. Ils acceptent de nous laisser entrer, mais refusent que nous nous adressions directement à leur fille qui se réfugie immédiatement sous la table. L'homme dit :

– Elle fait toujours ça quand il y a du monde.

Un policier demande pourquoi l'enfant n'est pas à l'école avec les autres enfants.

– Elle a été malade, voilà pourquoi !

L'atmosphère est glaciale, tendue. Je parle peu, pour laisser faire les policiers. C'est à eux de mener l'interrogatoire. L'enfant est toujours sous la table, apeurée. Je ne peux pas la voir complètement, mais elle a l'âge, la taille, la couleur de peau de Moriah. Une peau mate comme celle de Chaïm. Rien à voir avec le teint clair de ses prétendus parents. Les officiers de police reconnaissent qu'elle a le même nez que Moriah sur la photo.

– Madame Heymans, êtes-vous sûre de vous ?

– Oui.

Je regarde mon père, il hoche la tête en signe d'acquiescement.

– Oui, c'est bien Moriah.

L'homme proteste avec virulence :

– Mais non ! C'est notre fille !

Un officier me reconduit gentiment dehors.

– Allez vous asseoir dans la voiture, tout ira bien, ne vous inquiétez pas. On s'occupe du reste.

Dehors, je suis immédiatement entourée par un groupe de Hassidim hostiles. Les nouvelles se répandent vite dans un quartier comme celui-là. Personne ne me menace ouvertement, mais les gens sont visiblement énervés, et une voix haineuse me lance :

– Comment osez-vous venir prendre les enfants des autres ?

J'ai envie de les assommer d'imprécations. Au nom de quelle religion protègent-ils ceux qui m'ont pris mes enfants à moi ? Au nom de quelle foi s'arrogent-ils le droit d'être complices d'un ravisseur ? J'ai envie de leur crier cela, de les faire reculer, de les rayer de mon chemin. Mais je vais m'asseoir au fond de la voiture et j'attends. La journée se termine sur une impasse. L'homme prétend que Moriah est sa fille, je prétends que c'est la mienne.

Dans la voiture Rozen me teste à nouveau.

– Il est encore temps de dire que vous vous êtes trompée ! Tout le monde le comprendrait.

Cela doit faire un million de fois qu'on me répète ça.

– Non.

C'est une sorte de jugement de Salomon que doit rendre le juge.

J'ai le certificat de naissance de Moriah. Les parents de la petite fille disent qu'ils n'en ont pas. Le juge demande des photographies de l'enfant. J'en ai, les parents n'en ont pas. J'affirme sous serment que Moriah porte sur la poitrine une petite marque de naissance, et je montre une photo d'elle bébé sur laquelle on peut distinguer une minuscule tache brune. Le juge ordonne de conduire l'enfant dans une pièce pour l'examiner. Seul mon père est autorisé à assister à la vérification. Il n'y a pas de marque de naissance mais, à la place, une toute petite cicatrice. Les parents affirment qu'elle a simplement été opérée du cœur !

Le juge est visiblement troublé. Les coïncidences sont énormes. Mais pas assez pour prouver sans l'ombre d'un doute que cette enfant est Moriah. Alors Salomon demande à la science de trancher. Un examen génétique du couple, de l'enfant et de moi-même dira si l'ADN est celui de ma fille. Il faut attendre six à huit semaines. Durant cette période il m'est interdit par le juge de contacter la famille. De leur côté ils ne pourront quitter le territoire.

Nous nous croisons le lendemain dans un laboratoire où l'on nous fait une prise de sang. Le prétendu père de Moriah passe devant moi sans me voir.

– Ils vont s'enfuir, papa... On ne les retrouvera plus... Ces gens se moquent bien des lois, ils obéissent aux autorités de leur communauté, à personne d'autre.

L'attente est paralysante. Je refuse de préparer la chambre de Moriah. Je me tais et j'envoie promener tout le monde, Walter y compris. J'ai mal au ventre, mal partout. L'angoisse est enfouie en moi comme un rat qui me ronge, là où personne ne peut l'atteindre.

Enfin mon père m'appelle pour me lire au téléphone la lettre de l'avocat de Londres. Elle dit ceci : « Le test génétique prouve de manière irréfutable que l'enfant ne peut pas être Moriah. »

Pendant quelques minutes, je deviens paranoïaque. Ils ont falsifié les tests, ils se sont trompés !

Puis c'est fini. Une chape de tristesse tombe sur moi, engloutit l'espoir, m'anéantit. Patsy, tu n'as pas vu Moriah de tes yeux, tu l'as vue avec ton cœur. Moriah, quel est ton visage à présent ?

27

Que leur mère ne les reconnaisse plus ou l'histoire d'un petit garçon nommé Joseph

Le livre est mince, en format de poche, une édition pauvre au papier de mauvaise qualité. La couverture ne se distingue par rien de particulier, ni photos ni dessins. Les Mémoires de la « Duchesse ». Un des détectives de l'agence ICTS en a retrouvé un vieil exemplaire et me l'a apporté.

Cette femme décrit sa découverte du judaïsme, le long processus de la conversion, les années d'études, les examens difficiles, les entretiens avec des rabbins, sous forme d'interrogatoires en règle. Elle raconte son départ pour Jérusalem, ses fiançailles avec un rabbin très puissant, et les difficultés qu'elle a rencontrées pour se faire accepter au sein de la communauté hassidique. Chrétienne convertie, elle est restée à ses yeux suspecte, bien qu'au fil des années elle soit devenue une croyante fervente.

Le système d'éducation hassidique l'a fortement impressionnée. Dès leur plus jeune âge on oblige les petits garçons à répéter machinalement et à longueur de journée les textes de la Bible, sans leur en expliquer le sens. Ils doivent devenir des machines à répéter, sans plus. Les filles apprennent à s'occuper d'une maison et à faire la cuisine casher.

La Duchesse estime qu'il s'agit de la meilleure éducation possible pour des enfants. La séparation des sexes est rigoureusement observée. Un petit garçon n'a pas le droit de toucher sa mère, il lui est interdit d'entrer dans sa chambre, de peur qu'il n'aperçoive sous le vêtement une partie de son corps. Les mères portent un sous-vêtement long, sous une robe longue cachant leur corps du cou jusqu'aux pieds.

J'imagine avec horreur l'existence de mes trois enfants s'ils reçoivent cette éducation sectaire et subissent ce que je considère comme un lavage de cerveau. Aucune tendresse féminine pour les réconforter. Des heures de répétition mécanique.

La Duchesse raconte également l'histoire d'un petit garçon nommé Joseph Shumaker qui fait froid dans le dos. Les grands-parents hassidiques de cet enfant s'inquiétaient de l'éducation que ses parents lui donnaient, parce qu'elle ne respectait pas, à leur goût, la tradition. Ils ont organisé le kidnapping de l'enfant. La Duchesse se vante d'avoir joué ensuite un rôle important dans le « redressement » de Joseph. Elle l'a fait changer constamment de nom, l'habillant parfois en fille pour qu'on ne le reconnaisse pas. Ce que cette femme considère comme un « sauvetage » est un crime aux yeux du reste du monde. Apparemment, ce genre d'histoire se produit fréquemment au sein de cet univers clos. Les conflits opposent en général des juifs à d'autres juifs, et se règlent dans la plus grande discrétion.

La Duchesse raconte que les Hassidim envisageaient de faire subir à Joseph une opération esthétique afin de transformer complètement son apparence. En principe cette opération soulève de graves problèmes d'éthique religieuse. La loi juive condamne la chirurgie esthétique. Nul n'a le droit de modifier ce que Dieu a créé. Mais Joseph a été repéré à New York et on a estimé qu'il pouvait être un devoir de désobéir à la loi divine, pour « sauver » quelqu'un. La Duchesse déclare qu'elle ne reculerait pas devant ce moyen s'il était nécessaire pour pouvoir éduquer « correctement » un autre enfant.

Ce passage du livre me glace d'horreur. Après l'avoir lu et relu, je fais des cauchemars la nuit, imaginant mes enfants aux mains de ces gens, leurs visages modifiés par le bistouri d'un médecin peu scrupuleux. Acharné à ce que leur propre mère ne puisse plus jamais les reconnaître. Une telle monstruosité accomplie sous l'autorité de la religion me révolte.

La Duchesse énumère fièrement les nombreuses personnes qu'elle a réussi à convertir. Il y a des voleurs, des assassins, des gens manifestement atteints de déficience mentale, des laissés-pour-compte, des exclus en tout genre, escrocs ou faibles.

Le « profil 21 » de Chaïm me traverse l'esprit. S'est-il converti par intérêt ou par faiblesse ? À tout prendre je préfère la première hypothèse. La Duchesse ne s'intéresse pas au passé de ces gens. Il lui suffit d'en faire des ultra-religieux pour qu'ils deviennent à ses yeux des *gens bien*. Le Hassid qui se charge de convertir une personne ne pousse pas trop loin son enquête. Du moment que le converti est prêt à observer les règles de la communauté, ses motivations importent peu. En qualité de membre d'une fraternité fermée, il sera protégé de la société extérieure.

Quel sorte d'univers ces gens ont-ils inventé ? Qui sont réellement ces individus capables de choisir volontairement une telle existence ?

Ce que représente ce petit livre moche, minable, me soulève le cœur. De dégoût, je le jette par terre. On ne brûle pas les livres, c'est vrai, mais celui-là... Je n'en parle à personne à ce moment-là, pas même à Walter. En parler transformerait ce cauchemar en une réalité insupportable.

J'apprendrai plus tard que le Mossad a recherché le petit Joseph pendant trois ans avant de retrouver sa trace. Ses agents ont dû recourir au chantage pour le délivrer. Ils ont pris en filature un célèbre rabbin hassidique jusque chez une prostituée. Menacé par des photos compromettantes, le rabbin a parlé, et les a conduits jusqu'à l'enfant. Personne dans la communauté juive ne sait, ne veut savoir, ou ne divulgue ce genre de choses. C'est uniquement parce que mes enfants et moi sommes chrétiens que le voile du secret a pu être levé sur notre longue histoire.

28

Tout ce que vous direz sera retenu contre vous

Le 16 janvier 1989, Dany Issacharof téléphone à mon père depuis Tel-Aviv.

– Il y a un type de la côte Ouest qui pourrait nous aider. Un certain Abraham. Il prétend avoir des contacts avec les Hassidim de New York. Il serait prêt à réunir des anciens collègues pour monter une opération et faire sortir les enfants clandestinement des États-Unis.

– Combien ?

– 300 000 dollars...

– C'est une plaisanterie ?

– Non. Je pense que vous devriez l'écouter. Je connais ce type. C'est un ancien ranger, il a travaillé pour une agence de détectives, et souvent avec des juifs. Je pense qu'il a de bons contacts.

Ni mon père ni moi ne voulons ni ne pouvons payer 300 000 dollars, mais papa a l'habitude des affaires, il sait que tout est négociable. Il accepte de rencontrer cet Abraham à New York, et de prendre en charge ses frais de déplacement depuis la côte Ouest des États-Unis. Papa arrive à New York la veille du rendez-vous. L'agence lui a réservé une chambre d'hôtel à Times Square au tarif réduit de 70 dollars la nuit. Le correspondant local d'ICTS, Arik Arad, a organisé une rencontre avec des officiers de police appartenant au corps des US marshalls. Un mandat international étant lancé contre Chaïm, ils ont toute autorité pour l'arrêter s'il est localisé. L'agent chargé de l'affaire porte un nom invraisemblable dans son métier : Tony Crook. Autrement dit, Tony l'escroc.

De taille moyenne, trapu, les cheveux bruns et hirsutes, il a l'air d'un vrai dur, alors qu'il est extrêmement gentil ainsi que son équipier Mike Hollander.

Crook et Hollander se feront passer pour des privés de l'agence ICTS, collègues d'Arik Arad. Ils assisteront ainsi à la rencontre avec Abraham. Crook suggère à mon père de prendre du liquide sur lui, au cas où ce type demanderait une avance.

Papa me raconte tout cela par téléphone depuis New York, et son enthousiasme est contagieux.

– Cet Abraham ne s'impliquerait pas dans cette histoire, s'il n'avait pas de bonnes chances de réussir. La police est d'accord avec nous.

Ce coup de téléphone me met sur les nerfs. Je ne suis pas encore guérie de mon aventure londonienne. Trop d'espoir peut devenir un poison. Trop d'espoir, c'est rêver, imaginer. J'ai du mal à me concentrer sur mon travail quotidien. Mon corps est sur terre et mon esprit flotte quelque part dans les nuages.

Abraham est âgé d'environ trente-cinq ans. Plutôt grand, athlétique, le cheveu dru et brun, il est vêtu de manière décontractée. Mon père commence par lui faire remarquer deux choses importantes.

– Nous ne voulons pas reprendre les enfants par la force. Ils ont subi déjà suffisamment de traumatismes dans leur vie. Ensuite la loi est de notre côté, nous avons parfaitement le droit de les faire sortir du pays. Il n'y a aucune raison de leur faire quitter les États-Unis clandestinement. Autrement dit, la seule chose que vous auriez à faire, c'est de nous dire où ils se trouvent, et cela ne peut pas coûter 300 000 dollars...

Abraham est visiblement déçu, mais il baisse rapidement son prix. La négociation va durer des heures.

En me racontant cette rencontre, mon père est écœuré.

– Par moments le ton était cordial, et puis il montait d'un cran et moi aussi. Les enfants n'ont pas de prix pour nous, Patsy, mais se retrouver obligé de marchander comme si nous parlions de vulgaires produits, ou d'articles de bazar... c'est éprouvant. Finalement je lui ai dit que nous ne pouvions pas payer plus de 30 000 dollars, et que je ne paierais qu'après avoir récupéré les enfants. Il a accepté mais son informateur voulait 5 000 dollars... Alors j'ai craqué. J'ai dit aux détectives de se débrouiller tout seuls... J'en avais assez. Et là, cet Abraham a eu peur de perdre l'affaire, il a fini par lâcher une adresse. Le 8, Mapple Terrace, à Monsey, dans l'État de New York. Il a affirmé : « Tous les matins une voiture vient chercher les enfants pour les conduire à l'école... »

Ce soir-là, débordant d'optimisme, mon père est allé acheter des cadeaux pour les enfants. Il a rapporté dans sa chambre d'hôtel un jeu pour Marina, un camion pour Simon, et un ours avec une boîte à musique pour Moriah.

Le lendemain matin de bonne heure, une file de voitures banalisées quitte New York City en direction de Monsey. À leur bord, dix policiers, Arik Arad le privé, et mon père dissimulé sous une perruque et des lunettes noires, pour que Chaïm ne puisse pas le reconnaître. Il a pour mission d'identifier les enfants avec certitude, avant que les policiers passent à l'action.

À 7 h 30 du matin les voitures sont en place aux quatre coins de la rue. Les policiers observent le 8, Mapple Terrace à distance. Une heure s'écoule, il n'y a toujours aucun signe de la présence de mes enfants. Une autre s'écoule encore. À 9 h 30 tous les enfants sont à l'école. Où sont Marina, Simon et Moriah ?

Les policiers avancent en roulant au ralenti jusqu'à un café situé à la périphérie de la ville où Abraham attend fébrilement de recevoir comme convenu ses 30 000 dollars. Mon père est livide de colère :

– Vous savez où sont les enfants ! Vous refusez simplement de le dire ! C'est une tentative d'extorsion de fonds, et je vous poursuivrai en justice s'il le faut !

Effrayé, Abraham repart vers la côte Ouest et mon père décide de rentrer en Belgique, démoralisé une fois de plus. Mais dans l'après-midi, ce même jour, Arik Arad reçoit un coup de téléphone d'un homme qui se prétend l'indicateur d'Abraham.

– Je me suis trompé. Je croyais que les enfants étaient là et j'ai commis une erreur. Mais je peux vous assurer que je peux retrouver leur père. Je suis un ami, je peux mettre la main sur lui.

Arad et mon père, Crook et Hollander organisent donc une rencontre avec celui qu'ils ont baptisé « Judas ». Puisque cet homme est un ami de Chaïm et qu'il est prêt à le vendre.

Judas est un juif hassidique d'environ trente-cinq ans, de taille moyenne, avec des reflets roux dans les cheveux. Mon père se retrouve à marchander ses petits-enfants en face d'un inconnu.

– Abraham m'a dit quel était votre prix. 5 000 dollars. Je suis d'accord, même pour Yarden seul.

– Ce n'est pas assez...

– Alors, allez au diable ! Vous n'aurez pas un sou, et j'informerai la police que vous êtes complice dans cette affaire !

Crook, jouant au privé, intervient dans la discussion :

– C'est vous qui avez tout déclenché. C'est vous qui avez mis Abraham sur le coup. C'est vous qui prétendiez savoir où sont les enfants et maintenant où est Chaïm... Alors c'est simple, si vous ne nous aidez pas à mettre la main sur le père, vous prenez le risque d'être accusé de complicité de kidnapping. Mieux vaudrait dire ce que vous savez, tout de suite.

– Chaïm est un ami, vous comprenez... vous donner des renseignements sur lui contre de l'argent, j'ai des scrupules...

– Pourtant vous êtes là...

– Oui, mais Chaïm Yarden est mon ami...

– Il s'est très mal conduit, votre ami...

– Oui, mais il est juif... Un juif ne peut donner un juif à un non-juif...

À la fin d'une épuisante négociation, mon père finit par perdre patience. Judas n'a accepté qu'une seule chose, un autre rendez-vous le lendemain. Et il réclame un peu d'argent pour rentrer à Monsey le soir même.

– Je dois faire le plein d'essence, vous comprenez, c'est normal, j'ai eu des frais pour venir à New York.

– Je ne vous donnerai rien tant que vous ne m'aurez pas conduit à Chaïm. Vous comprenez ça ? Pas même un dollar. À demain à l'agence.

Ce soir-là, les policiers, le privé et mon père se réunissent pour mettre un plan au point. Un plan simple pour un simple Judas. Le lendemain matin, papa va retirer du liquide à la banque : 5 000 dollars en petites coupures de 100 dollars. Judas arrive à l'heure au rendez-vous. Mon père étale sur la table les 5 000 dollars afin que Judas puisse les voir, les évaluer, les sentir à portée de main. Mais il n'a pas le droit d'y toucher. Son regard brille d'avidité. Soudain mon père ramasse l'argent et le range dans la poche de son veston. Il attend.

Judas commence à parler. Il peut contacter Chaïm par l'intermédiaire d'un certain Borochov à Monsey. Chaïm travaille de temps en temps comme peintre en bâtiment, au noir. Il ne veut pas payer d'impôts et risquer de se faire repérer.

En se fondant sur ces renseignements les policiers montent une nouvelle opération.

– Vous allez contacter Chaïm par l'intermédiaire de ce Borochov. Vous allez le convaincre qu'un de vos amis restaurateur veut rénover son établissement à Brooklyn. Ensuite vous l'emmènerez avec vous sous prétexte de vous aider à établir le devis. Vous devrez amener Chaïm au coin de Ross Street et de Lee Street dans le quartier de Williamsburg. Ce sera le 27 janvier à 10 h 30 précises.

– C'est dans deux jours ! Et c'est vendredi !

– Justement. Les Hassidim seront occupés à préparer le sabbat, ils seront moins disponibles pour aider Chaïm. Voici le plan des rues. Vous devrez marcher de ce côté-là, vous passerez devant ces magasins, visiblement, tranquillement, et vous vous arrêterez ici, très précisément, pour que M. Heymans puisse identifier notre homme. Ne faites pas un seul écart, n'improvisez pas. Compris ?

Judas doit comprendre. De toute façon, il n'a pas le choix. La police ne plaisante pas avec les complices de kidnapping, et il a reniflé les 5 000 dollars de papa.

Mon père me raconte tout par téléphone, en détail, et cette fois une vague d'espoir me submerge. Chaïm arrêté, nous aurons encore des difficultés sûrement à récupérer les enfants, il faudra quelques jours, mais c'est parti, c'est en marche. Je suis sur le pied de guerre. Je n'aurai pas de nouvelles avant vendredi soir. Si elles sont bonnes, je prendrai l'avion pour les États-Unis samedi à midi.

Toutes les questions refoulées se posent en même temps. Combien de temps faudra-t-il pour récupérer les enfants, combien de temps pour qu'ils se réadaptent ? Quand pourrai-je les ramener à la maison. Vont-ils se rappeler de moi ? M'accepter comme leur mère ? Ou me rejeter comme une étrangère ? On leur a appris à se méfier des non-juifs. Je suis une mère non juive.

La police, des milliers de dollars, des indices, des escrocs, des Judas, mon père transformé en marchand de tapis, pour retrouver mes enfants...

27 janvier 1989. Vendredi.

Mon père attend avec Crook et Hollander dans une voiture banalisée. Luxueuse. Devant son étonnement les policiers lui expliquent qu'elle vient d'être confisquée à un dealer. Trois autres voitures bourrées de policiers occupent le croisement de Ross Street et de Lee Street. Ils portent tous des blousons avec la mention « US Marshall » dans le dos. Arik Arad, le privé, serre contre lui un sac contenant les 5 000 dollars de prime. Dehors, dans la rue, les gens passent, indifférents. Un curieux mélange de juifs hassidiques, barbe et manteau noirs, godillots noirs, et de jeans et baskets.

Derrière les vitres fumées de la voiture, mon père n'est pas visible. Mais il peut voir parfaitement. Il est nerveux. Ce déploiement des forces de la police comme dans un film, l'attente de voir surgir le suspect... c'est une expérience peu ordinaire.

À 10 h 30 précises, Judas et un autre homme apparaissent sur le trottoir. Un des policiers demande :

– C'est lui ?

– Attendez qu'ils passent devant la voiture...

Les deux hommes dépassent la voiture banalisée comme convenu sur le plan, et s'arrêtent devant l'endroit prévu.

– C'est lui ?

Mon père dévisage le compagnon de Judas. Il ne ressemble pas au Chaïm qu'il a connu. Les vêtements hassidiques, le costume sombre, le chapeau et les *peyots* bouclés, la barbe... tout cela le rend méconnaissable. Il ne peut affirmer avec certitude qu'il s'agit de Chaïm. Mais il ne peut pas non plus courir le risque de le laisser filer. Tant pis pour le doute. Après tout, que risque-t-il ?

– C'est lui ! C'est bien lui !

Une voix lui fait écho immédiatement dans la radio du bord.

– L'homme est identifié ! Allez-y !

Sept hommes surgissent en même temps des voitures garées au carrefour, et se jettent sur Chaïm. Un officier lui pointe une arme sous le nez. D'autres l'obligent à s'allonger sur le trottoir, face contre terre, on écarte Judas. J'imagine qu'en se penchant vers lui, quelqu'un lui a déclaré :

– Vous êtes en état d'arrestation, tout ce que vous pourrez dire à partir de maintenant sera retenu contre vous, etc.

Une foule de curieux se presse aussitôt, des juifs hassidiques essentiellement et, pour éviter la cohue, un agent hurle :

– Écartez-vous, c'est un meurtrier, il a tué des gens en Israël !

Puis tout va très vite, Chaïm est fouillé, on lui passe les menottes, il disparaît à l'arrière d'une voiture, encadré par des agents.

Mon père se souvient qu'un des policiers a dit d'un air dégoûté :

– Il a chié dans son froc !

Ensuite, devant tout le monde, Arad jette l'enveloppe pleine de billets sur le trottoir, aux pieds de Judas. Les voitures démarrent en même temps. Arad appelle son bureau sur la 57e Avenue, avec un téléphone portable. La nouvelle est transmise à ICTS, l'agence centrale de Tel-Aviv.

Quelques minutes après l'arrestation, le téléphone sonne sur mon bureau à Bruxelles. La voix tremblante d'émotion de maman dit :

– Ils l'ont eu, Patsy !

– Et les enfants ?

– Rien encore. Mais ce ne sera plus très long.

Ils l'ont eu. Les murs valsent autour de moi. Mon cœur bat la chamade. Ils l'ont eu, nous avons réussi. Il faut que j'appelle Walter, que je demande un congé pour partir demain matin. Il faut que je fasse tant de choses...

Mon patron est un homme adorable :

– Occupez-vous de vos enfants. Ils passent avant tout le reste...

Judas nous a vendu Chaïm pour 5 000 dollars. 5 000 dollars de plus. Mais c'est fini.

29

Lettre d'un rabbin à ses ouailles

Dans la voiture qui emmène Chaïm au poste de police, un des hommes essaie de le faire parler immédiatement.

– Où sont les enfants ?

– Ils sont en Israël avec ma femme.

– Qu'est-ce que tu racontes avec ta femme ? Elle est en Belgique, ta femme ! Tu te fiches de nous ?

– En Israël avec ma femme.

Chaïm est transféré au Centre de détention de Manhattan. Les autorités judiciaires belges déclenchent immédiatement la procédure visant à obtenir son extradition. Pendant ce temps, les détectives apprennent qu'il a vécu dans un appartement de Brooklyn, dans la 43e Rue. La location était prise au nom d'une femme juive yéménite, du nom d'Iris Buttel, qui a subitement disparu. Il faudrait un mandat de perquisition, mais, à la surprise générale, le juge refuse de l'accorder. Malgré les présomptions graves – le fait que Chaïm soit reconnu coupable d'enlèvement en Belgique –, c'est un refus net et sans recours. Personne ne pourra recueillir les indices que contient peut-être cet appartement.

Pour mon père et pour moi, c'est la preuve flagrante du pouvoir politique de la communauté hassidique. Aux États-Unis, un juge est élu. Et beaucoup d'électeurs à Brooklyn sont hassidiques. Il n'est donc pas étonnant qu'ils aient une grosse influence sur le système judiciaire local. À Monsey aussi, nous avons pu constater que les autorités avaient des liens avec la communauté.

Neuf heures de vol entre Bruxelles et New York. Le passager à mes côtés a dû se noyer dans une bouteille de parfum. Mon asthme ne le supporte pas, j'ai du mal à respirer, et à l'atterrissage je souffre d'une migraine atroce. Je déniche un bus qui m'emmène de Kennedy Airport au terminus de la 42e Rue, de là je marche jusqu'à Times Square.

Dans sa chambre d'hôtel, papa tourne en rond. Il me raconte tout ce qui s'est passé.

– Il persiste à dire que les enfants sont en Israël... Mais la police pense qu'il va craquer. Bientôt.

Nous regardons les cadeaux, nous fêtons la réussite du plan. Nous sommes relativement confiants vers 11 heures du soir, lorsque le téléphone sonne dans la chambre. Un homme dit qu'il attend dans le hall pour voir mon père. Il est juif hassidique, mon père le reconnaîtra facilement, dit-il. Papa descend le retrouver, et remonte presque tout de suite.

– Il m'a donné cette enveloppe, et il a filé !

L'enveloppe est épaisse, et contient des papiers appartenant à Chaïm. Plusieurs cartes d'identité, sous différents noms. Un permis de conduire mexicain, des cartes de crédit américaines, au nom de David Mizrahi. Et des photographies. Chaïm et les enfants, assis devant les grilles de la Maison-Blanche à Washington. Il est de profil en chemise blanche et costume noir. Les mains enfoncées dans les poches d'un pardessus noir. Marina et Moriah portent de gros manteaux écossais vert et noir. Simon a de longues boucles noires qui partent des tempes, le reste de ses cheveux, rasé, disparaît sous une calotte.

Marina sourit en regardant son frère qui détourne la tête, et veut échapper à l'objectif. Moriah regarde devant elle, avec un petit air grave.

D'après le feuillage ocre à l'arrière-plan, le cliché a été pris à l'automne. La date du tirage de cette photo est imprimée au dos : Octobre 1988. Quelqu'un a écrit les prénoms hébreux des enfants, avec une mention particulière : « Comme d'habitude Joseph cherche à s'enfuir. » C'est bien mon Simon. Il déteste être photographié. Deux ans séparent l'enlèvement de cette photo. Les enfants ont grandi, les visages ont perdu l'aspect joufflu de la petite enfance.

Sur une autre photo les enfants mangent des sandwiches. On aperçoit une camionnette à l'arrière-plan, aux vitres teintées. Ces clichés datent de quatre mois environ. Je tiens mes enfants entre mes mains. Ils sont presque là. Presque réels.

L'agenda personnel de Chaïm contient les adresses et les numéros de téléphone du rabbin Ezekiel Tauberg, qui avait appris à Nechemia que les enfants étaient à Londres, et de Borochov, le contact de Judas. Ce Borochov habite au numéro 8 de Mapple Terrace. Là où devaient se trouver les enfants selon Abraham.

Nous trouvons aussi une lettre adressée à la communauté hassidique, par le rabbin Tauberg, attestant que c'est moi qui ai enlevé les enfants :

Cette lettre est destinée à prouver que son détenteur est bien Yarden. Nous nous sommes rendu compte de toutes les difficultés que M. Yarden a rencontrées. Ses trois enfants, deux filles et un fils, ont été kidnappés contre leur gré et emmenés dans un pays étranger pour y être placés dans un orphelinat catholique, ce qui est inadmissible. Après des mois et des années d'efforts laborieux, M. Yarden avec l'aide de Dieu a réussi à arracher ses enfants des griffes de ceux qui les retenaient dans ces lieux impurs, afin de les confier à des institutions religieuses juives, et qu'ils soient éduqués selon le rite de Moïse et d'Israël.

M. Yarden a été contraint de confier ses enfants à une famille israélite pratiquante, au sein de laquelle ils reçoivent l'enseignement de la Torah, conformément à la loi de nos ancêtres.

Avec l'aide de Dieu nous voyons combien ces enfants se sont épanouis et combien la grâce et la beauté du peuple d'Israël se reflètent sur leurs visages.

Malheureusement tout cela coûte beaucoup d'argent à M. Yarden, qui doit subvenir à tous les besoins de ses enfants, et tient beaucoup à ce qu'ils soient éduqués dans les meilleures conditions possibles.

C'est pourquoi nous demandons à nos frères israélites d'aider M. Yarden afin qu'il puisse continuer à éduquer ses enfants selon le rite de Moïse et d'Israël.

Pour cette mitzva, Dieu nous protégera, comme il protégera le peuple d'Israël.

La lettre porte le tampon officiel de la cour rabbinique, et la signature du rabbin Tauberg. D'autres papiers indiquent que Chaïm a épousé la dénommée Iris Buttel, bien que nous n'ayons jamais divorcé. Il y a aussi un faire-part de mariage adressé à Chaïm et aux enfants, à Monsey, où ils ont dû habiter quelque temps.

Nous ne savons pas quoi faire de tout cela. Qui nous a remis cette enveloppe ? Aurions-nous des alliés dans le camp hassidique ? Cela paraît évident.

30

Le récit de Sarah

Le téléphone a sonné toute la journée depuis la fin du sabbat. Il se passe quelque chose, mais je ne sais pas quoi. Et puis Mme Glatzer nous dit à Rachel et à moi de préparer nos valises.

– Quelqu'un va venir vous chercher à 9 heures.

– C'est notre père ?

– Non. Quelqu'un d'autre.

– Et Joseph ?

– Joseph s'en va aussi.

À 9 heures, comme elle l'a dit, un homme passe nous prendre. Rachel emporte sa poupée favorite pour jouer dans la voiture. D'abord nous allons chercher Joseph chez M. Enghorn. Après nous roulons pendant très très longtemps. L'homme ne veut pas nous répondre. Chaque fois qu'on essaie de lui demander quelque chose, il nous donne un bonbon, en forme de lune, pour nous faire taire. Je lui ai proposé de manger un bonbon, mais il a fait seulement : « Hm... hm... »

Il conduit sans s'arrêter. Finalement nous arrivons dans un endroit qui a l'air d'être bien gardé. Il y a un monsieur devant le portail d'entrée, la voiture passe le portail et s'arrête devant une grande maison. Le chauffeur de la voiture est pressé. Il nous fait sortir tellement vite que Rachel oublie sa poupée sur le siège arrière. Elle a beaucoup de chagrin.

La grande maison appartient à M. et Mme Jacobovitch. Elle est drôle, tous les meubles sont recouverts de plastique. Quand nous arrivons, ils nous disent d'aller nous coucher tout de suite. Nous obéissons. Et nous sommes très fatigués.

Le matin, quand on se réveille, il y a beaucoup de monde dans la maison. M. et Mme Jacobovitch ont douze enfants. Ils sont alignés en rang pour nous dire bonjour. C'est très difficile de se souvenir de tous les noms.

Nous habitons dans une rue qui s'appelle Kasho Drive.

31

Lassitude

Lundi 30 janvier 1989. Il faut attendre. Encore attendre auprès d'un téléphone. Papa et moi passons la journée dans les bureaux de l'agence ICTS, sur la 57e Rue. À espérer des nouvelles. Des heures près de ce téléphone. Chaque fois qu'il sonne, nous sursautons. Pour rien. Chaïm n'a pas parlé.

On fait pression sur mon père pour qu'il accepte de payer à Abraham les 30 000 dollars qu'il exigeait. Papa refuse. L'accord prévoyait que nous les verserions lorsque les enfants nous seraient rendus. Or nous avons Chaïm mais toujours pas les enfants. Et mon père est inflexible.

Détruire ta vie, avait dit Chaïm. Il refuse toujours de livrer la moindre information à la police. Notre seul espoir réside dans ce Judas, mais il a appelé l'agence, mort de peur :

– Je ne veux plus rien savoir de cette histoire. Je ne veux plus m'en mêler. Ça ne m'attirera que des ennuis.

Les policiers et Arad ont commis une grave erreur. Au moment de l'arrestation de Chaïm, ils auraient dû faire semblant de l'arrêter aussi. Le geste d'Arad, jetant l'argent sur le trottoir à l'indicateur devant tout le monde, l'a mis dans une situation épouvantable vis-à-vis de la communauté hassidique. La rumeur s'est répandue. Judas a trahi un juif, il l'a vendu à un non-juif. C'est un renégat, et il ne peut plus nous être d'aucune utilité dans nos recherches.

Nous avons également appris quelque chose de troublant. Deux hommes qui se disaient rabbins sont venus au commissariat après l'arrestation de Chaïm. Ils ont offert de rendre les enfants contre sa liberté. Mais l'officier qui les a reçus n'était pas au courant de l'affaire, et leur a demandé de repasser plus tard. Il n'a même pas noté leurs noms ou leurs adresses. Les deux inconnus ne sont jamais revenus.

Mon père a loué une voiture et nous parcourons avec Arad la ville de Monsey, pour essayer de parler à quelqu'un, de rencontrer des relations de Chaïm. Mais ces gens sont tellement sur leurs gardes et refermés sur eux-mêmes que la moindre voiture étrangère dans le quartier donne immédiatement l'alarme. Les enfants étaient peut-être encore dans l'appartement du 8, Mapple Terrace lorsqu'on a surveillé la maison mais, depuis, on a pu les faire disparaître.

Nous allons tenter d'en avoir le cœur net. Papa gare sa voiture devant la maison où habite cet homme, Borochov. Nous frappons à la porte. Un Hassidim relativement âgé nous ouvre. Arad se présente et demande à voir M. Borochov.

– C'est moi, Borochov.

– Nous pouvons entrer ?

– Vous, mais pas elle.

Je retourne m'asseoir dans la voiture, horriblement frustrée. Les hommes peuvent parler de mes enfants mais pas moi. La mère est bannie de la conversation. Pourquoi obéir ? Pourquoi faire toujours ce que l'on me dit de faire ? Comme un chiot bien dressé. Je n'en peux plus d'obéir aux hommes, aux circonstances. J'existe.

Borochov a beaucoup parlé. Il travaille dans les diamants, et connaît parfaitement Chaïm. Iris Buttel aussi. Elle a habité chez lui avant d'épouser Chaïm. Six jours avant son arrestation, Chaïm et cette femme ont passé le sabbat chez lui. Il a volontiers reconnu que les enfants ont vécu chez lui quelque temps. Il a même montré à mon père une chambre au rez-de-chaussée, avec quatre lits, en disant :

– Voilà, c'est ici qu'ils ont dormi. Mais j'ignorais qu'ils avaient été enlevés.

Le détective lui fait remarquer la gravité de l'affaire. Il ne s'agit pas d'une querelle entre parents, mais bien d'un kidnapping dont seraient complices à présent tous les Hassidim qui cacheraient les enfants. Les peines sont lourdes en pareil cas. Borochov jure solennellement que, maintenant qu'il sait la vérité, il est d'accord pour nous aider. Un rendez-vous est fixé, en présence du rabbin Tauberg cette fois.

Et nous continuons d'attendre. Des journées mortes dans les bureaux de l'agence. Parfois je me promène le long de Broadway, de Times Square jusqu'à Downtown. Sans but précis. Le soir nous attendons encore désespérément, dans la chambre d'hôtel, que le téléphone sonne, qu'une nouvelle arrive. Une fois ou deux nous allons au cinéma, sans pouvoir nous concentrer sur le film. Mon père se couche tôt, vers 8 heures du soir. J'essaie de remplir le vide de mes nuits en assemblant des puzzles très compliqués. Je deviens claustrophobe dans cet endroit.

L'espoir violent et la joie se sont éteints pour faire place à l'angoisse et à l'appréhension. J'imagine le retour des enfants. Vont-ils courir vers moi et se jeter dans mes bras ? Me sauter au cou ? Avoir peur ? Se détourner de l'étrangère, de la mère oubliée ? Que leur a-t-on raconté sur moi ? Comment réapprendre à se connaître ? Par quoi commencer ? Où sont-ils ? Chaïm le sait, forcément. Quand va-t-il céder ? Mais quand ?

Deuxième rencontre avec Borochov. J'ai pris soin de m'habiller le plus classiquement possible. Une jupe descendant sous les genoux, des collants épais, un pull-over au ras du cou, et une veste qui recouvre mes bras. Mais Borochov refuse à nouveau de me laisser entrer chez lui, sous prétexte que je suis une femme. En fait, il a peur d'être confronté à la mère des enfants qu'il a cachés chez lui. Peur de quoi ? Que je l'étrangle ? Toute seule dans la voiture, au milieu d'une communauté qui me considère comme une ennemie, c'est moi qui ai peur de leur mépris.

L'homme sans âge qui s'approche de la maison, qui sonne, c'est le rabbin Tauberg. Il est passé devant moi comme si je n'existais pas. Or il est impliqué dans la conspiration pour me séparer de mes enfants. Nous le savons grâce aux papiers de Chaïm. À sa lettre.

Mon père revient enfin. Alors ?

– Il est très prudent. Il a reconnu avoir signé la lettre de recommandation. Mais, comme Borochov, il dit qu'il ne sait rien au sujet des enfants. Il a certains contacts qui, d'après lui, pourraient nous mettre sur une piste. Mais il veut que je lui promette, par écrit, de ne pas le poursuivre en justice, ni lui, ni Borochov, ni qui que ce soit d'autre impliqué dans l'affaire. C'est la condition pour qu'il accepte de mener une enquête discrète. Notre avocat n'est pas contre. Nous pouvons toujours faire la lettre, récupérer les enfants, et entamer les poursuites après. Par principe.

Une fois prêt, ce document réclamé par Tauberg lui est remis, signé de nous deux, accompagné d'une copie des documents légaux qui m'attribuent la garde des enfants en Belgique et la retirent à Chaïm en Israël.

Et l'attente continue, près de ce maudit téléphone. Personne n'appelle. Puis le week-end arrive, et nous décidons d'aller prendre l'air chez des amis au Québec, de l'autre côté de la frontière du Vermont. Il neige. Mon père conduit trop vite.

– Ralentis ! Tu vas nous tuer !

Il ne m'écoute pas. Nous sommes à bout de nerfs. À peine arrivé chez nos amis, n'y tenant plus il téléphone au rabbin.

– Oui, il y a du nouveau, monsieur Heymans. C'est d'accord, je ferai tout mon possible pour qu'on vous rende les enfants d'ici quelques jours...

Papa est fou de joie, il veut porter un toast à cette merveilleuse nouvelle, pas moi.

– On ne les a pas encore. Ils ne sont pas là. Tant qu'ils ne seront pas là sous nos yeux, je n'y croirai pas.

– Rien n'est jamais assez bon pour toi, Patsy ! Quoi que l'on fasse, ce n'est jamais assez bien !

La dispute qui couvait entre nous explose. C'était inévitable.

Mais j'avais raison de me méfier de Tauberg. Il fait des promesses, mais pendant ce temps il freine tant qu'il peut la progression de l'enquête. Il ajoute une nouvelle condition. Chaïm a juré devant lui que je m'étais convertie au judaïsme, il y a longtemps. Ce qui veut dire que mes enfants sont juifs. Et le rabbin demande :

– Peut-elle prouver le contraire ? Si elle n'est pas convertie, les enfants ne sont pas juifs, et dans ce cas la communauté se désintéressera de leur sort !

Trois semaines après l'arrestation de Chaïm, aucune trace des enfants. Mon père a passé un mois à New York. Nous devons rentrer en Belgique, et laisser la police faire son travail. Nous ne reviendrons ici que pour l'audience qui concerne l'extradition de Chaïm.

L'avion décolle, m'emporte à six heures de décalage horaire de mes enfants. Marina, Simon, Moriah, Patsy est obligée de partir, elle reviendra.

J'ai envie de pleurer, et je retiens mes larmes comme d'habitude. Je pense surtout à l'homme qui dort à mes côtés. Mon père. Il a tout fait. Depuis deux ans, il a consacré sa vie à la recherche des enfants. Il est épuisé, sur le plan affectif, physique, et financier. Et pourtant ce n'est pas fini. La chasse continue alors que le chasseur n'en peut plus. Je m'inquiète pour sa santé à présent. Ma mère aussi a toujours été disponible pour m'aider, dans tous les domaines. Tous deux se dont dépensés au-delà du possible. Je songe à tout cela.

À Bruxelles, je range les jouets achetés par mon père. L'horloge m'obsède. Il est six heures de moins là-bas, les enfants doivent se réveiller quelque part. Maintenant ils se mettent en route pour l'école. Ils déjeunent.

Vendredi soir, le début du sabbat pour eux. Mon corps est à Bruxelles, ma tête est à New York. Je vais bientôt devoir repartir. Abandonner de nouveau mon travail. Mon patron supporte tous les inconvénients d'une employée par moments trop fugitive.

Une amie me met en rapport avec une de ses connaissances, Sabine Tarter, qui a épousé un homme ayant la double nationalité, belge et américaine. Elle habite à Beacon dans l'État de New York, à moins d'une heure de route de Monsey. Elle a entendu parler de moi, et propose de m'accueillir chez elle à l'avenir. Une offre généreuse venant d'une parfaite inconnue. Je déteste les hôtels, je m'y sens en prison. Je note donc le numéro de téléphone de Sabine dans mon carnet.

New York à nouveau. L'audience est ouverte. Chaïm va comparaître. Son avocat, Richard Finckle, se lance dans un discours atterrant. Le délit n'est pas assez grave pour justifier l'extradition. Selon un nouvel accord signé entre les États-Unis et la Belgique, Chaïm devrait être condamné à une peine supérieure à un an, ne serait-ce que d'un jour, pour que le gouvernement accepte de l'extrader. Or Chaïm a été condamné par défaut en Belgique à exactement un an de prison. Et aux États-Unis il n'a pas été encore reconnu coupable de quoi que ce soit. Le juge pourrait donc accéder à la demande de la défense, et le libérer. Chaïm pourrait nous échapper, disparaître, et nous perdrions définitivement le lien avec les enfants.

J'ai peur, très peur, que le juge ne cède, lui aussi, à la pression de la communauté hassidique, et qu'il accepte de le remettre en liberté sous caution. Quel qu'en soit le montant, les Hassidim paieront pour lui. J'en ai les mains moites, et les joues fiévreuses.

Heureusement, le juge refuse la liberté provisoire sous caution. Chaïm n'est pas un citoyen américain, il a déjà prouvé qu'il avait une fâcheuse tendance à disparaître sans laisser d'adresse. Il restera donc en détention au Centre de Manhattan jusqu'à ce que la cour ait décidé de son sort.

Pourquoi, mais pourquoi, ne pas lui proposer la solution la plus simple ? Il n'a qu'à rendre les enfants, et nous arrêtons les poursuites ! Je dois le rencontrer, même s'il m'en coûte, en tête à tête. Je veux le mettre en face de cette solution.

Le Centre de détention de Manhattan est un immeuble moderne, immense, qui domine une place tout aussi immense. Je présente à l'entrée des papiers d'identité prouvant que je suis Mme Chaïm Yarden, et demande à voir mon mari. Mon père m'accompagne. J'attends plus d'une heure avant d'être seulement autorisée à gagner l'étage supérieur avec les autres visiteurs. Papa doit rester au rez-de-chaussée.

Une grande salle d'attente, des meubles chromés, des distributeurs alignés le long d'un mur. Je me répète mentalement ce que je vais lui dire : « Bon. Chaïm, tu as pris les enfants, tu les as gardés pendant deux ans. Mais nous t'avons retrouvé, et maintenant tu es en prison. Dis-moi où ils sont, et nous pourrons tous recommencer à vivre normalement. » Ou alors : « Bon. Maintenant... tu es en prison, les enfants sont seuls... dis-moi où ils sont... et... »

– Madame Yarden ?

– Oui ! C'est moi !

– Votre mari refuse de vous voir.

– Vous ne pouvez pas insister ? Je suis spécialement venue de Belgique pour le voir. C'est très important.

Le gardien disparaît quelques minutes, puis revient, je guette la réponse sur ses lèvres.

– Non. Il refuse.

– Alors je veux m'en aller.

– Vous pourrez sortir en même temps que les autres visiteurs.

– Non, je ne veux pas rester ici. Je veux m'en aller.

– Il faut une escorte pour accompagner les visiteurs, il faut attendre.

– S'il vous plaît. Je ne veux pas rester ici... Faites quelque chose.

J'insiste tellement qu'il se résigne à faire appel à une escorte rien que pour moi. Je quitte la pièce avec le sentiment de m'être ridiculisée. Les gardiens, les gens autour de moi ont dû se demander quelle sorte d'épouse j'étais pour qu'un mari en prison refuse de la voir. Une femme venue spécialement de Belgique pour lui parler, et il refuse de la voir ? Ridicule. Même depuis sa cellule, il me rend ridicule. Je suis lasse.

32

Une claque dans la figure

« Det. Shirripa. » 66e circonscription. Police de New York. C'est lui qui a interrogé Chaïm. Il est important que je reste à New York pour le rencontrer.

Sabine Tarter a renouvelé son invitation de m'héberger. Mon père doit repartir en Belgique et, plutôt que de déprimer seule entre les murs vides d'une chambre d'hôtel, je fais mes valises pour déménager chez elle à Beacon.

Papa est au téléphone avec un inconnu, il prend des notes, son visage s'anime, et la conversation se prolonge.

– Qui est-ce ?

– Un drôle de type. Il refuse de me donner son identité, il dit que ce serait trop risqué pour lui. Il se fait appeler C.I.D. C'est un juif religieux, il veut nous aider à retrouver les enfants.

– Il sait où ils se trouvent ?

– Non. Mais il a plusieurs idées. Il a parlé de Monsey bien sûr, et de Monroe, rien de très nouveau. Mais aussi de Lakewood dans le New Jersey, et puis d'un endroit nommé Kasho Drive. Il dit qu'il y a là-bas une secte satmar, dont les membres s'appellent les Kashos.

– Alors ? Il propose quoi finalement ?

– Il rappellera dans quelques jours. Je serai

parti. Je lui ai donné le numéro de la maison de Sabine Tarter à Beacon.

La toile d'araignée s'étend un peu plus. Des Hassidim religieux aux Satmars ultra-religieux, nous passons à une secte kasho.

Mon père est plus épuisé que jamais en montant dans l'avion. Je voudrais le prendre dans mes bras, le serrer contre moi. J'en suis incapable. Je ne peux pas exprimer mes sentiments. Alors je dis simplement :

– Merci, papa.

Sabine et Paul Tarter m'ont réservé un accueil chaleureux. Parler français avec eux me repose de tous ces efforts en anglais. Sabine a environ mon âge, vingt-huit ans. Avec un sourire épanoui, elle a préparé un délicieux dîner japonais. Elle a l'intention de le servir en kimono, des aiguilles plantées dans les cheveux ! C'est sa manière à elle, de me dire :

– Détends-toi... souffle un peu. Fais comme chez toi.

Sabine et Paul ont trois enfants. L'aînée, Marjorie, a environ l'âge de Marina. Le plus jeune a quatre mois. J'ai la nostalgie des bébés. Cette parenthèse au milieu d'enfants est une bouffée d'oxygène.

Je commence par rater l'heure de mon rendez-vous avec ce Det Shirripa. J'ai manqué le train de New York, tenté de l'appeler d'une cabine, pour n'obtenir que la voix électronique d'un disque auquel je n'ai rien compris. Refaire les vingt minutes de trajet jusque chez Sabine, pour apprendre qu'il faut composer le 1, avant d'obtenir un numéro... L'Amérique est un pays compliqué, les distances sont grandes, et je n'ai pas fini de prendre des trains et des cars.

– Bonjour, Det...

– Pourquoi m'appelez-vous Det ?

– C'est indiqué sur votre carte de visite...

– Det ? c'est l'abréviation de Detective...

Detective, c'est-à-dire inspecteur en anglais. Je me sens complètement idiote. Je fais mes débuts aux États-Unis sans mon père. Même si j'ai trois enfants, j'ai l'air d'une gamine et je ne sais pas lire une carte de visite.

Shirripa est sympathique. Je lui parle de l'appel du mystérieux inconnu et des Kashos. Il promet d'étudier le dossier en détail, de réfléchir à la manière de faire pression sur Chaïm. Finalement, en sortant de son bureau, je suis fière de moi. J'ai tout de même réussi à faire quelque chose toute seule.

Le mystérieux correspondant qui se fait appeler C.I.D. téléphone chez Sabine. Une voix étrange, un peu sinistre, mais il a l'air d'être une mine de renseignements sur la communauté hassidique. Il connaît Armoni, le premier morceau du puzzle à Amsterdam. Il sait que cet Armoni a tenté d'infiltrer la communauté de Monsey l'année dernière. Il connaît l'hôtel où il a séjourné avec sa famille, et affirme avec certitude que « quelqu'un » a financé ses recherches. La seule chose qu'il ignore, c'est que le financement vient de nous.

– Armoni en sait beaucoup plus sur Chaïm et les enfants qu'il ne veut bien le dire... Mais toute seule vous ne les retrouverez jamais... Vous avez besoin de moi... Je vous rappellerai.

Le reste de mon séjour est consacré à passer une série de coups de téléphone. Au rabbin de la prison où Chaïm est enfermé, pour qu'il le convainque de me rencontrer. Sans résultat. Au rabbin Tauberg, à Borochov, à tous les gens susceptibles de lâcher une information. À l'avocat de Chaïm, que j'essaie de convaincre de convaincre son client. J'établis la liste des rabbins de Monsey, et j'appelle, j'appelle sans relâche. La plupart du temps je laisse des messages sur des répondeurs téléphoniques. Certains rappellent, mais personne n'offre de m'aider.

Mon carnet est rempli de noms et de numéros. Je n'oublie pas de faire le compte de ma note téléphonique pour Sabine. J'ai trouvé un havre de paix chez elle. Nous avons appris à nous connaître. Elle respecte mon mutisme, ma tension nerveuse, cherchant à m'aider et à me détendre chaque fois qu'elle le peut. Elle sera toujours là lorsque j'aurai besoin d'elle. J'ignore pour combien de temps encore. Quelques semaines, quelques mois... Je n'imaginais pas à l'époque que cela devait durer si longtemps. Des années. Mais quelque chose me frappe en pleine figure, subitement.

Depuis deux ans, j'ai laissé faire mon père. Les détectives privés, les informateurs, tous ces gens ne s'adressent qu'à lui. La moindre bribe d'information, c'est à lui qu'ils la transmettent. Lorsque nous sommes en réunion, c'est à mon père que s'adressent les avocats, les policiers, les enquêteurs. On veut m'épargner l'angoisse, les espoirs déçus, mais on oublie que ce sont MES enfants.

Dans l'avion qui me ramène, une fois de plus, en Belgique, je ne pense qu'à cela. Incapable de dormir. MES enfants. Et s'ils l'oublient, c'est ma faute. Je me laisse protéger, surprotéger même depuis deux ans. Comme si j'étais une enfant sans défense, et non une mère de famille déterminée, en colère contre un système monstrueux qui nie son existence.

J'ai vingt-huit ans. Tu as vingt-huit ans, Patsy. Réveille-toi. C'est TOI qui dois les retrouver. Comment peux-tu être aussi passive ? J'aurais dû... envoyer promener l'ordonnance du juge m'interdisant de prendre des contacts avec les parents de cette petite fille à Londres, dormir devant leur porte, jusqu'à obtenir la vérité. Ne pas repartir en Belgique en attendant les résultats du test. Patsy, si tu aimais tes enfants, c'est *ça* qu'il fallait faire. Même pour un résultat négatif. Tout tenter toi-même, forcer les événements.

J'ignorais pourquoi cette histoire de Londres me

hantait à ce point. Maintenant je le sais. Je n'ai pas sorti mes griffes de mère. J'ai subi, attendu, pleuré dans mon coin, laissé faire mes parents, ma famille, tout le monde. Et je me suis trompée d'enfant. Mon obsession était telle à ce moment-là, je voulais tant retrouver mon enfant que pendant quelques jours je me suis accrochée à cette idée, comme une noyée. À partir d'aujourd'hui, je me jure de faire autrement. Marina, Simon, Moriah, Patsy, votre mère, est devenue grande. Elle est en colère contre son enfance, en colère contre sa faiblesse, ses terreurs, en colère contre elle. Une vraie colère, aussi salutaire qu'une douche froide.

La demande d'extradition est bloquée par l'avocat de Chaïm, sous prétexte qu'il n'a été condamné qu'à un an de prison en Belgique. Dans sa cellule américaine Chaïm peut jouir de l'efficacité de la loi du silence, la stratégie qu'il a adoptée. Il faut réagir.

Maître Buysschaert appartient à un grand cabinet d'avocats de Bruxelles. Son fils était un camarade de Simon à l'école. C'est un spécialiste du droit commercial, mais cette affaire est un nouveau défi pour lui, elle l'intéresse. Nous n'avons pas bénéficié en Belgique d'une véritable assistance juridique. Il va s'adjoindre le talent d'un spécialiste du droit criminel, et reprendre le dossier de zéro.

Première bonne nouvelle, le traité entre les États-Unis et la Belgique sur lequel s'est appuyé le défenseur de Chaïm n'a pas encore été ratifié. Nous pouvons encore nous fonder sur la convention d'extradition précédente qui remonte à 1902. Il n'y est pas question de peine minimale, et l'amendement le plus récent, qui date du 16 novembre 1966, ajoute le kidnapping à la liste des crimes concernés par cette convention. Le processus sera long, Snitow sera obligé de plaider souvent à New York.

À Bruxelles, l'affaire est confiée au procureur Nadia De Vroede. Grande spécialiste du droit des enfants, elle a la réputation d'être particulièrement tenace. Mais elle ne pourra réellement travailler que lorsque Chaïm sera extradé. S'il l'est.

Les détectives privés nous coûtent trop cher. J'estime que je peux maintenir le contact avec les Hassidim à leur place. Je vais devenir pour eux le moustique têtu dont ils ne pourront pas se débarrasser. Je vais les harceler, parler à tant de gens qu'ils ne pourront plus m'ignorer, et que je finirai peut-être par trouver quelqu'un pour m'aider. C'est la stratégie de l'insecte qui, obstinément, grignote jusqu'à percer le trou qui lui permet de sortir...

Autre décision, les économies. Je dois assister aux audiences aux États-Unis toutes les quatre ou six semaines. Les billets d'avion coûtent cher, je m'arrange pour trouver des vols en promotion. Cent dollars d'économie si je décolle du Luxembourg au lieu de Bruxelles, avec une escale en Islande.

Mon carnet de rendez-vous est plein à chaque voyage. L'inspecteur Shirripa, qui poursuit son enquête, le Centre national des enfants disparus et exploités, les rabbins, les Hassidim en tout genre. Je dois convaincre le rabbin Tauberg que je suis catholique, baptisée et que mes enfants le sont aussi. Je possède les certificats de baptême, mais ce n'est pas suffisant. Je fais établir une attestation sous serment devant notaire, certifiant que je ne me suis jamais convertie au judaïsme. Le juif religieux qui a circoncis mon fils en dehors de tout rituel finit par accepter de l'attester par écrit, après des discussions à n'en plus finir.

Si j'étais juive, pourquoi aurais-je fait baptiser les enfants après ma rupture avec Chaïm ? Si j'étais juive, j'aurais demandé une circoncision religieuse pour Simon... D'ailleurs, si j'étais juive, aurais-je besoin de prouver le contraire ?

Le moral remonte, et retombe chaque fois que j'envisage l'énormité de la tâche.

Samedi départ du Luxembourg, escale en Islande, atterrissage à New York, puis c'est le train pour rejoindre Beacon. J'arrive chez mon amie Sabine en fin de soirée, c'est le petit matin à Bruxelles. Je suis complètement épuisée. Sabine me prépare à dîner, fait tout ce qu'elle peut pour me tenir éveillée, pour que je passe une nuit normale, et récupère le décalage horaire.

Lundi matin, il fait gris et froid, je quitte la maison de Sabine vers 5 h 45, prends le train pour la gare centrale de New York. Les gens sont mal réveillés, maussades, la gare est une ville en miniature pleine de bruits et d'agitation. Ce sera la même chose ce soir au retour, train de banlieue et retour chez Sabine. La routine de mon enquête à New York.

On peut joindre le rabbin Tauberg à deux numéros. Celui de sa *shul* et celui de son domicile. Mais les deux correspondent au même immeuble. Message poli sur le répondeur pour le prévenir de mon retour et lui dire que je tiens à sa disposition les documents prouvant que nous ne sommes pas juifs. Il ne rappelle pas. Je recommence, j'obtiens sa femme, et lui transmets le même message. Elle raccroche en promettant d'en « informer » son mari.

Et ainsi de suite, jusqu'à ce que le moustique que je suis devenu obtienne enfin son excellence le rabbin au téléphone. Je lui décris tous les documents que je possède. Il considère avec mépris mon argumentation :

– Qu'est-ce qui me prouve que ces papiers ne sont pas des faux ?

– Le bons sens ! Tout ce que je vous dis est vrai !

– Chaïm m'a affirmé le contraire.

– Il vous a menti !

– Non. Il est juif. Maintenant ça suffit, je vous ai promis de vous aider, mais arrêtez de me téléphoner en permanence !

Sa voix geignarde, sa certitude... Pour lui, le fait que Chaïm soit juif clôt le débat. Chaïm est juif, un bon religieux, qui suit les règles des Satmars. Il le croit donc, simplement parce qu'il porte les « bons » vêtements, le « bon » chapeau, et connaît les « bonnes » prières. Il ne me croit pas, moi. Que veut-il de plus qu'un certificat de baptême des enfants, qui date d'avant leur enlèvement ? La parole d'un prêtre catholique romain ne le concerne pas ? Comment veut-il que je lui prouve autrement que je ne suis pas une « mère juive » ?

Il utilise le même procédé mental que Chaïm, lorsqu'il me disait : « Prouve-moi que tu étais vierge ! » *Après* avoir couché avec lui !

Ce rabbin veut tout simplement me décourager de m'adresser à lui. Une fois la preuve acceptée, comment pourrait-il continuer à couvrir Chaïm ? Il l'a dit lui-même, la communauté satmar se désintéresse des enfants non juifs !

Shirripa n'a rien de nouveau à m'apprendre. Je doute que la police de Brooklyn veuille, ou puisse, nous aider. Il existe à New York au moins cinquante cabinets d'aide juridique à l'intention de la communauté juive. Tous ceux que j'ai contactés m'ont renvoyée dans des directions différentes comme un ballon qu'on se repasse de main en main. Les juifs hassidiques ne veulent pas m'aider, les juifs non hassidiques qui acceptent de m'aider sont inefficaces, ils n'ont aucune prise sur la communauté satmar. Je tourne en rond dans un cercle infernal.

Judas a disparu. Et au fond, au lieu de me mener aux enfants, l'arrestation de Chaïm empêche toutes mes recherches d'aboutir. Un homme en cavale laisse des traces derrière lui : des chèques encaissés, des notes de téléphone, des réservations de billets d'avion, des demandes de visa... Il aurait mieux valu le filer, jusqu'à ce que nous tenions les enfants. Les enfants, cloîtrés quelque part. J'ignore même sous quel nom il faut les rechercher, dans quelle communauté secrète, chez quel adepte de je ne sais quelle branche ultra-religieuse. Les pistes sont là, mais elles partent en fumée.

33

Le récit de Sarah

Chaque fois que nous déménageons, il faut apprendre de nouvelles règles. Les gens sont différents. Même les prières sont différentes. M. et Mme Jacobovitch sont très sévères. Il ne faut pas parler en anglais, alors de temps en temps nous allons nous cacher dans le sous-sol pour discuter entre nous.

Ils nous ont envoyés tout de suite à l'école. L'école des filles est en très mauvais état. Le premier étage est tellement dangereux qu'on ne peut pas y faire la classe. Mais l'école est moins importante pour les filles que pour les garçons. Un jour, un homme qui travaille pour un journal est venu prendre des photos. Il a écrit une histoire sur l'école, et j'ai vu ma photo dans le journal. Nous n'apprenons presque rien. Quelquefois, nos professeurs ne viennent même pas faire la classe. Quand ça arrive, on se contente de jouer.

Rachel devrait aller en cours primaire, mais on l'a mise dans une classe élémentaire. Elle déteste l'école et l'institutrice. Joseph doit étudier encore après l'école, mais Rachel et moi nous devons faire le ménage. Rachel va nettoyer les toilettes, elle déteste ça. Moi je dois tout le temps faire la vaisselle. Avant il y avait un lave-vaisselle, c'était plus facile. Mais le lave-vaisselle est tombé en panne, et Mme Jacobovitch a dit que ce n'était pas la peine de le faire réparer. Peut-être parce que c'est moi le nouveau lave-vaisselle. C'est très dur, parce que je suis petite, et l'évier est trop haut. Parfois je me sers du tabouret de la cuisine, pour grimper dessus, mais si quelqu'un a besoin de s'asseoir dessus, je ne peux pas. Il y a beaucoup de plats, de marmites et de casseroles, pour nourrir dix-sept personnes à chaque repas. Alors j'ai beaucoup de travail. Tous les soirs je dois passer l'aspirateur au rez-de-chaussée, la maison est grande, alors à chaque fois, ça prend une heure pour tout faire.

34

Le monde satmar

Jim Stanco représente le Centre national des enfants disparus à Albany. Il est sympathique, jovial, réconfortant. Sabine a organisé une rencontre chez elle. Il m'a écoutée, a posé des questions, compris que la police ne m'aidait pas. Alors lui va m'aider. Il commence par m'expliquer comment fonctionne le système judiciaire américain. En Belgique, chaque commune a sa police locale. Mais en Amérique du Nord, il existe plusieurs organisations de police. Celle du gouvernement fédéral, celle de l'État, puis du département, puis de la ville, celle de la municipalité, et enfin celle de la circonscription C'est extrêmement compliqué.

J'ai eu affaire à un seul policier, l'inspecteur Shirripa; or, si je m'étais adressée au procureur (le *distric attorney*), plusieurs personnes auraient été mises sur l'affaire, des gens connaissant bien la communauté hassidique, les quartiers où elle est concentrée, comme Williamsburg et Borough Park à Brooklyn.

Jim Stanco me conseille de m'adresser au procureur de Brooklyn. D'aller me présenter en chair et en os, plutôt que de rester pour lui une abstraction de compte rendu d'audience. Puis il emporte des photos de Marina, Simon et Moriah, pour en faire des affiches, et les placarder dans les quartiers hassidiques. Le centre dispose d'un numéro d'appel gratuit, anonyme, quelqu'un peut ainsi se manifester sans craindre la vindicte de ses coreligionnaires.

Je l'embrasserais volontiers, cet homme. Il m'a redonné espoir et enthousiasme. Avec sa façon différente d'aborder les choses.

Quand je rentre à Bruxelles, mon patron est obligé de me poser la question cruciale :

– Patsy, je suis désolé, mais il va falloir que tu choisisses entre ton travail et tes enfants.

Je le comprends parfaitement. Il ne peut pas compter sur moi. Il n'est pas méchant, simplement réaliste. Je choisis mes enfants.

– Je vais te licencier, tu toucheras tout de même les allocations chômage.

Walter, de son côté, s'efforce de mettre de l'ordre dans mon entreprise de recherches. Il trouve que je manque de rigueur, que je perds des informations en me contentant de noter tout ce que je peux dans mon carnet vert, devenu énorme. Un petit magnétophone me permettrait de conserver chaque mot. J'en achète un guère plus gros qu'un paquet de cigarettes; dissimulé dans mon sac, je peux le mettre en marche sans forcément en avertir mon interlocuteur.

De retour à New York, après avoir rencontré le procureur de Brooklyn, je fais la connaissance du nouvel inspecteur mis sur l'affaire : Alan Presser. Regard bleu éclatant, cheveux blonds presque blancs, un homme doux et amical. Il sait de quoi je parle car il a été élevé par des juifs religieux. J'ai l'intention de parcourir les quartiers hassidiques de New York, et il me recommande la plus grande prudence. Ne jamais porter son sac en bandoulière, toujours longer le trottoir du côté de la chaussée pour éviter de se faire coincer contre un mur ou dans une porte d'immeuble. Ne jamais avoir l'air perdu ou désorienté, surtout dans le métro. Ne pas porter de bijoux. Cette ville est une jungle.

Quant à mes itinéraires, il veut les connaître à l'avance. Les Hassidim ne sont pas violents en général, mais peuvent le devenir s'ils se sentent menacés. Or je suis une menace pour eux. Il est inquiet de me laisser vadrouiller seule au milieu d'eux, mais j'y suis déterminée. Je veux chercher les enfants et aussi comprendre cet étrange univers dans lequel ils ont disparu. Quelque part dans cette nébuleuse, mes enfants sont élevés en « bons petits juifs ». J'ignore tout ou presque de la culture hassidique. Je vais tenter de m'immerger le plus possible dans ces quartiers de Brooklyn où elle est implantée.

Mon itinéraire est presque toujours le même. Partie de chez Sabine à Beacon, je prends le train de New York, puis le métro jusqu'à Brooklyn. J'essaie de marcher le plus possible, pour économiser des taxis. Le plus souvent je passe d'abord au bureau du procureur de Brooklyn, où l'on commence à me connaître comme le loup blanc. De là, j'entame une longue pérégrination dans Williamsburg.

C'est un quartier de vieilles maisons de deux ou trois étages, divisées en appartements. La plupart du temps, elles sont coincées entre des restaurants et des épiceries casher. On voit des poussettes attachées sur les balcons. Ici les femmes ont un enfant environ tous les deux ans, et il n'est pas rare qu'une famille de dix personnes vive entassée dans un appartement minuscule.

Les passants, des hommes en longs manteaux noirs, marchent tête baissée, en prière, afin de ne pas se laisser distraire par les tentations du monde extérieur. Beaucoup d'entre eux, après leur travail, vont étudier les écritures bibliques pendant des heures. L'ambiance est pratiquement la même à

Borough Park, mais le quartier est plus résidentiel. Deux îlots perdus dans l'océan du monde moderne.

J'arpente les rues inlassablement, scrutant les visages d'enfants, prête à parler à quiconque m'adresserait la parole, disponible, sans agressivité. Mais je me sens repérée très vite. Personne ne s'approche, personne ne semble prêt à m'informer.

Il m'est très difficile de différencier les Satmars des Hassidim. Les nuances existent, mais elles sont très subtiles. Dans leur façon de s'habiller, dans leurs attitudes, ils se démarquent forcément les uns des autres, mais la plupart des juifs eux-mêmes sont incapables de les distinguer. Lorsque j'aperçois un hassid, je m'approche pour lui demander :

– Êtes-vous satmar ?

Si la réponse est oui, je lui montre les photos, en le questionnant, mais invariablement l'homme évite de croiser mon regard, et répond :

– Je ne sais pas.

Puis il s'éloigne très vite, en ajoutant très souvent :

– Mais je ne suis pas vraiment un Satmar...

Je sonne à la porte de tous les rabbins connus et influents, mais rares sont ceux qui acceptent de me laisser entrer, et d'écouter mon histoire.

Une autre partie de mes activités consiste à lire les magazines, les journaux, pour repérer toute information sur les Hassidim. Je me procure des ouvrages spécialisés et, peu à peu, je commence à mieux connaître ces gens. La plupart vivent à Williamsburg. Ils votent en bloc, et de ce fait intéressent beaucoup la police locale, qui leur accorde des facilités. À Brooklyn ils exploitent le marché immobilier. Ils obtiennent des crédits des municipalités pour rénover les maisons. Ils payent cash et au prix fort les immeubles disponibles sur le marché et, lorsqu'ils ne peuvent pas acheter, exercent de telles pressions sur les propriétaires non hassidiques, que ces derniers finissent par vendre. C'est ainsi qu'ils étendent leur influence, en faisant constamment reculer les frontières de leur quartier.

Ils veillent eux-mêmes sur leur communauté et se chargent de régler les conflits internes. Les commissions gouvernementales chargées d'enquêter sur les désordres sociaux se heurtent à un système de valeurs dont la cour rabbinique est la seule garante. Qu'il s'agisse d'enfants battus, de violence conjugale, ou de vandalisme, c'est elle qui tranche. Les Hassidim ont même une police, connue sous le nom de « Shomrim », composée de volontaires armés de talkies-walkies. Ces miliciens patrouillent dans les rues au volant de leurs propres voitures.

Les parents envoient leurs enfants dans des écoles non contrôlées par le gouvernement où la qualité de l'enseignement est médiocre. Un gamin de douze ans a un niveau de mathématiques correspondant à celui du cours élémentaire. Il n'a pas le droit de lire autre chose que les écrits religieux, ou des récits concernant l'histoire juive et la tragédie de l'holocauste.

Le nom de Satmar vient de la ville hongroise de Sztmar. Avant la Deuxième Guerre mondiale, un grand rabbin, Joel Teitelbaum, y a dirigé un mouvement violemment opposé au sionisme, fondé sur la prophétie de la diaspora. Les juifs seraient dispersés de par le monde, jusqu'à la venue du Messie. Toute tentative de création d'un État juif est donc prématurée pour les Satmars, et contraire à l'esprit des textes. Les Satmars ont même prié pour la défaite d'Israël au cours des guerres successives qui opposaient le pays aux États arabes.

La plupart des fidèles satmars ont été envoyés à Auschwitz en 1944. Mais le rabbin Teitelbaum et quelques survivants ont réussi à émigrer à Brooklyn en 1945. À Williamsburg, presque tous les Satmars sont des survivants des camps de concentration et leurs descendants directs. Certains experts estiment qu'ils souffrent du syndrome « post-holocauste ».

Le thème de l'holocauste est sous-jacent dans leur pensée, leur éducation, et presque toutes leurs conversations. Les écoliers étudient le sujet en détail, mais l'information qui leur est donnée concerne exclusivement les atrocités nazies commises sur six millions de juifs. Ils ne considèrent pas les cinq millions de victimes non juives du système nazi et conçoivent l'holocauste comme la sanction divine infligée aux juifs pour les punir du sionisme.

Ils traitent de nazis tous ceux qui ne sont pas d'accord avec eux. Lorsque je m'adresse à un Hassid pour lui expliquer que je recherche mes enfants, que mon mari les a enlevés, l'hostilité est immédiate. Qui suis-je, moi, pour venir perturber son univers ? Ah oui... je suis la femme qui leur fait cette mauvaise publicité :

– Mais non ! C'est vous qui avez pris mes enfants. C'est vous qui m'obligez à faire cette mauvaise publicité. Est-ce une mauvaise publicité que de vous demander simplement où sont mes enfants ?

Parfois j'ai droit à l'insulte suprême :

– Fille d'Hitler !

L'homme que je ne connais que sous les initiales mystérieuses de C.I.D. téléphone très souvent chez mon amie Sabine, et toujours en PCV, ce qui lui permet de me parler pendant des heures, et de m'abreuver de conseils « efficaces » d'après lui pour mieux infiltrer la communauté satmar. Sa cible principale est le grand rabbin Moïse Teitelbaum.

De toute évidence, cet homme est davantage motivé par une vengeance personnelle que par un quelconque intérêt pour mes enfants. J'ignore pour quelle raison il hait cette communauté, et ça m'est parfaitement égal du moment qu'il peut m'être utile. Je suis consciencieusement toutes les pistes qu'il m'indique. Frappe aux portes qu'il désigne. J'écris aussi au rabbin Teitelbaum, sans rien en tirer de concret.

C.I.D. me suggère alors d'envoyer des pétitions aux rabbins d'Israël, afin qu'ils contactent Chaïm dans sa prison, et le supplient de me rendre les enfants, puisqu'ils ne sont pas juifs. Les pétitions resteront sans réponse.

Autre personnage étrange, le rabbin Greenberg. Un homme courtois, qui travaille pour une cour rabbinique traitant des problèmes de juifs religieux vivant aux États-Unis et au Canada. Vêtu comme les Hassidim classiques, il me paraît cependant plus accessible que les autres.

Pour résumer sa philosophie sur le sujet, il me raconte l'histoire d'une femme chrétienne convertie au judaïsme. Ses parents étaient très malades, et elle voulait retourner les voir quelque temps pour les assister. Mais ils étaient chrétiens ! Comment pourrait-elle continuer à suivre chez eux les préceptes casher ? Le conseil du rabbin fut le suivant : « Il s'agit de vos parents, vous ne pouvez les abandonner. Ils ne sont pas juifs, ils n'ont donc pas besoin de cuisine casher. Faites de votre mieux, et si ce n'est pas cent pour cent casher, Dieu vous pardonnera, puisque vous agissez pour le bien. »

Le rabbin Greenberg considère mon cas avec le même bon sens. Après avoir consulté plusieurs livres de la Loi, il déclare :

– C'est exact, vos enfants ne sont pas juifs. S'ils ont été convertis, ce n'est pas une bonne conversion, car vous n'êtes pas juive, et ils auraient eu besoin de votre accord pour se convertir. Selon la Loi, vous avez des droits sur vos enfants, parce qu'ils ne sont pas juifs.

C'est réconfortant, mais théorique. Le rabbin

Greenberg n'est pas un Satmar et il est notoire que les Satmars ont leur propre interprétation de la Loi.

Autre conseil sentencieux :

– Vos détectives privés sont juifs mais pas religieux, comment voulez-vous que les religieux les écoutent ?

Pour finir, il remarque que la grande presse s'est intéressée à mon histoire, mais que cette publicité n'a eu aucun impact sur la communauté juive. J'aurais plus de succès en m'adressant à la presse juive. Il faudrait que je contacte Chaïm Shaulson, publie une annonce dans son journal et le paye pour qu'il écrive un article sur le sujet.

Shaulson est originaire d'Israël. Son père a été député-maire de Jérusalem, et il est rédacteur en chef d'un journal très controversé, *Panim Chadachot*, « Nouveaux Visages », publié en hébreu et en yiddish. La série d'articles qu'il a fait paraître sur la communauté satmar de New York lui a valu des ennemis mortels. L'un des chefs hassidiques a décrit son journal comme étant la version hébraïque du *National Enquirer* [1]. Un inconnu que des Hassidim ont pris pour lui a été victime de représailles terribles. Il a été retrouvé poignardé sur un trottoir.

Je ne suis pas tranquille en pénétrant dans le bureau de Shaulson, au sous-sol de son appartement de Brooklyn. L'endroit est sale, encombré de piles de journaux montant jusqu'au plafond. Le téléphone sonne sans arrêt, des gens entrent et sortent à chaque instant, et il est très difficile d'avoir une conversation normale avec lui.

La cinquantaine, le teint plutôt foncé, il est vêtu comme les Hassidim, mais ses *peyots* sont assez courts. Il déborde d'énergie. Il se targue d'être le

1. Journal de la presse populaire spécialisé dans les faits divers à sensation.

seul journaliste à accéder à certaines informations du fait de son expérience, et de son appartenance à la communauté orthodoxe. Mais il n'est nullement satmar, me précise-t-il.

– J'ai des contacts... vous savez, je pourrais vous aider à retrouver vos enfants...

Il est clair qu'il veut de l'argent. J'ai l'habitude à présent, mais j'en ai assez de toujours parler d'argent.

– Je n'ai pas d'argent. Mais si vous apprenez quelque chose d'intéressant, alors je pourrais peut-être en emprunter à une banque.

– Je vais réfléchir.

Il ne réfléchit que quelques jours, et me rappelle chez Sabine, énigmatique :

– Il y a peut-être un moyen de s'arranger... Revenez me voir.

Son bureau est désert cette fois, ce qui est surprenant, car en principe nous n'avons pas le droit d'être en tête à tête. Je suis une femme. Et justement. Il me dévore des yeux.

– J'ai trouvé un moyen de vous aider.

J'écoute attentivement le plan tortueux qu'il a imaginé, et qu'il développe en deux langues, hébreu et anglais, selon les difficultés d'expression.

– Voilà... je vais vous expliquer. Quand un Hassid influent trompe sa femme, ou l'inverse, je prends le coupable en filature, généralement la nuit, pour rassembler des preuves de l'adultère. Ensuite je le mets devant le fait accompli. S'il ne paye pas, je le dénonce dans mon journal.

Je n'en crois pas mes oreilles. Un maître chanteur ! Profitant d'un instant où il ne peut pas m'apercevoir, j'enclenche le petit magnétophone dans mon sac. Il poursuit son exposé en prenant son temps, s'arrange pour m'effleurer discrètement la main, ou poser un doigt sur mon épaule. Je dois faire un effort de concentration intense pour comprendre ce qu'il me dit, dans son langage mi-anglais, mi-hébreu.

Finalement, il me suggère de prendre un petit appartement dans un immeuble du quartier. En échange des renseignements qu'il pourra obtenir sur les enfants, j'accepterai de devenir sa maîtresse.

– Je suis un homme, vous savez... et comme tous les hommes j'ai certains besoins...

– Vous osez me proposer une chose pareille ? Je cherche mes enfants depuis plus de deux ans, et vous me demandez ça ?

– Attendez une minute... laissez-moi vous expliquer. Vous êtes une *shiksa...*, une *goy*. Pour vous il n'y a aucun mal à coucher avec les hommes. Toutes les *shiksas* le font, ça ne représente rien pour vous. Vous pouvez changer d'homme tous les jours si vous voulez... Tandis que nos femmes, elles, n'ont pas le droit !

J'ai déjà entendu une expression vulgaire en Israël au sujet des *shiksas* : « C'est une *mitva* [une bonne action devant Dieu] de baiser une *shiksa...* »

Je suis tellement abasourdie par sa proposition, que je ne trouve qu'une chose à répondre :

– Vous savez, ce n'est pas toujours comme ça... nous ne sommes pas toutes comme ça...

– Mais vous n'avez pas autant de règles à respecter ! Ce n'est pas important pour vous !

Je devrais le gifler et quitter son bureau à la seconde. Mais la stupéfaction me cloue sur place, m'empêchant de le rabrouer. Il est répugnant, certes, mais il peut me fournir des informations, je vais le laisser achever d'exposer son plan écœurant, pour voir.

Il se propose de m'enseigner personnellement l'art d'être une maîtresse hassidique. Il me placera comme femme de ménage dans un foyer satmar, le mieux serait de trouver la maison d'un rabbin. Je passerai pour une Polonaise, qui ne parle ni hébreu ni yiddish. Je devrai demeurer muette afin que mon accent français ne me trahisse pas.

– Je vous apprendrai à séduire un Hassid, parce

que figurez-vous que l'on ne séduit pas un Hassid comme on séduit un chrétien. Il faut lui accorder d'abord certaines petites privautés lorsque sa femme n'est pas là. Ensuite, lorsque vous serez sûre de vous, vous coucherez avec lui, et puis, au bout d'un certain temps, vous le ferez venir quelque part, ailleurs, dans un endroit où nous pourrons le filmer, alors nous pourrons le faire chanter, et vous pourrez récupérer vos enfants.

Sa proposition est aussi écœurante qu'absurde, mais j'ai la force de rester évasive :

– Je vais y réfléchir... nous en reparlerons...

Tout de même en rentrant chez Sabine, lors de l'interminable trajet qui me ramène de Brooklyn à Beacon, j'ai du mal à me persuader de ce que j'ai entendu. Incroyable. J'ai peut-être mal compris, avec son mélange d'anglais et d'hébreu. Mais en réécoutant l'enregistrement, il n'y a aucun doute. Sabine me traduit parfaitement l'anglais de Shaulson, et le reste, je l'ai compris en hébreu. Guet-apens lubrique destiné à compromettre un rabbin et à le faire chanter pour récupérer mes enfants !

Je transcris cette conversation pour la remettre à Allan Presser, en espérant qu'il pourra de son côté faire pression sur ce Shaulson, et l'obliger à coopérer. Il fait une copie de l'enregistrement, l'écoute attentivement, et conclut :

– Aucun doute, c'est bel et bien un maître chanteur. On pourra peut-être en tirer quelque chose.

Mon expérience dans ce monde étrange continue le jour où un rabbin du nom de Moreino m'appelle chez mon amie Sabine. Il est sinistre, glacial :

– J'ai quelque chose à vous dire, mais pas au téléphone, prenons rendez-vous.

Jim Stanco et Alan Presser m'engagent à exploiter cette rencontre. C'est la première fois qu'un rabbin hassidique me contacte de sa propre initiative. Mais il peut s'agir d'un piège, aussi me voilà transformée en sous-marin. On me convainc de porter un micro dissimulé sous mes vêtements afin que les policiers puissent écouter en direct notre conversation, depuis une voiture banalisée.

Le jour du rendez-vous, un technicien procède à l'installation. J'ai beaucoup maigri et il a du mal à adapter son système à ma taille 36. Avec ma ceinture et mes fils dans le dos, j'ai l'impression de jouer dans un film d'espionnage. Si je me sens en danger j'utiliserai un code : je devrai placer le nombre 18 au milieu d'une phrase. Presser et un autre inspecteur viendront alors à mon aide. Leur extrême prudence m'a rendue nerveuse. Je cède à mon tour à la paranoïa. Ma jupe n'est pas assez longue pour respecter la pudeur d'un rabbin et, sur le chemin du rendez-vous, j'oblige les policiers à s'arrêter dans une boutique pour m'en procurer une autre. Couverte jusqu'aux chevilles, je ne suis pas plus rassurée pour autant.

Le rabbin Moreino est très âgé, très religieux, et très méfiant. Il me reçoit dans un appartement de Borough Park non loin de la 43e Rue, où Chaïm a habité quelque temps avec Iris Buttel. On me conduit dans une pièce carrée, meublée d'une grande table vide et de plusieurs chaises. Un rideau la sépare du reste de l'appartement. Je suppose qu'il s'agit d'une précaution prise par le rabbin afin que notre entretien ne soit pas un tête-à-tête compromettant. Un rideau n'est pas une porte... Immédiatement il se montre soupçonneux :

– Je n'ai pas confiance en vous ! Votre sac restera en dehors de la pièce. Vous pourriez nous enregistrer.

Il s'assied en face de moi, derrière son bureau encombré de piles de livres. Sa femme, qui nous sert de chaperon, se tient à l'extrémité de la pièce. Le rabbin s'empare d'un livre et commence à psalmodier des prières, comme si je n'étais pas là. J'essaie d'une voix timide de lui rappeler ma présence, mais il lève la main droite, l'index pointé vers le plafond, pour m'intimer l'ordre de me taire et d'attendre. Plusieurs minutes s'écoulent ainsi, j'attends. Les deux policiers, dans leur voiture, sont à l'écoute : lorsque je pourrai parler, je dois me montrer à la hauteur. Enfin le rabbin s'adresse à moi.

– Ma femme comprend parfaitement votre position. Elle a été recueillie par une famille catholique, pendant la guerre, ce qui lui a permis d'échapper aux nazis. Vous comprendrez qu'elle puisse se ranger de votre côté. Mais elle ne vous parlera pas.

– Votre femme a eu beaucoup de chance...

Je jette un œil dans la direction de l'épouse, qui m'évite et ne dit rien.

– Il aurait mieux valu que ma femme meure à Auschwitz ou à Treblinka, plutôt que d'avoir vécu comme une chrétienne.

J'en ai le souffle coupé. Que veut-il me faire comprendre ? Sa haine des chrétiens ? Dirigée contre sa propre épouse ?

– Bien. Maintenant nous pourrions parler de quelque chose de plus important.

Je m'attends à tout à présent, mais c'est très long à venir. Le rabbin use de métaphores, fait des suppositions, avant de finalement laisser entrevoir la solution qu'il a envisagée pour moi.

– Avez-vous songé que si vous, vous deveniez juive, cela pourrait vous aider ?

Il vient d'admettre tacitement que je ne suis pas juive, et que la communauté hassidique n'a donc jamais cru au mensonge de Chaïm. Du fait que je ne sois pas juive découle que les enfants ne sont pas juifs non plus. Ce qui les contrarie énormément. Si je me convertis, le problème est résolu. LEUR problème évidemment.

– Bien entendu, je ne parle pas de vous convertir au judaïsme moderne. Avez-vous envisagé de devenir une « vraie » juive ?

Je sais ce qu'il veut dire par « vraie » : juive religieuse. Cela signifie des années d'études, au cours desquelles les rabbins font rater aux candidates leur examen au moins deux fois de suite, de manière à s'assurer que leur engagement est sérieux.

J'écoute en silence, j'acquiesce de temps en temps pour le laisser aller au bout de son idée.

– Nous viendrons contrôler ce que vous faites et, au bout d'un certain temps, la communauté hassidique décidera de la qualité de votre conversion. Elle jugera si vous n'avez agi que pour récupérer vos enfants, ou si vous êtes réellement une fervente religieuse.

Je ne vois toujours pas où il veut en venir.

– Combien de temps cela prendrait-il ?

– Un certain temps...

– Et que devrais-je faire exactement ?

D'abord épouser un bon juif. Et avoir des enfants avec lui bien entendu. Voilà qui m'enfermerait définitivement dans leur piège. Une mère aime ses enfants, et elle est incapable de les quitter. Mais où veut-il en venir exactement ?

– Si les anciens estiment que vous êtes une vraie croyante, alors, ils vous permettront peut-être de rentrer en contact avec vos enfants.

C'est une proposition ridicule. Ils cherchent à me faire taire et à soulager leur conscience de ravisseurs. Mais je vais au bout du raisonnement.

– Je reverrai mes enfants dans combien de temps, après cette décision ?

– Une semaine, un mois, ou cinq ans... personne ne peut le dire.

Si je pensais une seconde que cette tactique pouvait me redonner les enfants, j'essayerais au moins de paraître sincère. Je pourrais endurer un mariage avec un Hassid, si ce sacrifice risquait d'être payé de retour. Mais le processus de conversion à lui seul me demanderait cinq ans. Ensuite, je devrais épouser un hassidique, et lui faire des enfants, puis un rabbin quelconque viendrait me dire que ma conversion n'est pas sincère ! Les Satmars jugeront forcément que j'ai agi par intérêt puisque c'est eux-mêmes qui ont fait pression sur moi pour que je me convertisse. Autrement dit, je ne reverrais jamais mes enfants. Dans le meilleur du pire des cas, je ne les retrouverais un jour qu'adultes. Et entre-temps je vivrais prisonnière de l'ennemi.

Je traduis poliment mon idée à l'intention du rabbin, qui hausse les épaules :

– C'est un risque à courir.

Sa femme est toujours silencieuse. L'air de penser : « Je suis désolée. » Je ne dis pas non, je ne dis pas oui... Je contrôle mes émotions pour garder une porte ouverte au moins quelque temps. Ce rabbin sait quelque chose sur mes enfants, je ne veux pas le heurter en stoppant la discussion. Très calmement je lui réponds :

– Je vais considérer votre proposition. À mon prochain voyage aux États-Unis, je reviendrai vous voir et vous donnerai une réponse.

En quittant cet homme, je ne peux pas m'empêcher de me sentir coupable. Sa proposition est ridicule, irréaliste, déplacée, la raison me le dit, et pourtant la refuser me culpabilise. Peut-être que l'enregistrement nous permettra de convaincre le procureur que cet homme détient des informations sur mes enfants, et qu'il est possible de l'inculper pour entrave à la justice...

Hélas... Dans leur voiture banalisée, les deux policiers sont dans un état d'agitation indescriptible. Furieux. Le capteur n'a pas fonctionné. Ils n'ont rien pu enregistrer. Ils commençaient même à se demander si je n'étais pas en danger.

Je suis complètement déprimée, ce soir-là. Si une chose aussi simple qu'un micro n'arrive pas à marcher, rien ne marchera. Rien. Jamais. J'ai une sale prémonition.

Tu ne reverras pas tes enfants, Patsy. Tu es engluée. Quoi que tu fasses, que tu dises, que tu tentes, les Satmars ont toujours le dernier mot. Leur dialectique bornée, sectaire, te renvoie toujours d'où tu viens, les mains vides.

Beaucoup de gens me conseillent de plaider mon cas devant une cour rabbinique. Mais c'est d'une complication infernale. Il faudrait d'abord trouver un juif religieux acceptant de représenter une *goy*, je n'en ai rencontré aucun en qui je puisse avoir confiance. J'ignore si j'aurais le droit d'assister à l'audience, et si la procédure aurait lieu en yiddish, auquel cas je ne comprendrais rien à ce qui se passe. Et puis qu'attendre d'une telle procédure ? Ces gens présentent au monde extérieur un front unifié. À l'intérieur ils sont divisés en une multitude de cellules, cultes, groupes, communautés se querellant à propos du moindre détail d'interprétation de la Torah. Ils ont chacun leur rabbin. Si une cour m'est favorable, une autre en décidera autrement, pour la simple raison qu'elle n'aura pas jugé le cas elle-même. En revanche, si une cour rend un jugement qui me soit défavorable, il sera considéré par tous comme une « bonne » décision.

Pour accentuer encore mon découragement, je rencontre, sur les conseils de Jim Stanco, une mère de douze enfants dont les neuf aînés ont été kidnappés par les Satmars.

Sarah m'a imposé des conditions très strictes avant de me rencontrer.

– Habillez-vous respectueusement, et surtout ne portez pas de parfum ! Mon mari ne doit pas sentir le parfum d'une autre femme, et il n'a le droit de respirer le mien que si je suis disponible...

Ce « disponible » fait allusion à la période de deux semaines durant laquelle le rapport sexuel est admis.

– Je vous en prie, faites très attention, après votre départ, il ne doit pas rester un seul effluve de parfum...

L'eau pure, sans savon, même de Marseille, ne parfume personne, j'espère. Je respecte ses conditions.

Trois pièces au troisième étage d'un très vieil immeuble. Le métro aérien passe devant la fenêtre. Le fracas des trains interrompt sans cesse notre conversation, et fait trembler les murs. L'appartement sent le renfermé, l'atmosphère y est oppressante. On a entassé des meubles devant toutes les fenêtres, ce qui empêche le soleil d'entrer, et l'air de se renouveler. Cet endroit me rend aussi claustrophobe qu'une cabine d'ascenseur. Une gamine de quatre ou cinq ans s'efforce de changer les couches d'un bébé. Un marmot de deux ans balbutie une prière entre ses dents de lait. Ces enfants sont d'une pâleur maladive, des fleurs privées de lumière.

– Vous avez une minute ? Il y a un rat dans la cuisine, et comme mon bébé y dort, j'essaie de le piéger...

Douze grossesses ont fait de cette femme une montagne de chair lourde et trapue. Une poitrine énorme et tombante menace de s'échapper de sa robe marron couverte de taches. Elle parle relativement bien l'anglais. Les trois enfants qu'elle élève actuellement sont d'un deuxième mari. Les neuf autres, d'un mariage précédent, lui ont été enlevés lorsqu'une cour rabbinique a statué sur son divorce. Elle ne parle que de sexe. Son premier mari était un obsédé, un pervers. Elle se plaint longuement, et avec des détails dont je me passerais volontiers, du fait qu'il voulait faire l'amour dans des positions non traditionnelles. La seule position traditionnelle étant celle dite du « missionnaire ».

– Il voulait le faire comme les chiens ! Et si je refusais il allait voir une autre femme, et me racontait tout en rentrant.

Je voudrais fuir. Je n'ai aucune envie d'entendre ce genre de confidences sordides. Dans une société où pèsent tant d'interdits sur la sexualité, les gens ne pensent plus qu'à cela finalement.

Notre conversation – il s'agit plutôt d'un monologue – car elle parle quasiment seule – est interrompue par l'arrivée du mari. Dès qu'il me voit, il bat en retraite, se retourne comme un écolier pris en faute, le nez face au mur. Elle chuchote :

– Il a dix ans de moins que moi, vous savez, et il est un peu simple d'esprit, mais personne ne voulait m'épouser, j'étais trop vieille...

Cette femme n'avait rien à m'apprendre de très intéressant. Ses enfants ont été pris en charge par le système d'assistance de la communauté. Avec elle, ils vivaient enfermés dans cet appartement, ils n'étaient jamais autorisés à sortir pour ne pas être contaminés par le monde impie. Elle estime que les écoles hassidiques ne sont pas assez religieuses. La cour rabbinique, elle, a décidé que ses enfants étaient victimes de sa négligence, et a décidé de les faire adopter. Pour une fois, je ne peux pas être contre.

Je me retrouve dans la rue, complètement écœurée et affolée. Mes enfants sont-ils condamnés à vivre ainsi ? Calfeutrés, sans air et sans soleil, ou pis encore, dépérissant à l'ombre d'esprits aussi rigides et fermés que ceux-là... Pas un effluve de parfum. Pas un souffle d'air frais, pas un rayon de soleil, pas de vie en somme. C'est à devenir folle.

35

Le récit de Joseph

Il faut que je partage ma chambre avec Yoely, le fils de M. et Mme Jacobovitch, et je n'aime pas ça du tout. Nous nous disputons tout le temps, pour n'importe quoi, et Mme Jacobovitch prend tout le temps sa défense. Il y a un petit ventilateur dans la chambre, mais Yoely l'oriente toujours vers son lit. Et quand j'essaie de le tourner vers moi pour avoir un peu d'air frais, il m'en empêche. Il a douze ans, et pourtant il fait encore pipi au lit. Je déteste ça. Je me suis fait un ami à l'école, qui s'appelle aussi Yoely. On fait comme si on était la police avec les autres enfants. Tout le monde veut être ami avec nous. Il est interdit de jouer avec les allumettes et avec le feu, mais il y a des petits garçons qui aiment aller dans les bois en cachette autour de Kasho Drive pour allumer des feux. Ils aiment bien faire ce qui est défendu. Avec Yoely on les espionne, on va les surprendre en criant : « Ah, je t'ai vu ! » Et on les menace d'aller dire aux parents ce qu'ils ont fait. Quelquefois on les dénonce.

C'est nous les chefs de tous ces enfants, et ça nous amuse. À Kasho il n'y a pas d'école pour les garçons, alors il faut aller étudier dans un autre village. On va à l'école six jours sur sept. Il y a à peu près cent dix garçons dans l'école, et dans ma classe on est vingt-cinq. On apprend l'anglais une heure par jour, mais c'est surtout pour pouvoir faire les problèmes de maths. La plupart du temps on étudie la Bible, et on prie. Quelque fois il faut répéter avec l'instituteur :

« Nous ne changerons pas notre mode de vie ! Nous rejetterons cette société ! Nous vivrons comme nos grands-parents ont vécu ! »

Quand je serai grand, je serai peut-être rabbin.

36

Jour après jour

J'ai raté l'audience qui devait décider du sort de Chaïm. Mon passeport était périmé depuis deux jours, et je ne m'en étais pas aperçue. Je voyage tellement ! Mon père, furieux de ma négligence, est allé à New York à ma place. Je n'ai pu le rejoindre que plus tard. De toute façon la cour a ajourné sa décision.

26 juillet 1989. Le FBI refuse de nous aider à rechercher les enfants, car ils ne sont pas citoyens américains. Mon père rentre en Belgique, et je reste sur place pour continuer ma quête épuisante à Brooklyn.

Jim Stanco a fait faire des affiches. Il a utilisé les photos prises à Amsterdam que nous avons obtenues grâce à Armoni, et il a fait imprimer en dessous un texte en anglais et en yiddish.

Mes enfants me regardent, leur visage reproduit sur une affiche jaune vif de 28 cm sur 35. La réalité du portrait-robot est étrange et douloureuse.

Nom : Simon Yarden
Né le 2 janvier 1981
Taille : 1,44 m approx.
Poids : 40 kilos approx.
Yeux : marron foncé
Cheveux : noirs
Langues : multilingue.

Nom : Moriah Yarden
Née le 7 juin 1982
Taille : 1,30 m approx.
Poids : 35 kilos approx.
Yeux : brun foncé
Cheveux : brun foncé
Langues : multilingue.

Nom : Marina Yarden
Née le 19 octobre 1979
Taille : 1,36 m approx.
Poids : 40 kilos approx.
Yeux : marron clair
Cheveux : bruns
Langues : mutilingue.

Ces enfants ont été enlevés le 11 décembre 1986 par leur père, Chaïm Yarden (dit Edwar ou Jarden), auquel le droit de garde n'a pas été attribué, et qui depuis janvier 89 est maintenu en garde à vue en attendant que son extradition en Belgique soit prononcée. Il doit être jugé pour enlèvement.

Bureau central des enfants disparus et exploités de l'État de New York.

Si vous repérez ces enfants dans l'État de New York, vous pouvez appeler 24 heures sur 24 le numéro vert : 1-800-FIND KID (1-800-346-3543).

Si vous repérez ces enfants hors des frontières de l'État de New York vous pouvez appeler le : 1-800-843-5678.

Jim Stanco se charge lui-même de placarder ces affiches dans les quartiers hassidiques, et au péage de l'autoroute qui mène aux monts Catskill, où beaucoup de juifs religieux vont prendre leurs vacances.

Taille approximative, poids approximatif... Tout mon malheur est là. J'ai dû donner une *approximation* de l'apparence physique de mes enfants. Nous parlons si souvent d'eux avec Walter qu'il leur fait d'avance une place entre nous. Nous avons passé deux ans et demi avec leurs ombres, et il ne les a jamais vus, et pourtant ils font partie de sa famille à présent. Une famille qu'il voudrait augmenter d'un enfant. Il réfléchit longuement à cette idée, comme il le fait toujours.

– Nous devons être sûrs toi et moi de la raison pour laquelle nous voulons cet enfant. Un enfant ne peut en remplacer un autre. Si nous voulons celui-là pour lui-même, alors c'est bien. Car jamais nous ne cesserons de chercher les trois aînés. Jamais. Mais je ne peux pas continuer à vivre dans le passé, Walter a droit à un avenir et Patsy aussi. C'est un besoin.

Après sept mois de bataille juridique, et plus d'une demi-douzaine d'audiences et de voyages, enfin, la cour de justice américaine ordonne l'extradition de Chaïm, le 14 août 1989. Il résiste physiquement à cette extradition et les fédéraux doivent l'obliger à monter en voiture, l'obliger à monter dans l'avion.

Cette décision a pris tout le monde de court. Je suis aux États-Unis, et contrainte de prévenir les médias en Belgique depuis New York. À l'arrivée de Chaïm, les journalistes ont envahi l'aéroport de Bruxelles. Les images qu'ils diffuseront à la télévision ou dans la presse sont celles d'un homme qui marche tête basse, en traînant les pieds, le nez dans sa barbe.

Mon père n'aurait peut-être pas dû venir, car il a craqué. Les journalistes ont vu un grand-père fou de douleur, et incapable de maîtriser sa colère devant celui qui a fait tant de mal à sa famille. Certains, au sein de la communauté juive, voient alors en Chaïm la pauvre victime d'un riche homme d'affaires, dont l'influence et le pouvoir seraient sans limites. Pour les Hassidim, Chaïm est devenu un martyr. Pour la justice belge, c'est une tombe. Il refuse à chaque interrogatoire de dire où sont les enfants. Ce mutisme use les nerfs de tout le monde.

De mon côté, je dois me préparer pour le procès qui va suivre et réunir des témoignages prouvant que je ne maltraitais pas les enfants, qu'ils étaient épanouis et heureux. Les élèves de l'institution Mater Dei adressent à la communauté satmar cette petite lettre simple et émouvante :

Monsieur,
Nous sommes des amis de Moriah. Nous allions au même jardin d'enfants que Moriah, mais un jour, elle n'est plus revenue. L'institutrice nous a expliqué ce qui se passait, mais nous n'avons pas très bien compris. Notre nouvel instituteur nous a à nouveau tout réexpliqué. Cela ne doit pas être très drôle de perdre sa famille et tous ses amis d'un seul coup. Ce serait formidable si nous pouvions encore jouer et travailler avec Moriah. Pouvez-vous la faire revenir ? Merci.

À Saint-Joseph, les élèves de la classe de Simon écrivent une lettre similaire à Chaïm. Ils l'adressent à la prison.

Monsieur,
Votre fils, Simon Edwar, est l'un des 21 garçons qui sont entrés en cours préparatoire à l'école primaire, dans la classe de M. Ivo Devesse, le 1er septembre 86. Trois mois plus tard, le 11 décembre 86, il a été enlevé avec ses deux sœurs devant notre école.
Nous ne savons pas ce qui est arrivé depuis à notre camarade de classe Simon ni à ses deux sœurs.

Nous avons appris par les journaux, les magazines hebdomadaires et la télévision qu'ils habitent sans doute aux États-Unis, que leur mère, Patsy Heymans, et leur famille font tout ce qu'ils peuvent pour les retrouver, et que leur père est en prison à Foret (Bruxelles). Dans notre classe, nous parlons très sérieusement de Simon. Qu'est-il devenu? Quand va-t-il rentrer? Aussi, nous avons décidé de vous écrire à vous qui êtes son père, pour vous demander expressément : Cher monsieur Yarden, rendez-nous Simon, s'il vous plaît.

Nous continuons à espérer que Simon sera bientôt de retour parmi nous et vous demandons, monsieur Yarden, de bien vouloir nous aider à le retrouver. Au nom de tous ses camarades de classe.

Vingt signatures enfantines accompagnent celles de l'instituteur et du directeur de l'école.

Walter et moi préparons les dossiers de presse, avec une liasse de documents et des photographies des enfants. Des dossiers jaunes pour la presse en français, verts pour la traduction néerlandaise.

Le palais de justice de Bruxelles est un édifice imposant, surmonté d'un dôme qui domine une partie du quartier des affaires. Un large portail ouvre sur un hall gigantesque où les pas résonnent sur un sol de marbre. La salle où doit comparaître Chaïm, prévue pour accueillir une cinquantaine de personnes, déborde du triple. Beaucoup de nos amis sont venus.

L'objet de cette première audience est de déterminer si l'accusé veut faire appel de sa condamnation pour enlèvement et, dans cette éventualité, s'il doit rester en prison jusqu'au jour du procès. À l'époque de sa condamnation par défaut il n'avait pu assurer sa défense. Comme il n'a pas d'argent, la communauté hassidique lui a fourni un défenseur.

Tout ce que nous voulons pour l'instant, c'est qu'il reste en prison. Non pour le punir, mais pour garder un lien avec les enfants. Or nous sommes juridiquement sur la corde raide, car il a déjà fait six mois, aux États-Unis, sur un an de prison ferme. Il ne lui reste plus que six mois à purger. S'il était libéré, il disparaîtrait dans la nature, et nous n'aurions plus aucun moyen de pression.

Le procureur admet qu'il est difficile de maintenir Chaïm en prison :

– Il n'existe pas de cas juridique simple lorsqu'il s'agit d'enfants. Toutes ces affaires impliquent une grande souffrance humaine, c'est pourquoi chaque cas est considéré avec une attention particulière. Le vôtre est intéressant du point de vue juridique, car il n'a pas de précédent. Le gouvernement belge n'a jamais été confronté directement à une puissante communauté religieuse, qui s'abrite derrière ses propres règles et se place au-dessus des lois, belges ou internationales.

Le procureur, Mme De Vroede, se sent naturellement solidaire. Elle est mère de trois enfants, elle aussi. Chaïm pénètre dans la salle d'audience, escorté d'un officier de police. Il porte un petit sac bourré de documents et de livres religieux. Il tient aussi une pomme, dans le cas où il aurait faim...

Depuis qu'il est en prison, sa religiosité n'a fait que croître, le *yarmulke* sur le crâne, les *peyots* plus longs que jamais. Son teint ordinairement mat est passé au blanc maladif du détenu. La tête basse, les épaules voûtées, il regarde obstinément à terre. À chaque question du juge, il marmonne une réponse inaudible, dans la même attitude.

– Veuillez me regarder quand vous parlez !

Il relève légèrement la tête, répète sa réponse, et baisse aussitôt les yeux.

Sous prétexte qu'il comprend mal le français, il exige la présence d'un interprète anglais/français. C'est une ruse, je le sais, car il a appris à parler couramment le français, et maîtrise beaucoup plus mal l'anglais. Mais la loi lui accorde ce droit. Cette première audience s'arrête donc là, reportée à la semaine suivante. Et la semaine suivante, chaque question, chaque réponse, tout commentaire quel qu'il soit, doivent être traduits dans les deux sens, si bien que peu de problèmes se trouvent résolus. Mais le menteur se trouve pris à son propre piège, car il laisse échapper en anglais tout à coup :

– Non, ce mot ne traduit pas exactement ce que je voulais dire.

Or le mot est français, il comprend donc la langue. Le juge lui lance un regard furibond. Quelques minutes plus tard, Chaïm se plaint que son anglais n'est pas assez bon, et exige un interprète hébreu ! Le juge comprend parfaitement où il veut en venir. Faire traîner, pouvoir gagner du temps grâce à l'interprète et à une langue que le juge ne connaît pas. Mais il en a le droit, et la séance est à nouveau ajournée.

Nouvelle audience, voici venir l'interprète hébreu, et le juge reprend son interrogatoire laborieux. Question en français, traduction en hébreu, réponse en hébreu, mais longue, longue, évasive, compliquée, comme si Chaïm ne parvenait pas à exprimer clairement ce qu'il voulait dire. Ce qui oblige l'interprète à faire une longue traduction. Lorsqu'il a fini, le juge doit résumer les propos de l'accusé pour le compte rendu de l'audience. Ce résumé doit être ensuite traduit pour que Chaïm puisse l'approuver. Souvent il pinaille sur un mot, puis un autre. La procédure traîne, le stress m'envahit, et pour me calmer je prends des notes sur le déroulement du procès.

Chaque fois que Chaïm me cite dans ses déclarations, il a recours au français. Je ne suis pas sa femme, ou son ex-femme, ou Patsy, je suis Mme Patricia Heymans.

En le regardant, les épaules voûtées d'obstination, avec sa barbe et ses *peyots*, je me demande comment j'ai fait pour tomber amoureuse de lui. Je n'ai pas d'explication toute faite. Ce fut ainsi.

J'ai toujours eu du mal à exprimer mes sentiments, et à présent je n'arrive même plus à dire mon angoisse à propos des enfants, de l'éducation qu'ils reçoivent, du style de vie qu'on leur impose. Si j'essaie de m'expliquer, les mots tourbillonnent dans ma tête, et ne franchissent pas mes lèvres. J'ai du mal à tenir un discours cohérent. J'ai besoin d'aide, je le sais. Au moment de l'enlèvement j'ai consulté un psychiatre, mais l'expérience s'est révélée négative, et je répugne à faire un autre essai.

Il faut que je parle, que je m'exprime. Je le voudrais, j'en ai besoin, et je n'y arrive pas. Finalement sur la recommandation d'un ami, je prends rendez-vous chez un thérapeute. Connaissant ma facilité à battre en retraite je paye d'avance les cinq premières séances. C'est une femme. Elle commence par m'annoncer qu'elle connaît ma famille, ce qui me met extrêmement mal à l'aise. Puis elle se tait. Silence. J'attends qu'elle me pose une question, elle attend que je parle, nous nous regardons. C'est ridicule. J'ai besoin de quelqu'un qui m'aide à parler, à sortir de ma coquille, à extirper mes sentiments, à les mettre au clair. Cette femme pourrait sortir de la pièce et mettre un magnétophone devant moi, ce serait pareil. Puisque je n'y arrive pas toute seule, c'est à elle de faire un effort. Puisque c'est moi qui suis bloquée, c'est à elle de trouver une brèche.

Le second entretien est tout aussi pénible. Je marmonne quelques phrases à propos des enfants, espérant lui délier la langue. Mais elle reste silencieuse. Cette expérience est un échec total. Personne ne m'obligera à retourner m'installer devant un mur de silence. Je connais le silence par cœur, il est mon refuge et mon poison. Si un thérapeute n'est pas capable de comprendre cela, qu'il aille au diable.

Bonheur. J'attends un enfant de Walter. Et le courage revient. L'espoir aussi. Ma détermination est encore plus grande de réunir ma famille. Marina, Simon, Moriah, où que vous soyez, je vous retrouverai, un quatrième vous attend à la maison.

Le juge est tellement frustré qu'il a décidé d'adopter une nouvelle tactique. Nous réunir, Chaïm et moi, pour un face-à-face en présence d'un officier de police, afin que nous réglions le litige nous-mêmes.

Nous y sommes. Face à face. Je n'éprouve rien, je ne suis soucieuse que d'une seule chose, m'emparer de la plus petite bribe de renseignement sur les enfants. D'une voix calme, il parle le premier.

– J'ai quelque chose à te proposer, me dit-il en hébreu, mais tu dois me promettre de n'en parler à personne.

Mon cœur fait un bond, une seconde j'ai le fol espoir qu'il va me parler d'eux.

– Je te le promets.

– Je ne sais pas où sont les enfants, mais si tu acceptes de revenir vivre avec moi, de m'épouser, alors nous les rechercherons ensemble, et un jour nous les retrouverons.

Il est sérieux ! Bien sûr, devant la loi belge nous sommes encore mariés, mais je sais qu'il parle d'une cérémonie hassidique !

– Je ne suis pas juive. Comment peux-tu, toi, un juif religieux, demander cela à une chrétienne ?

– Ça peut s'arranger.

– Et Iris ?

– Ça peut s'arranger.

Je me rends compte en un éclair qu'il vient d'admettre ce qu'il a nié deux secondes avant. IL SAIT par où commencer les recherches !

– C'est tout ce que tu as à dire ?

En général je tiens mes promesses, mais il n'est

pas question de tenir celle-là. Le procureur, Mme De Vroede, et notre avocat, maître Buysschaert, sont aussitôt mis au courant. Ils informent le juge, car cette proposition prouve une nouvelle fois que Chaïm est complice des ravisseurs. L'incident est donc débattu à l'audience suivante. Et Chaïm prend la chose avec une arrogance révélatrice de son incapacité à assumer la responsabilité de ses actes. Il est furieux contre moi :

– Comment peut-on la croire, alors qu'après m'avoir promis de ne rien dire, à moi son mari, elle est allée directement vous le répéter ?

Le juge rejette cet argument spécieux.

– Ramenez-le dans sa cellule !

Une femme policier s'avance avec une paire de menottes, il s'écarte d'elle avec mépris. Être touché par une femme, quelle humiliation ! La colère brille dans le regard de la femme officier de police, qui lui ordonne sèchement d'obéir. Honteux, il baisse la tête, et tend ses poignets.

Walter me demande :

– Tu retournerais avec lui après tout ce qu'il t'a fait, si cela te permettait de retrouver les enfants ?

– Bien sûr que oui. Seulement si j'en étais sûre à cent pour cent. D'ailleurs cela n'aurait aucune signification pour moi. Tu m'attendrais.

J'ai répondu avec la plus grande sincérité, et le silence de Walter me met terriblement mal à l'aise. Je porte son enfant, qu'est-ce que je suis en train de lui faire subir ?

Les avocats de Chaïm multiplient les incidents de procédure, pour obliger la cour à renvoyer les audiences de semaine en semaine. Tout cela ne fait qu'augmenter les honoraires, ce qui ne dérange pas Chaïm... L'argent de la défense vient des poches de la communauté hassidique d'Anvers.

Chaïm et ses avocats font appel de chaque décision. Presque chaque mercredi, nous assistons à une nouvelle audience. Certaines durent de 13 heures à 20 heures. Un soir, nous sortons si tard que la porte du palais de justice est déjà fermée.

Chaïm prétend régulièrement que son extradition est illégale. Le juge doit le sermonner. Il arrive que nous ne sachions pas, et nos avocats non plus, ce qui doit se passer à l'audience suivante... J'en ai assez. On délibère interminablement des droits de Chaïm, et on ne parle jamais des enfants. Tout le monde, dans cette cour, oublie le véritable enjeu de ce procès : mes enfants. J'ai envie de me lever parfois et de hurler :

– Et les droits de Marina ? de Simon ? de Moriah ?

Lorsque, enfin, la cour aborde ce point essentiel, Chaïm affirme qu'il n'a pas enlevé les enfants ! Il accuse tout simplement mon père de l'avoir fait, pour en rejeter la responsabilité sur son gendre qu'il hait ! Malgré la stupidité de cette affirmation, c'est à nous de produire les preuves matérielles qui l'accusent. Les photographies prises à Amsterdam et Washington, le faire-part de mariage envoyé à Chaïm et aux enfants par le rabbin Tauberg, la lettre dans laquelle Tauberg demande pour Chaïm l'aide de la communauté hassidique afin de soustraire ses enfants à une mère indigne et chrétienne.

À cela, Chaïm répond :

– C'est une lettre volée ! Et si elle a été volée comment peut-on savoir si elle est vraie ou fausse ?

Le juge lui fait remarquer qu'il a la preuve que cette lettre est bien du rabbin Tauberg. Alors Chaïm réfute les photos :

– Ce n'est pas moi qui suis photographié là-dessus. Cette photo est truquée !

– Êtes-vous allé oui ou non à Washington ?

– Une seule fois, très peu de temps. On m'y a autorisé à voir les enfants.

Mais c'était au printemps, dit-il, alors que la

photo, c'est visible, a été prise en automne et qu'on peut y lire au dos la date, octobre 1988. Le juge demande :

– Est-ce que les arbres sont rouges au printemps à Washington ?

– Ah mais, aux États-Unis les saisons sont différentes !

Alors, à la séance suivante, j'apporte la preuve, fournie par l'ambassade des États-Unis, que les saisons à Washington D.C. suivent exactement le même cycle qu'en Belgique. Les feuilles rougissent à l'automne, et non au printemps. J'ai également des documents météorologiques... Le juge demande :

– Qui a pris cette photo ?

Il faut attendre la traduction de la question du français en hébreu, puis celle de la réponse de l'hébreu en français :

– Eh bien, je l'ignore. M. Jacques Heymans a de l'argent, peut-être devriez-vous lui demander comment il a réussi à prendre cette photo.

Et Chaïm se tourne vers l'assistance, l'air ravi de sa bonne plaisanterie. Il est écœurant. Aucun argument solide, aucun respect de lui-même ni des autres, le mensonge pour toute logique. Le juge est manifestement persuadé de sa culpabilité, mais suspend la séance une fois de plus jusqu'à la semaine suivante. Il me vient des idées de vengeance parfois... Aller raconter aux autres prisonniers ce qu'il a fait par exemple. En prison les coupables de kidnapping d'enfant sont mal vus... Une bonne correction ne lui ferait pas de mal.

Après je ne sais combien d'audiences, Chaïm finit par modifier son discours au sujet de la photo.

– Je descendais la 56e Rue à Manhattan, lorsqu'un homme que je n'avais jamais vu auparavant, un inconnu, m'a arrêté sur le trottoir. Il m'a dit qu'il s'appelait David, et que si je voulais revoir mes enfants, je devais me rendre devant la Maison Blanche à une certaine heure. Je suis allé au rendez-vous, l'inconnu était là avec les enfants. J'ai discuté un peu avec eux, et j'ai pu constater qu'ils allaient bien. Nous avons pris un rafraîchissement ensemble, ils avaient l'air heureux. Ensuite je suis parti.

– Vous ne leur avez pas demandé où ils habitaient ? À quel école ils allaient ? Ni s'ils avaient envie de rester avec vous ?

– Ils allaient bien, c'était suffisant.

– Vous êtes leur père ? Et vous faites confiance à un inconnu ? À ce David ?

– Oui, il en sait plus que moi.

Cette histoire ridicule a irrité le juge, et les élucubrations de Chaïm dépassent tellement les bornes que l'un de ses avocats confie au nôtre :

– Je ne peux plus soutenir la position de M. Yarden !

C'est bon à savoir. Une partie de la communauté juive prend ses distances avec lui. C'est ce que signifie cet aveu. Une porte entrouverte... Mais entrer en contact avec le monde hassidique n'est pas une mince affaire... La seule chose que je puisse faire, c'est les harceler, sans répit. Les chefs satmars doivent comprendre que je ne les lâcherai jamais.

Il y a, à Bruxelles, un bureau du consistoire juif de Belgique, dont le chef officiel est le rabbin Guigui. Je lui demande de m'écrire une lettre attestant que la communauté juive désapprouve la conduite de Chaïm, et demandant à tous les juifs de coopérer avec moi dans mes recherches. Le rabbin sait que Chaïm est un Satmar à présent.

– C'est un groupe hassidique, je ne peux avoir aucune influence sur lui.

– Mais vous représentez la communauté juive en Belgique ! Ce sera une aide pour moi.

Je téléphonerai plusieurs fois avant de recevoir une lettre désapprouvant avec précaution la conduite de Chaïm Yarden. Ce n'est pas cela qui m'aidera à retrouver les enfants, mais au moins on ne me reprochera pas de mener une « vendetta antijuive ».

Car beaucoup de gens m'accusent de faire de cette affaire le procès de la religion. Et je n'ai qu'une réponse à leur donner :

– Je suis désolée, ce n'est pas moi qui ai transformé cette affaire en cause religieuse. En ce qui me concerne, Chaïm pourrait être chrétien, musulman, ou athée, ce serait exactement pareil. Il m'a pris mes enfants.

Je connais des juifs religieux, et des juifs non religieux, des gens que je respecte et en qui j'ai confiance. Mon combat ne vise que Chaïm, et ses quelques alliés irresponsables.

Les avocats de Chaïm ont même soulevé cette question devant la cour, m'accusant d'instruire le procès de tous les juifs ! Seul Chaïm est accusé. Seul Chaïm se met au-dessus des lois. Si une secte le soutient, elle se met également au-dessus des lois. Je ne suis ni antijuive ni anti quoi que ce soit, je ne suis qu'une mère !

Le roi Baudouin Ier, pour fêter ses quarante ans de règne, accorde une amnistie générale, qui doit réduire de six mois les peines de la plupart des prisonniers belges... Cette annonce nous plonge dans la panique. Heureusement le procureur a des atouts légaux. Chaïm a toujours contesté la validité de sa condamnation par défaut. Voilà six mois qu'il tient bon sur ce principe, il n'est donc pas concerné par l'amnistie. Pourtant, ses avocats pavoisent depuis cette nouvelle.

– Demain au tribunal nous aurons un véritable coup de théâtre !

Les nôtres, sur le conseil du procureur, préparent en hâte une nouvelle plainte, fondée sur une interprétation différente de la loi, et s'assurent de la coopération des services de sécurité dans les aéroports et dans les gares. Si Chaïm réussit à se faire libérer, nous devons tenter de l'arrêter avant qu'il quitte le territoire. J'en suis malade d'avance.

Le 21 janvier 1990, jour de mon anniversaire, le nouvel avocat de Chaïm annonce en début d'audience :

– Mon client renonce à contester la validité de sa condamnation par défaut à un an de prison ferme !

Tout le monde est surpris. Le coup de théâtre, c'était donc cela. Cesser de contester, pour pouvoir bénéficier de l'amnistie. Étant donné qu'il a fait plus de la moitié de son temps de prison, Chaïm peut être libre en quelques minutes. Le juge demande au prévenu s'il se rend compte qu'en retirant son opposition il reconnaît implicitement être coupable d'enlèvement ?

– Non. Je n'admets pas avoir enlevé les enfants. Mais je retire mon opposition pour être relaxé.

Grand jour pour les journalistes ! C'est la première fois qu'un accusé plaide coupable en quelque sorte, tout en affirmant son innocence ! Mais le procureur, Mme De Vroede, dispose d'un autre lapin dans son chapeau. Un concept juridique qui n'a jamais été appliqué en Belgique à ce genre d'affaire mais qu'elle a bien l'intention d'utiliser. Chaïm vient de lui permettre de le faire, en reconnaissant aujourd'hui sa condamnation par défaut, ce qu'il n'avait jamais fait jusque-là.

– Lorsque Chaïm Yarden a été extradé à Bruxelles le 14 août 1989, il a refusé de fournir des renseignements aux autorités sur les enfants disparus. Par ce refus, il a aggravé le crime pour lequel il avait été condamné par défaut, en commettant un « délit continu à caractère répétitif ». Je demande donc une condamnation ferme pour ce délit aggravé, avec effet rétroactif. Jour après jour cet homme a entravé l'action de la justice.

Bien entendu, la défense rétorque que l'accusation est fragile, qu'on ne peut pas condamner le prévenu pour son silence. Que l'accusation ne porte pas sur ce qu'il a fait ou dit, mais sur ce qu'il *n'a pas dit.*

Et, bien entendu, notre avocat reconnaît volontiers que Chaïm Yarden a droit au silence, comme tous les prévenus, mais que son refus de répondre à des questions précises sur des enfants disparus a entravé les recherches de la police judiciaire. Selon une stricte interprétation de la loi, il y a donc obstruction. Les droits des enfants, ceux de la mère et ceux de l'État doivent être mis en balance avec les droits du prévenu.

Le procureur et nos avocats savent l'enjeu de ce procès. Si le juge les suit, ce sera la première fois, en Belgique, qu'une cour aura statué ainsi. Le silence d'un prévenu dans certaines circonstances peut l'incriminer...

– Coupable de délit continu !

Mme le procureur De Vroede a gagné. C'est un précédent dans l'histoire de la justice belge. Tête basse, le nez dans sa barbe, le prévenu retourne en prison.

Jour après jour...

37

Visite de table

Il y a deux manières de rendre visite à un prisonnier. L'une est impersonnelle : on est séparé par une vitre, et l'on ne communique que grâce à deux téléphones. L'autre est appelée la « visite de table » dans le jargon pénitentiaire. J'aurais préféré avoir une vitre entre nous, être à l'abri de son corps, de son regard direct, de son souffle, de sa peau. Pour pouvoir raccrocher proprement s'il m'exaspérait. Mais lorsque, la mort dans l'âme, j'ai demandé à le voir, Chaïm a réclamé la « visite de table » avec insistance, c'est-à-dire le face-à-face, chacun se trouvant de part et d'autre d'une table à un mètre de distance.

Pendant soixante minutes, ni plus ni moins, je m'apprête à subir cette violence, lui *parler*, puisqu'il est la seule piste qui mène aux enfants.

La prison Saint-Gilles a été conçue pour abriter trois cents prévenus, elle en accueille le double. Les locaux ne peuvent recevoir que vingt-cinq visiteurs à la fois. Premier arrivé premier servi. Je me suis donc présentée à 7 heures du matin, mais j'ai attendu plus d'une heure au-dehors avant d'être autorisée à franchir la porte. Ensuite il y a eu le rituel de la fouille, la remise de ma carte d'identité.

Pour dissimuler ma grossesse à Chaïm, et éviter des commentaires déplaisants de sa part, j'ai choisi de porter un vêtement ample. Les vingt-cinq tables, entourées chacune de deux ou trois chaises, sont rapidement occupées, et dans le brouhaha certains prisonniers et gardiens me lancent des encouragements au passage.

– C'est formidable, ce que vous faites !

– Continuez !

Ces gens m'ont vue à la télévision. Je me sens complètement perdue et gênée à l'arrivée de Chaïm, le seul prisonnier hassidique. Il a le droit de conserver certains accessoires de sa tenue traditionnelle. Il traverse la salle en souriant avec désinvolture, sûr de lui, saluant les autres prisonniers, complètement différent du prévenu sournois, effacé et humble devant la cour.

Le crâne rasé, encadré par les *peyots*, est déplacé dans ce lieu. À peine assis, la tête penchée de côté, détendu comme dans un salon, il entame un bavardage comme si j'étais une vieille amie qu'il n'aurait pas vue depuis longtemps. Comment va la famille, qu'est-ce que je deviens, quel genre de travail... Je me sens épouvantablement nerveuse. Je n'ai aucune envie de le suivre sur ce terrain. Il sait pertinemment pourquoi je suis là, mais il aborde tous les sujets possibles, sauf celui des enfants. Il bavarde, bavarde, et en le regardant je me rends soudain compte qu'il m'est complètement indifférent. J'en suis presque étonnée. Non seulement je ne l'aime plus, mais je n'éprouve pas plus d'émotion devant lui que devant un insecte. Même pas de haine. J'observe l'insecte. Comme le ferait un entomologiste, avec une sorte de curiosité détachée. Il tourne autour du pot, comme dans un tube de verre, il invente des histoires, il nie la réalité, se gargarise de fausses certitudes :

– Je ne t'ai jamais battue ! Ou alors ce n'était qu'une gifle...

– Où sont les enfants, Chaïm ?

Il n'entend pas, à plusieurs reprises, après la même question, il change de sujet. J'essaie une autre tactique.

– Tu te souviens quand Marina était petite...

Ça ne marche pas non plus. Ce n'est pas un père que j'ai devant moi, c'est..., je ne sais pas, un individu sans consistance. Après quelque temps de ce jeu stupide, je me sens vaguement nauséeuse. Ma grossesse sans doute, et aussi l'effort pour garder mon calme.

– Où sont les enfants, Chaïm ?

Cette fois, le ton doux et sirupeux se fait tranchant. Il pointe sur moi un doigt accusateur :

– C'est ton père qui t'a obligée à faire tout ça ! Je n'ai pas enlevé les enfants ! Demande à ton père ce qu'il en a fait ! Demande-lui ! Jacques Heymans a enlevé les enfants pour pouvoir m'accuser de crime et me faire mettre sous les verrous !

Ma tête tourne. Il continue à me saouler de reproches. À retourner la vérité dans tous les sens. C'est mon imagination qui a tout fait, je n'ai jamais pris de coups, il ne m'a jamais punie, je ne suis qu'une gamine irresponsable, avec un père tout-puissant... Je finis presque par me demander si la réalité était aussi dure que dans mon souvenir. Envie de vomir. Il me faudra trois jours pour récupérer de cette « visite de table ».

Deuxième visite quelque temps plus tard. Même discours tortueux et exaspérant durant soixante minutes. Il tient particulièrement à me raconter le traitement de faveur qu'il a obtenu. Une cellule pour lui tout seul, fraîchement repeinte, avec un mobilier neuf, alors que les autres s'entassent à trois ou quatre, voire cinq par cellule. Il n'a pas besoin de travailler, on lui lave son linge, il a le droit de garder sa lumière allumée après le couvre-feu. Il s'est fait un allié de l'assistant social des prisons, qui lui permet de téléphoner quand il le veut depuis son bureau. Il a tous les livres religieux, on lui fournit de la nourriture casher...

Un journaliste m'a appris qu'un restaurant casher d'Anvers lui livrait même chaque semaine un supplément de repas, payé par la communauté satmar de la ville. Il reçoit aussi une somme importante pour cantiner, ou soudoyer les employés de la prison afin d'obtenir des privilèges. Le procureur m'a également dit qu'il énervait beaucoup les gardiens en invoquant sa religion à tout propos pour bénéficier de certains avantages. Un matelas plus épais, parce qu'il est écrit qu'il doit dormir sur tel matelas..., le droit de nettoyer ses toilettes le vendredi et non le samedi comme les autres détenus, puisque c'est le jour du sabbat... Son chantage fonctionne : les gardiens, si mécontents soient-ils, ont trop peur qu'il les accuse d'avoir des préjugés contre le judaïsme.

Il a le genre de vie qu'il aime au fond. Une communauté pourvoit à ses besoins, comme une mère, il n'a pas besoin de travailler, il dort jusqu'à midi... Il peut faire des caprices à l'infini.

– La vie est dure ici. À 10 heures du matin, je commence seulement à me persuader qu'il va falloir me lever, et je n'y arrive pas avant 1 heure de l'après-midi.

Troisième visite, il demande des nouvelles de mon père, pour enchaîner aussitôt sur son leitmotiv :

– C'est lui qui t'a obligée à me quitter, je ne peux pas croire que ce soit ton initiative !

– Pourquoi ?

– Parce que tu m'aimes ! C'est évident.

Quatrième visite, soixante minutes du même discours. Il apprécie que je vienne le voir, cela lui permet de jouer à son jeu favori : le chat et la souris.

– Où sont les enfants, Chaïm ?

– Demande à ton père ! Il sait tout ! Il est riche et il a des relations !

Cinquième visite, il veut que j'admette que je l'aime encore, que nous étions heureux en Israël, que c'est moi qui n'ai jamais su apprécier le bonheur d'avoir un mari tel que lui...

À la sixième visite, il est en retard. Au bout de vingt-cinq minutes, que je passe à regarder nerveusement ma montre, il arrive enfin, prétentieux et nonchalant :

– Je n'arrivais pas à quitter mon lit, le gardien a dû m'attendre...

– Je veux savoir comment vont les enfants, j'ai besoin d'avoir des nouvelles...

– Je les ai confiés à des gens qui prennent soin d'eux !

C'est la première fois qu'il daigne lâcher une réponse directe.

– Qui sont ces gens ? Où vivent-ils ?

– Je ne sais pas où ils sont, et je ne veux pas le savoir. Ils ne sont pas avec toi, c'est l'essentiel.

Cette fois ça suffit. Je ne peux plus le supporter. Il n'est là que depuis cinq minutes, mais c'est cinq minutes de trop, inutiles. Je me lève et persuade le gardien de bien vouloir me raccompagner avant la fin de l'heure. Je le laisse planté là, avec son rictus ironique, sa vision médiocre des choses, certaine que je n'obtiendrai jamais rien de lui, rien d'autre que cette lâcheté mauvaise : « Ils ne sont pas avec toi, c'est l'essentiel. »

C'est la sixième et dernière visite que je lui ai faite.

Mon ventre s'arrondit, et certaines personnes bien intentionnées remarquent parfois : « C'est bien ! Au moins vous avez décidé d'oublier le passé ! » « Vous tournez la page, c'est bien mieux pour vous ! », « Vos enfants ont dû s'habituer à leur nouvelle vie maintenant »...

Si j'attends un enfant, c'est parce que nous avons décidé ensemble, Walter et moi, qu'il était vital pour notre couple de faire des projets. Sans oublier le passé. Je ne tourne pas la page. Je ne la tournerai jamais. Comprennent-ils ce que je dis ? Ce que je fais ? Je relie les deux choses, passé et avenir, pour continuer ma route et rassembler ma famille.

L'enquête continue, des articles paraissent, nous recevons des appels loufoques, ou des lettres d'insultes...

Il y a le prisonnier prêt à faire le mouton contre une somme d'argent...

Il y a ces Palestiniens, qui proposent à notre avocat de ramener les enfants de force.

– Vivants ?

– On ne peut pas vous le promettre.

Il y a cette information : la « Duchesse » a arrangé le mariage de Chaïm alors qu'elle était censée travailler pour nous...

Il y a la fausse alerte de l'étrange correspondant anonyme C.I.D.

– J'ai retrouvé les enfants !

Stanco a sauté sur l'information, j'ai pris l'avion, dérangé le procureur américain. La police a envoyé des hommes surveiller l'immeuble indiqué à Williamsburg. La surveillance ne donnant pas de résultat, nous avons réussi à pénétrer dans l'appartement suspect, sous prétexte de faire un sondage. Deux petites filles inconnues m'ont regardée tranquillement. Tragiquement inconnues pour moi.

Il y a aussi l'arrestation de Shaulson, le journaliste amateur de chantage. Alors qu'il avait réussi à extorquer des fonds au secrétaire du grand rabbin Teitelbaum pour ne plus écrire d'articles sur les Satmars dans son journal, il s'est fait cueillir en flagrant délit. Lorsque j'ai appris qu'il était libéré sous caution, j'ai pensé qu'il devait avoir besoin d'argent et pourrait m'aider plus efficacement.

– 20 000 dollars payables d'avance...

– Et si vous ne retrouvez qu'un enfant ? Je propose 7 000 dollars par enfant, déposés sur un compte, ce qui ferait 21 000 dollars en tout. Que savez-vous ?

– Les gens qui élèvent vos enfants ont des problèmes. L'aînée accepte mal d'être privée de sa mère. J'ai besoin de 3 000 dollars d'avance, pour certaines personnes qui ont des informations...

– D'accord, si on les soustrait des 21 000 dollars...

Finalement, Shaulson déménage sans laisser d'adresse.

Le temps passe, de faux espoirs en pistes qui tournent court, et mon quatrième enfant doit naître en principe le lundi 18 juin 1990. Je ne voyage plus. Je sens que ce sera une fille, bien que je refuse d'en avoir la confirmation. Nous discutons du choix du prénom et tombons d'accord sur Noélie. Pour le nom, malheureusement je n'ai pas le choix, ce sera Edwar, puisque je suis toujours légalement mariée à Chaïm.

Le jeudi 21 juin, j'attends toujours la venue de mon enfant, cloîtrée à la maison, lorsque le téléphone sonne.

Une voix avec un fort accent yiddish :

– Je possède des renseignements sur vos enfants...

Après moult hésitations, il finit par lâcher :

– Votre fils Joseph doit subir une opération à cœur ouvert le 9 juillet.

– Mais Simon n'a jamais eu de problèmes cardiaques !

– Je ne peux pas vous en dire plus au téléphone. Je peux vous rencontrer lundi prochain. Mais si vous contactez la police, vous aurez des ennuis. J'ai des liens avec le Mossad... J'ai aussi une arme et je sais m'en servir.

J'essaie de me convaincre qu'il s'agit d'un canular de mauvais goût, mais la voix de l'homme est menaçante, sinistre.

– Vous êtes sous surveillance, je sais où vous habitez, je sais tout ce que vous faites.

– D'accord, d'accord... où ?

– Je vous rappellerai lundi à 14 heures.

Consternée, je me précipite chez la voisine au cas où mon téléphone serait sur écoute. Je préviens l'officier de police belge qui est en charge de notre dossier. Que la menace soit réelle ou non, il la prend en considération. La police va équiper ma ligne de façon à pouvoir localiser le prochain appel de l'inconnu.

L'angoisse me tenaille. Je suis certaine que Simon n'a jamais eu de problème cardiaque mais je ne peux pas m'empêcher de me dire : Si c'était vrai ? Depuis 1986 il a pu se passer tellement de choses que j'ignore...

Et je suis sur le point d'accoucher. Depuis trois jours déjà. Au téléphone l'obstétricien refuse de déclencher l'accouchement aujourd'hui afin que je sois à mon rendez-vous lundi.

– Il n'y a aucune raison médicale pour le faire. Mais je vous promets une chose, même si vous y allez en ambulance, vous serez à votre rendez-vous lundi ! À moins que vous n'accouchiez exactement à ce moment-là évidemment.

Dimanche, 9 heures du matin. Premiers tiraillements légers. Cette fois ça y est. C'est mon quatrième enfant, ma cinquième grossesse, je peux estimer avec certitude que j'accoucherai dans la soirée, ou dans la nuit... Nous devons passer cette journée de dimanche à la campagne, à Nassogne, en famille autour d'un méchoui prévu depuis longtemps, je n'y renonce pas pour autant. J'ai du temps devant moi, et besoin d'évacuer le stress. Je ne dis rien à personne. Mais à force de demander l'heure toutes les quinze minutes, j'éveille chez Walter quelques soupçons.

En milieu d'après-midi le travail est commencé, mais j'ai encore le temps. Nous partons de Nassogne vers cinq heures. Walter roule à vitesse constante pour pouvoir chronométrer la fréquence des contractions. Nous n'avons de montre ni l'un ni l'autre. À notre arrivée, la fréquence est de cinq minutes. Dans les intervalles je veux encore prendre mon temps. Un petit travail de couture sur un rideau. Des spaghettis pour Walter qui a faim. J'ai besoin de m'occuper à autre chose. Je veux être calme, dominer la situation, pas d'affolement. Je perds les eaux en posant l'assiette de spaghettis sur la table.

– On y va maintenant ?

– Attends encore un peu.

Je glisse la photo des enfants dans mon sac, celle qui ne me quitte jamais, je veux qu'ils partagent cette naissance avec nous. Maintenant il est l'heure de partir, de monter dans la voiture, de gagner la clinique. C'est en arrivant dans la salle de travail que je me rends compte enfin de ma nervosité. Le stress des derniers jours ne m'a pas quittée, j'ai fait semblant. On me fait une piqûre pour me détendre.

Pour Walter c'est une première fois, mais pour moi c'est presque une routine.

– Walter, je t'en prie, va t'asseoir quelque part sur une chaise, et ne viens pas m'ennuyer avec des questions du genre « ça fait mal ? ». Évidemment que ça fait mal.

Walter fait ce que je lui dis, et parle peu. L'infirmière n'est pas aussi accommodante. Son bavardage constant, sa sollicitude m'énervent au plus haut point. Et soudain, après une contraction affreusement douloureuse, le bébé naît en quelques minutes. La tête est déjà apparue alors que je suis encore sur le chariot, et Walter, blême, marche à mes côtés. Noélie est toute blonde, sa peau est claire, comme la mienne à la naissance. Walter l'emmène à la nursery. Une belle petite fille, robuste et éclatante de santé.

Le lendemain matin lundi, son papa, épuisé et malheureux, vient s'asseoir à côté de moi.

– Qu'est-ce qui ne va pas, Walter ?

Je le sais. Je m'en doute. Il parle lentement, en mesurant ses mots.

– Nous avons tellement de problèmes en ce

moment, que cette naissance s'est réduite à un événement banal, comme dans les fermes quand une vache accouche d'un veau, ou une brebis d'un agneau... Cela aurait dû être magique pour moi, mais il y avait trop de choses en même temps...

Il est triste et il a raison. Tout s'est accumulé... Il a même perdu son travail ! Au milieu de toutes ces difficultés, je me suis blindée une fois de plus contre un sentiment d'angoisse. C'est peut-être à cause de cela que j'ai agi aussi calmement alors que Noélie me tordait le ventre pour venir au monde.

Et il y a ce rendez-vous.

Au lieu de laisser s'exprimer la joie immense que nous devrions ressentir devant ce bébé pétillant de vie, j'appelle la police à 7 heures du matin pour lui dire où je me trouve. Puis Walter me ramène à la maison. Deux officiers installent l'appareil d'enregistrement.

– Efforcez-vous de parler le plus longtemps possible... Gardez-le en ligne, pour qu'on puisse localiser l'appel.

Quelques minutes après, avec une heure d'avance sur l'horaire prévu, le téléphone sonne. Ma main tremble en décrochant, je reconnais le fort accent yiddish. L'homme parle plus clairement cette fois.

– Rendez-vous à 4 heures cet après-midi dans le petit café de la rue Vanderkindere.

Les policiers se déplacent le plus silencieusement possible dans la pièce, mais j'ai du mal à parler normalement, et à faire comme si j'étais seule.

– Quel café dites-vous ? Je n'ai pas compris l'adresse.

Ma question l'alarme aussitôt, il parle vite, et réitère ses menaces, ce qui convainc immédiatement les policiers que je suis réellement en danger. Après deux minutes à peine il raccroche. L'appel venait d'une cabine téléphonique du métro. Des hommes foncent sur place, mais l'inconnu a déjà disparu.

Walter me reconduit à l'hôpital, pour que je puisse donner le sein à Noélie et me reposer un peu en attendant le rendez-vous. Pendant ce temps une demi-douzaine de policiers en civil surveillent le café.

Je tombe de sommeil, je me sens faible, je voudrais tellement rester là dans mon lit et dormir avec mon bébé contre moi. Mais l'heure de partir arrive. J'ai demandé à ma belle-sœur de veiller sur Noélie pendant mes absences car je crains pour sa sécurité. Elle a gentiment accepté. Il faut se lever, marcher, monter en voiture, aller dans le sud de Bruxelles, rue Vanderkindere. Walter se gare au coin de la rue, et je m'extirpe péniblement du siège. L'après-midi est ensoleillé, il fait beaucoup trop chaud. Tout en marchant lentement vers le café, je dévisage les passants. Parmi eux, lesquels sont de la police ? Lequel est mon interlocuteur anonyme ?

Lorsque je pénètre dans le café, on me prend discrètement en photo. Un jour je montrerai peut-être ce cliché à Noélie... Je m'assois seule à une petite table d'angle, terrifiée, nerveuse, affaiblie, le souffle coupé par l'effort. J'étudie la salle devant un chocolat chaud. Il y a plusieurs clients et parmi eux, sûrement des policiers. Un homme est assis seul dans un coin près de la fenêtre, il lit un journal en buvant un café. Tout à coup il baisse son journal. Son regard se plante dans le mien, il paraît tendu. Je détourne aussitôt la tête pour regarder la fenêtre. Impossible de savoir.

Une heure s'écoule, avec une lenteur mortelle. Des gens entrent et sortent, deux clients qui plaisantent avec le patron du café depuis que je suis là. Il y a aussi l'homme solitaire avec son journal. J'ai mal au dos, aux jambes, il fait une chaleur insupportable ici, et je transpire comme dans un sauna.

Le solitaire replie son journal, le pose sur la table, commande un deuxième café. Reprend son journal. Il regarde à plusieurs reprises dans ma direction, et je décèle une inquiétude sur son visage. Pourquoi me regarde-t-il ? Si c'est mon homme, pourquoi ne vient-il pas me parler ? Je commande un deuxième chocolat, une deuxième heure s'écoule. Je donnerais cher pour m'allonger, les jambes au frais. J'en ai assez d'attendre. Assez... Pour rien.

Puis le téléphone sonne, l'un des deux hommes qui bavardaient avec le patron est demandé. Il parle quelques secondes, raccroche, et se dirige vers moi, avec un haussement d'épaules découragé.

– Allons-y...

Je repense à l'homme au journal, qui est resté silencieux. L'un des inspecteurs admet que c'était peut-être l'auteur des coups de fil, mais il est trop tard pour agir de toute façon. Si c'était lui et qu'il n'a pas parlé, c'est peut-être qu'il a vu Walter dans la rue. J'aurais dû venir en taxi, je m'en veux !

Mais pourquoi ces fausses alertes, ces faux rendez-vous, ces menaces, pourquoi ? L'homme ne rappellera jamais.

Deux jours plus tard, nous sommes enfin suffisamment détendus pour nous émerveiller de Noélie. Mais je suis encore sous surveillance pour une semaine à l'hôpital, un officier de police devant ma porte. Personne ne peut me rendre visite sans décliner son identité. Les mesures de sécurité sont tellement strictes que même mes parents ont du mal à venir nous voir. J'ai le sentiment d'être en prison avec mon bébé.

Cette histoire d'opération à cœur ouvert a occupé Jim Stanco durant des semaines. Il l'a vérifié dans tous les hôpitaux des environs de New York, aucune opération à cœur ouvert sur un petit garçon de l'âge de Simon. S'agit-il d'une autre opération ? Ailleurs que dans un hôpital ? Sans écarter totalement cette éventualité, je n'arrive pas à y croire, c'est trop gros, trop énorme. Mais mon fils... j'ai peur qu'il ne soit vraiment malade quelque part dans ce monde dangereux. J'ai si peur.

Le temps passe, et plus il passe, plus j'ai peur que ce soient les enfants qui oublient. M'oublient.

Je réapprends aussi ce que savent toutes les mères. La capacité d'aimer croît à chaque naissance. La place se fait pour l'enfant suivant sans diminuer celles des autres. Marina, Simon et Moriah me manquent plus que jamais, la maison du 9, rue Verte résonne de leur silence, autour du berceau de Noélie.

Dans la chambre des filles j'ai remplacé les lits jumeaux par des lits superposés, pour y installer le berceau de Noélie. La chambre des filles. La chambre de Simon... Le monde dans lequel ils vivent à présent leur inculque que tout contact avec des non-juifs est nuisible pour eux. On a dû leur apprendre aussi à me haïr. Peut-être ne me pardonneront-ils jamais de les avoir abandonnés. Dans leur logique mon absence est un abandon.

Je sombre dans les idées noires. Ils ne me croiront pas peut-être, quand je leur raconterai ce qui est arrivé, les années passées à les chercher, désespérément. Les années...

38

Le récit de Sarah

Je me suis mise à réfléchir à certaines choses. Je sais que je suis née en Belgique, je sais que M. et Mme Jacobovitch ne sont pas mes vrais parents. Je n'ai pas le droit d'en parler, mais j'ai des images dans la tête. L'image d'une maison où on habitait avant. Je sais qu'elle était dans la campagne, entourée de montagnes, et qu'il y avait beaucoup de chasseurs. C'était un endroit très chouette avec un grand jardin.

Je sais que j'ai une maman quelque part. C'est obligé, je ne suis pas tombée du ciel. Mais je ne dois pas le dire. J'essaie de me souvenir de ma mère. J'essaie beaucoup, très fort, mais je n'arrive pas à voir son visage. Je ne vois qu'une seule chose, des cheveux longs.

39

Manipulation

Chaque semaine nous trouvons le moyen d'intéresser un journaliste à notre histoire. Aux États-Unis, en Angleterre, et en Belgique, je répète à l'infini, avec la même force et la même conviction, les raisons de mon combat. Que la presse exploite le côté dramatique de la situation, qu'elle en fasse des titres du genre : « Le combat d'une mère pour arracher ses enfants à une secte puissante » ou toute autre accroche spectaculaire, et la pression s'exercera avec davantage de force encore sur les Satmars. La presse, la télévision sont des armes que ces gens détestent, mais qui peuvent les obliger à sortir de l'ombre. Je prends toujours garde d'expliquer clairement ma position aux journalistes :

– Je ne me bats pas parce que mes enfants sont élevés par des juifs. Je me bats parce qu'on refuse de me les rendre, bien que leur père soit en prison. J'estime que ces gens ont le droit de vivre comme ils l'entendent, je respecte leurs croyances, mais je ne suis pas juive. Mon mariage avec le père de mes enfants est un mariage civil. Du point de vue de la religion juive, il n'est pas valide, puisque nous ne sommes pas passés devant un rabbin. Au regard de certains, même, Chaïm ne devrait pas considérer nos enfants comme les siens puisqu'ils ne sont pas juifs. La communauté satmar a cru Chaïm, au début, lorsqu'il a prétendu que j'étais convertie. Personne ne s'est donné la peine de vérifier ses dires. Il a dû leur montrer un jugement lui attribuant la garde en Israël, sans préciser que ce jugement a été révisé. Ils l'ont cru aussi sans doute lorsqu'il a prétendu que j'étais folle, que je maltraitais les enfants. Mais maintenant je pense que les chefs satmars ont compris qu'il avait menti. Qu'il n'est pas un héros sacrifiant sa liberté pour le bien de ses enfants. Que je suis chrétienne, que les tribunaux belges, anglais, américains, m'ont reconnu le droit de garde. Et, plus important, que les enfants eux-mêmes *ne sont pas juifs*. J'adresse donc le message suivant à la communauté satmar : « Je sais qu'il vous a menti depuis le début, c'est triste, mais à présent vous connaissez la vérité. Agissez noblement, rendez-moi Marina, Simon et Moriah. »

Devant certains journalistes il m'arrive d'avoir du mal à contenir ma colère :

– On les a trompés, ça arrive à tout le monde. Mais à présent ils connaissent la vérité, et refusent de reconsidérer leur position. La religion n'a rien à voir là-dedans, mais je ne pourrai jamais pardonner aux Satmars.

Les Hassidim n'ont pas le droit de regarder la télévision, d'écouter la radio, de lire les journaux laïques. On pourrait donc croire que la vie de la planète ne les concerne pas. Et pourtant, paradoxalement, ils sont immédiatement au courant de mes déclarations, chaque fois qu'un reportage paraît sur nous.

Le journal *Belgisch Israelitisch Weelblad* et un hebdomadaire juif, *Regards*, publient des articles qui condamnent le comportement de Chaïm. Et cette publicité négative crée un émoi considérable chez les Hassidim. Particulièrement en Belgique. Certains négociants en diamants d'Anvers font subitement moins de recettes, délaissés par des clients outrés, qui préfèrent s'adresser aux négociants indiens.

Je sens, depuis que le combat médiatique s'est enclenché, que la communauté dans son ensemble désapprouve l'enlèvement. Hélas, je sais aussi que la secte satmar n'obéit qu'à ses propres lois.

Octobre 1990. Presque quatre années de lutte. Pour la énième fois, mon père et moi prenons l'avion pour les États-Unis. J'emmène Noélie, âgée de quatre mois. Mon amie Sabine va s'occuper d'elle le temps que je fasse une rencontre importante. C.I.D., mon correspondant anonyme le plus prolixe, qui n'a cessé de m'appeler en PCV pour me donner des conseils, a décidé de se montrer.

Nous découvrons un petit homme barbu d'une cinquantaine d'années, perpétuellement agité. Il est israélien de naissance, juif orthodoxe, mais non hassidique. Il est habillé de sombre, porte une *yarmulke*, mais ses *peyots* sont très courts. Il nous reçoit dans un studio minuscule encombré d'une table, d'un coin-cuisine, et d'un lit qui sert de siège ainsi que de garage. Pour nous faire asseoir, il est obligé de le débarrasser d'une bicyclette.

Son histoire est à la fois banale et pathétique. Il a été marié à une juive religieuse beaucoup plus fervente que lui. Après un divorce pénible, sa femme et ses enfants sont partis vivre au sein d'une communauté satmar. C.I.D. a décidé de se venger, et je suis la pièce maîtresse du plan qu'il a imaginé... Il voudrait que je l'épouse ! Ensuite nous aurions une fille, il est certain que ce sera une fille, puis, lorsque je ferais vraiment partie de la communauté juive religieuse, nous parcourrions le monde à la recherche de Marina, Simon et Moriah. Je m'efforce de garder un air grave et attentif, et d'opposer à ce plan grandiose une argumentation logique :

– Mais je viens d'avoir une petite fille.

– Prenez-la avec vous, je l'accepterai comme ma fille !

Comme à mon habitude j'évite de heurter directement les gens, et de rejeter les propositions même les plus folles. Dieu sait si celle-là l'est ! Afin de ne me fermer aucune porte, de ne tarir aucune source d'information, je déclare que je vais « réfléchir ».

À notre retour en Belgique, je commence à recevoir une série de lettres aux enveloppes rose bonbon, renfermant des déclarations d'amour passionné. C.I.D. m'envoie même une photo de lui, comme un amoureux transi. Puis il harcèle ma mère au téléphone, pour la rallier à sa cause. Et c'est elle qui ferme cette porte restée ouverte sur le vide...

– Écoutez, monsieur, Patsy est heureuse avec Walter et son bébé, très heureuse ! Ils vont se marier, alors fichez-lui la paix !

Depuis, plus de nouvelles de C.I.D. le vengeur amoureux. Mais un autre personnage apparaît, d'un tout autre genre.

Au cours d'une de ces interminables audiences au palais de justice – Chaïm étant régulièrement poursuivi pour « délit continu » –, un homme vêtu comme les Hassidim demande à prendre la parole. Il se présente sous le nom de Simon Friedman. Il dit être homme d'affaires, et représenter la communauté satmar d'Anvers qui l'a chargé de suivre l'affaire Chaïm Yarden. Le juge l'écoute :

– Je tiens à dire que la communauté satmar n'a rien à voir avec cette affaire. La famille Heymans se trompe. Je suis réellement désolé pour cette femme. Je ferai de mon mieux pour l'aider. Mais je ne veux pas rencontrer Chaïm Yarden, cet homme a mal agi.

Après l'audience, alors que nous discutons avec nos avocats, Friedman entame une conversation avec mon frère Éric.

– J'ai reçu énormément d'appels d'une personne anonyme me demandant de trouver une solution à ce problème délicat. J'ai accepté de servir d'intermédiaire, est-ce que vous pourriez persuader votre famille de coopérer avec moi ? Nous pourrions régler ce problème familial à l'amiable.

Éric, forcément intéressé, écoute patiemment l'homme, mais au fur et à mesure de la discussion les réponses à ses questions sont de plus en plus évasives.

– Quand vous a-t-on téléphoné ?

– Je ne sais plus, c'est au cours de mes voyages...

– Mais on vous appelle chez vous à Anvers ?

– Non. Non... Ailleurs que chez moi.

– Vous pouvez reprendre contact avec ce correspondant ?

– Non je n'en ai pas la possibilité, j'ignore comment faire...

Éric, mon frère aîné, est de nature impulsive. Il prend cet homme en grippe, et refuse de poursuivre la conversation. Lorsqu'il me raconte cet entretien, il est furieux. Il a traité Friedman de tous les noms d'oiseaux et ne l'a pas ménagé.

– Je lui ai fait comprendre ce que je pensais des Satmars et de leur complot ignoble. Méfie-toi de ce type, il n'est pas clair.

Maître Buysschaert, notre avocat, s'en méfie, Walter s'en méfie, Simon Friedman recueille l'unanimité dans mon entourage.

– Drôle de témoin...

– Il n'avait pas l'air à son aise...

Puisqu'il s'est présenté lui-même comme le porte-parole de la communauté satmar et a donné le sentiment qu'il en savait long, Mme De Vroede, le procureur, demande à la police judiciaire de l'interroger officiellement. L'inspecteur Humbeeck, qui l'entend longuement avant l'audience suivante, ne découvre pas d'indice suffisant pour accuser Friedman d'une complicité quelconque. L'homme déclare qu'il s'est présenté au tribunal uniquement pour essayer de nous « aider à résoudre l'affaire Yarden, tout en veillant aux intérêts de chacun ».

Et chaque semaine, il est présent aux audiences. Après quelque temps, il se décide à me prendre à part. À voix basse, il chuchote :

– Je peux vous aider. Nous pouvons négocier.

Et, à ma grande surprise, il me serre la main. Normalement les Hassidim n'ont pas le droit de toucher une femme qui n'appartient pas à leur cercle familial. Son apparence est pourtant celle de presque tous les Hassidim, mis à part un détail exceptionnel chez eux : il ne porte pas de lunettes. Il est probablement l'un des rares Hassidim dont la vue ne s'est pas dégradée au cours des lectures intensives de l'enfance.

Friedman parle couramment le français, avec un léger accent yiddish ou allemand. C'est le Satmar le plus élégant que j'aie jamais rencontré. Ses cheveux poivre et sel sont coupés court mais, hélas, couverts de pellicules. Il ne cesse de passer la main sur ses épaules et le col de sa veste, saupoudrés de particules blanches. Je me demande quel lien il pourrait avoir avec mes enfants. Direct ? Indirect ?

– Que faites-vous dans la vie, monsieur Friedman ?

Il sort de ses poches plusieurs petits paquets de papier de soie. Alors que nous sommes là debout sur le trottoir en face du palais de justice, il les déplie tranquillement pour me montrer un assortiment de pierres précieuses. Diamants, rubis, émeraudes. Certaines sont montées en bijoux. Il exhibe avec un rire joyeux une superbe bague de diamants :

– Celle-ci est pour ma femme !

Contrairement à ceux qui m'entourent j'ai le sentiment qu'une négociation est possible avec lui. Peu de temps après cette rencontre au palais de justice, Simon Friedman m'invite par téléphone à lui rendre visite à Anvers, au 11, Jacob Jacobstraat. Il prétend avoir des nouvelles des enfants !

– Ne parlez à personne de notre conversation, soyez discrète en général sur tout ce que je vous dirai. C'est important.

Les recherches sont au point mort, nous n'avons pas de nouvelle piste, et j'ai l'impression de nager à contre-courant, d'être entraînée vers le large par la marée descendante. De plus en plus, la petite idée noire s'enfonce dans ma tête : Patsy, tu ne les reverras *jamais*... Alors je décide d'aller voir ce Friedman à Anvers. Je n'ai rien à perdre.

La petite communauté hassidique d'Anvers, qui contrôle une énorme majorité du commerce mondial du diamant, vit dans un petit périmètre compris entre Mercator Straat et Pelikan Straat. C'est ici qu'on a hébergé Chaïm après le kidnapping, dans l'une de ces maisons, de ces petits immeubles de deux ou trois étages, au-dessus de restaurants et d'épiceries casher. Les rues sont peuplées d'ombres noires, marchant la tête basse pour ne pas succomber aux tentations du monde extérieur. Des petits garçons aux longs *peyots* tombant sur les épaules, aux lunettes épaisses... Comme Simon en porte sans doute à présent.

Friedman habite une maison particulière dans cette rue. Il me montre avec fierté une collection de miniatures en argent. Sa femme porte ostensiblement des bijoux de prix, et ils possèdent un téléviseur et un magnétoscope. Cet homme me paraît extrêmement intelligent, et semble réellement vouloir m'aider. Il est lui-même père de dix enfants, sa femme en attend un onzième. Il insiste sur le fait qu'il est bien satmar, qu'il représente la communauté satmar, mais que mes enfants ne vivent pas parmi les Satmars.

– En tout cas ne vous inquiétez pas, ils vont bien. J'ignore où ils sont, mais je sais que l'on s'en occupe très bien.

– Comment le savez-vous ?

– Mon contact anonyme. Il m'a dit que les personnes qui s'occupent de vos enfants ignorent qu'ils ont été enlevés à leur mère. Si nous parvenons à les convaincre que votre mari leur a menti, nous pourrons négocier le retour des enfants.

– Mais il n'y a aucun moyen de parler à votre contact ?

– Si je pouvais, si je savais comment, j'irais le trouver moi-même. Malheureusement je dois attendre que ce soit lui qui m'appelle.

Sur ce point-là, je suis sûre que Friedman me ment. Mais il faut supporter le mensonge du négociateur qui avance à pas feutrés. J'ai besoin de lui faire confiance.

– Je dois vous dire que ces gens ont des problèmes avec Sarah, votre fille aînée...

– Vous voulez dire Marina... Quel genre de problèmes ?

Il hoche la tête, mais ne rectifie pas le prénom.

– Par exemple Sarah a pris trop de poids, elle ressemble à une tour...

Ce détail me fend le cœur. Marina, ma petite fille, a les mêmes problèmes que moi au moment de l'adolescence. Je crève d'envie de lui demander brutalement où ils sont tous les trois, de cesser ce jeu cruel, insupportable, et pourtant je me contiens. Il est en train de me donner le même genre d'information que Chaïm Shaulson : les enfants posent des problèmes aux gens qui s'en occupent.

– Il y a d'autres motifs d'inquiétude au sujet de Sarah. Il a fallu que certaines personnes aillent voir les enfants pour leur dire que leur mère était morte afin qu'ils cessent de poser des questions sur vous. Mais votre fille aînée ne les a pas crues, c'est elle qui crée des ennuis.

– Comment ? Donnez-moi plus de détails. De quoi parle-t-elle ?

– En fait, elle n'en parle pas, mais on devine qu'elle ne va pas bien.

C'est Marina. C'est bien sa façon de réagir. Aller mal, et ne pas en parler. Intérioriser, comme moi.

– Finalement, ces gens aimeraient bien savoir ce qu'il faut faire avec elle.

J'ai peine à croire à ce que je viens d'entendre. Les ravisseurs de mes enfants me demandent conseil par Satmar interposé ! Après avoir dit aux enfants que j'étais morte, pour mieux contrôler Marina, l'empêcher de poser des questions naturelles sur sa vraie mère...

– Comment pouvez-vous me demander une chose pareille ! Ils n'ont qu'à lui dire la vérité !

– Non. Je suis désolé... Ils ne peuvent pas faire ça... Écoutez, il faut essayer de régler le problème en douceur, et non comme des barbares... Pour commencer, il est évident que vous devriez mettre un terme à ce matraquage médiatique...

Nous y sommes. Le chantage aux médias. Mes démarches donnent une si mauvaise image des Satmars... J'accepte. Au fond ce marchandage était le but que je recherchais.

– Mais je vous préviens, monsieur Friedman... Si je n'obtiens aucun résultat en retour, j'alerterai à nouveau la presse. D'après ce que vous me dites, je suppose que les enfants sont vivants et en bonne santé, mais mettez-vous à ma place, je n'en ai pas la moindre preuve ! Avant d'accepter quoi que ce soit, je dois entrer en contact avec eux.

– Je vous comprends, je suis d'accord avec vous, mais j'aurai du mal à convaincre ces gens.

– Dites aux enfants de me téléphoner.

– Ils courent le risque que la police localise l'origine de l'appel.

– Eh bien, ils n'ont qu'à téléphoner d'une cabine publique !

Il secoue négativement la tête.

– Alors, qu'ils m'écrivent !

– C'est impossible. Si les enfants doivent se manifester, il ne faut pas qu'ils sachent que c'est pour vous.

– Et s'ils m'envoyaient une cassette vidéo ? S'ils filmaient les enfants ?

Friedman réfléchit. L'idée lui semble acceptable, mais il aura besoin de temps.

– Je vais étudier cette éventualité. Nous en reparlerons.

L'entretien est clos. Et sur le trajet du retour, en voiture, un flot d'émotions me submerge. Je viens d'apprendre que Marina est malheureuse. Qu'elle n'a pas oublié. Ses ravisseurs lui ont fait croire que j'étais morte ! Je ressens un mélange détonant de fureur contre ces gens et de chagrin pour ma fille aînée. Puis d'espoir. Si Marina a des doutes, elle finira peut-être par se rebeller contre ses ravisseurs. Par leur créer vraiment des problèmes. Peut-être même par essayer de me retrouver, décrocher un jour le téléphone et appeler la police. Elle a maintenant onze ans... je me rebellais, moi, à son âge.

Comme d'habitude lorsque je suis en proie à une émotion violente, je me sens incapable de l'exprimer à Walter, ou à ma famille. Les semaines passent, dans une tourmente intérieure. Friedman et moi nous appelons de temps en temps :

– Je n'ai pas encore de nouvelles...

Il a toujours une excuse pour justifier le retard de cette « négociation à l'amiable ». Un jour j'en ai assez, c'est moi qui l'appelle pour réclamer la cassette vidéo, et il admet enfin que c'est impossible.

– Comprenez que s'ils vous donnent une cassette, vous saurez à quoi ressemblent maintenant vos enfants...

Je suis terrassée. Est-ce que cela veut dire qu'ils ont subi des interventions chirurgicales ? La « Duchesse » évoquait cela dans son livre. C.I.D. lui aussi a fait allusion à cette éventualité pour compliquer les recherches après un enlèvement...

– Bon, admettons que je ne puisse pas les voir. Est-ce que je peux au moins les entendre ? Un enregistrement de voix uniquement ?

– Non, ce n'est pas une bonne solution. Ces gens ignorent si les enfants ont envie de vous parler. Ils vivent maintenant dans un univers très religieux, ils n'ont peut-être pas envie de reprendre contact avec une mère non juive...

Tout cela est terrifiant, et si embrouillé dans ma tête. Ce Friedman a réussi à me faire croire à la possibilité d'un contact, alors que, de son propre aveu, les ravisseurs prétendent que je suis morte ! Mes enfants n'ont plus de mère, par la grâce démoniaque de ces gens.

Grâce à Mme le procureur De Vroede, Friedman obtient un droit de visite privilégié avec Chaïm. Il peut lui parler dans l'intimité d'un bureau d'avocat, à la prison. Au début il ne voulait pas le rencontrer, il affirme maintenant qu'il ne cesse de le pousser, à chaque entretien, à nous aider, pour le bien des enfants.

Nous nous rencontrons souvent au palais, il me serre toujours la main, mais à condition qu'il n'y ait pas de Hassidim dans les environs. Un jour il me propose ce qu'il nomme un « accord sur l'honneur ». Marina, Simon et Moriah resteront dans la communauté juive. Ils seront élevés par une famille hassidique. Elle sera moins extrémiste que les Satmars. En contrepartie, ils nous attribueront, à Chaïm et moi, un généreux droit de visite. Lorsque les détails de cet accord seront réglés, nous le soumettrons aux magistrats afin qu'il soit légalement approuvé.

Je suis presque prête à accepter d'emblée. N'importe quel compromis qui me permettrait de voir les enfants me tente désespérément. Je suis sûre que si je pouvais leur parler, j'aurais une chance de les récupérer. Quels que soient les accords sur l'honneur passés avec ce Friedman. Mais ce n'est pas si simple. Toutes les possibilités se bousculent dans mon esprit. Les arracher aussitôt à leurs ravisseurs ? Non. Il faut d'abord qu'ils s'habituent à moi. D'abord qu'ils me voient au moins une fois, qu'ils sachent que je suis en vie... Et s'ils disparaissaient à nouveau après cela ? En outre je me demande ce que penserait le juge d'un tel arrangement ?

– Je vais y réfléchir, monsieur Friedman...

Ne pas dire oui, ne pas dire non...

– De mon côté, je vais essayer de convaincre votre mari...

Walter et moi passons de longues heures à composer un texte de onze pages qui définit l'accord sur l'honneur proposé par Friedman. Les points clés en sont les suivants :

1) Les enfants doivent revenir en Belgique et y rester. Ils n'auront pas le droit de quitter le pays sans l'autorisation écrite de leur mère.

2) a) Leur mère conservera le droit de garde. b) Les enfants seront confiés à une famille juive modérément religieuse, vivant en Belgique, que Patricia Heymans aura rencontrée au préalable, et à laquelle elle aura donné son accord. c) Patricia Heymans aura le droit de revenir sur sa décision si les relations entre la famille et les enfants ne sont pas satisfaisantes. d) Si cette famille prévoit de déménager, Patricia Heymans devra en être informée. Cela par écrit, et au moins deux semaines à l'avance, afin de décider d'un nouvel arrangement pour les enfants.

3) Les frais d'éducation des enfants seront couverts par la pension que Chaïm Yarden est censé verser. Sinon, les frais seront pris en charge par la communauté juive.

4) Les enfants seront inscrits dans une école juive moderne en Belgique, dont Patricia Heymans aura approuvé le choix par écrit.

5) a) Patricia Heymans aura le droit de rendre visite à ses enfants tous les jours. Les contacts téléphoniques ne seront pas limités. b) Dans la mesure de ses possibilités, Patricia Heymans préviendra de

ses visites vingt-quatre heures à l'avance. c) Patricia Heymans aura le droit de rendre visite à ses enfants dans des lieux divers, sans être surveillée par un tiers. d) Les enfants auront la possibilité de venir voir leur mère aussi souvent qu'ils le souhaiteront. e) Même si les enfants ne veulent pas voir leur mère, la famille et la communauté devront les encourager à lui rendre souvent visite.

6) Les parties concernées respecteront les convictions philosophiques, religieuses et sociales de l'autre partie, afin que les enfants puissent grandir dans un environnement biculturel. Les parties respecteront les règles et les coutumes de ces différentes philosophies religieuses.

7) Les grands-parents et les oncles des enfants auront le droit de leur rendre visite une fois par semaine.

8) Il reste entendu que l'opinion des enfants concernant leur éducation et le choix d'une communauté religieuse sera prise en compte. Dès que les enfants auront atteint l'âge de seize ans, leur choix devra être respecté. Leur choix devra être affirmé en toute liberté devant chacun des deux parents ou leurs représentants respectifs.

9) a) Si les enfants disparaissent à nouveau, la communauté juive, représentée par M. Friedman, s'engage à payer tous les frais de recherches. La communauté devra aider Patricia Heymans dans ses recherches. b) M. Yarden, ou la communauté, devra verser un million de francs belges sur un compte, afin que Patricia Heymans puisse subvenir aux premiers frais de recherches.

10) Dès l'approbation de l'accord, tout le monde devra appeler les enfants par leurs vrais prénoms : Marina, Simon et Moriah.

Afin d'équilibrer les choses, nous ajoutons des clauses qui accordent à Chaïm les mêmes « privilèges » qu'à moi eu égard au droit de visite. Nous promettons également de respecter les pratiques religieuses des enfants. Aucun d'entre nous n'essaiera de leur rendre visite pendant le sabbat ou pendant des fêtes juives.

Friedman considère d'abord que l'accord est bon. Puis il commence à ergoter. Les garanties sont insuffisantes. On pourrait le tromper. Pour mon droit de visite, les termes « chaque fois qu'ils en auront envie » ne conviennent pas tout à fait...

– Et s'il y a un mariage dans votre famille ? Les enfants n'ont pas le droit d'assister à une cérémonie chrétienne, ce serait très mauvais pour eux...

Il faut selon lui interdire aux enfants toute réunion ou cérémonie où des hommes et des femmes se retrouvent ensemble.

– D'accord, ce sont des détails que nous pourrons régler par la suite...

La suite est longue. Les discussions traînent, on s'enlise dans les détails. Je n'en peux plus. Rencontres, conversations téléphoniques me mettent constamment sous pression. Une autre forme de chantage s'exerce contre moi. On ne me dit plus que les enfants ont disparu, on me dit : « On sait où ils sont, mais vous devez céder. Les abandonner à la communauté. Alors, peut-être vous les verrez une fois ou deux... »

Chaque fois que nous tombons d'accord sur un détail de cet accord stupéfiant, Friedman repart en disant :

– Il faut que j'attende que l'on me contacte... Ensuite, je vous donnerai une réponse...

Il prétend toujours ignorer le nom de son interlocuteur. Furieuse et à bout de nerfs, ma mère lui dit un jour :

– Mais enfin ! Que feriez-vous si on vous enlevait vos enfants ?

– J'en ferais trois autres !

Calmement, tranquillement, comme si on lui parlait d'une portée de chiots ! De temps en temps, j'ai envie de l'étrangler. Je dois me maîtriser pour ne pas lui sauter dessus. Il est mon seul espoir, et il ment. Il se tortille comme un serpent et me file entre les doigts à chaque conversation. Parfois je suis tellement nerveuse au téléphone que je sens mon ventre se contracter, la frustration est insupportable. Même mon langage se dégrade. J'utilise des formules à faire rougir un légionnaire. Un jour, où je suis incapable de tenir plus longtemps ma langue, les insultes sortent de ma bouche comme des crapauds ! Il est furieux.

– N'utilisez jamais ce genre de langage avec moi.

– Excusez-moi, mais vous me tapez sur les nerfs !

Je lui raccroche au nez ce jour-là. Il me manipule, et je suis impuissante. Friedman n'a de cesse, en réalité, d'obtenir que je renonce à mes droits parentaux, droits de garde et autres, cherchant par là à m'interdire toute possibilité de recours juridique. Je perds du temps, je gaspille des semaines précieuses dans ce dialogue déprimant. Précieuses pour les enfants. Ces gens me veulent morte, et je n'en suis pas loin. Jamais je ne me suis sentie si profondément mal. La dépression grave m'attire au fond d'un abîme. Il m'arrive de refaire surface. Subitement, je parcours la maison comme un ouragan en claquant les portes, en donnant des coups de poing dans les murs, enragée, en colère contre la terre entière. J'aurais besoin de vider mon sac, de parler, de transformer en mots et en confidences toute cette souffrance, de vider mon sac. Mais ça ne sort pas.

Décembre 1990. À la veille de Noël, Chaïm est une fois de plus inculpé de « délit continu ». Il est condamné à deux ans de prison. Le procureur ajoute en signifiant la peine :

– Cette condamnation n'est pas une vengeance. Il est le seul qui puisse nous aider à retrouver les trois enfants.

40

Le récit de Rachel

Quand M. et Mme Jacobovitch se mettent en colère, ils crient, et nous frappent à coups de ceinture, ou alors avec leurs mains. Si seulement on pouvait retourner chez les Glazer, j'aimerais mieux. Eux, ils ne nous frappaient pas quand on faisait des bêtises.

J'ai eu huit ans. Je me suis fait une copine qui s'appelle Esther. Pendant le sabbat on reste ensemble toute la journée. J'aime bien le sabbat, parce qu'on n'est pas obligé de nettoyer les toilettes et d'aller à l'école. Mais c'est dur parce qu'il faut se souvenir de beaucoup de choses. « Tu ne dois pas. » J'essaie. Tu ne dois pas toucher à ce qui est électrique. Tu ne dois pas écrire. Tu ne dois pas te servir des ciseaux. Tu ne dois pas coller des choses avec du Scotch. Tu ne dois pas colorier un cahier.

Je partage ma chambre avec deux petits bébés. Mme Jacobovitch dort juste de l'autre côté du couloir, mais elle ne se réveille jamais quand les bébés pleurent. C'est moi qui dois m'occuper d'eux, je déteste ça. Une nuit, Sarah a dormi dans notre chambre ; alors, quand les bébés se sont mis à pleurer, j'ai fait semblant de dormir, et c'est Sarah qui a été obligée de les changer.

Les Jacobovitch ont une fille qui s'appelle Esther comme ma copine. Elle est plus grande que moi, mais elle fait encore pipi au lit la nuit. Je déteste qu'on dorme dans la même chambre.

Le plus petit des enfants de M. et Mme Jacobovitch s'amuse toujours avec ses petites voitures et ses camions dans le four. Il fait comme si c'était un garage. Un vendredi soir Mme Jacobovitch s'est aperçue qu'elle avait oublié d'éteindre le four, mais c'était le début du sabbat, et elle ne pouvait plus l'éteindre, c'était interdit. Comme elle avait peur que son fils joue avec le four et qu'il se brûle, elle est allée voir le rabbin pour qu'il lui donne la permission d'éteindre le four. Le rabbin est un homme très intelligent. Lui aussi il ne voulait pas que le petit garçon se brûle, alors il s'est arrangé pour que quelqu'un de non juif vienne dans la maison et qu'il éteigne le four.

Moi, j'ai décidé d'être méchante, et de faire plein de bêtises, autant que je pourrai. Quelquefois, je frappe même mon professeur. Quand elle me demande d'aller chercher des papiers, je lui crie : « Non ! » et je ne lui obéis jamais, jamais.

Quand il va se plaindre auprès de M. et Mme Jacobovitch à cause de ma mauvaise conduite, ils sont furieux contre moi. Souvent je raconte à Mme Jacobovitch que je suis malade le matin, pour ne pas aller à l'école.

Il y a quelque temps, ils nous ont demandé de les appeler maman et papa. Moi, j'ai répondu :

– Je ne veux pas.

Mme Jacobovitch a dit :

– De toute façon tu ne reverras jamais ta mère.

C'est comme ça que j'ai su que j'avais une mère, mais je sais pas où, quelque part.

41

Deux mille jours

Janvier 1991. Israël. J'arrive à Tel-Aviv quelques jours avant la guerre du Golfe. Chaque citoyen a un masque à gaz. Les abris antiaériens sont signalés partout. Tout le monde parle de Saddam Hussein. Il a menacé de bombarder Israël, d'envoyer cent missiles pour chaque missile qui atteindrait l'Irak...

Je cherche encore une piste en Israël. Bien que je sois intimement persuadée que les enfants vivent aux États-Unis. Iris Buttel, l'épouse de Chaïm, me reçoit avec difficulté. Je me suis annoncée brutalement :

– Bonjour, je suis la première femme de Chaïm Yarden.

J'ai vu devant moi une femme tout en noir portant de grosses chaussettes hautes et des chaussures épaisses. Elle a la tête recouverte d'un fichu, à la façon des juives religieuses. Le visage est ordinaire. Je n'en tire pas grand-chose. Elle attend que Chaïm revienne. Elle ne l'a rencontré qu'une fois ou deux avant qu'ils se marient, elle n'a vécu avec lui que quelques mois, et n'a pas réussi à être enceinte. Elle paraît très choquée d'apprendre que nous n'avons pas divorcé. Au sujet des enfants, elle nie l'évidence.

– Je ne savais pas que c'étaient ses enfants.

– Vous mentez. Vous n'imaginez pas que je vais

croire une absurdité pareille ? Je sais que vous avez accepté de l'épouser à condition qu'ils ne vivent pas avec vous. C'est à ce moment-là qu'il les a confiés à la communauté satmar.

Elle ne nie pas cette affirmation, et hausse les épaules.

– Je ne sais pas du tout où ils sont.

– Vous êtes une femme, vous pouvez me comprendre... Même si vous n'avez pas d'enfants. Vous, vous voulez Chaïm ; moi, je veux mes enfants. Aidez-moi à le convaincre, c'est la seule manière de le faire sortir de prison. Vous voulez qu'il revienne vivre avec vous ?

– Oui.

– Alors ? Essayez de le faire parler. S'il parle, il sortira, et il reviendra auprès de vous.

Après deux heures de discussion, Iris se laisse convaincre :

– D'accord, je vais essayer de lui écrire une lettre.

Cette rencontre a été éprouvante. Je suis à nouveau enceinte, affaiblie, lasse de supplier des gens qui refusent de comprendre. Cette femme pense peut-être que je n'ai pas besoin de retrouver mes enfants puisque j'en ai un autre, et bientôt un deuxième. Cette vision des choses est réellement étrange.

Je fais l'effort d'aller voir Leah, la mère de Chaïm. Je lui apprends que son fils est en prison. Je lui laisse l'adresse de cette prison, en la suppliant elle aussi d'écrire à Chaïm. Leah ne savait même pas qu'il s'était remarié, et que sa nouvelle épouse habitait à quelques kilomètres de chez elle.

À mon retour en Belgique j'appelle Iris. Trois fois. Elle me semble plutôt amicale et promet de m'aider. Puis, subitement, elle m'envoie promener.

– Vous êtes une menteuse, je ne peux pas vous faire confiance, laissez-moi tranquille. Ça ne me regarde pas, et je ne veux pas être mêlée à cette histoire.

J'en conclus qu'elle a effectivement parlé à Chaïm.

Mes ressources financières s'amenuisent. Des gens très généreux m'ont aidée de leurs dons, mais, si je veux que Chaïm reste en prison, il faut continuer à payer les avocats. Et si je paie leurs honoraires, je ne pourrai plus payer mes voyages.

En deux ans, j'ai fait dix-huit fois l'aller et retour aux États-Unis. J'ai rencontré tellement de gens, rabbins, policiers, avocats, et prétendus « indicateurs » qui ne m'ont été d'aucune utilité... J'ai usé tant de paires de chaussures à écumer les rues de Williamsburg et de Borough Park... J'ai participé à tant d'émissions de radio et de télévision, répondu à tant de journalistes...

Avant que Chaïm n'enlève les enfants j'étais moi-même une enfant, incapable d'agir sans l'aide de mes parents. Je ne connaissais rien aux problèmes juridiques compliqués que soulève un kidnapping international. Depuis l'arrestation de Chaïm, j'ai appris beaucoup.

Pour soulager mon angoisse, j'ai fondé avec l'aide active de Walter et d'autres personnes le MCIN[1]. Un arrêté royal a reconnu l'organisation et a accepté que les dons soient déductibles des impôts. Jusqu'ici il n'y avait aucune statistique sur les enlèvements en Belgique. Avec la collaboration de la police et de la justice nous avons relevé 435 affaires en cours dans le pays.

Le but du MCIN est de sensibiliser le public à ce genre de problèmes. Pour obtenir le soutien de la presse, nous avons célébré la Journée nationale des enfants disparus avec un lâcher de ballons. Quatre cent trente-cinq ballons de toutes les couleurs dans le ciel de Belgique envolés pour des destinations inconnues.

1. Missing Children International Network : en français le Réseau international des enfants disparus.

Les discussions avec Friedman n'aboutissant à rien je recommence à tâcher d'alerter l'opinion publique...

Il est impossible de trouver quoi que ce soit d'illégal dans les actions ou les déclarations de Simon Friedman, permettant de faire pression sur lui. Il est intelligent, chaque fois qu'il distille une information sur les enfants, il la tient toujours d'un « informateur anonyme ».

– Ils vivent dans une famille très stricte... Que penseriez-vous d'une famille comme la mienne ? Nous ne sommes pas trop religieux, mes filles portent même des vêtements où il y a du rouge et du rose.

– Vous pourriez les prendre chez vous ?

– J'en ai parlé à ma femme. Il n'y a pas grande différence à élever onze ou quatorze enfants...

J'ai l'air tellement stupéfait, qu'il ajoute :

– Nous nous connaissons bien, maintenant, nous nous faisons confiance. Vous savez que je suis de votre côté...

Cet accord sur l'honneur qui n'en finit pas d'être discuté entre nous évolue lentement vers une proposition complètement folle.

– Si vous abandonnez officiellement votre droit de garde, et renoncez à vos droits maternels, nous pourrions faire adopter les enfants par une famille hassidique. Pas trop religieuse. Et il n'y aurait plus le moindre problème, ils auraient la même vie qu'auparavant. Vous pourriez leur rendre visite. Ce serait pour leur bien, vous savez...

J'ai envie de hurler. Et je hurle d'ailleurs intérieurement :

« Vous êtes complètement fou ! Vous me demandez d'abandonner mes enfants à n'importe qui ? »

Mais ce hurlement de louve ne franchit pas ma

gorge. Au contraire, une petite voix calme, qui ne frémit pas, répond à la place :

– Je vais y réfléchir.

Je n'ignore pas les conséquences juridiques d'un tel acte : ces gens pourraient ne jamais me laisser revoir les enfants, je n'aurais aucun recours légal contre eux...

Chaïm aussi semble avoir réfléchi. Il change brusquement de stratégie devant la cour. Bien entendu il prétend toujours ignorer où sont les enfants, mais il veut bien coopérer. L'annonce de cette petite bombe en pleine audience provoque une avalanche de coups de téléphone de journalistes. Ce que j'en pense ?

– Attendons de voir. J'espère qu'il dit vrai.

J'en doute. Mais maître Buysschaert profite de cette évolution pour mettre au point une stratégie nouvelle, et risquée. Elle devrait nous permettre d'abord de tester les bonnes intentions de Chaïm.

– Vous allez préparer un communiqué, que vous signerez tous les deux, et dans lequel vous demandez que les enfants vous soient rendus. Nous le ferons paraître dans les journaux de tous les pays, et particulièrement dans les publications juives. S'il accepte de signer cette lettre, il fera preuve de bonne volonté. D'un autre côté vous courrez un risque. S'il n'y a aucun résultat positif après la publication, il pourra toujours arguer qu'il a coopéré sérieusement à l'enquête, et qu'il n'est plus coupable de « délit continu ».

J'estime que le jeu en vaut la chandelle.

Le projet de communiqué de notre avocat dit ceci :

À QUI DE DROIT

Nous, soussignés Patricia Heymans et Chaïm Yarden (également connu sous le nom de Chaïm Edwar), respectivement mère et père de :

– Marina Edwar, née le 18 octobre 1979;
– Simon Edwar, né le 2 janvier 1981;
– Moriah Edwar (Yarden) née le 7 juin 1982;
qui ont disparu de Bruxelles le 11 décembre 1986, demandons à toute personne possédant des informations récentes ou moins récentes, ayant été ou étant en contact avec n'importe lequel de ces trois enfants, ainsi qu'à toute personne possédant des informations qui permettraient de retrouver ces enfants, d'appeler immédiatement, anonymement ou non, l'un des numéros ci-dessous...

Suit une liste de numéros de téléphone appartenant à la police belge, au bureau du procureur, aux avocats des deux parties, et enfin un numéro vert, celui du Centre national des enfants disparus et exploités aux États-Unis : « 1-800-FIND KID ».

Je, soussigné Chaïm Yarden, autorise de mon plein gré et sans restriction toutes les personnes ou les institutions qui ont eu ou ont encore en charge les enfants Marina, Simon et Moriah, ou l'un d'entre eux, de répondre à ma demande ou à la demande des personnes parlant en mon nom, de téléphoner à l'un des numéros ci-dessus afin de communiquer toute information en leur possession.
Nous vous demandons de transmettre ce message à toute personne de votre connaissance susceptible de fournir les informations demandées.

Je signe immédiatement ce communiqué. La suite dépend de Chaïm.

Le 12 juin 1991, l'inspecteur Francis Molenberg rencontre Chaïm à la demande du procureur. Il est chargé de discuter de l'accord sur l'honneur élaboré avec Friedman.

Voilà ce que Chaïm lui déclare : Il a parlé avec Friedman. Ce dernier lui a affirmé que j'étais d'accord pour que les enfants soient élevés dans une famille hassidique, et que Friedman s'en occupe. De son côté Chaïm va peut-être accepter lui aussi, mais il veut d'abord que je mette cette décision par écrit. En ce qui concerne le communiqué établi par le procureur, il déclare que, même s'il le signait, il ne pourrait garantir que les enfants nous soient rendus étant donné qu'il ignore où ils se trouvent. Enfin il m'accuse d'abuser du système judiciaire pour le contraindre à céder à mes exigences personnelles, sans restriction. Il se dit convaincu que je ne veux pas réellement qu'il signe ce communiqué, que je préfère le voir demeurer en prison, afin d'exercer ma vengeance. Il sait que je vis avec un autre homme et laisse entendre que Walter n'a pas très envie d'élever Marina, Simon et Moriah.

L'inspecteur Molenberg essaie en vain de lui faire reconnaître une responsabilité dans l'enlèvement. Et en vain aussi de lui faire admettre qu'il « sait » comment retrouver les enfants.

La photo, prise un mois après le jour maudit du 11 décembre 1986, où l'on voit Chaïm en compagnie des enfants et d'Armoni, représente la preuve irréfutable qu'il était à Amsterdam avec eux. Mais il n'est jamais allé à Amsterdam, dit-il, et la photo est truquée, et il ne connaît pas cet Armoni. Alors l'inspecteur lui montre l'autre photo où il apparaît à côté d'Armoni pendant la fête d'Hanouka. Est-il possible de ne pas connaître quelqu'un et d'être reçu chez lui à cette occasion ? Chaïm prétend que la photo date d'avant l'enlèvement, quand il pouvait exercer son droit de visite... Il ment, ment sans discontinuer. Il n'y a pas eu d'enlèvement, il n'y a pas de lettre du rabbin Tauberg demandant pour lui l'aide des Hassidim, il n'a jamais emmené les enfants aux États-Unis. Photo à Washington ? Non. Épousé Iris Buttel ? Jamais. Des informations sur l'endroit où les enfants se trouvent aujourd'hui ? Aucune. Et il refuse de signer le communiqué.

En revanche, il présente à la cour une autre proposition. Il demande que :

1) J'accepte de rechercher les enfants avec lui.

2) Aucun de nous deux ne tente quoi que ce soit pour empêcher l'autre de faire ses propres recherches.

Non seulement c'est monstrueux, non seulement c'est de la folie – et le juge est d'accord avec moi –, mais en plus, si j'acceptais le point numéro 2, je devrais renoncer à poursuivre Chaïm en justice, le laisser sortir de prison, pour ne pas entraver SES recherches.

Et la manipulation continue du côté de Friedman. Lui aussi me fait une nouvelle proposition : que l'on confie les enfants à une famille hassidique quelque part au Royaume-Uni plutôt qu'à lui.

– Je vais y réfléchir. Je pourrais accepter. Mais je voudrais voir les enfants au moins six fois avant que Chaïm ne sorte de prison.

– Pourquoi ?

– Je veux qu'ils me connaissent, qu'ils sachent qui je suis, qu'ils voient mon visage, avant que Chaïm ait une chance de les faire disparaître à nouveau.

– C'est impossible. Il faut d'abord accepter la proposition que je vous transmets. Ensuite vous serez peut-être autorisée à les voir !

J'étouffe de rage. Toute conversation avec Friedman suppose que je renonce à mes droits maternels...

– Et comment pouvez-vous être sûr de les retrouver ? Comment avoir la certitude qu'ils sont en vie et en bonne santé ? Je ne sais même pas s'ils sont vivants !

Il hausse les épaules, l'air de considérer la chose comme évidente.

– Oh, ils vont bien, rassurez-vous...

Mais il comprend aussitôt qu'il a fait une gaffe, et s'empresse d'ajouter :

– D'après mon informateur évidemment. C'est lui qui me l'a dit.

– Peut-être, mais ce n'est pas une preuve ! Moi, je veux des preuves. Votre informateur ! Ce qu'il dit ou ne dit pas, ce n'est pas une preuve !

– Bon, quand cette personne me rappellera, je lui demanderai de vous téléphoner, et de vous laisser parler aux enfants. Je pars aux États-Unis dans deux semaines, et j'arrangerai tout.

Les semaines suivantes je ne cesse de bondir à la sonnerie du téléphone. Mais les enfants n'appellent pas. Combien de fois ai-je imaginé, là-bas, aux États-Unis, un téléphone, noir, blanc ou gris, une petite main faisant le numéro, les signaux traversant l'océan, venant résonner enfin au numéro 9 de la rue Verte à Bruxelles... « Allô... Patsy ? » Mais, non. Rien.

Le procureur De Vroede a été promu à un poste plus important, mais a réclamé le droit de continuer à travailler sur notre dossier. Un jour, alors que nous attendons l'arrivée de Simon Friedman et qu'il est en retard, nous bavardons toutes les deux entre femmes. Je voudrais savoir si la cour accepterait d'entériner un tel « accord sur l'honneur ».

– Non. Il ne s'agit pas d'une simple affaire de droit de garde entre parents. Il s'agit d'un enlèvement d'enfants. Si la cour commence à jouer à ce genre de jeu, où cela finira-t-il ? Ce n'est pas à ce Friedman de dicter à la cour les conditions suivant lesquelles Mme Heymans est autorisée à voir ses propres enfants.

– Merci. Je peux maintenant lui dire que j'aurais volontiers accepté son accord, mais que la cour refuse de l'entériner. Est-ce que cela vous ennuierait de jouer devant lui le rôle de la méchante femme qui m'empêche de faire ce qu'il demande ? De mon côté, je jouerai celui de la pauvre mère accablée par la justice...

– D'accord. Faisons ça.

Friedman arrive, couvert de pellicules comme d'habitude, courtois comme d'habitude. Et intraitable.

– Vous aurez le droit de rendre visite aux enfants dans cette famille hassidique, mais pas celui de les faire sortir, ni de les emmener quelque part. Les enfants ne doivent avoir aucun contact avec le monde extérieur.

Mme le procureur demande tranquillement :

– Vous agissez toujours ainsi ? Vous empêchez les enfants d'avoir des contacts avec l'extérieur ?

– Oui.

– En somme vous êtes en train de me dire que vous n'êtes pas certains que votre système d'éducation soit efficace ? Vous êtes obligés de garder les enfants enfermés dans votre univers afin qu'ils ne voient rien de ce qui se passe au-dehors ? C'est illogique et contre nature.

Friedman a beau être intelligent et beau parleur, il n'a rien à répondre à cette remarque.

La naissance du bébé est prévue pour le 12 septembre 1991. Le bail de notre maison expire en juillet. Nous devons déménager, et nous installer à Nassogne en attendant de trouver autre chose. Je mets de l'ordre une dernière fois, nettoie les sols et les murs, avec la curieuse sensation que deux planètes viennent d'entrer en collision dans ma vie. Le passé et l'avenir. En abandonnant le 9, rue Verte, je ne peux pas m'empêcher d'avoir mal au cœur, comme si j'abandonnais Marina, Simon et Moriah. Ils sont partis de cette maison un matin de décembre, et ne l'ont plus jamais revue. C'est peut-être leur dernier souvenir de leur ancienne vie. J'écris au propriétaire et au nouveau locataire, en leur demandant de me contacter si des nouvelles leur parvenaient des enfants. Quatre ans et demi plus tard, c'est de l'utopie, mais on ne sait jamais.

11 septembre. Pour mes trois derniers enfants,

j'ai dépassé le terme de mes grossesses, mais il vaut mieux être prudente. J'accouche en général rapidement et il est préférable que je quitte Nassogne pour revenir à Bruxelles afin d'être plus proche de l'hôpital. Nous emballons nos affaires, pour partir en voiture avec Noélie, qui a maintenant quinze mois.

Je n'ai jamais eu de grossesse aussi pénible. L'enfant est placé très bas à droite, il me pèse en permanence. J'ai des problèmes de circulation, les jambes enflées. En arrivant chez mes parents je m'écroule dans un fauteuil, comme un énorme ballon essoufflé. Incapable de faire autre chose que de broder, pour m'occuper au moins les mains, et un peu l'esprit.

Cette nuit-là, tandis que Walter dort paisiblement, à 1 heure du matin, la première contraction se produit. D'habitude, la douleur augmente graduellement, mais cette fois, c'est une sensation foudroyante du premier coup. Et quinze minutes plus tard, cela recommence.

À cette heure-là, les rues de Bruxelles sont désertes. Les contractions s'intensifient pendant le trajet. Je n'ai jamais eu aussi mal. En salle de travail, l'infirmière s'aperçoit que je perds du sang, et court téléphoner à mon médecin. On me fait rapidement une piqûre calmante. On attache une ceinture autour de mon ventre, reliée au moniteur qui enregistre la progression de mes contractions. L'agitation autour de moi m'inspire toujours la même envie. Qu'on me laisse seule. Je voudrais tant qu'on me laisse souffrir seule.

Les heures s'écoulent dans un flou douloureux où passent des images surréalistes. Je vois trois Walter dans un coin de la salle, assis sur trois chaises, en train de lire trois livres. Puis des visages inquiets. À chaque contraction je concentre mon regard sur une petite lettre bizarre imprimée sur une boîte de gants stérilisés près de mon lit. Je la fixe intensément, puis tout devient flou, et je commence à compter dans ma tête. Un, deux, trois... Arrivée à dix, je ne sais plus ce qu'il y a après, alors je recommence au début.

Autour de moi, on se prépare pour une éventuelle césarienne, mais plusieurs heures s'écoulent encore. Finalement le médecin essaie de remettre le bébé en bonne position. Un quart d'heure plus tard, il essaie d'extraire son corps avec une ventouse. Toute une armée est en train de piétiner mes entrailles. Il est 9 h 57, lorsqu'on m'annonce que l'enfant est né. J'ai perdu beaucoup de sang, c'est l'accouchement le plus difficile que j'aie connu de ma vie de mère. En levant péniblement les yeux vers Walter, je murmure :

– Je savais que ce serait un garçon. C'est Gautier.

Quatre mois plus tard nous louons une confortable maison rustique, tout en pierre, dans un petit village pittoresque des Ardennes. Walter et moi voulons élever les enfants dans le calme de la campagne, à l'air libre. J'aperçois des vaches par la fenêtre de la cuisine, des oiseaux qui traversent le ciel, c'est l'endroit idéal.

Et soudain, dans ce paradis, mon moral s'effondre. Le fait de m'occuper de Noélie et de Gautier en même temps fait jaillir à la surface tous les souvenirs enfouis. Passer du sein du petit dernier au goûter de l'aînée... Chaque geste fait pour eux me rappelle le même fait pour les autres.

Mon corps et mon esprit sont liés d'une façon qui m'échappe. À présent, c'est mon corps qui lance des appels de détresse. Me lever le matin est une épreuve insurmontable. Je ressens une immense fatigue, et une incapacité totale à me concentrer. Je commence une lessive, suis distraite par quelque chose, et me lance dans une nouvelle tâche au lieu de finir la précédente. Puis j'oublie encore ce que je viens de faire. J'ai une tension très faible, je manque de souffle, et les crises d'asthme à répétition m'épuisent plus que jamais. Des plaques d'eczéma me démangent la peau. Ma vue se détériore. J'ai l'impression d'être une loque.

– Patsy ! Tu devrais ranger tes affaires dans les valises que tu as sous les yeux, et partir en vacances !

Six mois de stupeur. Des douleurs dans le dos à ne plus pouvoir me redresser. Les nerfs, le stress, l'angoisse. Tout mon corps parle à ma place, et pendant ce temps je ne suis bonne à rien ou presque. Un peu de travail à la maison pour le MCIN, mais Noélie, Gautier pompent le peu d'énergie qui me reste.

Être coincée à mi-chemin d'une montagne, sans pouvoir redescendre ni continuer à monter. Voilà l'impression que j'éprouve. Je suis désespérée, désemparée. Et j'ai bien peur de ne plus avoir de forces pour combattre. Il ne me reste que la mauvaise humeur. Pour une raison réelle ou imaginaire, je me lance dans une agression verbale ininterrompue. La patience légendaire de Walter est mise à rude épreuve. Il comprend que, derrière ces flambées de colère, se cachent une frustration affective terrible, et un épuisement physique. Mais il a peur que j'aille trop loin, et que nos relations en souffrent. Un jour, effectivement, je vais très loin. Et pourtant il pardonne.

Chaque nuit je m'endors en pensant aux enfants, chaque matin je me réveille en pensant aux enfants. Je me cogne la tête dans un mur de pierre, en espérant percer une ouverture et passer de l'autre côté.

Chaïm se plaint de la nourriture en prison. Simon Friedman en informe notre avocat.

– Il reçoit de la nourriture casher toutes les semaines, qui vient d'Anvers, mais il n'a pas de matériel pour la préparer. Il est obligé de réchauffer sa nourriture à la flamme d'une bougie. On ne pourrait pas le transférer à Anvers ? Ce serait plus facile de lui apporter ses repas chaque jour.

Notre avocat n'a pas l'intention de s'en occuper et n'en parle même pas au procureur. Pourtant, un mois plus tard, Friedman lui téléphone pour le remercier. Chaïm est à Anvers. Qui a demandé et obtenu son transfert ? Pas nous, ni le procureur, qui n'était même pas au courant et qui organise immédiatement son retour à Bruxelles afin qu'il reste à demeure dans l'une des grandes prisons proches du palais de justice, où il doit régulièrement comparaître.

Cet incident est révélateur des moyens de pression dont dispose la communauté hassidique.

L'énergie du désespoir. C'est tout ce qui me reste. Deux mille jours. Il y a deux mille jours que mes enfants m'ont été enlevés. Bébé Gautier m'accompagne aux États-Unis, chez mon amie Sabine. Walter garde Noélie. J'ai en tête une stratégie désespérée.

Nous mettons, Sabine et moi, nos talents en commun pour fabriquer une pancarte de bois, blanchie à la chaux, et sur laquelle nous avons écrit : « MES ENFANTS ONT ÉTÉ ENLEVÉS IL Y A PLUS DE 2 000 JOURS. » La phrase est peinte en rouge vif, sauf « enlevés » et « 2 000 », que j'ai peints en noir.

Nous avons passé des heures à écrire un résumé de l'enlèvement. Il est clair et bref, illustré de photographies des enfants. J'en possède des centaines de copies sur papier jaune vif.

Je vais porter cette pancarte sur mon dos, prendre le train, le métro, et m'installer dans la 1re Avenue face aux bâtiments des Nations unies, en signe de protestation.

Il fait un froid glacial, je distribue mes prospectus jaunes aux passants, le vent menace d'emporter mon écriteau attaché dans mon dos. Alors je le fixe à un arbre et continue ma distribution. Les gens évitent de croiser mon regard. Je me sens maladroite et incertaine. Une mendiante silencieuse, faisant sa manifestation solitaire. Un officier de police me signale que j'ai enfreint la loi en manifestant dans le quartier des Nations unies. Je m'en vais un peu plus loin, attacher ma pancarte à une grille de fer forgé.

En fin de journée, blême de froid, je me rends dans le quartier de Manhattan où les juifs font le négoce des diamants. Cette fois, je m'efforce de repérer les Hassidim pour leur tendre mon prospectus. Je suis plus agressive sur le terrain. Je force les gens à prendre mon papier, même s'ils n'en veulent pas. Je n'ai pas peur, je me fiche d'attraper une pneumonie, ou de me faire embarquer par des flics. Je me fiche de tout, il ne reste que mon désespoir, peint en lettres rouges et noires, photocopié sur des feuilles jaunes.

Que faire d'autre ? J'ai passé en revue toutes les solutions possibles avec Sabine. Si je n'avais pas Noélie et Gautier, j'aurais fait la grève de la faim. J'ai dit aux journalistes que j'allais m'enchaîner devant une synagogue pendant le sabbat. Que j'allais faire la sortie d'une école hassidique, et tendre une fleur à toutes les mères menant leur enfant en classe.

Plus de deux mille jours, et je me sens sombrer de plus en plus dans la folie.

18 juin 1992. Audience. Assister aux audiences est devenu un mode de vie. Chaïm fait appel de chaque décision. Il comparaît ce jour-là pour être accusé à nouveau de délit continu, mais il a choisi d'assurer lui-même sa défense. Un vieux proverbe dit : « L'homme qui se fait son propre avocat a un imbécile pour client. »

Chaïm discourt pendant des heures, épuisant la patience de la cour. Pour finir, à l'éternelle question : « Avez-vous essayé de retrouver les enfants ? », il répond méchamment :

– Cherchez-les vous-mêmes !

Le juge le foudroie du regard. Il sera déclaré coupable, et condamné à deux ans de prison ferme.

Simon Friedman, de son côté, continue son lent travail de sape.

– La religion d'un enfant lui vient de sa mère. Tout le monde dans la communauté satmar sait que vous n'êtes pas juive, c'est pour cela qu'ils ont des préjugés à l'égard des enfants. Plus la famille est religieuse, plus elle les jugera sévèrement. Lorsque vos filles seront en âge de se marier par exemple, elles ne trouveront jamais de bons maris. Il faudra leur trouver des hommes âgés, ou des simples d'esprit. Simon sera mieux traité parce que c'est un garçon, mais lui non plus ne pourra pas s'intégrer parfaitement à la communauté. Croyez-moi, mieux vaut les faire adopter par une famille moins religieuse... Je vous dis cela de tout cœur...

19 octobre 1992. C'est l'anniversaire de Marina. Elle a treize ans aujourd'hui. L'âge difficile, celui des changements du corps et de l'esprit. Si je la retrouve maintenant, ce ne sera déjà plus une petite fille. C'est une adolescente. Soudain une idée me traverse l'esprit, fulgurante. Marina a eu ses premières règles ! Ma fille, si grande déjà.

Je n'arrive pas à imaginer mes enfants tels qu'ils doivent être maintenant. Ils sont restés figés dans ma mémoire à l'âge de sept, cinq, et quatre ans. Des bébés.

Durant des années, on leur a menti. Lorsqu'ils reviendront vivre avec moi, comment regagner leur confiance ? Comment espérer qu'ils me croient, alors que toute leur existence a été fondée sur un mensonge ?

Friedman me donne des détails de plus en plus précis sur Marina. Par exemple, il me raconte une histoire que lui a prétendument racontée son informateur.

– Au moment de sa *bar mitzva* le chef de la famille lui a offert la paire de boucles d'oreilles traditionnelles. Elle les a refusées en disant que c'était à son père de les lui offrir, et à lui seul !

Je l'écoute, chaque fois avec plus d'angoisse. Et quand je rentre à la maison, tout ce qu'il m'a raconté continue de hanter mon esprit. Je suis une marionnette dont il tire les ficelles à son gré. Marina grandit, Marina ne trouvera pas un « bon » époux... Pour Moriah, ce sera pareil... Les Satmars marient leurs filles très tôt...

Je sais maintenant à quoi ressemble l'existence d'une épouse satmar. Son premier devoir est de mettre des enfants au monde, le plus possible. Un proverbe hassidique dit : « Après dix, ne comptez plus. » C'est à l'épouse de contrôler le mode de vie casher, et tout ce que font ou disent les enfants. Ils doivent parler yiddish à la maison, et non anglais, ou français, ou n'importe quelle autre langue qui selon l'expression des Satmars n'est qu'une « langue non juive ».

La mère doit s'assurer que tous ses enfants font les « bonnes prières » avant de les autoriser à croquer dans un biscuit ou à boire une gorgée d'eau. Lorsqu'une fille atteint l'âge de trois ans, sa mère doit l'habiller de chaussettes longues, de manches longues, de jupes longues. Sous ses vêtements couvrants elle doit également porter une combinaison blanche en tissu épais afin d'éviter qu'un malheureux rayon de soleil ne révèle la silhouette de son corps à travers la robe. Ce costume traditionnel est utilisé en été comme en hiver. La communication entre la mère et ses enfants se limite à des ordres ou à des interdits. As-tu fait ceci ou fait cela ? Ne fais pas ceci, fais cela.

J'imagine que Marina et Moriah n'ont pas le droit de faire du vélo ou de monter sur une balançoire, leur jupe pourrait se soulever. Je suppose que Simon porte de longs *peyots* bouclés. Je sais qu'on leur a appris à se dénoncer mutuellement pour tout manquement aux règles, si insignifiant soit-il.

Lorsque Friedman m'a raconté cette histoire de boucles d'oreilles, j'ai pris une claque en pleine figure. Marina a été endoctrinée. Il est tard déjà. Lorsque je les retrouverai, ils seront complètement prisonniers du style de vie de leur père. L'otage et le ravisseur finissent par entretenir des liens étranges, on appelle cela le syndrome de « Stockholm ». Le ravisseur devient le protecteur. Je suis peut-être devenue, dans leur esprit, l'étrangère qu'ils haïssent, celle qui les a abandonnés, n'est pas venue les chercher à temps...

Toutes ces idées me rongent l'âme et le corps, et je ne peux pas les exprimer. Lorsque je raconte l'anecdote des boucles d'oreilles à Walter, je le fais d'un ton désinvolte, comme si cela ne m'affectait pas. Dévoiler mes sentiments les plus intimes, ce serait leur donner une réalité que je suis incapable d'affronter. Je préfère le cauchemar silencieux. Je m'accroche à l'espoir que je vais me réveiller, que tout est faux. Alors, je garde mes angoisses au plus profond de moi, dans un univers secret, sombre et tumultueux, que je ne peux partager avec personne.

Trop souvent, je suis d'humeur massacrante, et j'imagine que personne n'en connaît la raison. Pourtant Walter sait. Un jour lors d'une conférence sur les enfants kidnappés, après que j'ai parlé pendant deux heures, Walter explique en néerlandais ce qu'est le syndrome de Stockholm, la peur que ce phénomène engendre chez les parents qui recherchent leurs enfants kidnappés. Et il raconte l'histoire d'une petite fille et d'une paire de boucles d'oreilles...

Il sait. Je l'aime pour cela. Mais lui dire, je n'en suis pas capable non plus. C'est pour cela que je craque parfois brutalement, au moment où l'on s'y attend le moins. Chez des amis, tout à coup, je m'effondre au sol comme une masse, secouée de sanglots, hystérique, délirant sur les boucles d'oreilles de Marina.

C'est ce que l'on m'a raconté après. Je me suis réveillée le lendemain matin à la maison complètement épuisée. Je me suis regardée dans le miroir, j'ai vu que j'avais pleuré, mais je ne savais plus quand ni pourquoi je l'avais fait. En deux mille jours j'aurai versé des millions de larmes. Elles sont là, à l'intérieur, et ne jaillissent que malgré moi, dans la violence, en torrents effrayants, puis retournent dans l'abîme. Eaux dormantes. Empoisonnées.

42

Écho

Simon Friedman époussette les pellicules sur son épaule, me fait entrer courtoisement chez lui comme d'habitude, s'installe, lève les yeux au plafond, prend un air grave :

– Le problème, voyez-vous, madame Heymans... c'est que vos enfants sont juifs. Il nous est donc impossible de vous les rendre.

– Je vous fais remarquer que si les enfants ont été convertis, cette conversion a eu lieu sans mon autorisation, et sur la foi des mensonges de leur père.

– Oui, oui... peut-être, je sais qu'il y a eu quelques irrégularités. Normalement la permission de la mère est obligatoire... Normalement... les enfants doivent être assez grands pour prendre cette décision eux-mêmes... Mais tout bien considéré cette conversion est un compromis.

– Mais ils ne sont pas juifs, puisque cette conversion est illégale !

– Certes... Lorsqu'ils auront dix-huit ans, nous leur poserons la question. S'ils ne veulent pas être juifs, nous leur rendrons leur liberté.

– À dix-huit ans ? Ils ne voudront plus être chrétiens, puisque vous n'arrêtez pas de leur dire que tout ce qui est non juif est mauvais !

– Oh non, non ! Je me souviens d'un cas... Il y a assez longtemps de cela, un enfant avait été enlevé par son père pour être confié à la communauté. Il est devenu l'un de nos meilleurs étudiants en théologie, vraiment excellent ! Mais, à dix-huit ans, nous lui avons posé la question : Veux-tu être juif, ou veux-tu retourner auprès de ta mère chrétienne ? Il a préféré retrouver sa mère... Alors nous l'avons laissé partir. Vous voyez ?

Que suis-je supposée répondre à cela ? Il espère que je vais attendre tranquillement que mes enfants atteignent dix-huit ans l'un après l'autre ? Que je vais m'en remettre au jugement et à la compassion de quelques chefs satmars qui décideront si, oui ou non, il est possible de libérer mes enfants ? J'ai du mal à retenir ma langue devant une telle absurdité. Mais l'insulter maintenant ce serait compromettre trop gravement mes chances.

– Je dois vous dire également, madame Heymans, que les personnes qui m'ont contacté hésitent à envoyer les enfants en Belgique ou en Grande-Bretagne... Ils préfèrent les garder aux États-Unis. Par ailleurs, il est évident que vous ne les reverrez pas si la communauté hassidique n'obtient pas cet « accord sur l'honneur ».

– Je vous fais remarquer que je ne suis pas en mesure de prendre cette décision. C'est le procureur qui refuse. Le tribunal pour enfants n'acceptera jamais cet accord.

– Je comprends.

– Quant à moi, je ne peux pas l'accepter non plus. Si Chaïm sort de prison quelle garantie aurai-je d'espérer revoir mes enfants ? Et même si je l'acceptais, cet accord, et que l'on m'accorde un droit de visite, comment faire pour les voir ?

– Vous n'aurez qu'à vous rendre aux États-Unis !

C'est simple évidemment d'aller aux États-Unis à chaque week-end et congé scolaire. Il n'y a qu'à prendre le bus !

– Je vais vous dire ce que je crois, monsieur Friedman. En fait vous cherchez à me tenir le plus loin possible de mes enfants. Avez-vous songé une minute que je pouvais aller m'installer là-bas ! Je le ferais sans hésiter, pour les voir. Et dans ce cas, que feriez-vous ? Vous les enverriez en Australie ? Au Japon ?

Il me regarde bouche bée, fixement. Je me sens mieux. Cette fois ça suffit. Friedman a rendu visite à Chaïm bien plus souvent qu'il ne l'avoue, dans cette salle réservée aux avocats où il l'a vu en tête à tête, personne ne sait ce qu'ils ont pu manigancer tous les deux. De plus, tous les arguments qu'il avance sont stupides. Lorsqu'un garçon a accompli sa *bar mitzva*, il est considéré comme juif quelles que soient les circonstances de sa conversion. Quant aux filles, s'il faut attendre qu'elles aient dix-huit ans, ils les auront mariées avant, et je serai grand-mère sans les avoir revues !

Lorsque Friedman se présente à la prison pour voir Chaïm quelques jours après, il est poliment informé du fait que Mme le procureur De Vroede lui a supprimé son droit de visite.

Au cabinet d'avocats De Backer et associés, où l'on s'occupe de notre affaire, on sait que tout appel concernant les enfants Yarden peut être important... Maître Buysschaert prend la ligne et entend une voix rauque, à peine audible.

– C'est au sujet des enfants Yarden... J'ai des contacts à Anvers. Je peux obtenir des informations, ça vous intéresse ?

– Oui. Cela m'intéresse.

– Je ne peux pas vous donner de détails par téléphone. Venez à Anvers, dans le quartier du diamant, il y a un restaurant casher où nous pourrons discuter tranquillement, et à l'abri des indiscrets.

– Mais comment vous reconnaître ?

– Moi, je vous reconnaîtrai...

Maître Buysschaert n'est pas détective privé. Ce

genre de rendez-vous clandestins n'est pas son lot quotidien. Avant de se rendre à Anvers il informe le procureur. Ensemble, ils décident de ne pas mettre la police au courant pour l'instant. Mieux vaut s'assurer qu'il ne s'agit pas d'un indic bidon, ou d'une autre plaisanterie noire comme celles dont nous avons déjà été victimes.

Le restaurant que lui a indiqué son correspondant est situé très près de chez Simon Friedman. Notre avocat cherche à se garer, trouve difficilement de la place et arrive finalement avec un quart d'heure de retard. Le restaurant casher dispose d'une salle où l'on prépare de la nourriture, et d'une salle réservée à la clientèle, séparée en deux zones. Les femmes d'un côté, les hommes de l'autre. Chaque zone dispose d'un lavabo, afin que les clients puissent se rincer les mains entre chaque plat, ou avant de toucher le pain.

Maître Buysschaert mesure un mètre quatre-vingt-cinq, il est en costume gris clair, et détonne complètement dans cet endroit. Il s'assied et attend. Quelques minutes passent, puis un petit homme entre deux âges vient le rejoindre. Il est maigre, nerveux, son costume noir est mal coupé, il porte sur le bout du nez une paire de lunettes rectangulaires, sans monture, qui oscille à chaque pas.

C'est la voix rocailleuse du téléphone. Dans un mélange de néerlandais et de français, le petit homme s'explique. Il dit être en contact avec certains chefs satmars, de ceux qui ont aidés Chaïm à cacher les enfants. À son avis cette affaire constitue, depuis quelque temps, un handicap pour la bonne renommée de la communauté. Il vaudrait mieux, dit-il, pour le « peuple satmar », que ces enfants chrétiens soient rendus à leur mère. Il ne fait cela ni pour la justice, ni pour leur mère, mais simplement parce que ces enfants ne sont pas juifs.

– Les enfants Yarden n'ont aucune valeur pour la communauté...

– Pourquoi ne pas vous adresser à la police ?

– Je l'ai contactée. Deux ou trois fois. Mais les gens à qui j'ai parlé n'avaient pas l'air intéressés.

Maître Buysschaert doit en convenir, l'inspecteur belge à qui l'affaire a été confiée n'est arrivé à rien.

– Savez-vous où sont les enfants ?

– Eh bien non. Pas encore. Mais je connais des gens qui le savent.

– Beaucoup de gens nous ont téléphoné pour nous dire la même chose, et cela n'a débouché sur rien. Nous allons devoir vérifier vos informations.

– Bien entendu. Mais je dois vous prévenir que ma réputation est en cause. Si l'on découvre que j'ai aidé secrètement la famille Heymans, ma famille sera mise à l'écart, je subirai des représailles. Il s'agit de ma sécurité personnelle, vous comprenez ?

– Je vous assure que votre identité ne sera pas révélée. Voici mon numéro de téléphone personnel, où vous pourrez me joindre directement, sans intermédiaire.

Les deux hommes se fixent un autre rendez-vous dans un endroit plus anonyme que ce restaurant casher situé en plein centre du négoce du diamant. La prochaine fois ils se verront à l'aéroport de Bruxelles. Notre avocat attendra l'homme à la librairie de l'aéroport. L'informateur passera devant lui sans s'arrêter, et ils se retrouveront au parking, pour discuter dans la voiture de maître Buysschaert.

– Je vous appellerai dès que j'aurai des informations.

– Que voulez-vous en échange de ces informations ?

– Rien. Je vous le répète, les enfants Yarden n'ont aucune valeur pour nous. Je vous appellerai, n'ayez crainte, je vous dirai ce que j'aurai appris quand je l'aurai appris.

C'est dans le bureau du procureur, où je suis convoquée avec maître Buysschaert, que je viens d'apprendre la nouvelle. Ce qui est bizarre, c'est que cet homme prétend avoir contacté la police sans résultat. Pour l'instant, l'arrivée de cette nouvelle pièce sur l'échiquier demeurera secrète. Le petit homme à la voix rocailleuse portera entre nous le nom de code de « Écho ».

43

Le récit de Sarah

Cet été Mme Jacobovitch nous laisse aller dans un camp de vacances aux Catskill, pour quatre semaines. Nous ferons des jeux là-bas. J'aime beaucoup faire des jeux, mais ce qui me plaît le plus c'est d'être en liberté.

Lorsque je reviendrai, c'est Rachel qui partira pour la deuxième période des vacances, jusqu'à la fin de l'été. Ensuite on se racontera ce qu'on a fait là-bas.

44

L'approche

C'est un mercredi matin, vers la fin du mois d'août 1992. La voix rocailleuse de « Écho » demande maître Buysschaert au téléphone :

– Venez vite, c'est urgent.

Ils se retrouvent dans le parking de l'aéroport comme convenu. Écho marche devant, silencieux. Il ne regarde même pas derrière lui. Il est monté dans une vieille voiture Peugeot bleu ciel, et notre avocat s'assied à côté de lui sur le siège du passager.

– Voilà. Les enfants sont dans un camp de vacances aux Catskill, à New York. Ils y resteront jusqu'à dimanche. On les a confiés à la famille Goldberg.

– À quel endroit précisément ?

Écho écrit le nom d'un lieu, « South Fallsburg », sur un morceau de papier.

– C'est un petit village, vous le traversez, vous suivez la route jusqu'à une fourche, le camp est tout près de là.

Maître Buysschaert me contacte immédiatement pour me raconter la brève entrevue avec Écho. Ce nom sur un papier, cette précision me font battre le cœur. Nous n'avons aucun moyen de vérifier l'information, mais je ne peux pas laisser passer cette occasion. Il a dit jusqu'à dimanche. Le mercredi soir, je téléphone à mon amie Sabine pour la prévenir de mon arrivée et surtout pour qu'elle se rende avec Paul, son mari, jusqu'à South Fallsburg en voiture. De cette manière ils auront déjà repéré les lieux avant mon arrivée, et nous gagnerons du temps.

J'appelle aussi Jim Stanco à Albany, pour lui expliquer rapidement la situation :

– J'arrive demain, mais il ne faut pas prévenir la police locale, Jim ! À Monsey, je suis certaine qu'on nous a déjà trahis une fois. J'ai trop peur que ça recommence. Et puis, si je dois réexpliquer toute l'histoire, on perdra un temps précieux.

– D'accord, je préviens celle de New York.

Au décollage, pendant que l'avion grimpe vers le ciel, une vague d'optimisme m'emporte. Les Catskill ? Je me demande à quoi ressemble cet endroit. Cette fois est-elle la bonne ? Est-ce qu'ils sont là-bas ? Est-ce que j'aurai assez de temps ?

Jeudi soir, chez Sabine et Paul, j'écoute le compte rendu du repérage qu'ils ont fait dans la journée même. Ils n'ont pas vu les enfants, en revanche ils ont remarqué énormément de familles hassidiques. Elles doivent fréquenter ce lieu régulièrement pour les vacances. L'espoir fait un nouveau bond. Le grand jour est peut-être arrivé.

Jim Stanco a fait de son mieux pour tout préparer. Un membre de la police de l'État de New York appelle le soir même pour me donner rendez-vous à Monsey le lendemain matin. Vendredi matin, Sabine me conduit en voiture à la station de police de Monsey. Nous faisons longuement le point sur les informations fournies par Écho. Je subis un interrogatoire mené selon la méthode du bon et du méchant flic. L'un des policiers remarque :

– Les Catskill ? C'est grand !

– J'ai le nom d'un village : South Fallsburg ! Le nom d'une famille : les Goldberg !

La réunion dure plusieurs heures, je suis épuisée nerveusement et physiquement, il s'agit pour eux de déterminer si les renseignements sont suffisants pour déclencher une opération de recherches. Il est trop tard aujourd'hui, mais il nous reste le week-end. Deux jours pour retrouver mes enfants.

Enfin, la décision est prise. L'opération est lancée. Je loue une voiture. Paul qui connaît bien la région va m'accompagner.

La soirée est longue. Sabine fait tout ce qu'elle peut pour m'occuper et me distraire, je trépigne d'impatience. Sans le décalage horaire, qui m'assomme soudainement, je n'aurais pas pu dormir.

Samedi matin, rendez-vous à la caserne de Monsey. Une voiture banalisée nous précède jusqu'à un parking où je laisse la mienne. Puis nous montons dans une camionnette de surveillance aux vitres teintées. L'intérieur est aménagé en poste de commande mobile, avec un périscope, un équipement radio et vidéo qui permet aux policiers d'imprimer n'importe quel vidéogramme sur papier. Il y a même des toilettes.

Le chauffeur a une allure décontractée, boucle d'oreille et queue-de-cheval, blouson de cuir. Son collègue, lui, a les cheveux courts, il est rasé de près. Ni l'un ni l'autre ne portent d'uniforme.

Nous partons avec eux en direction du nord de l'État de New York, les Catskills. Le voyage me paraît interminable jusqu'à South Fallsburg. Le chauffeur repère la fourche signalée par Écho. Jusqu'à présent la description est exacte, reste à trouver le camp de la famille Goldberg. S'il n'y avait qu'un seul camp, ce serait simple, malheureusement il y en a un très grand nombre dans cette région. Il faut les visiter un par un.

Le chauffeur à la queue-de-cheval laisse la place à son collègue à l'aspect plus classique, moins choquant pour les Hassidim. Il me rejoint à l'arrière et la camionnette pénètre lentement dans le premier camp. Nous nous arrêtons devant une barrière, Paul et le chauffeur descendent pour demander des renseignements anodins sur le prix de location, les réservations, et observent autour d'eux.

Les Hassidim, même en vacances, restent entre eux. Ils apportent leur nourriture casher, et ne se mêlent pas aux autres juifs, moins religieux qu'eux. De ce fait toute présence étrangère est suspecte. Ils vont donc se méfier de ces deux hommes, visiblement non hassidiques, qui arrivent dans leur genre de camp retranché. Plus grave encore nous sommes samedi : c'est le jour du sabbat.

Je reste dissimulée à l'intérieur de la camionnette, les yeux rivés au périscope, que je manœuvre avec une prudence de Sioux, terrorisée à l'idée que quelqu'un le repère de l'extérieur. Je scrute les visages d'enfants, tous les visages d'enfants, en les comparant aux photos des miens, posées sur mes genoux. « Queue-de-cheval » comprend mon extrême angoisse et chuchote :

– Prenez votre temps... surtout, ne vous pressez pas.

Les nerfs à vif, les yeux collés à cette lunette, j'ai si peur de rater quelque chose, une silhouette, un visage, que le sang bat à mes tempes. Rien. Au bout d'une demi-heure, Paul et le chauffeur remontent dans la camionnette, et nous nous dirigeons vers un autre camp. Puis un autre, et encore un autre. Cet endroit est un véritable nid de vacanciers hassidiques.

Soudain, un groupe de trois fillettes attire mon attention. Je lâche le périscope pour mieux les observer à travers la vitre teintée, en soulevant légèrement la frange d'un rideau. Mon regard passe nerveusement de la photographie aux enfants. Cette fillette à gauche, petite, plutôt forte, ce ne serait pas Marina ? Elle a les cheveux bruns, et un joli sourire, quelque chose dans son comportement la distingue des autres. Les gestes plus libres, l'attitude plus désinvolte, comme si elle ne se souciait pas que l'on voie ses jambes, entre les chaussettes et la robe... C'est peut-être elle.

– Prenez votre temps...

Dans le périscope je vise le front, puis les yeux, je jette un coup d'œil sur la photo, rapidement pour comparer l'image. Ce ne sont pas les yeux de Marina... Ce n'est pas son menton. La preuve la plus évidente, c'est que mon cœur ne la reconnaît pas non plus.

La recherche désespérée se poursuit toute la journée du samedi, et à la fin de la tournée des camps j'ai une migraine épouvantable.

Le soir, nous continuons les recherches à l'intérieur d'un parc d'attractions. Cette fois nous nous promenons à pied, les gens nous repèrent évidemment, mais tous les visages d'enfants que je croise ne me disent rien. Désespérément rien.

C'est au moment où nous remontons en voiture que la radio de la police grésille une information. On a repéré un véhicule quittant le secteur à vive allure, le chauffeur est un homme, une fillette est assise à l'avant, une autre plus jeune à l'arrière. Pourquoi un Hassid serait-il aussi pressé de quitter un lieu de vacances un samedi soir ? Sont-ils en train de faire disparaître les enfants, après nous avoir repérés ?

La chasse commence. D'autres policiers se joignent au premier véhicule qui a repéré le « fuyard ». Le numéro d'immatriculation a été relevé et l'ordinateur a fourni le nom du propriétaire de la voiture : Goldberg.

Le capitaine de police élabore un plan qui ne nous mettra pas en défaut légalement, et me permettra de dévisager les enfants de près. Nous allons intercepter le véhicule, sous prétexte que sa voiture correspond au signalement de celle d'un conducteur dénoncé pour un délit de fuite, par un témoin, moi. Ainsi je pourrai approcher les enfants au plus près.

La chasse dure quelques minutes, puis la voiture se range sur le bas-côté, après un appel de phares de la police. Tandis que deux hommes vérifient le permis de conduire et les papiers du conducteur, on me fait descendre pour examiner le véhicule. J'en fais le tour, lentement, le cœur battant à tout rompre, les deux petites filles à l'intérieur m'observent évidemment, je vois parfaitement leurs visages.

Ni Marina ni Moriah. Je fais non de la tête, les policiers remercient le conducteur, tout le monde repart. La déception est rude. Je « sens » la présence des enfants dans cet endroit. J'y crois, même sans confirmation objective. Écho a donné un itinéraire exact, nous sommes en août, les Hassidim prennent leurs vacances dans cette région, c'est évident. Il y a des enfants partout. Les miens sont quelque part ici. Nous sommes peut-être passés à quelques mètres d'une cabane de vacances où Marina, Simon et Moriah observaient le sabbat. Ils jouaient peut-être derrière des arbres, ils dormaient peut-être au moment où nous les avons approchés.

Demain dimanche nous allons recommencer. C'est notre dernière chance. Écho a bien dit : « Jusqu'à dimanche. » Cette fois, la police locale nous apporte son soutien et organise un barrage sur la route principale qui mène de New York aux Catskill. Ils vont opérer un contrôle de routine, vérifier les plaques d'immatriculation et les cartes grises, tandis que j'inspecterai les enfants. J'aurais dû porter un uniforme de la police pour faciliter l'opération, mais nous n'avons pas obtenu l'autorisation nécessaire, par manque de temps. Je vais donc faire semblant de distribuer au barrage de police des prospectus d'information sur la prévention de la drogue.

Pendant six heures, la police arrête toutes les voitures, circulant dans un sens ou dans l'autre, et distribue des amendes, pour non-présentation du permis, vignettes périmées, ceintures non accrochées, et autres infractions, tandis que je traverse la route en courant d'une voiture à l'autre et fais baisser les glaces en tendant mes prospectus... Le pire ce sont les cars de vacances, bourrés d'enfants hassidiques. Je ne peux pas tous les dévisager. Je n'aperçois les physionomies qu'au hasard des mouvements, des regards qui se tournent vers moi ou non. Je voudrais monter à l'intérieur et hurler : « Marina ! Simon ! Moriah ! Je suis Patsy ! Où êtes-vous ? »

Mais c'est impossible, impossible.

En fin d'après-midi, une voiture s'arrête au barrage comme les autres, puis redémarre aussitôt. Les gendarmes hurlent, le conducteur freine, et tout le monde se précipite. Il n'y a pas d'enfants à l'intérieur, le conducteur avait seulement mal interprété le signe d'un policier. Ce dimanche désespérant, en pleine canicule, m'a vidée de mes forces. Au terme de cette journée, je n'ai récolté qu'un méchant coup de soleil. Et un vide au cœur.

Un mois plus tard, l'inspecteur Jean Dooms de la police judiciaire belge prend l'enquête en main. L'affaire lui paraît importante, elle a fait beaucoup de bruit dans les médias. Il estime que nous n'avons pas été suffisamment aidés par la police jusqu'ici, et de plus il se sent solidaire. Dooms est père de deux grands enfants, c'est un homme énergique, dynamique, à la forme extraordinaire. Son sourire est contagieux, et il a un grand sens de l'humour.

D'emblée je le trouve sympathique, et j'ai confiance en lui. Il étudie soigneusement tous les aspects de ces six années d'enquêtes infructueuses, et s'aperçoit notamment que certaines informations ont été bizarrement dissimulées, comme si quelqu'un de haut placé dans le gouvernement ne voulait pas courir le risque de heurter la communauté hassidique. Par exemple, un informateur d'Anvers a contacté plusieurs fois la police judiciaire, sans que personne ait exploité cette piste. Pourquoi ? Dooms ne veut pas faire de vagues, il décide de continuer l'enquête discrètement, mais cette fois en toute connaissance de cause, et en récoltant un maximum d'informations sur les Hassidim. Il travaille sans prendre contact avec Chaïm, afin de ne pas se faire repérer. Pendant ce temps, notre avocat continue de parler avec Écho, et rapporte des informations que l'informateur dit parfaitement vérifiables.

– Un groupe de rabbins est venu rendre visite à Chaïm en prison. Ils ont discuté de la possibilité d'un divorce religieux entre lui et Iris Buttel. A priori, ça ne concerne pas directement notre dossier, mais c'est tout de même intéressant. Chaïm a toujours refusé d'admettre qu'il avait épousé Iris, alors que nous savons que ce mariage a eu lieu.

Écho est un indicateur de tout premier ordre. Maître Buysschaert parvient à le convaincre de rencontrer Dooms. Je n'assiste pas à cette entrevue évidemment, Dooms me la raconte :

– Nous nous sommes mutuellement testés. À la fin de notre discussion, Écho a fini par me dire : « Les enfants sont à New York. » Je lui ai demandé : « Où à New York ? Dans la ville de New York ou dans l'État de New York ? » Malheureusement il n'en sait rien.

Début novembre 1992, Dooms part aux États-Unis au Marathon de New York, sa femme l'accompagne. Il met ce voyage à profit pour mener une enquête officieuse sur l'affaire Yarden et apprend quelque chose d'intéressant. Les cartes d'identité israéliennes des enfants comporteraient un numéro codé qui les identifie comme « non-juifs ». Quiconque est familier des cartes d'identité israéliennes, et c'est le cas de n'importe quel rabbin satmar, pourrait aisément s'en rendre compte. Lorsque le rabbin Tauberg m'a demandé après l'arrestation de Chaïm de prouver moi-même que mes enfants n'étaient pas juifs, sa demande était donc parfaitement inutile, et il le savait.

Les deux policiers Tony Crook et Mike Hollander rencontrent Dooms à New York. Dooms parle mal l'anglais, mais sa femme le parle couramment et lui sert d'interprète. Le fait qu'ils s'investissent tous les deux dans notre affaire est d'une valeur inestimable. Nous ne sommes plus seuls.

Crooks et Hollander partagent les soupçons de Dooms. La communauté hassidique exerce une certaine influence sur beaucoup de polices locales. Il faut donc viser plus haut dans la hiérarchie policière américaine pour espérer obtenir de l'aide, et le FBI est l'organisation policière à laquelle nous pensons. Il y a quelques années nous avons tenté d'obtenir cette collaboration, mais en vain. Les enfants n'étant pas citoyens américains, le FBI ne pouvait pas intervenir. J'ai toujours considéré cet argument comme une fausse excuse.

Dooms pense que je n'avais aucune chance en me présentant devant le FBI en tant que simple citoyenne belge. Il a une autre idée avec laquelle Mme le procureur De Vroede est d'accord. Munis d'une pile de documents légaux, ils prennent contact ensemble avec deux agents du FBI basés à Bruxelles, chargés des affaires concernant le Benelux. Après une longue discussion, les deux agents acceptent de coopérer, mais tout de même à contrecœur... Dooms me raconte ainsi l'entretien :

– Ma femme Malou faisait l'interprète. Je me suis rendu compte au bout d'un moment que ces deux gars avaient suivi l'affaire depuis le début, en fait, et qu'ils n'étaient pas intervenus, persuadés que la famille Heymans avait suffisamment d'argent et d'influence pour agir sans leur aide. Ils savent que vous avez payé des détectives privés, que votre père a contacté des services américains de son propre chef, ça les a énervés. En résumé, voilà quel était leur sentiment. « Jacques Heymans, le père, voudra contrôler le déroulement de l'enquête ; quant à la fille, Patricia, elle n'est pas intéressante, c'est une gamine de riche, trop gâtée par sa famille. »

Ce portrait psychologique à l'emporte-pièce de mon père et de moi-même n'est pas agréable à entendre. D'autant plus qu'il n'est pas fondé. Mes parents se sont quasiment ruinés dans cette histoire. Mon père souffre maintenant de problèmes cardiaques, et ne peut plus jouer de rôle actif dans les recherches. Le comble est que son influence, ses relations d'affaires aient pu jouer un rôle négatif dans l'attitude du FBI.

Dooms a persuadé les deux agents qu'il n'intervenait pas auprès d'eux au nom de mon père. Maintenant il lui reste à trouver le moyen de les impliquer activement dans l'enquête. D'ordinaire, Dooms ne travaille pas avec des informateurs de la PJ. L'expérience lui a prouvé qu'il s'agissait trop souvent d'individus louches et avides de récompenses ou de faveurs. Mais voilà qu'un indic a transmis une information, sans relation avec notre dossier, mais qui pourrait lui servir de monnaie d'échange avec le FBI.

Il mène une enquête fondée sur le rapport de l'indic. Il y est question d'un homme, Edouard Lorenz, âgé de quarante-cinq ans, né à Endicott dans l'État de New York. On dit qu'il entretient des rapports avec les néo-nazis, qu'il aurait même accentué sa ressemblance physique avec Adolf Hitler. En 1987, il a été condamné à Stuttgart, en Allemagne, pour le viol de sa fille de douze ans. Après quelque temps de prison, il a été extradé aux États-Unis, en novembre 1988. Mais il vit à présent en Belgique et dans l'illégalité, réfugié dans une caravane à Eupen, près de la frontière allemande. L'indic prétend que lorsqu'il vivait à Richmond, en Virginie, dans un motel, il a tué sa petite fille de trois ans, Eva, et qu'il a réussi à maquiller le crime en accident.

Dooms est le seul dépositaire de cette information et il se dit qu'il pourrait livrer cet homme au FBI en échange d'une collaboration sur l'affaire Heymans... Il met deux de ses hommes sur la surveillance de Lorenz. Eupen se trouve en dehors de la juridiction de Dooms, il doit donc attendre que l'homme se trouve à Bruxelles pour pouvoir agir.

Peu de temps après, Lorenz se rend dans la capitale, comme cela lui arrive régulièrement, et il est immédiatement interpellé. Dooms lui fait subir un interrogatoire soutenu, n'obtient pas d'aveux sur la mort de l'enfant, mais une indication. L'homme prétend que sa fille est morte accidentellement, et qu'elle est enterrée dans un cimetière dont il donne l'emplacement en Virginie.

Dooms le met sous les verrous pour situation irrégulière en Belgique et rapporte l'information aux deux agents du FBI. Vérification faite, le cimetière en question ne recèle aucune tombe au nom de la petite Eva. Lorenz a donc menti. Et à Richmond, en Virginie, la police fait un lien entre une affaire classée faute d'informations et l'histoire de ce Lorenz. En janvier 1990, des chasseurs ont retrouvé dans une forêt le crâne d'un enfant qui n'a jamais pu être identifié. Ce crâne portait la trace de coups multiples. Le bureau de médecine légale de Virginie reconstitue un modèle d'argile à partir de ce crâne d'enfant. Puis, grâce aux renseignements de Dooms, on retrouve l'ex-femme de Lorenz, qui identifie la statue d'argile. Il s'agit bien de la petite Eva.

L'enquête s'est déroulée rapidement aux États-Unis, mais Dooms ne peut pas garder plus de vingt jours Lorenz en prison, sous le seul motif de séjour illégal en Belgique. Une décision administrative autorise l'expulsion. Lorenz est extradé aux États-

Unis, où il est immédiatement inculpé du meurtre de sa petite fille [1]. Il plaidera non coupable...

La stratégie de Dooms s'avère efficace. Cette affreuse histoire d'enfant élucidée par lui au bénéfice du FBI américain permet aux deux agents basés en Belgique de transmettre l'affaire Yarden au bureau du FBI concerné aux États-Unis.

C'est étrange de savoir que le destin d'une petite fille, morte affreusement assassinée par son père aux États-Unis, rejoint celui de mes enfants. Dooms est une espèce de Zorro pour moi. Il vient de réussir à obtenir ce que nous espérions depuis longtemps, l'aide du FBI.

Janvier 1993. L'agent Hilda Kogut, du FBI, étudie le dossier de Dooms. L'affaire lui a été confiée pour plusieurs raisons. Cette femme policier connaît parfaitement la région du comté de Rockland où sont localisées de nombreuses communautés satmars. Elle est également spécialiste des affaires de mauvais traitements et sévices infligés aux enfants. Pendant plusieurs mois elle a travaillé sur une affaire similaire à la nôtre, concernant un petit garçon disparu dont la mère accusait un rabbin de kidnapping. C'était en 1992.

Notre affaire est bien plus ancienne. La dernière adresse connue des enfants se situe à Monsey, où l'on sait qu'ils ont habité il y a cinq ans. Si Écho a raison, ils sont à présent quelque part dans la région de New York.

J'ai rendez-vous avec Hilda Kogut dans son bureau du FBI à Newburg, New York. En préparant mon voyage, je fais une chose que je voulais faire depuis longtemps. Puisque je dois renouveler mon visa pour les États-Unis, je vais demander au consulat américain de Bruxelles d'y inscrire le nom des enfants. Une employée zélée épluche tous les

1. Le 8 octobre 1993, Lorenz a été condamné à vingt ans de prison, pour homicide involontaire.

documents que je lui présente, et constate que je suis légalement séparée de mon mari, mais que le divorce n'a pas été prononcé. Je n'ai eu ni le temps ni les moyens financiers d'entreprendre la procédure légale, et j'étais beaucoup trop traumatisée par l'enlèvement et les recherches pour consacrer de l'argent et du temps à cette régularisation. Les difficultés commencent.

– Qui a la garde des enfants ?

– Moi.

– Vous avez l'intention de vous rendre aux États-Unis ?

– Évidemment, c'est pour cela que j'ai besoin d'un visa.

– Je suis désolée, madame, mais il nous est impossible d'accorder un visa au nom de vos enfants sans le consentement des deux parents. Nous avons déjà rencontré ce genre de cas, il y a quelques années, et depuis... c'est impossible.

Je sens l'énervement me gagner. L'absurdité de cette situation me monte au nez.

– Je suis Mme Yarden. Vous auriez dû appliquer ces mesures il y a quelques années en effet ! Quand mon mari a enlevé mes enfants, il a obtenu sans difficultés apparemment un visa pour eux. Et maintenant vous me refusez ce même visa ?

– Excusez-moi... Je vous en prie... Attendez, une seconde s'il vous plaît...

Elle va consulter son chef, tandis que j'attends fébrilement dans une antichambre. Finalement un responsable arrive, pose quelques questions, et délivre le visa demandé pour mes cinq enfants et moi-même. Marina, Simon, Moriah, Noélie et Gautier sont inscrits avec moi sur ce papier.

Me voilà assise devant une large table de conférence, répondant aux questions de l'agent Hilda Kogut et de plusieurs autres agents du FBI. J'ai un trac horrible devant ces visages sérieux, inquisiteurs, qui attendent de moi que je les motive à retrouver mes enfants. Les « motiver », c'est le conseil de Dooms avant de partir. Leur être sympathique, les convaincre de ma bonne foi, des mensonges de Chaïm. Leur décrire cette enquête de six années, douloureuse et angoissante, pendant laquelle j'ai été ballottée dans la communauté hassidique comme un bouchon sans valeur. Et puis leur dire la vérité aussi. Toute la vérité. Je me lance :

– J'ignore ce que vous allez en penser, mais je soupçonne la police de Monsey, à l'époque, d'avoir prévenu Chaïm que nous étions à sa poursuite.

Ils n'ont pas l'air étonnés du tout. L'agent Kogut sait que Monsey est une petite ville où l'influence hassidique est puissante.

– Nous allons faire des copies des photos des enfants et je vous emmène à Monsey. Nous y ferons une petite promenade touristique...

Je n'ai guère envie de faire du tourisme à Monsey, mais l'agent Kogut m'en persuade. Je me demande pendant quelques instants si elle ne cherche pas ainsi à me tester. Cette femme est mon dernier espoir après six ans d'échec. Est-ce que je lui suis sympathique ? Est-ce qu'elle me comprend ? À force de raconter mon histoire avec Chaïm, j'ai parfois le sentiment que les gens se disent : « Après tout, elle a cherché ses ennuis, qu'elle se débrouille... » j'ai tellement de difficultés à exprimer mes sentiments aux autres. Je dois leur paraître sèche, dure, rigide, alors que la douleur me détruit intérieurement depuis tant d'années.

Pendant le trajet en direction de Monsey, assise à côté de l'agent Kogut, je ne dis rien, mal à l'aise. Une obsession en tête, « motiver »... Elle conduit vite, habilement, en se faufilant dans les embouteillages. Elle me montre des écoles, des maisons hassidiques de la communauté de Monsey.

– J'ai grandi ici...

Je ne m'étais pas rendu compte qu'elle était

juive. Un visage doux. Elle est très jolie. Ses vêtements sont un peu masculins, en raison de son travail, mais elle est très féminine en fait.

– Vous voyez cette école satmar ? j'y suis allée. Autrefois on l'appelait l'école élémentaire de Monsey, à présent elle s'appelle « Beth Rochel ». Nous avons de bonnes raisons de penser que vos filles l'ont fréquentée comme moi.

Je commence à me détendre, et à lui raconter certaines des expériences insensées que j'ai vécues en marge de cette communauté. Elle a un éclat de rire joyeux et spontané. Puis elle me raconte à son tour ce qu'elle est autorisée à divulguer sur l'affaire dont elle vient de s'occuper. Le FBI a arrêté à Monsey un rabbin et sa femme, soupçonnés d'être impliqués dans l'enlèvement d'un petit garçon prénommé Shai. Au moment de cette arrestation, les agents se sont trouvés bloqués dans les rues de Monsey par une foule de Hassidim en colère. Ils ont dû sortir leurs armes pour se dégager. La femme du rabbin se servait d'un bébé de trois semaines comme bouclier pour les empêcher d'avancer.

– Personne n'a été blessé, heureusement, mais le FBI a compris à cette occasion à quel point ces gens étaient solidaires devant les étrangers.

Hilda et moi commençons à nous apprécier. En me déposant devant la maison de Sabine, elle me fait une promesse :

– Je ferai tout mon possible pour vous aider.

En retrouvant Sabine ce soir-là, je ne prête guère attention à ce qu'elle est en train de faire. Elle peint une petite figurine de terre, une vache, au pelage noir et blanc. D'habitude nous nous distrayons de cette façon après le dîner. Peindre des objets, se servir de ses mains. Avec elle, j'ai appris comment évacuer le stress.

Sabine a l'air réellement occupée ce soir, elle attend du monde, elle ne cesse de téléphoner, de faire des allées et venues, puis arrive avec des ballons de toutes les couleurs. Plongée dans mes réflexions, je ne me doute toujours de rien. Soudain j'entends les invités arriver, ils surgissent autour de moi en chantant :

– *Happy birthday to you... Happy birthday to you*, Patsy...

J'avais complètement oublié que j'avais trente-deux ans aujourd'hui ! La petite vache peinte était destinée à ma collection de figurines qui ne cesse de s'agrandir. C'est si gentil, je me sens touchée par cette attention. Sabine et Paul me soutiennent, m'accueillent depuis si longtemps. Ils savent qu'il n'y a que trois cadeaux au monde pour moi. Trois visages.

Le 23 janvier 1993. Bruxelles. Écho informe Dooms :

– Dans trois jours, à 10 heures du matin, Yarden va recevoir la visite d'un homme en prison. C'est très important. Je ne sais pas si c'est lui qui détient directement les enfants, en tout cas il est la clé qui peut vous mener à eux.

Dooms contacte les gardiens de la prison, et apprend que le visiteur annoncé est un nommé Jacobovitch. Inconnu au bataillon.

Le 26 janvier, peu avant 10 heures du matin, un taxi s'arrête devant la prison Saint-Gilles à Bruxelles. Un Hassid en descend. Il présente son passeport au contrôle des visiteurs, en déclinant son identité : Jacobovitch. Il ne remarque pas l'inspecteur Jean Dooms, derrière le garde. Tandis qu'on l'emmène dans la salle d'attente, Dooms vérifie le passeport. La seule information utile y figurant est son prénom. Aaron. Aucune adresse indiquée. Dooms fait une photocopie du passeport.

La visite terminée, Jacobovitch récupère ses papiers, sort de la prison, et s'engage dans l'avenue Ducpetiaux. Il marche d'un pas rapide, et passe devant Dooms, sans méfiance. Il est photographié discrètement au passage. Une équipe le prend en filature jusqu'à son hôtel. Des hommes planquent à proximité.

Dooms espère que ce Jacobovitch va prendre des contacts à Anvers, qu'il va rencontrer Friedman par exemple, ce qui permettrait d'incriminer l'homme d'affaires doucereux et manipulateur. Mais Jacobovitch reste seul. Vers 18 heures, il règle sa note d'hôtel, hèle un taxi pour aller à la gare. Plusieurs voitures de police banalisées le prennent en chasse, en se relayant. Il est suivi jusque dans le train par des inspecteurs en civil qui doivent abandonner la filature à la frontière des Pays-Bas.

Dooms apprend par l'hôtel que Jacobovitch a téléphoné à Amsterdam. Il a appelé un avocat qui a la réputation de demander des honoraires aussi coûteux que ses affaires sont douteuses.

À New York, Hilda Kogut a entamé la vérification systématique de tous ses contacts. Elle a fait retoucher par des spécialistes les photos des enfants afin de leur donner un aspect plus conforme à leur âge actuel. Les techniciens ont ajouté des *peyots* au visage de Simon.

Munie de ces portraits nouveaux, elle parcourt les rues de la communauté satmar, au volant de sa voiture, en scrutant chaque visage d'enfant au passage. Mais ce travail est terriblement frustrant car ils se ressemblent tous. Comment distinguer les miens, parmi la cohorte de petits Hassidim habillés de la même façon, portant les mêmes lunettes, les mêmes robes longues...

Le fait d'être une femme complique sa mission, les Hassidim n'aiment pas les femmes indépendantes...

Enfin, après six années de fausses pistes et d'espoirs déçus, la chance nous sourit. Un nouvel informateur fait son apparition dans le puzzle. Nom de code : « Samaritain ».

45

Le bon Samaritain

L'homme habite la cité de Kasho Drive, dans la communauté de Bedford Hills, comté de Westchester. Il exécute des petits travaux et des corvées ménagères, en échange d'un lit, de ses repas, et d'un maigre salaire. C'est un non-juif. Les gens avec lesquels il vit ont rompu les ponts avec les Satmars, pour fonder ici leur propre communauté. Les « Kashos » de Kasho Drive se considèrent comme encore plus religieux que les Satmars.

Samaritain a participé à l'enquête sur le petit Shai, qui a conduit à l'arrestation d'un rabbin et de sa femme. Il avait entendu un jour à la radio la mère de l'enfant lancer un appel suppliant pour retrouver son fils. Samaritain ayant vu un enfant débarquer dans la communauté, et ressemblant à la description du disparu, en a informé le FBI. Son information n'a pas mené directement à l'enfant, mais il a parlé également à ce moment-là de trois autres enfants dont il avait remarqué la présence. Deux filles et un garçon, d'origine européenne, vivant dans la maison de Herschel et Rachel Jacobovitch. Les Jacobovitch ont déjà onze enfants. L'information formidable que Samaritain a récoltée à leur sujet concerne le petit garçon : il a dit que son père était en prison en Belgique !

Samaritain, qui était en contact jusque-là avec un autre agent du FBI, se retrouve dans la liste des informateurs de Hilda Kogut. Elle recoupe ses informations avec celles de Jean Dooms, et il apparaît que le mystérieux visiteur de Chaïm à la prison Saint-Gilles de Bruxelles est le frère de ce Herschel Jacobovitch de Kasho Drive.

Hilda Kogut n'avait jamais entendu parler de cette communauté, plus satmar que les Satmars eux-mêmes. Kasho Drive est une cité qui se trouve à une demi-heure de voiture de Monsey. Hilda va immédiatement y enquêter sur place et remarque qu'il n'existe qu'un seul accès possible à la cité. On y entre et on en sort par la même voie. Impossible de ne pas se faire remarquer. Elle roule au ralenti en faisant semblant de chercher son chemin.

La cité a été construite au temps des grands travaux de l'administration Roosevelt. Toutes les maisons se ressemblent un peu, et Hilda cherche à repérer celle des Jacobovitch, lorsqu'un Hassid au visage soupçonneux vient s'enquérir de ce qu'elle fait là.

– Je me suis perdue... je cherche... le 2027 de...

L'adresse n'existe pas bien entendu, l'homme lui confirme qu'elle s'est trompée, et indique la direction de la sortie.

Plusieurs semaines s'écoulent, Hilda et d'autres agents du FBI se lancent dans une série de techniques de recherche discrètes. Ils sont certains de pouvoir investir Kasho Drive par un commando, mais n'ont pas encore la preuve matérielle que les enfants s'y trouvent.

Et je me ronge toujours d'impatience à Bruxelles. Dooms me dit de ne pas m'inquiéter, que l'affaire progresse, qu'il ne peut pas me donner tous les détails... mais qu'il se passe des choses... La seule certitude à laquelle j'ai droit pour l'instant, c'est que le FBI a trouvé quelqu'un qui sait peut-être où sont les enfants. Je ne sais pas où, ni ce que fait Hilda. Le mystérieux FBI est au travail. On ne dérange pas. Il est très difficile, pour nous qui avons pris en charge personnellement les recherches depuis six ans, de ne plus être tenus au courant de rien...

Mais j'ai l'impression que quelque chose est sur le point d'aboutir. Mon esprit me le dit, mon cœur refuse de l'espérer. J'ai trop peur d'une nouvelle déception. Je préfère conjurer le mauvais sort. Ne pas y croire, pas trop. Prendre cette information que Dooms me donne au compte-gouttes avec un recul suffisant. Et pourtant, c'est une manière pour lui de me préparer, de NOUS préparer, Walter et moi, à l'imminence du retour. Marina, Simon et Moriah vont intégrer une famille qui inclut déjà Noélie et Gautier.

J'ai dit à Walter que j'irais chez le gynécologue à la fin de la semaine, pour me faire poser un stérilet. Ce n'est pas exactement le bon moment pour être enceinte. En sortant du cabinet médical, je n'ai toujours pas de stérilet. Ce n'est plus la peine. Le médecin vient de m'apprendre que j'aurai un bébé en décembre 1993. Un nouveau membre de la famille s'est installé, il attend tranquillement, et au chaud, la suite des événements.

Pendant ce temps, le FBI a demandé au Samaritain de se risquer à faire des photos des trois enfants qu'il a signalés à Kasho Drive. Mais cela, je l'ignore encore. Dooms ne dit qu'une chose :

– Il se passe des choses... Ça progresse... Je ne peux pas tout vous dire... Tenez-vous prêts.

Patsy, mère de famille nombreuse, tiens-toi prête.

46

Le récit des enfants

15 avril 1993

RACHEL.

Hier je suis restée à la maison parce que j'avais de la fièvre. Alors aujourd'hui je suis allée chez ma copine Esther, pour savoir ce que je devais étudier. Elle m'a montré les pages du livre de prières que je dois apprendre. Après, j'ai quitté sa maison et, dehors, je me suis retournée pour lui sourire. C'est à ce moment-là que l'homme a pris une photo. Mme Jacobovitch a toujours dit : « Ne laisse jamais personne te prendre en photo. » Mais l'homme m'a dit gentiment qu'il voulait montrer à ses parents l'endroit où il travaille. D'ailleurs ça m'est égal.

JOSEPH.

J'étais dans le yeshiva avec mon ami Yoely. La semaine prochaine il doit faire sa *bar mitzva* ici. L'homme qui fait le ménage est venu et il nous a dit qu'il voulait faire des photos pour sa mère, parce qu'elle était très malade. J'ai mis mes mains dans mes poches, et Yoely et moi on a souri pour la photo de sa mère. Quand M. Jacobovitch l'a su, il nous a dit :

– Il ne faut jamais faire ça.

20 avril 1993

SARAH.

Mme Jacobovitch m'a dit d'aller à la yeshiva pour aider à préparer la *bar mitzva* de Yoely. Je devais mettre des nappes sur les tables, et balayer toute la salle. Je tenais le balai, lorsqu'un homme est entré en disant qu'il voulait prendre Yoely en photo. Je me suis mise sur le côté, près d'une fenêtre, pour ne pas être sur la photo, mais je crois que j'y suis quand même.

Les journaux juifs racontent que certaines personnes, qu'on appelle le FBI, nous causent des ennuis. À cause d'un garçon qui s'appelle Shai, et les gens ici sont très mécontents. J'ai peur de ce FBI. Une nuit j'ai fait un cauchemar, il se passait plein de choses bizarres. Les gens de ce FBI entraient dans la maison, ils me chahutaient et se moquaient de moi. Ce rêve m'a rendue très nerveuse. Quelques jours plus tard, j'ai encore fait le même cauchemar, et j'ai eu très peur, parce que quelqu'un m'a dit que si on fait plusieurs fois le même rêve, c'est qu'il va se réaliser.

47

Le grand départ

Les photographies en couleurs du Samaritain ressemblent étonnamment aux portraits réalisés par les artistes du FBI d'après les anciennes photos de Marina, Simon et Moriah. Je constate, avec un énorme soulagement, que les enfants n'ont pas subi d'opérations de chirurgie esthétique. Avec ces photographies, et les informations du Samaritain, le FBI a maintenant suffisamment de présomptions pour pouvoir agir. Mais ils ne veulent pas encore passer à l'attaque... Ils espèrent d'abord retrouver la trace du petit Shai, dans cette communauté de Kasho Drive. Lorsque Jean Dooms en est informé, il fonce à l'ambassade américaine de Bruxelles, pour exiger que le FBI passe immédiatement à l'action.

– Chaque jour qui passe nous fait courir le risque que les enfants disparaissent à nouveau. Cela s'est déjà produit, cela peut recommencer. Il faut agir maintenant !

Mercredi 5 mai 1993

J'ai des nausées. Tous les désagréments habituels des débuts de grossesse me tombent dessus en cascade. Les jambes gonflées, les médicaments contre la nausée qui donnent soif, dessèchent la bouche. Je suis abominablement nerveuse. Je m'occupe de Noélie et de Gautier en parcourant la maison de long en large. Walter est à son travail.

Le téléphone sonne, mais la ligne est si mauvaise que je n'entends rien, et suis obligée de raccrocher. Cela arrive souvent quand on m'appelle de l'étranger. Je ne sais pas qui rappeler, puisque je n'ai même pas entendu la voix du correspondant. Dieu sait pourquoi je me dis soudain : Hilda Kogut. Je fais le numéro de son bureau de New York, cette fois la ligne est convenable.

– C'est vous qui cherchez à me joindre ?

– Oui. Dieu merci, vous me rappelez. Patsy... j'ai des nouvelles, de bonnes nouvelles.

Elle est surexcitée, et ma main tremble sur le combiné.

– De très très bonnes nouvelles, Patsy... Nous avons localisé les enfants !

Je sens mes jambes se dérober sous moi. Il faut que j'aille m'asseoir quelque part.

– Hilda... je dois raccrocher. Je vous rappelle dans quelques minutes.

Je m'effondre sur le canapé. Assommée. Dooms avait bien dit qu'ils étaient près du but, mais j'ai peur d'y croire. Je n'y croirai que lorsqu'ils seront là tous les trois, à côté de moi.

Calme. Répit. Je prends une grande respiration, mais mes doigts tremblent encore en refaisant le numéro de Hilda. Les mots se bousculent, j'ai du mal à parler. D'ailleurs c'est elle qui parle.

– Il faut agir très vite maintenant. Laissez tout tomber, il faut nous rejoindre dans les vingt-quatre heures. Vous pouvez partir aujourd'hui ?

J'ai tous les horaires d'avion en tête, depuis le temps que je traverse l'Atlantique.

– Aujourd'hui non. Demain il y a un vol. Je n'arriverai pas chez vous avant demain après-midi. Heure de New York.

– Je préviens Dooms. Il faut qu'il soit présent,

en tant que représentant officiel de la police judiciaire belge. La procédure, ici, risque de prendre du temps. Il faut que vous prévoyiez deux ou trois semaines d'absence. Maintenant il faut me promettre une chose très importante. Ne rien dire à personne. PERSONNE, vous comprenez Patsy ! Pas même à votre famille.

– Il faut au moins que je le dise à Walter ! Il s'agit de sa vie à lui aussi !

– D'accord. Mais à personne d'autre. Pas même à vos parents ! Même sans le vouloir, quelqu'un risquerait de tout flanquer par terre...

Je suis d'accord avec elle. Les ravisseurs ont prouvé plus d'une fois qu'ils savaient presque tout de nos faits et gestes, comme s'ils devinaient nos intentions, enregistraient nos paroles. Je ne veux pas courir le risque qu'il y ait des fuites. Et puis si, par malheur, je ne ramenais pas les enfants, le silence aura protégé tout le monde. Trop d'espoirs déçus nous ont bouleversés. Surtout mes parents. Mon père est fragile, je ne veux pas qu'il se sente obligé de voyager avec moi. Et il y tiendra. Or je veux y aller seule. Je serai plus forte, seule. Je suis incapable d'affronter de violentes émotions lorsque des personnes qui me sont proches m'entourent.

Dooms m'appelle quelque temps plus tard, de son bureau à Bruxelles. Nous réservons des places sur le vol du lendemain à midi pour New York. Il est 4 heures de l'après-midi et j'ai une montagne de choses à régler. J'ai besoin d'argent liquide, mais les banques sont fermées. Il faut trouver quelqu'un qui puisse garder Noélie et Gautier. Je dois faire leurs valises et la mienne. La sécheuse est en panne, après la lessive je dois porter les vêtements des enfants à sécher chez une amie. Dès que je commence quelque chose, une autre idée vient détourner mon attention. Les deux petits m'empêchent de me concentrer. Si bien que lorsque Walter rentre à la maison, il me trouve en proie à une panique totale. Je lui lance tout de go :

– Walter, il faut que je parte aux États-Unis. J'ai reçu un coup de fil. Il ne faut en parler à personne !

Il me prend par les épaules, m'oblige à m'asseoir sur le canapé, et à me détendre quelques minutes.

– Bon. Maintenant explique-moi. Calmement. De quoi ne faut-il parler à personne ?

Mon récit des événements est complètement chaotique. Pendant qu'il s'occupe de Noélie et de Gautier, il me répond calmement, remet les informations dans l'ordre. Il m'aide à faire les valises, à m'organiser efficacement.

Puis arrive un nouveau coup de téléphone de Dooms. Il a des problèmes. Pour pouvoir m'accompagner aux États-Unis légalement, il a besoin de toute une panoplie d'autorisations. Normalement, il faudrait une semaine. Il espérait que compte tenu de l'urgence de la situation, on lui délivrerait tout cela rapidement. Mais il craint d'avoir besoin de plusieurs heures demain matin avant de pouvoir partir. Il attend l'autorisation signée du ministre de la Justice en personne. S'il est prêt il m'accompagnera, sinon il prendra l'avion suivant. Mon vol, le dernier avion à destination de Chicago, part à 1 heure de l'après-midi. De là, je devrai prendre un autre avion, pour rejoindre Newburg.

Je téléphone évidemment à Sabine aux États-Unis pour la prévenir de mon arrivée, sans rien révéler de l'urgence de la situation. Pauvre Sabine, elle aurait tellement aimé savoir... Puis je prends rendez-vous chez l'obstétricien à Bruxelles, pour le lendemain matin, de bonne heure. Il est nécessaire qu'il m'examine avant de partir, je ne sais même pas dans combien de temps je pourrai revenir.

Mentir à maman, pour lui demander de garder les deux petits. C'est compliqué. Je réfléchis un moment en silence sur le canapé. Je dois contrôler ma voix, ne pas laisser passer plus d'énervement qu'à chaque fois que je vais aux État-Unis.

– Le FBI m'a demandé de passer trois semaines là-bas, tu peux garder les enfants, maman ?

– Évidemment.

Mentir à papa qui veut savoir pourquoi je pars trois semaines.

– Je ne sais pas. Ils m'ont juste demandé de venir le plus tôt possible... je verrai bien sur place.

Mon père est sceptique. Il sait bien que le FBI ne me demanderait pas pour rien de venir aux États-Unis aussi vite. Il comprend qu'il se passe quelque chose d'important, et essaie de me tirer les vers du nez.

– Tu vas encore dépenser beaucoup d'argent, alors que ces gens ne t'ont rien dit de concret?

– Je sais, papa. Mais le FBI est un appui important, je ne veux pas risquer qu'il se désintéresse de nous. Si on perd sa collaboration, c'est fichu.

Mon père a raccroché, sans insister davantage. Il a dit à ma mère :

– J'ai l'impression que c'est le dernier voyage de Patsy aux États-Unis...

C'est le soir. Nous chargeons les valises dans la voiture. Walter et moi nous discutons une grande partie de la soirée de la meilleure manière de préparer Noélie et Gautier à l'arrivée de leurs aînés. Ils sont jeunes encore, suffisamment pour que la transition se fasse sans trop de heurts. Ce sera plus facile pour eux. Mais comment Marina, Simon et Moriah vont-ils s'adapter à leur nouvelle existence? Là, c'est le grand mystère. Walter dit qu'il me faudra beaucoup de patience, du temps. Je vais sans doute passer plusieurs semaines là-bas avec eux, d'après ce qu'a prévu Hilda. J'aurai le temps de leur raconter. De me raconter. De raconter Walter, et leurs petits frère et sœur. J'ai une trouille bleue. Impossible de dormir plus de deux heures d'affilée. Une vraie pile électrique.

Jeudi 6 mai

Tenue de voyage habituelle. Chemisier de coton et salopette en jean. Sabine m'a souvent dit qu'elle ne m'imaginait pas habillée autrement. C'est une question de confort. Ma tenue de route en quelque sorte, et la route a été longue.

7 heures du matin, je quitte seule la maison de campagne pour Bruxelles, je dépose les enfants chez maman, je vais ensuite à l'aéroport, afin d'être la première à enregistrer mes bagages et d'essayer de réserver un siège à côté du mien pour Dooms. S'il arrive à partir.

Puis c'est la visite chez le médecin. Tout va bien, si l'on excepte les nausées habituelles du matin. Puis, c'est la banque, puis Danièle, la sœur de Sabine. Elle doit me conduire à l'aéroport pour m'éviter de laisser ma voiture au parking pendant des semaines... Je suis en retard, ou alors elle m'a oubliée, panique, demi-tour, la voilà.

En route vers l'aéroport, elle m'interroge :

– J'ignore pourquoi. Le FBI m'a dit de venir, c'est tout ce que je sais.

Elle non plus n'est pas dupe. Il ne s'agit pas d'un voyage comme les autres c'est écrit sur mon visage. Le simple fait que nous devions nous arrêter pour faire le plein d'essence me met dans un état volcanique. Les quelques minutes me paraissent des heures. Le moindre détail prend des proportions démesurées. J'ai l'impression d'avoir pris le départ d'un marathon interminable. Et ce bébé nouveau. Le médecin dit que tout va bien, mais le stress que je subis, qu'il va forcément subir avec moi, va-t-il le supporter ?

J'arrive à la porte d'embarquement au moment où les passagers s'installent déjà à bord de l'appareil. Dooms m'attend. C'est un soulagement énorme. L'avion de l'American Air Lines s'envole pour Chicago à 13 heures. Pas de retard prévu. Je suis rompue de fatigue. Fort heureusement, il y a peu de monde, et je peux m'allonger sur des sièges vides. Dooms me regarde faire.

– Je suis incapable de soutenir une conversation. Je vais dormir.

Dormir... Je ferme les yeux. Le sommeil me gagne, et j'ai l'impression de sombrer dans un gouffre obscur et sans fond. Puis un petit bruit me réveille, j'ouvre les yeux. Le sommeil revient, à nouveau le gouffre... Et encore un petit bruit...

Excitation et appréhension luttent en moi. Trois petits étrangers. Vont-ils se souvenir de Patsy? Comment ont-ils perçu les mensonges à mon sujet? Je suis une mauvaise mère, je suis morte... Vont-ils me croire? Me faire confiance? Quelle sera la plus grande difficulté? Le fait qu'ils m'aient complètement rayée de leurs esprits? L'existence de Noélie et Gautier? Et du futur bébé?

J'ai peur pour le bébé. Je deviens lugubre. Tout d'un coup je me dis: « S'il survit à tout cela... »

J'essaie de lire, j'essaie de regarder le film. Je passe mon temps à aller aux toilettes. À l'arrivée je suis encore plus épuisée qu'au départ. Une heure à attendre pour la correspondance entre Chicago et Newburg. Je me sens réellement mal. Des élancements dans les jambes. Une nervosité qui me submerge, et me rend maussade, agressive.

Tout m'irrite. Les gens, les choses avancent au ralenti. Les hôtesses prennent leur temps pour ranger les bagages, les moteurs démarrent mollement. L'avion se traîne comme un escargot sur la piste, l'attente est interminable au décollage. Il va falloir rester dans cette carlingue surchauffée quarante-cinq minutes en supportant l'odeur de kérosène qui me soulève le cœur.

Mon visage est tout rouge, gonflé, je me sens moite. J'ai la sensation permanente que je vais tomber dans les pommes. Je fais une fixation sur l'enfant que je porte. Avec la fatigue du voyage, le stress, la chaleur, il y a 99 % de chances pour que je le perde. Si je perds cet enfant au moment où je retrouve les autres, est-ce que je ne vais pas leur en vouloir de ce nouveau malheur ? Si j'ai une hémorragie, que faire ? Qui a la priorité ? Lui ou les autres ? Mes trois enfants pour lesquels je me suis battue depuis tant d'années ou ce pauvre bébé que je ne pourrai peut-être pas tenir dans mes bras ?

Dooms me regarde avec inquiétude. Pour résister au malaise, j'ai incliné mon siège, mais l'hôtesse veut que je le redresse au décollage. J'obéis, mais la nausée revient aussitôt. Il s'ensuit une lutte acharnée entre elle et moi. Dès qu'elle tourne le dos, je rabaisse le dossier, dès qu'elle me voit, elle m'enjoint de le redresser.

Finalement elle lâche :

– Madame ! Nous décollons dans cinq minutes !

– Vous pourriez me laisser tranquille ?

J'ai parlé bas mais sur un ton agressif.

– Je sais qu'on décolle dans cinq minutes ! Donc je peux rester allongée cinq minutes ! Je suis enceinte, et je ne me sens pas bien. Je redresserai ce siège quand on décollera. Maintenant n'y touchez plus. Et fichez-moi la paix !

Ça va un peu mieux. Dooms me sourit, les sourcils en accent circonflexe. Il doit se dire qu'il ne fait pas bon s'attaquer à Patsy.

Il est près de 18 heures lorsque nous atterrissons enfin à Newburg. Sabine m'attend à l'arrivée, mais il y a aussi Hilda Kogut et son patron, qui dirige le bureau du FBI à Newburg, Ken Maxwell. Mon amie comprend qu'il se passe quelque chose d'exceptionnel, car je ne sais même pas si je dois la suivre elle, ou les agents du FBI. En fait Hilda nous a réservé, à Dooms et à moi, deux chambres dans un motel de Tarrytown, non loin de Kasho Drive. Tarrytown... Incroyable ! Chaque fois que j'ai pris le train de Beacon à New York, je suis passée à Tarrytown. Le train s'y arrête. J'étais si près de mes enfants à chacun de ces arrêts. Des dizaines et des dizaines de fois, je les ai frôlés... La peur revient comme une déferlante. Peur de l'émotion qui m'attend.

Sabine est déconcertée, et moi aussi. Elle croyait que j'allais m'installer chez elle comme d'habitude. Hilda me voit tellement hésitante à ce sujet qu'elle décide de m'emmener d'abord avec Sabine au bureau du FBI, pour se donner le temps de nous convaincre du bien-fondé de son organisation : il faut que je m'installe au motel avec Dooms. Que je sois proche de l'endroit où l'on a localisé les enfants. Elle ne donne pas plus de détails, mais Sabine comprend avec enthousiasme. Elle me serre dans ses bras, tout en sachant que je n'aime pas les contacts physiques.

– Tiens-moi au courant... c'est formidable !

Je suis toujours embarrassée face à ce genre de manifestation. Embarrassée mais émue d'être l'objet d'une telle affection.

Sabine partie, nous nous mettons au travail. C'est simple. Il y a tout lieu de penser que ce sont bien mes enfants qui sont dans cette maison de Kasho Drive ; à partir du moment où je les aurai identifiés formellement, le FBI pourra agir très tôt demain matin. Mais Maxwell, le patron local, me met en garde.

– On ne sait jamais. Quelque chose peut aller de travers, par exemple l'un des enfants peut ne pas être là...

L'obligation de servir de traductrice à Dooms dont l'anglais a de grosses lacunes m'aide à me concentrer. Maxwell parle un tout petit peu le français, mais pas Hilda. Pour se faire pardonner, elle offre à Dooms une casquette de base-ball du FBI. Ils sont tous excités, heureux d'anticiper l'action. Vient le moment où Hilda explique comment le Samaritain a pris des photos des enfants. Puis elle me tend tout à coup, très professionnelle, grave, des tirages en couleurs de 15 × 22, en disant :

– Reconnaissez-vous ces enfants ?

Je suis paralysée. Les dernières images que j'ai d'eux remontent à quatre ans et demi, les photos prises devant la Maison-Blanche. Est-ce que je vais les reconnaître ? Pendant quelques secondes il m'est impossible de poser les yeux sur ces photos. Je compte intérieurement : un... deux... trois... et je saute dans le vide !

Devant moi, le décor d'une pièce aux murs en aggloméré peints de blanc et de brun. Sans autre décoration. Deux fenêtres sans rideaux, protégées par un grillage tordu. Un radiateur ancien. Quatre tables recouvertes de nappes en plastique blanc. Des tranches de fromage et de brioche dans des assiettes en carton.

Une fille se tient près de la table du centre. Elle porte une blouse à carreaux, des manches longues, un col haut. Ses cheveux bruns sont tirés en arrière. Elle a l'air trop raide et digne pour son âge, mais elle sourit. Et ce sourire lumineux qui éclaire tout, c'est Marina. Marina. Je n'ai aucun doute.

Je me concentre sur la deuxième photo, prise en extérieur. Une petite fille vêtue d'une longue robe à fleurs bleues, à manches longues et au col haut. Elle traverse une rue, en regardant droit dans l'objectif. Le sourire aux lèvres, un grand livre sous le bras. J'aperçois deux grosses chaussures noires sous la robe, et des chaussettes ou des collants noirs. Je n'ai aucun mal à reconnaître Moriah.

C'est la troisième photo qui me rend songeuse. Je la regarde beaucoup plus longtemps. Le petit garçon se tient devant deux longues tables sur tréteaux, nues, dans la même pièce que Marina. Il a un visage rond, un début de double menton. Le crâne est presque rasé sous la *yarmulke*, les *peyots* longs et bouclés tombent sur ses épaules. Un regard vif, tranchant, brille derrière les lunettes. Il porte une chemise écossaise bleu et blanc, boutonnée jusqu'au cou, et un pantalon noir. Il me paraît gras, pâle et triste comme s'il n'avait pas vu le soleil depuis longtemps. J'ai peur. Une nouvelle vague d'émotion me submerge. Comme pour les autres photos j'ai d'abord regardé la silhouette, le décor, avant de me concentrer sur le visage. Reste calme, Patsy. Calme. Compte, un... deux... trois... Vas-y regarde !

Je regarde longuement. L'officier du FBI reste silencieux. Hilda me fixe. Dooms me fixe. Ils retiennent leur souffle, tandis que je m'entends dire enfin :

– C'est Simon.

À partir de cet instant j'écoute le déroulement du plan d'intervention d'une oreille détachée. Je n'en peux plus. L'épuisement et le choc de ces photos m'ont achevée.

À 4 h 30 le lendemain matin, Dooms assiste avec des policiers locaux à une réunion au bureau de la police d'État de New York à Tarrytown.

Les « Kashos » se lèvent tôt le matin. Les enfants se préparent pour l'école, les hommes vont travailler ou étudier les textes sacrés, les femmes s'attellent aux tâches journalières. Il faut investir la cité pendant que les gens dorment encore. Il y aura un grand nombre d'agents sur place, pour éviter toute échauffourée, ils prendront toutes les précautions possibles lors de l'intervention. Les enfants sont déjà traumatisés par les mouvements d'une famille à l'autre depuis six ans et demi. Leur « capture » doit se faire en douceur.

Un repérage aérien a eu lieu. La rue est en cul-de-sac, les véhicules de police pourront facilement en bloquer l'accès. Maxwell va téléphoner aux Jacobovitch, depuis une voiture avant l'intervention. Il leur dira que la maison est cernée. S'ils ne répondent pas au téléphone, ou s'ils tentent de résister, alors la police entrera de force. Dooms, en qualité de policier belge, ne peut pas prendre part au raid. Il est observateur.

Si tout se passe bien, un agent viendra me rejoindre dans le hall du motel, où j'attendrai.

– Vous devrez vous y trouver à 6 h 30. Mais l'agent vous rejoindra peut-être plus tard. Nous ne pouvons pas savoir combien de temps va durer l'opération.

– On ne sait jamais... quelque chose pourrait marcher de travers...

Je ne tiens plus ni debout, ni assise. Mais ce n'est pas fini. On m'explique la procédure d'ordre psychologique. Un employé du ministère de la Santé de New York sera présent pour examiner les enfants sur place. Ils seront ensuite emmenés au bureau du FBI de New Rochelle. Là, une infirmière et trois assistants sociaux du comté de Westchester prendront soin d'eux. Deux femmes pour Marina et Moriah, un homme pour Simon. Je ne les verrai que beaucoup plus tard. Des experts juridiques des deux pays enclencheront immédiatement les procédures légales.

– Cela pourra prendre deux ou trois semaines. Nous avons prévu une « planque » pour les enfants et vous pendant ce temps.

Tout cela me semble irréel. Je vais devoir attendre toute seule dans un motel, jusqu'à l'aube. Je n'ai pas le choix. Le raid va bouleverser les enfants, ils auront besoin de temps pour comprendre ce qui se passe, s'adapter à la situation, les professionnels sont là pour ça. Laisse faire les professionnels, Patsy. Tu ne peux pas, de toute façon, leur sauter dessus sans prévenir. Tu ne peux pas faire grand-chose. Sinon attendre.

Maxwell nous conduit au motel de Tarrytown, en bordure de l'autoroute. Dooms va dans sa chambre, moi dans la mienne. Ai-je dit quelque chose à Dooms ? Je ne m'en souviens pas. J'ouvre la fenêtre pour avoir de l'air frais. Je suis incapable de dormir dans une pièce fermée. C'est le seul geste réflexe dont je suis capable. Mon corps ne sait plus comment bouger, se lever, s'asseoir, marcher, regarder, entendre, écouter. Il m'est étranger, il est en plomb, ma tête aussi.

48

Le récit de Sarah

J'ai très mal au dos. Je l'ai dit à Mme Jacobovitch, mais elle ne me croit pas. Elle a crié :

– Retourne dans ta chambre ! Je ne veux plus te voir avant que tu aies demandé pardon !

Je ne sais pas ce qui se passe. J'ignore ce que j'ai fait de mal. Alors je reste dans ma chambre jusqu'à l'heure du repas. Elle est très fâchée contre moi, mais je ne veux pas demander pardon sans savoir ce que j'ai fait de mal. Elle me demande :

– Combien de temps ça va durer ?

– Jusqu'à ce que vous m'ayez dit ce que j'ai fait.

– Tu sais très bien ce que tu as fait !

– Si vous savez ce que j'ai fait, alors dites-le-moi, et je vous demanderai pardon.

– Non. Il n'en est pas question. Retourne dans ta chambre !

Je trouve ça vraiment stupide. Je me dis : si c'est comme ça, je vais rester ici jusqu'à ce que je meure ou que j'arrive à me sauver. Demain j'ai une interrogation écrite très importante, je dois mettre mon réveil à sonner à 4 h 30 pour me lever et réviser mes leçons.

49

Vendredi 7 mai 1993

J'ai réussi à m'endormir vers 1 heure du matin, d'un sommeil léger et agité, en me réveillant par intermittence. Mais à 2 heures je suis complètement réveillée. J'entends le ronronnement du petit réfrigérateur dans la chambre. Le grondement de la circulation sur l'autoroute s'engouffre par la fenêtre ouverte sur cette nuit infernale. J'essaie de lire, sans parvenir à me concentrer sur une phrase. J'ai beau essayer de me dire : Dors, dors Patsy, la nuit est encore longue, tu as besoin de repos, demain sera dur, je ne cesse de me retourner dans tous les sens. Je regarde l'horloge, ma montre, chaque seconde de la trotteuse est une heure, chaque minute une éternité. J'ai une jambe complètement engourdie, et finalement je préfère me lever et marcher dans la chambre de long en large. Enfin j'ai une nausée. Je vais prendre une douche.

Je m'endors. Je me réveille. Je dors à nouveau. J'ouvre encore les yeux, et tout à coup il est 4 h 30 du matin. C'est parti cette fois. Ils sont en route. Je n'ai qu'à les suivre mentalement. 4 h 45 : ils se rassemblent. 5 heures : ils sont prêts. 5 h 15 : ils approchent de la maison des Jacobovitch.

Je commence à faire ma valise. 5 h 25, la maison est cernée. Maxwell est dans une voiture banalisée, il va bientôt composer le numéro de téléphone.

5 h 30, la sonnerie retentit chez les Jacobovitch. Quelqu'un a-t-il décroché ? Parle-t-il avec Maxwell ? Et si les enfants ne sont pas là ? S'il en manque un ? ou deux ? ou les trois ? Marina, Simon et Moriah vont-ils se mettre à pleurer ? Refuser de suivre les agents du FBI ? Quelqu'un va-t-il crier ? Menacer ?...

Arrête, Patsy. Arrête !

Je compte, un... deux... trois... quatre... cinq...

Pendant ce temps Jean Dooms, installé à l'arrière d'une voiture de police garée dans Kasho Drive, observe la scène. Il voit Hilda Kogut avancer vers la maison. Une quinzaine d'hommes la cernent et surveillent les alentours. Certains sont armés de mitraillettes.

Un agent suit Hilda, équipé d'une petite charge de plastic au cas où il devrait forcer la porte close. Les autres attendent. Deux hommes pour accueillir Simon, choisis parce qu'ils ont chacun un fils de son âge. Et des femmes pour Marina et Moriah. Dooms est nerveux. À 5 h 30 précises, Maxwell décroche le téléphone de sa voiture, compose le numéro et laisse sonner plusieurs fois. Dooms regarde fixement la porte.

Moi je ne vois plus rien dans ma tête. Ils agissent. Ils observent. Je les envie. C'est le jour le plus long de ma vie.

Et je suis mise à l'écart pour l'instant. À toi de vivre cela comme tu peux, Patsy.

50

Le récit de Sarah

J'ai allumé la petite lampe pour réviser mon interrogation. Il fait encore noir dehors. Soudain, j'entends un bruit. Je regarde par la fenêtre et je vois beaucoup de voitures de police. Je comprends qu'elles sont là pour nous. Mon rêve est devenu réalité. J'entends sonner le téléphone, mais je ne sais pas quoi faire. Je me décide à aller répondre, mais d'abord il faut que je couvre mes jambes. Je me dépêche de mettre mes collants, mais je me presse trop, et je les enfile à moitié. Je me précipite dans l'escalier, et je me prends les pieds dans les collants qui traînent dans mes pieds, comme une longue queue. Je trébuche et j'atterris en bas, complètement étourdie. Je reste allongée quelque instants, très contente d'être encore en vie.

Le téléphone continue de sonner, je me relève pour aller vers l'appareil, en me dandinant, et je trébuche à nouveau sur mes collants. Je tombe sur le tapis cette fois, mais je me fais quand même un peu mal. Je prends le téléphone :

– Allô ?

Un homme demande à parler à M. Jacobovitch, mais je connais la règle. Il est interdit de le réveiller, sauf si c'est très urgent. Alors je demande :

– C'est important ?

L'homme insiste et me dit :

– Je veux parler à votre père.

Je ne sais pas quoi faire.

Je repose le téléphone, je monte au premier étage réveiller M. Jacobovitch. Je lui dis de regarder par la fenêtre. Il voit comme moi toutes les voitures de police. Il a les yeux effrayés comme s'il arrivait quelque chose de grave, et il descend au rez-de-chaussée. Moi, je cours me réfugier dans ma chambre. Je me mets sous la couverture et je fais semblant de dormir, mais j'entends quelqu'un qui frappe à la porte d'entrée.

51

Où sont les enfants belges ?

Tous les habitants du quartier de Kasho Drive ont remarqué immédiatement la présence de la police. Ils se rassemblent dans les rues, le visage menaçant. Ils sont bientôt très nombreux. Dooms commence à craindre que les choses ne tournent mal. Hilda Kogut se demande le cœur battant ce qui se passe derrière cette porte. Avant d'avoir recours à la charge de plastic, elle utilise la méthode la plus simple, frapper. Un moment plus tard, Herschel Jacobovitch l'entrouvre, jette un regard furtif à Hilda, qui devine d'autres visages derrière les rideaux du premier étage. Elle se présente :

– Hilda Kogut, agent du FBI.

Jacobovitch ouvre la porte en grand, il est vêtu d'une chemise de nuit blanche sous laquelle on devine un ventre proéminent, et d'où émergent deux jambes maigres, les *peyots* bouclés, d'un brun roux, pendillent de chaque côté de son bonnet de nuit.

Maxwell pose la question dont il a pesé soigneusement chaque mot :

– Où sont les enfants belges ?

– Ils sont ici.

Jacobovitch a répondu immédiatement et s'écarte pour laisser entrer les agents. Il se dirige vers son bureau avec Hilda Kogut et Maxwell. Ils lui montrent le mandat de perquisition les autorisant à entrer dans sa maison pour rechercher les enfants. Jacobovitch n'offre aucune résistance, il ne proteste même pas. Il les conduit lui-même au premier étage, en disant qu'il savait qu'un jour ou l'autre des gens viendraient les chercher.

Jean Dooms qui attend dans sa voiture regarde sa montre. La trotteuse fait le tour du cadran avec une lenteur terrible, puis entame un autre tour. Des gouttes de sueur perlent sur son front. Soudain la radio de la police se met à grésiller, une voix dit :

– C'est bon ! On a les enfants !

Dooms essuie une larme au coin de ses yeux.

52

Le récit des enfants

RACHEL.

Je suis encore au lit en train de dormir, quand j'entends beaucoup de bruit dans la maison. Il fait nuit dehors, mais je vois des lumières brillantes, je sais que ce sont des lumières de voitures de police. Je me sens nerveuse. J'essaie de ne pas avoir peur. Mais je sais bien, au fond, que les voitures sont là à cause de nous. Je sais que je ne suis pas la fille des Jacobovitch. Je sais que Sarah est ma vraie sœur, et Simon mon vrai frère. Pas les autres. Mais nous n'avons jamais le droit d'en parler.

La porte de ma chambre s'est ouverte, une femme que je ne connais pas vient vers mon lit, elle dit :

– Bonjour, ma petite fille. Est-ce que tu veux bien t'habiller ? Nous allons quelque part.

Elle me suit partout pendant que je m'habille, ça me gêne beaucoup. La maison est remplie de gens inconnus, il y en a tellement que d'autres gens sont obligés d'attendre dehors. Mme Jacobovitch ne dit rien. Elle va à la cuisine et enveloppe un gâteau pour qu'on l'emporte avec nous. La femme qui est avec moi me parle beaucoup, elle répète que tout va bien se passer, et que nous allons retrouver notre mère. Moi, j'ai peur. J'aimerais bien qu'elle arrête de me suivre partout.

JOSEPH.

Je me suis réveillé parce qu'il y a beaucoup de gens dans la maison qui font du bruit. Je vais réveiller aussi Yoely, et je lui demande s'il sait ce que c'est que tout ce remue-ménage. Mais il n'en sait rien. M. Jacobovitch vient dans la chambre et il dit :

– Joseph, il faut que tu t'habilles, tu vas aller voir ta mère.

– Est-ce que je vais revenir après ?

– Oui.

Je ne veux pas partir. J'ai très peur d'aller voir ma mère, parce que si ma mère n'est pas juive, ça ira très mal. Je commence à avoir mal à la tête, il faut que j'aille aux toilettes toutes les trois minutes.

SARAH.

J'ai peur. Le journal a dit que les gens du FBI sont très méchants. J'ai entendu aussi M. Jacobovitch qui disait que ces gens-là voulaient lui empoisonner l'existence. Je me souviens que dans mes rêves ils me bousculaient et se moquaient de moi.

Une dame bizarre entre dans ma chambre, elle me dit que je ne dois pas avoir peur, que tout va bien se passer. Mais moi, j'en suis sûre. Elle me dit de m'habiller, mais je ne suis pas tellement à l'aise. Il y a beaucoup de gens dans la maison, partout où je vais il y a quelqu'un qui me suit.

On nous fait monter avec Joseph et Rachel dans une voiture. Ces gens disent que nous allons voir notre mère. Après on entre dans la maison du FBI, et une autre dame nous dit sans arrêt :

– Vous avez une mère formidable. Elle vous cherche depuis tellement longtemps.

53

La plus grande peur de ma vie

J'allume la télévision, je l'éteins. Un bain. Je vais prendre un bain très chaud pour me relaxer. Non, je suis idiote, je ne dois pas prendre de bain trop chaud, je suis enceinte. Je fixe l'écran du radio-réveil, les chiffres se succèdent avec un léger bruit. 5 h 58, 5 h 59... Tout est bon pour faire passer le temps. Même le regarder passer. Je fais couler un bain, et je me glisse dans l'eau. Cinq minutes plus tard, je sors de la baignoire pour me sécher. Je ne tiens pas en place. Je ne peux pas rester au même endroit. Je m'habille en vitesse, et j'avale un comprimé contre la nausée. Patsy, il faut que ton estomac tienne le coup. Patsy, essaie de lire. Ce gros bouquin. Non. Je le referme.

Il est 6 h 15. J'ai encore quinze minutes à attendre avant de descendre dans le hall. Je vais aller prendre un petit déjeuner à la cafétéria, je n'ai rien mangé la veille au soir. J'ai besoin de reprendre des forces.

Walter m'a surnommée « Madame quinze minutes trop tard ». Pour la première fois de ma vie, je suis en avance. Madame quinze minutes trop tôt se cogne le nez dans la cafétéria fermée. Une pancarte indique les heures d'ouverture. 7 heures du matin. Ça m'ennuie beaucoup. Si je ne peux même pas avaler un petit déjeuner quand j'en ai envie, il n'y a pas de raison pour que le reste se passe mieux...

Qu'est-ce que je vais faire maintenant ? Panique. 6 h 30 à ma montre. C'est maintenant que commence la véritable attente. Un agent doit arriver, il aura sans doute beaucoup de retard, a dit Hilda. S'il pouvait surgir maintenant ! 6 h 32. Ils ne savent pas combien de temps va prendre l'opération à Kasho Drive. Je choisis un siège confortable dans le hall, je m'assieds, et une fois de plus je reprends mon livre. 6 h 35. J'ai lu quatre fois la même phrase. C'est long. Ça va être long, encore une éternité.

Tout à coup j'aperçois Hilda Kogut derrière la porte vitrée du motel. Mon Dieu, c'est trop tôt, c'est mauvais signe. Ce n'était pas elle qui devait venir au motel, ils avaient dit un agent, pas Hilda.

Je me lève avec précaution, lentement, mes genoux tremblent. Je lève les yeux, Hilda me fait un grand sourire derrière la vitre, elle lève trois doigts en signe de victoire. TROIS. Elle franchit la porte, avance vers moi, j'entends les premiers mots résonner dans mon crâne :

– Tout va bien.

Je ne sais pas quoi répondre. Je la prends dans mes bras, j'ai envie de pleurer sur son épaule, de m'effondrer, mais je me retiens.

Nous montons dans la voiture, je claque la portière, et Hilda me dit tout à coup :

– Ça ne t'ennuie pas si je m'arrête une seconde pour acheter quelque chose à grignoter ?

– Non. Pas du tout.

En fait je suis trop bouleversée pour être pressée de retrouver les enfants. C'est fait, ils ont réussi, alors j'ai peur. Avant, j'avais peur qu'ils ne réussissent pas. Maintenant, je voudrais avoir du temps. Me préparer au choc. Y aller lentement. J'ignore s'ils vont m'accepter ou me cracher à la figure en fait. Je me demande ce que pense Hilda de ma réponse. Voilà six ans et demi que j'attends ce moment, et je ne suis pas pressée... Elle me comprend, je le vois dans ses yeux. Je dois affronter des peurs nouvelles, inconnues. Avancer dans le brouillard, marcher au-dessus du vide.

Hilda s'arrête dans un snack et va chercher des bagels et du café. Nous roulons maintenant en direction de New Rochelle. Je mange un bagel et ne lui trouve aucun goût. Puis je me souviens tout à coup que je déteste les bagels.

– Je n'arrive pas à y croire.

Je le répète plusieurs fois. Je n'arrive réellement pas à y croire. Cet événement tant attendu, tant rêvé, fantasmé, me déconcerte. Je demande timidement :

– Comment ça s'est passé ? Vous avez eu des problèmes ? Les enfants ont résisté ?

– Tout s'est bien passé. Tout VA bien. J'ai bien observé les réactions des enfants. Marina était très nerveuse, plutôt effrayée, comme une biche surprise par les phares d'une voiture. Simon, lui, s'accrochait à M. Jacobovitch et lui parlait en yiddish. Il ne voulait pas partir. Finalement deux hommes lui ont dit : « Tu dois venir avec nous. » Et il les a suivis.

C'est drôle, cela ressemble bien à Simon, de dire non d'abord, et d'obéir quand même. Hilda trouve la réaction de Moriah très intéressante.

– Nous sommes entrés dans sa chambre, et nous lui avons dit que nous l'emmenions voir sa mère. Elle a sauté du lit, comme un toast d'un grille-pain ! Son regard s'est illuminé. Elle n'était pas bouleversée, elle n'avait pas peur non plus. Elle était prête à partir !

Je me demande si je ne suis pas en train de rêver.

Au quartier général du FBI à New Rochelle, un océan de visages. Certains familiers, d'autres totalement inconnus. Je reconnais certains policiers qui étaient présents lors des recherches dans les Catskill l'été dernier. J'entends des salutations et des félicitations de tous les côtés. Jean Dooms me serre dans ses bras en jubilant. Mais je ne vois ni Marina, ni Simon, ni Moriah... Que dois-je faire, à qui m'adresser, que dire ?

Hilda m'explique que les enfants sont en ce moment dans le bureau du directeur, à l'autre extrémité du bâtiment. Une psychologue est en train de leur expliquer la situation, au calme. Je pourrai les voir bientôt. Mais nous avons beaucoup à faire aujourd'hui. Cet après-midi, un juge va nous recevoir, et il y a une toute petite chance qu'il m'autorise à rentrer en Belgique rapidement. Le plus probable est qu'il faudra rester aux État-Unis plusieurs semaines. Une infirmière vient me voir.

– J'ai examiné les enfants. Ils se sont laissé faire tranquillement. Dans l'ensemble ils se portent bien. Moriah a un ongle incarné qui s'est infecté, elle m'a dit qu'elle a pris des antibiotiques pendant plusieurs semaines.

– C'est un médecin qui les a prescrits ?

– Non. C'est Mme Jacobovitch qui les lui a donnés. Il va falloir approfondir la question, mais à part cela, ils vont bien.

Une question me hante depuis tellement longtemps, il faut que je la pose maintenant.

– Simon a-t-il été opéré à cœur ouvert ?

– Non. Il n'y a rien eu de ce genre. Rassurez-vous.

Une assistante sociale arrive à son tour.

– Les filles n'ont montré aucun signe d'hostilité. Mais Simon exige toujours qu'on le ramène chez M. Jacobovitch. Vous devrez vous montrer prudente, et patiente. Vous pourrez les voir dans une heure, une heure et demie.

La partie de moi-même terrorisée accueille ce délai obligatoire avec soulagement. J'essaie de joindre Walter à son bureau, sans y parvenir. Puis j'appelle Éric, parrain de Gautier, afin qu'il prévienne Walter. Dooms téléphone de son côté à son patron, en Belgique, et au procureur De Vroede. Je veux prévenir mes parents, mais j'ai peur pour mon père. Avec ma brusquerie habituelle, je sais que je serai maladroite. Un choc émotionnel trop fort peut mettre sa santé en péril. Dooms accepte de le faire à ma place. Il s'y prend avec énormément de tact et d'habileté. En progressant dans l'information. Il lui dit d'abord que l'enquête avance bien, que nous avons de nouveaux espoirs puis que nous allons retrouver les enfants bientôt. Très bientôt même. Qu'il y a de grandes chances pour que l'on puisse les récupérer dans les jours qui viennent... demain... Lorsqu'il sent que mon père est prêt, il finit par dire :

– Bon. En fait, nous avons les enfants avec nous.

– Je ne vous crois pas ! Vous êtes sûr ?

– Oui, j'en suis sûr ! Je voulais simplement prendre mon temps pour vous le dire !

Dooms répète joyeusement :

– Nous les avons ! Ici avec nous !

Et il entend mon père hurler à ma mère de l'autre côté de l'Atlantique :

– Mizou ! Ils ont les enfants !

Maintenant, je peux prendre l'appareil.

– J'arrive, Patsy !

– Non, papa. Non. Ils disent qu'il y a une chance pour que le juge nous laisse partir tout de suite. On se croiserait en avion ! Attends que je te donne des nouvelles. Si nous devons rester quelque temps ici, alors d'accord, tu pourras venir.

– D'accord.

Sa voix s'est brisée, je sens qu'il a la gorge serrée. C'est la première fois que j'entends mon père pleurer. Maman s'empare du téléphone, en larmes elle aussi.

– Je n'arrive pas à y croire ! Je suis tellement heureuse ! Où sont-ils ? Avec toi ?

– Je ne les ai pas encore vus, maman, mais l'infirmière m'a dit qu'ils allaient bien.

– Quand reviens-tu ?

– Je ne sais pas encore, ça dépend du juge. Peut-être très vite, peut-être dans plusieurs semaines.

Il me reste à prévenir mon amie Sabine, qui n'a pas dormi de la nuit.

– J'étais tellement tête en l'air ce matin que j'ai expédié les enfants à l'école sans leur donner l'argent de la cantine ! Quand reviens-tu chez nous ?

– Je ne peux pas, Sabine, c'est impossible. Personne ne sait ce que vont faire les Satmars. Ils sont capables de dénicher ton adresse. Il faut que nous soyons extrêmement prudents.

Mon amie est bien déçue. Dans sa maison, au côté de son mari et de ses enfants, j'ai trouvé un refuge aux États-Unis. Et je ne peux même pas lui amener les enfants qu'elle a si souvent contemplés en photos, et tant attendus elle aussi, pour moi.

– Je te rappellerai plus tard dans la journée. Je te donnerai des nouvelles d'eux...

Tout va si vite maintenant, les événements se bousculent. L'assistante sociale revient :

– Êtes-vous prête à voir vos enfants ? Nous leur avons dit que vous alliez venir.

Jamais, jamais je n'ai eu aussi peur de toute ma vie. Une boule me serre la gorge, m'empêche de parler. Des années que j'attends ce moment, et à présent je suis terrifiée. Enfin j'arrive à dire d'une voix tremblante :

– C'est maintenant ?

Elle hoche la tête.

Je la suis dans un long couloir, avec Hilda et Dooms. Elle s'arrête devant une porte. Le dernier rempart qui me sépare de mes enfants. Elle pose la main sur la clenche de cette porte. Je la vois en gros plan, cette main. Je me fige. Je me suis interdit de pleurer devant les autres depuis tant d'années. Je résiste. Impossible. Les larmes coulent toutes seules silencieusement sur mes joues. Hilda et Dooms restent immobiles à mes côtés. Qu'est-ce que je vais dire ? Je suis censée franchir cette porte, en disant : « Salut ! Je suis votre mère » ? Je recule en gémissant comme une gosse.

– Je ne peux pas. Non. Je ne peux pas.

Les larmes jaillissent à nouveau, l'assistante sociale me tend un mouchoir de papier, attend une minute que je reprenne mon calme. Puis quelqu'un ouvre la porte, je sens une main dans mon dos qui me pousse doucement en avant. Un pas, puis un autre. Jamais il ne m'a été aussi difficile de faire un pas en avant.

Marina et Moriah jouent tranquillement avec un jeu de société. Simon regarde par la fenêtre. Je me sens bizarre. Je voudrais m'enfoncer dans un trou de souris pour les voir sans qu'ils me voient. Je ne sais pas quelle attitude prendre. La voix de l'assistante sociale me parvient, lointaine, comme dans un rêve :

– Voici votre mère qui vous cherche depuis si longtemps.

Marina me regarde alors sans hostilité, l'air un peu gêné. Moriah lève les yeux, me sourit, et retourne à son jeu. Simon reste impassible. Il regarde toujours par la fenêtre en m'ignorant superbement. C'est à lui que j'adresse donc la première phrase.

– Simon ? est-ce que tu parles anglais ?

– Non.

– Veux-tu me parler ?

– Non.

Les visages dansent dans ma tête. Je m'accroche aux silhouettes. Ils ressemblent à trois petits réfugiés dans leurs vieux vêtements informes. Les épaisses chaussettes des filles sont trouées. Elles tirent dessus sans arrêt pour les remonter, de peur qu'on ne voie leurs jambes. Les chaussures sont usées, elles bâillent de tous côtés. Simon et Marina ont beaucoup grossi. Comme si on les avait trop nourris de graisses et de féculents. Peut-être ne font-ils pas d'exercice. Moriah est toujours aussi longiligne, elle a dû conserver ce tempérament nerveux qui brûle tout. Marina essaie de m'expliquer leur jeu. C'est un jeu que l'on appelle Kugala. Moriah m'offre un morceau de gâteau au chocolat que lui a donné Mme Jacobovitch. Simon regarde toujours par la fenêtre.

L'assistante sociale demande si j'ai des photographies de leur petite enfance sur moi. Je fouille dans mon sac pour en sortir deux vieilles photos. On y voit Simon et Marina sur leur trente et un. Nous allions à un mariage. Moriah est un bébé sur l'autre. Marina se regarde et se met à glousser. Simon réagit pour la première fois, il daigne regarder en même temps que sa sœur.

– On dirait un roi et une reine !

Je ne sais pas combien de temps je suis restée là. Mais il faut que je sorte maintenant. De la prudence et de la patience, avancer doucement, reculer doucement. Je chuchote à l'assistante sociale :

– Vous pouvez trouver un prétexte pour que je quitte la pièce ?

Dans les autres bureaux, il règne une ambiance de fête. Tout le monde rit et plaisante. Dooms discute laborieusement en anglais avec Hilda, il est sympathique à tout le monde. J'ai comme un voile devant les yeux. Le choc continue de me bouleverser.

À plusieurs reprises au cours de la journée, je fais des incursions dans la pièce où les enfants jouent. Chaque fois, je reste un peu plus longtemps. Maintenant je leur explique tranquillement que j'ai un nouveau mari qui s'appelle Walter et deux petits enfants qui s'appellent Gautier et Noélie. Ils m'écoutent sans poser de questions précises. Au fur et à mesure des visites, Marina et Moriah se montrent plus souriantes. Elles s'ouvrent davantage. Elles me montrent les dessins qu'elles ont faits, nous jouons ensemble au Kugala. Marina m'explique fièrement qu'elle a fait elle-même la robe qu'elle porte, pour économiser de l'argent. Je la vois surveiller constamment son frère et sa sœur. Comme une petite mère déjà.

Simon est toujours très nerveux. Il parle très peu l'anglais, et Marina doit souvent lui traduire ce que je dis. Puis nous en arrivons à ce qui semble les inquiéter énormément, la religion.

– Est-ce qu'on pourra continuer à observer le sabbat ?

– Est-ce qu'on mangera casher ?

Ils ne connaissent que ce mode de vie, les règles et les interdits qu'il suppose.

– Bien sûr. Vous ferez le sabbat, et vous mangerez casher. Évidemment, je ne peux pas vous promettre que tout sera exactement comme chez les Jacobovitch. Mais je ferai de mon mieux.

Simon me surveille, il préserve sa dignité. Mais l'armure montre sa première faille lorsqu'il me demande tout à coup :

– Tu peux m'acheter le « Time out » ?

– Qu'est-ce que c'est ?

– Un petit jeu électronique...

– Tu en as envie ?

– Oh oui, beaucoup.

Bon. S'il me demande de lui acheter quelque chose, c'est qu'il commence à m'accepter.

À Bruxelles, mes parents et Walter préparent les deux plus petits à l'arrivée des grands. Mais comment faire comprendre à une petite fille de trois ans et à un bébé qui commence seulement à parler ce que représentent une grande sœur tombée du ciel, un grand frère, et encore une sœur ?

Walter a rassemblé les photos qui décorent la maison. Noélie et Gautier connaissent les trois noms qu'il prononce mais ce ne sont pour eux que des visages enfantins sur des photos.

– Alors voilà, bientôt maman va revenir, elle va revenir avec Marina... ici, c'est Marina... Elle va revenir aussi avec Simon... il est là, Simon... et voilà Moriah.

Je dois comparaître devant la cour aujourd'hui même. Le juge doit confirmer mon droit de garde et m'autoriser à quitter les États-Unis. On ne sait pas encore comment vont réagir les Satmars. Nous ignorons s'ils vont envoyer des avocats pour porter plainte. En prétendant par exemple qu'il y a eu une erreur d'identification. Mais l'opération s'est déroulée un vendredi matin et le début du sabbat va retarder toute action de leur part. S'ils portent plainte, le juge pourrait décider de demander une expertise génétique, et nous serions obligés de rester sur place en attendant les résultats et le verdict.

Elliott Will, le juge de l'État de New York, entend d'abord Hilda Kogut lui décrire l'opération à Kasho Drive, et l'échange de paroles entre Maxwell et Jacobovitch. Lorsque le chef local du FBI lui a demandé : « Où sont *les enfants belges* ? » Jacobovitch a répondu immédiatement : « Ils sont ici. » Par conséquent, il a reconnu qu'il s'agissait de mes enfants. C'est pourquoi cette question avait été minutieusement préparée, afin que la réponse soit juridiquement claire. Nous n'avons plus de problèmes. Le juge nous autorise à partir immédiatement.

– Bonne chance, soyez heureuse avec vos enfants ! Bon voyage !

La fin du jour, le début du sabbat pour les Satmars, se transforme en marathon pour nous. On nous a déjà réservé des billets d'avion pour le soir même. Un employé du FBI a pris toutes les dispositions pour que les enfants puissent manger casher dans l'avion. Hilda Kogut extrait un sac de sport du coffre de sa voiture, le vide d'un gilet pare-balles, et d'autres gadgets estampillés FBI, et me le donne pour y ranger les quelques objets qui appartiennent aux enfants...

Ce qui m'ennuie le plus, c'est de contraindre les enfants à prendre l'avion. J'avais promis de respecter leurs traditions, et il est absolument interdit de voyager pendant le sabbat. J'ai peur qu'ils ne me fassent plus jamais confiance si je commence par rompre cet interdit.

Hilda vient à mon aide, pour expliquer le dilemme aux enfants.

– Écoutez-moi bien, votre mère n'est pas responsable de cette décision, mais il serait illégal que vous restiez aux États-Unis. Et vous devez aussi quitter le pays immédiatement pour votre sécurité. Votre mère n'a pas le choix, vous devez prendre l'avion ce soir.

Nous sommes escortés à l'aéroport Kennedy par un cortège de voitures de police... Puis nous attendons l'heure de l'embarquement dans un bureau de la police de l'aéroport, et tandis que j'appelle Sabine, des agents du FBI accompagnent les enfants jusqu'aux boutiques du terminal, pour leur permettre d'acheter quelques babioles.

Dooms et moi donnons une conférence de presse. Puis on nous conduit en voiture jusqu'à l'avion, en nous évitant les formalités habituelles. Marina, Simon et Moriah ont l'impression d'être traités comme des chefs d'État.

Puis c'est le moment des adieux. Hilda Kogut m'embrasse chaleureusement. Je la remercie pour tout, et pour son sac. Elle plaisante :

– Renvoie-le-moi avec Jean Dooms à l'intérieur !

Dans l'avion les hôtesses nous félicitent, on nous installe, Dooms, un membre du consulat belge, M. Devos, les enfants et moi, sur le pont supérieur qui nous a été entièrement réservé pour nous protéger de la curiosité des autres passagers. Je regarde les enfants, excités qu'on leur prête une attention aussi grande. Leurs yeux écarquillés devant toute cette nouveauté, ils en oublient momentanément le sabbat.

Je devrai prendre garde à ne pas brûler les étapes avec eux. J'ai dit au journaliste du *New York Post* tout à l'heure : « Je fête aujourd'hui ma fête des mères personnelle [1]. Nous allons apprendre à nous connaître car nous ne nous connaissons plus. Ils ont subi beaucoup d'épreuves, mais ce sont toujours mes enfants. » Je m'assois à côté d'eux, mais sur la rangée de fauteuils de l'autre côté de l'allée. Ils parlent yiddish entre eux.

Lorsque le gros avion décolle dans un grondement de réacteurs, Simon, apeuré, rabat le rideau de son hublot. Nous avons droit à une coupe de champagne, Dooms et moi, dont je n'avale que deux gorgées. Je suis enceinte, je ne dois pas boire d'alcool. J'ai à peine mangé, peu dormi, et je suis sur les nerfs. J'ai parlé aux enfants de Walter, de Noélie et de Gautier, bientôt je leur parlerai du suivant. Celui qui a vécu avec moi ce jour le plus long, qui en a ressenti toutes les secousses, de peur, de bonheur, de timidité, de courage. Nous sommes passés par toutes les émotions possibles et imaginables. Au moment du repas, ils cherchent anxieusement la petite étiquette qui certifie que la nourriture qu'on leur sert est casher, avec la signature du rabbin. Simon garde l'étiquette en guise de preuve.

Le pilote les invite à visiter le cockpit. Les passagers les félicitent au passage. Puis l'écran s'allume pour la projection du film. Ils refusent de mettre les écouteurs, par respect du sabbat, mais de temps à autre, je les vois jeter un regard furtif sur l'écran.

Lentement, comme une vague bienfaisante, la fatigue de cette journée m'envahit. J'installe les enfants sur des oreillers et relève les accoudoirs entre les fauteuils pour qu'ils puissent s'allonger sur plusieurs et dormir confortablement. Simon et Moriah tombent de sommeil. Je déplie des couver-

1. Aux États-Unis la fête des mères a lieu le 7 mai, c'est-à-dire le jour où j'ai retrouvé mes enfants.

tures pour les réchauffer. Alors Marina se lève pour vérifier elle-même que son frère et sa sœur sont bien installés. Je l'observe tandis qu'elle retourne s'asseoir. Pendant six ans et demi, Marina a été *leur* mère. C'est elle qui a veillé sur Simon et Moriah.

Attention, Patsy. Ne la prive pas de ses responsabilités, ne lui donne pas l'impression qu'elle est devenue inutile. Il faut lui faire comprendre, petit à petit, qu'elle est avant tout leur sœur, et une adolescente. Pas une mère. Vas-y doucement, très doucement. Nous allons arriver en Belgique, et c'est là que tout va commencer. Ce n'est pas la fin, mais le début de notre histoire.

Quarante mille pieds au-dessus de l'Atlantique, et soudain Marina a l'air perdue, apeurée. C'est encore un arrachement, un changement de maison, d'existence. Je viens m'asseoir près d'elle. Je voudrais tellement la prendre dans mes bras, mais je n'ose pas, terrifiée à l'idée qu'elle me repousse. Je prends doucement sa main, je m'attends à ce qu'elle la retire brusquement. Elle ne bouge pas. Ne dit rien. Nous restons ainsi un long moment. Et lorsque je commence à enlever ma main, lentement, une infime pression des doigts me retient silencieusement.

54

Désolé... c'était une erreur

Dimanche 9 mai 1993

À Bruxelles, chez mes parents, Marina, Moriah et Simon ont du mal à se familiariser avec leurs vrais prénoms. La langue est également une barrière, car ils ont oublié le français. Moriah se souvient des paroles de *Frères Jacques* : « Dormez-vous ? sonnez les matines... » Mais elle n'en connaît pas le sens. Heureusement, le néerlandais, que Walter parle couramment, présente des similitudes avec le yiddish, cela nous aide beaucoup.

De leur côté, Noélie et Gautier doivent s'habituer à la présence de trois nouveaux frère et sœurs. Nous sommes tous en état de choc. La sonnerie du téléphone nous dérange sans arrêt. Des amis, des parents viennent nous féliciter. Pendant un moment de calme, je confie à Walter :

– Je n'ose pas les toucher. Tout cela me paraît aussi fragile qu'une bulle de savon. J'ai peur, si je m'approche trop, qu'ils ne disparaissent à nouveau.

Il ne dit rien, sur le moment. Il attend que nous soyons tous réunis, pour glisser aux enfants l'air malicieux :

– Vous voyez votre mère ? Comme elle est bête ! Elle n'ose même pas vous toucher !

Ils me regardent, pleins d'espoir. Leurs sourires m'encouragent à me lancer. Walter m'a coincée. À présent qu'il en a parlé ouvertement, il faut que je le fasse. Pour la première fois depuis six ans et demi, je m'approche de mes enfants, je les prends dans mes bras, et je les embrasse. Un bonheur qui se passe de commentaires.

Lundi 10 mai

Première journée à la maison. Marina est assise dans le jardin, je la vois depuis la fenêtre jouer machinalement avec un tas de cailloux, le regard vide. Je sors la rejoindre.

– Marina, je veux que tu saches qu'aujourd'hui c'est la plus mauvaise journée de ta vie. Demain les choses iront mieux, tu verras. Mais aujourd'hui c'est la pire de toutes. Hier, c'était encore une escale. Aujourd'hui nous sommes tous désorientés, comme toi. Nous devons nous habituer à cette nouvelle vie, comme toi. Demain ça ira mieux.

J'organise pour eux un emploi du temps qui prévoit le plus d'activités possible. La majorité de nos problèmes, comme il fallait s'y attendre, concerne leurs préoccupations religieuses. Ils n'ont rien emmené en partant, à l'exception des vêtements qu'ils ont sur le dos. Courir les magasins pour les habiller me paraît une excellente diversion. Mais ce n'est pas si simple en réalité.

Conformément aux principes qu'on leur a inculqués, les filles doivent être couvertes tout le temps. Y compris la nuit. En plein mois de mai, il nous faut trouver pour elles des chemises de nuit qui couvrent les jambes et se boutonnent jusqu'au menton. En attendant elles dormiront avec leurs collants.

Simon a décidé de faire la police dans la cuisine, et de superviser la préparation des plats casher. Walter et moi leur avons clairement expliqué que nous ferions tout notre possible pour respecter leurs exigences, mais que toute la famille mangerait la même chose, quoi qu'il en soit.

Un soir, Simon aperçoit Noélie et Gautier trottinant les fesses à l'air vers la salle de bains. C'est l'heure de la toilette du soir. Il est complètement révulsé :

– Bah... c'est dégoûtant !

– Écoute, Simon. En Belgique, c'est comme ça que nous vivons. Tu n'es pas obligé de faire comme nous. Mais tu ne dois pas non plus nous empêcher d'être naturels. On ne fait rien exprès pour te choquer. Simplement nous continuons à vivre comme nous l'avons toujours fait. Nous te respectons, et de ton côté tu devras nous respecter aussi. C'est comme ça.

Les amis et les voisins invitent les enfants à jouer chez eux. C'est la première fois que Moriah se trouve mêlée indifféremment à des filles et à des garçons. Ils jouent à chat. Soudain l'un des petits garçons rattrape Moriah, et elle le repousse avec effroi. Puis elle fond en larmes et court se réfugier dans sa chambre. Je l'écoute m'expliquer la raison de cette terreur.

– Ce n'est pas bien. On n'a pas le droit ! Qu'est-ce qui va m'arriver ? Dieu va me punir.

– Écoute-moi, Moriah. Regarde bien autour de toi : tous les garçons et les filles jouent ensemble. Ce sont des enfants normaux. Il ne va rien leur arriver. Dieu ne les punit pas deux fois par jour !

Walter n'est pas religieux mais il connaît bien la Bible, ce qui lui permet de discuter avec les enfants des fondements philosophiques de toutes ces règles qui ont gouverné leur existence. Peu à peu, il parvient à les convaincre que les textes de la Bible peuvent s'interpréter de façons très variées. Que Dieu demande surtout à chacun d'utiliser son propre jugement, au lieu de s'en remettre à une doctrine rigide.

Un jour, alors que nous faisons des courses en ville, je propose que nous déjeunions dans un fast-food. En regardant Marina, Moriah et Simon mordre avec délices dans un hamburger, et dévorer des frites qui n'ont absolument rien de casher, je me dis que nous avons franchi une étape importante.

Au téléphone, la voix doucereuse de Simon Friedman le manipulateur :

– Madame Heymans ? Je suis heureux que vous ayez retrouvé vos enfants. Qu'allez-vous faire en ce qui concerne la religion ?

– C'est à eux de le décider.

– Pourquoi ne pas venir vivre à Anvers ?

– Ah mais oui ! Bien sûr, pourquoi pas ? Comme ça je pourrai les envoyer dans une école hassidique ? C'est ça ?

– Après tout ce que j'ai fait pour vous, madame Heymans, vous pourriez au moins m'écouter...

– Tout ce que vous avez fait ? Vous n'avez rien fait pour moi. Citez-moi une chose que vous ayez faite ! Allez-y, je vous écoute !

Il bredouille quelque chose d'inaudible, et je l'interromps :

– Vous voyez ? Vous n'avez rien à dire. Tout ce que vous avez fait, c'est d'essayer de me décourager, de me faire perdre du temps, c'est tout ce que vous avez fait pour moi ! Mais ça ne m'a pas arrêtée. Vous saviez depuis le début où étaient mes enfants ! Avouez-le !

Il reprend son sang-froid et devient même menaçant.

– En me parlant comme vous le faites, madame Heymans, vous risquez de vous attirer des ennuis. Cela pourrait inciter quelqu'un à vous reprendre les enfants !

– Alors, au revoir !

Je lui raccroche au nez, mais il a l'audace de contacter mon père, d'abord pour le féliciter, puis pour lui rappeler l'« accord sur l'honneur », par lequel il voulait m'obliger à élever les enfants suivant la tradition hassidique. Lorsque mon père lui fait remarquer que la communauté n'a pas rendu les enfants de son plein gré, il se lance dans d'amères récriminations, nous accusant d'avoir fait voyager les enfants pendant le sabbat.

– Désolé, monsieur Friedman, c'est le FBI qui l'a exigé !

Il agite alors la menace d'un nouvel enlèvement, au cas où les enfants ne recevraient pas l'éducation de ses vœux. Mon père le renvoie sur ce sujet à l'inspecteur Dooms et au procureur De Vroede.

Il les contacte aussi ! Et leur adresse le même message. En se plaignant de surcroît que je refuse de lui parler, maintenant que j'ai récupéré mes enfants. Il les prévient que je suis en danger. Ma vie est menacée ! Ce sont, évidemment, des menaces en l'air. Il n'en parlerait pas à la police judiciaire si c'était vrai. Je dois néanmoins changer de numéro de téléphone, et m'inscrire sur la liste rouge.

Je sais que beaucoup de gens, au sein de la communauté juive, ont été choqués d'apprendre comment Friedman nous avait manipulés, en œuvrant dans l'ombre pour essayer d'étouffer une affaire qui gênait les Hassidim. Ceux-là disent aujourd'hui que de tels agissements vont à l'encontre des principes du judaïsme. Les autorités belges enquêtent sur Friedman, et il se pourrait que des poursuites soient engagées contre lui.

Herschel et Rachel Jacobovitch n'ont pas été arrêtés. Le procureur a estimé qu'il n'y avait pas assez de preuves démontrant qu'ils savaient que les enfants avaient été kidnappés. Les autorités belges ont cependant envisagé d'engager des poursuites à leur encontre et de demander leur extradition, afin de peser sur la communauté satmar, et d'éviter que ce genre d'affaire se reproduise.

Chaïm est toujours en prison en 1993. Il m'écrit une lettre depuis le centre pénitencier de Louvain où on l'a transféré. Il demande à voir les enfants. Marina et Moriah y sont disposées. Mais Simon s'y refuse.

Je mets des conditions à cette visite. Qu'elle ne dure pas plus de vingt minutes, et qu'ils parlent français. Interdiction d'aborder le sujet de la religion. Présence de deux témoins. L'un me représentant, l'autre Chaïm. Jean Dooms est mon témoin. Un Hassid représente Chaïm.

Le résultat était prévisible. Chaïm essaie de convaincre Marina et Moriah que j'ai été une mauvaise mère. Elles restent respectueuses, mais ne se laissent pas convaincre. Alors, par défi, il se met à parler anglais devant Dooms.

La visite des filles est très courte, Chaïm veut ensuite me voir.

Je n'ai plus peur maintenant que je suis en position de force. Il me harcèle de son éternelle rengaine : mon père m'a obligée à le quitter... Je suis une mauvaise épouse, une mauvaise mère, une mauvaise femme...

– Donne-moi ton numéro de téléphone, je veux pouvoir parler aux enfants !

– Non.

– Donne-le-moi !

– Non.

– Si !

– Non. C'est un numéro confidentiel. Je ne veux pas que n'importe qui le connaisse.

– Ah, c'est un numéro confidentiel ? Ne t'inquiète pas, je ne le donnerai à personne, tu peux me faire confiance...

Le témoin hassidique l'interrompt alors pour préciser :

– Vous n'avez pas bien compris, monsieur Yarden. Il est confidentiel par rapport à vous...

Chaïm a demandé à voir le procureur. Il réclame sa liberté. Mme De Vroede, dit-il, avait promis qu'il serait libéré lorsque nous aurions retrouvé les enfants.

– Je suis désolée, si vous nous aviez aidés, oui. Mais vous n'avez rien fait.

Sa dernière condamnation pour « délit continu » devait le mener jusqu'en août 1994, mais il a bénéficié d'une amnistie, et a été libéré en février 1994. Il a été expulsé de Belgique, et interdit de séjour sur le territoire pendant dix ans.

Simon doit témoigner au procès d'un rabbin, nommé Helbran. Je l'accompagne aux États-Unis. Il s'agit de l'affaire du petit Shai, dont s'occupait Hilda. Dans un premier temps, un juge américain a pris une décision pour le moins controversée. Les poursuites contre Sholomo Helbran, le rabbin dont on sait qu'il a pris l'enfant sous sa coupe, ont été abandonnées. Le juge a décidé ensuite d'accorder la garde du petit garçon à un autre rabbin, considérant qu'il devait poursuivre son éducation religieuse. Mais Shai a disparu à nouveau, et le rabbin Helbran a finalement été accusé d'enlèvement. Shai a été retrouvé à l'aéroport de Paris, alors qu'il voyageait avec un faux passeport, et il a mystérieusement disparu alors qu'il se trouvait sous la garde des policiers français. Depuis on a perdu sa trace.

En octobre 1993, devant un tribunal rempli de Satmars hostiles, et en présence de l'un des fils des Jacobovitch, Simon témoigne donc pour dire qu'il a vu Shai dans la communauté de Kasho Drive, en compagnie d'un proche du rabbin Helbran.

Je pense souvent à la mère de Shai, à sa quête. Pour elle, il est sûrement trop tard.

Marina, Simon et Moriah se sont épanouis. Ils parlent maintenant le français correctement, se débrouillent encore en anglais, et se sont fait de nouveaux amis. Ils ont complètement abandonné la tradition satmar. Ils ne veulent plus voir ces gens, ni même leur père. C'est leur choix. Simon, qui fait souvent le bravache, dit parfois : « Je vais lui casser la figure ! » Lui qui disait vouloir être rabbin, sera peut-être... policier. Comme Jean Dooms, qu'il adore, comme tout le monde. À quatorze ans, il a encore le temps de changer d'idée.

Aujourd'hui, mes enfants sont comme les autres, heureux de vivre. Un peu explosifs, mais ils ont tant de contraintes à oublier...

Le 19 décembre 1993, Olivier a fait son entrée dans la tribu familiale. Il est robuste, joyeux, et tellement facile à vivre, que nous l'avons surnommé « super bébé ». Simon est particulièrement content d'avoir un frère, histoire d'équilibrer le pourcentage de garçons dans la famille. Mes enfants ont quinze, quatorze, treize, cinq, trois et dix-huit mois. Patsy, elle, a eu trente-quatre ans. Et Walter est un type formidable.

Jean Dooms m'a rapporté il y a quelque temps la réflexion d'un chef de communauté satmar qu'il a rencontré aux États-Unis.

– Je reconnais que nous n'avions pas vérifié ce qu'affirmait Chaïm Yarden. Si la mère s'était convertie au judaïsme ou non... si les enfants étaient juifs ou non... et si elle les avait maltraités... Je suis *désolé*, nous avons commis une *erreur*.

Épilogue

Mai 1995

Le présent de Marina

Quelques souvenirs se remettent en place dans ma tête. Là-bas j'avais peur, j'étais soumise, je me sentais différente des enfants Jacobovitch. Un jour ils nous ont demandé de les appeler papa et maman. Des mots qui ne voulaient rien dire pour nous. Nous disions « Monsieur » et « Madame ». Dire « papa » ou « maman » n'a rien changé pour moi. C'était vide de sens. C'était un mot comme un autre, j'aurais pu dire aussi bien « tartempion ». Je les détestais.

À cette époque j'étais tellement perdue ! La seule personne avec qui je pouvais parler un peu était l'un des fils des Jacobovitch qui avait à peu près mon âge. Parler est beaucoup dire, je l'écoutais en fait. Il était un peu moins religieux que ses parents. Je me disais que s'il m'épousait, lui, j'échapperais au destin promis aux filles comme moi dans leur communauté. « Pas assez juive. » On m'avait dit que j'épouserais un fou, ou un malade. J'étais punie d'avance de je ne sais quelle faute. Intérieurement, j'étais révoltée, j'avais envie de fuir. FUIR. Mais où ?

Une fois j'ai essayé de dire à table : « Je ne suis pas juive, moi... » J'ai commencé ma phrase par :

– Je ne suis...

Puis ma gorge s'est bloquée, j'avais peur des représailles. Il nous battait à coups de ceinture. Elle était toujours là, cette ceinture marron en cuir, à portée de main dans un placard, pliée en deux et « Monsieur » s'en servait largement. Surtout envers Simon. Simon me suppliait de ne pas me révolter, il disait : « Fais-le pour moi »...

Je suppose qu'il avait peur. Il était tellement conditionné. Il fallait dire tout ce que l'on pensait, tout ce que l'on faisait. Nous n'avions aucune liberté. Ce jour-là, « Monsieur » a redemandé cent fois :

– Finis ta phrase ! Je ne suis... Je ne suis... ?

Finalement après une heure, je ne sais plus, j'ai fini par répondre n'importe quoi. « Je ne suis pas... » quelque chose, j'ai oublié quoi. Pour qu'il me fiche la paix.

Il y a deux ans que je vis ici en Belgique. Les premiers temps, je faisais des cauchemars la nuit. Je revoyais des scènes de là-bas. Les Jacobovitch, la ceinture, les punitions, quand le FBI a cerné la maison... J'avais compté les voitures, une par une, il y en avait quatorze. J'avais peur, et en même temps je l'avais tellement espéré, qu'en les voyant, j'ai su tout de suite que c'était pour nous.

Les premières années du kidnapping, je ne pensais plus à rien. J'étais trop petite, je crois, pour comprendre, puis, tout à coup, j'ai repensé à ma mère. Elle était quelque part, je revoyais un visage flou, avec des cheveux longs, j'avais une mère, je ne devais pas être en prison avec ces gens, ce n'était pas normal. Alors j'attendais qu'il se passe quelque chose, qu'on nous retrouve, et souvent je pensais : « Je vais m'enfuir et aller à la police. » Mais je ne le faisais pas. C'était très dur.

La liberté est la plus belle des choses. Libre de parler, de discuter, de poser des questions, libre de s'habiller, de se coiffer, de faire du vélo, de répondre à qui on veut. J'ai ma chambre à moi toute seule, j'ai des copines à l'école. Le retard est dur à rattraper. Mon plus grand défaut, c'est de ne pas avoir confiance en moi. J'ai peur de rater. J'ai du mal à prendre des décisions. Cette année, je dois choisir mon orientation scolaire. Que faire ? J'aimerais apprendre à bien vivre en société. Je ressens le besoin d'étudier la psychologie, pour pouvoir aider les enfants qui ont mal vécu, à qui on a fait du mal, les enfants kidnappés comme moi, ceux qui ont subi un viol, ou des sévices. Mon français est bon, je le parle bien, mais j'ai encore du mal en orthographe. Le latin aussi me pose des problèmes.

En fait, j'ai besoin de comprendre par moi-même ce qui nous est arrivé. Maman a des tas de dossiers de l'enquête qui nous concerne. Je lis les articles de journaux, les documents de justice, tout ce qui peut m'aider à comprendre, et à reconstituer le puzzle de ma mémoire. Je regarde les photos d'avant. Les images d'Israël me reviennent, lorsque mon père nous enfermait, et battait ma mère. J'avais envie de la défendre, j'avais peur.

J'ai encore un peu peur. Je ne veux plus voir mon père. Parfois dans la rue, surtout en ville, si un homme marche derrière moi, je me méfie. Je ne monterais pas dans une voiture avec des inconnus. Et en même temps je me dis que c'est fini, que tout est normal ici, que nous sommes à l'abri du danger avec Patsy et Walter.

Pasty... Ma mère... Je ne dis pas encore maman. Pas tout le temps, ça m'arrive instinctivement parfois, quand je ne réfléchis pas. Mais si je crie pour l'appeler, je dis « Patsy », comme les autres.

Je ne sais pas pourquoi je me sens toujours différente. J'ai besoin de dire la vérité, en regardant les gens en face, dans les yeux. Par exemple si je dis à une copine : « Tu es habillée comme une mémé... tu es mal coiffée... », elle est étonnée de ma franchise. Mais la franchise, c'est important.

Quelqu'un m'a dit que j'étais comme ma mère. Je ne lui ressemble pas physiquement, mais je reconnais que c'est peut-être vrai. Ma mère aussi est franche. Quand je pense à tout ce qu'elle a fait pour nous retrouver, à tout ça, j'ai envie de comprendre notre histoire. Le livre m'aidera sûrement.

Mais j'ai aussi besoin d'oublier. Je ne fais plus de cauchemars depuis longtemps, et nous n'en parlons jamais avec Simon et Moriah. C'est maintenant qui compte.

Le présent de Simon

Quand je l'ai vue la première fois, elle était bizarrement habillée, avec une salopette en jean et une chemise. C'était inhabituel de voir une femme habillée ainsi. Le FBI a dit que j'allais voir ma mère, mais j'ignorais ce qu'était une mère. Je ne savais même pas qu'il fallait une mère pour faire un enfant. Chez les Jacobovitch on nous disait des bêtises. Du genre : Une femme a le ventre qui gonfle, Dieu lui a envoyé un enfant. Tant que le bébé était petit, la femme s'en occupait, dès qu'elle ne lui donnait plus son lait, c'était fini. Pas de câlins, pas de bisous, rien. Personne ne le touchait plus. Je n'ai jamais vu quelqu'un prendre un enfant sur ses genoux pour le consoler. Je ne savais pas ce que c'est d'être embrassé par quelqu'un. À mes petit frères Gautier et Olivier, je fais des câlins, et des bisous, mais j'ai du mal à en recevoir moi-même. Je n'ai pas l'habitude.

Je ne savais pas ce que c'était une mère. Parfois je pensais que j'en avais une quelque part, mais ça n'avait rien de réel pour moi. Alors quand elle est entrée, la première fois, je ne voulais pas la regarder, j'avais peur, elle était non juive, et on m'avait dit que tous les gens non juifs étaient mauvais. Donc, si je la regardais, ou si j'allais avec elle, Dieu allait me punir. Il allait m'arriver quelque chose de terrible.

C'était toujours comme ça. Dieu punit. Dieu, c'est le feu, partout dans le monde, sur la terre, et en nous. Tout ça, c'est des histoires. Je ne sais plus quoi penser de Dieu, il existe peut-être, je me ferai une opinion moi-même, mais la religion je n'en veux plus. J'ai lu la Torah pendant des heures, des jours, des mois et des années, je n'apprenais que ça. Le papier était moche, c'était mal imprimé, tout petit, on n'y voyait rien, j'en avais tout le temps mal aux yeux comme les autres, et je devais porter de grosses lunettes moches. Maintenant j'ai de bonnes lunettes.

On nous disait qu'un jour le vrai Messie arriverait, que nous irions tous en Israël, et que tous les non-juifs disparaîtraient, les Noirs, les chrétiens, les musulmans, tous périraient ! Au début j'avais peur que Dieu me punisse de vivre avec des non-juifs. Il ne m'a pas puni, bien sûr. Je sais qu'ils ne disaient que des bêtises là-dessus.

Quand je repense à ces gens, je trouve qu'ils sont fous. Ils vivent comme en prison. Ils règlent l'éducation des enfants à coups de ceinture, ou alors comme ce prof de religion qui prenait une agrafeuse pour planter des agrafes dans les doigts des élèves, quand ils ne savaient pas bien une prière.

Un jour, M. Jacobovitch m'a dit :

– Prie pour que ton père revienne.

Je n'avais pas envie de prier pour qu'il revienne, j'étais embêté, mais si je ne priais pas, c'était un péché. J'ai prié en faisant semblant.

Là-bas, il n'y avait rien pour imaginer des choses. Pas de jeu, pas de musique, pas de cinéma, pas de télévision. On ne pouvait rien imaginer, rien penser. C'était fou quand j'y pense. La première fois que j'ai vu la télévision en Belgique et des films d'action avec des acteurs comme Jean-Claude Vandame, ou Schwarzenegger, j'ai compris que moi aussi, je pouvais être quelqu'un d'autre, devenir un autre Simon. J'ai pu imaginer grâce aux images que j'ai vues.

Bien sûr, j'ai du retard à l'école, à part les prières je n'apprenais pas grand-chose. À la rentrée scolaire de septembre 1995, je vais enfin passer du primaire au secondaire. Enfin je serai avec les grands, j'en avais marre d'être avec les petits. L'école, c'est dur mais ça ira. Ça ne fait que deux ans que je suis ici.

Walter est bien pour ma mère, ce n'est pas mon père, je ne vais pas l'appeler papa évidemment, mais c'est un type bien. Au fond je ne sais pas ce que c'est un père. C'est foutu maintenant. Je déteste mon père biologique. Il n'a pensé qu'à lui, et à faire du mal, il a bousillé ma vie. Je n'ai pas voulu le voir, et je ne veux pas le voir. Si je le croisais un jour quelque part dans la rue, je n'aurais pas peur, je continuerais à pédaler normalement sur mon vélo, j'irais jusqu'à la maison, j'ouvrirais le portail du jardin, et une fois à l'intérieur j'appuierais sur le bouton qui appelle la police. Ils arriveraient en quelques minutes. C'est bien, ce bouton. Parfois je me dis que, s'il voulait me kidnapper de force à nouveau, je me battrais contre lui, je lui donnerais des coups. On dit ça, et on ne sait pas ce qu'on ferait vraiment en réalité. Mais même s'il m'enfermait quelque part dans une chambre, je me sauverais. Je suis grand, maintenant. Et si quelqu'un me suit, je le verrai tout de suite.

Finalement, je n'ai pas peur. Mais je ne veux pas que ça recommence. Surtout pas. Je fais du judo pour commencer, ensuite je ferai du karaté. Je fais aussi du vélo, je joue au badmington avec Walter. On fait des parties le soir. La bagarre avec ma mère, c'est l'appareil dentaire. Je dois en porter un, pour rectifier la mâchoire. Moriah aussi. Elle le met presque tout le temps, moi ça m'embête vraiment, j'ai du mal à parler avec, je le fourre dans ma poche et on se dispute avec Patsy, à cause de ça. Parfois je réponds mal, j'emploie des gros mots, je m'énerve, j'ai besoin d'exploser. Je supporte mal qu'on m'impose des choses maintenant. La liberté de penser et de parler, c'est formidable. C'est le mieux de tout.

Je voudrais devenir comédien, ou alors policier. Le genre de policier qui fait des enquêtes pour apprendre la vérité, et retrouver le coupable. Pas celui qui tire partout avec un revolver.

J'écoute « Fun radio ». J'ai appris beaucoup de choses sur la sexualité et sur les filles. Mais les filles, avant, je ne savais même pas ce que c'était. J'attends de voir. Je pense qu'il faut tomber amoureux d'abord avant de faire l'amour. Si c'est juste pour faire l'amour, c'est pas intéressant.

Je vais lire le livre en français, pour comprendre notre histoire. Ce sera dur, parce qu'en général je préfère les bandes dessinées ! Peut-être parce que j'ai trop lu là-bas dans la Bible.

Ça ne m'ennuie pas de parler du passé, je peux en parler s'il le faut, mais en fait, je préfère oublier. On verra plus tard. C'est maintenant qui compte. C'est plus cool de parler de *maintenant*.

Le présent de Moriah

Moi, le jour du FBI, j'en avais marre qu'on me suive partout. On me disait : « Ça va aller, ça va aller », mais je ne savais pas de quoi ils parlaient. Ma mère est entrée plusieurs fois dans la pièce où on était, mais je ne m'en suis pas aperçue, je crois que je ne l'ai vue qu'une fois ce jour-là. Je demandais à manger tout le temps, pour m'occuper. Le FBI allait nous chercher des yaourts, des crèmes glacées, des tas de trucs, je commençais, et je ne finissais rien. J'étais énervée. Je ne savais pas où on allait, ce qui allait se passer. J'en avais marre d'aller sans cesse ailleurs, chez les Jacobovitch on y était depuis un moment, alors je m'étais habituée. Ce jour-là, on nous a dit que Patsy était notre mère, alors je les ai crus, j'ai dit d'accord, parce que moi je ne me souvenais de rien du tout.

Le truc qui m'a le plus énervée après le FBI, c'est la psychiatre en Belgique. Elle posait des questions tout le temps, j'aime pas les questions. Je lui répondais n'importe quoi, je disais « bof »... pour qu'elle me fiche la paix. Je ne sais même plus quelles questions elle posait. Je n'aime pas du tout les indiscrétions.

Marina, elle, voudrait devenir psy, ou un métier social, moi j'aime pas la psy. Je préfère me débrouiller toute seule. J'ai pas vraiment de souvenirs d'avant les Jacobovitch. Un peu de mon père, un peu de cette femme qu'il avait prise avec lui. Elle avait les cheveux longs, qui pendaient dans le dos, et c'était mal d'avoir les cheveux lâchés quand on était religieux. Je suppose qu'elle n'était pas très religieuse.

À l'école, entre filles, il y avait celles qui étaient très religieuses, qui faisaient les prières les plus longues, et les autres qui en faisaient de plus courtes. C'était comme deux camps différents. On se chamaillait là-dessus, c'était le seul sujet de conversation pratiquement. Évidemment, à ce moment-là, j'étais dans le camp des prières les plus longues.

À l'école, on n'apprenait pas grand-chose, je faisais souvent des bêtises, des « impertinences ». L'institutrice m'envoyait chez la directrice, la directrice me demandait :

– Tu ne le feras plus ?

Je répondais :

– Bien sûr que je ne le ferai plus.

Elle me renvoyait en classe, et je recommençais.

Chez les Jacobovitch, c'était pénible. Avec leurs histoires de sabbat, de feu et de lumière qu'il ne faut pas allumer, c'était d'un compliqué ! Par exemple, ils voulaient manger chaud le jour du sabbat, mais ils ne devaient pas allumer le four, alors ils faisaient venir une femme de ménage, non juive, comme une esclave en fait, et ils se débrouillaient pour faire des phrases hypocrites, sans prononcer les mots interdits. Par exemple :

– Nous voudrions manger chaud, mais nous ne pouvons pas.

Alors l'autre comprenait qu'elle devait aller allumer le four pour réchauffer la nourriture. Je trouve ça idiot. Je ne comprends pas. S'ils voulaient vraiment faire le sabbat, ils n'avaient qu'à manger froid ! C'est pas logique ! Et c'était tout comme ça. J'aimais pas du tout là-bas.

La religion, j'en veux pas, les prières qui n'en finissent pas, c'est énervant. Ça ne m'embête pas de parler du passé, mais je m'en fiche maintenant. D'ailleurs avec Marina et Simon, on n'en parle jamais.

J'ai reconnu Marina sur les photos d'avant. Elle n'a pas changé, elle a toujours le même visage rond, les mêmes yeux, le même sourire. Sur les photos je suis avec elle, et Simon, et d'autres personnes de la famille, alors je sais que Patsy est ma mère. C'est comme ça que je le sais. Je n'ai pas d'autre repère, à part une image, un visage avec des cheveux longs, mais maintenant elle les a coupés tout court.

Je savais aussi que les autres n'étaient pas mes parents. Je le savais, mais je n'y pensais pas. Même s'il fallait les appeler papa et maman, ce n'était pas vrai. On disait ces mots, comme on aurait dit n'importe quoi d'autre. Juste pour obéir. On n'avait pas le droit de parler de parents, de père ou de mère, ces choses-là étaient formellement interdites.

Je suis comme Marina et Simon, les bisous, je n'aime pas ça, on ne m'a pas appris. C'est comme ça, j'y peux rien... Les photos aussi, je n'aime pas ça. Je me sauve tout le temps. L'autre jour, Mizou, ma grand-mère, a fait la photo de famille traditionnelle, avec tous les cousins, et les cousines, on était au moins quatorze ! Mais elle avait oublié de mettre de la pellicule... elle a dû recommencer, et cette fois j'espère bien que je ne suis pas sur la photo !

Les souvenirs, c'est compliqué. J'en ai un, vague. Je me souviens qu'on jouait avec Marina au « jeu de la porte ». On fermait la porte. Je comprends maintenant que c'est ce que faisait mon père, il nous enfermait. On en a fait un jeu après, mais on ne fermait pas la porte longtemps évidemment ! Je crois que c'est le seul souvenir de mon père.

Ce que j'aime le plus maintenant, c'est l'indépendance. J'ai horreur qu'on me dérange. Je veux être tranquille dans ma chambre avec mes affaires. Là-bas, on avait tout le temps des vêtements moches. Maintenant, je peux mettre ce que je veux, des baskets et des tee-shirts, et des caleçons. Je peux faire du vélo dans la campagne avec mon frère et les copains. On peut s'asseoir par terre dans l'herbe du jardin, et manger des saucisses grillées.

Parfois je pars en vélo et je fais des kilomètres à toute vitesse. J'ai besoin de me défouler, d'être seule. Ici on discute beaucoup, de tous les sujets, on peut parler de tout. Il paraît qu'on est très bavards. Simon a toujours quelque chose à répondre, moi aussi je crois. Marina, elle est plus tranquille, elle ne parle pas aussi fort que nous.

De temps en temps on se dispute avec ma sœur. J'aurais bien aimé lui prendre sa chambre, elle est plus isolée, mais Patsy a dit au début qu'on pouvait choisir, et qu'il ne faudrait pas râler ensuite. Je râle quand même. J'ai proposé à Marina de lui échanger. Elle m'a répondu : « Pas question, j'ai passé cinq semaines à repeindre mes murs en blanc ! » Alors je lui ai proposé de passer six semaines à repeindre la mienne en blanc, et qu'elle la prenne. Mais elle m'a répondu que ce ne serait pas la même chose. Ce serait mon travail, et pas le sien. Tant pis, mais je râle. À l'école, ça va, j'ai rattrapé mon retard.

L'inquiétude, je l'ai de temps en temps. Un jour, à Bruxelles, j'ai eu peur. Je n'aime pas les gares et les aéroports, je n'y suis pas à l'aise. Le danger pour moi se trouve là, dans les trains et les avions. Bien sûr, je ne monterais pas dans une voiture avec n'importe qui. À la campagne on est en sécurité. Il y a le bouton pour la police. Mais je ne veux plus penser à tout ça. Ça m'énerve, parce que l'autre jour mon père a causé des ennuis à Patsy, elle a dû aller en Israël, pour un procès. Il veut la garde. Moi je ne veux pas aller avec lui, je me battrai pour ne pas y aller. Je ne me souviens même pas de lui de toute façon. Je ne veux plus qu'il nous embête. Ne plus penser à ces choses-là, c'est ce que je préfère. Le livre, je sais que c'est bien pour ma mère, pour que l'histoire soit finie. Moi aussi, j'aime que ce soit fini.

Plus tard, je voudrais bien être policier. Pour l'instant c'est ce que je pense. Avant je pensais que je serais secrétaire de direction, mais finalement ça ne me plairait pas d'être assise tout le temps à taper sur une machine. Faire des enquêtes, ça me plairait assez.

Un jour, j'aurai une maison, avec une chambre d'amis. Je sais comment je la décorerais. La couleur des rideaux, du dessus-de-lit, les peintures. J'aime par-dessus tout l'isolement et la tranquillité. Par exemple, j'aime bien aller dans le chalet de mes grands-parents. Je me sens bien. C'est calme, c'est beau. Personne pour m'embêter.

Patsy et Walter retapent la maison. Dans le jardin, il y a un grand hangar, il est bourré de vieux trucs. Un jour, ils l'arrangeront. Patsy mettra tous les vieux trucs à la poubelle, et ils feront une deuxième maison avec des lits pour recevoir les copines et les copains. C'est chouette. J'ai hâte que ça soit fait.

En attendant, j'aime bien quand Walter fait un barbecue comme aujourd'hui, et qu'on peut aller manger où on veut dans le jardin, avec son assiette. Après il faut ranger. Il y a des règles. On a chacun sa charge, évidemment. Quelquefois je râle parce que Simon n'a pas fait la sienne.

Plus tard, je crois que je n'aurai pas beaucoup d'enfants, je suis trop nerveuse. Je suis gourmande aussi. Le truc qui m'ennuie ? Mes jambes. Elles sont trop costauds. On me charrie quand je mange trop de tartes ou d'autres choses, mais tant pis.

Pour finir, je ne veux plus penser à avant. C'est oublié. Il y a trop de choses à faire et à penser maintenant.

Post-Scriptum

Mai 1995. Ce dimanche est le deuxième anniversaire du raid de Kasho Drive.

Chaïm réclame toujours, en Israël, la garde des enfants. J'ai dû aller là-bas pour me défendre. Audience reportée jusqu'au prochain harcèlement. Encore du stress, encore des dépenses, de la fatigue. Walter a dû s'occuper des enfants avec ma mère. En contrepartie de son obstination, qui nous ruine financièrement, je réclame à Chaïm toutes les années de pension alimentaire qu'il n'a jamais versées pour ses enfants.

Je suis retournée voir notre ancien appartement, il était habité. Tous mes objets personnels avaient disparu. Jetés ou vendus, je ne sais pas. Notamment un petit tableau de ma mère auquel je tenais beaucoup. C'est la deuxième fois que je revoyais cet endroit, et j'ai encore eu un pincement au cœur. En regardant cette porte, qu'il bouclait sur moi pour me « punir » et que j'ai définitivement refermée un jour, j'ai songé soudain : s'il avait été normal, un mari et un père normal, j'aurais été heureuse ici, dans ce pays que j'aime tant. J'aurais eu avec lui la tribu d'enfants que je voulais depuis toujours. J'en voulais cinq, c'était décidé d'avance. Olivier est le sixième cadeau tombé du ciel.

Je les voulais, ces enfants, là, tous. Je porte autour de mon cou une chaîne formée des plaques d'identité gravées de leurs prénoms. Marina, Simon, Moriah, Noélie, Gautier, Olivier. Je ne suis pas fétichiste, mais je les porte toujours sur moi, en collier, comme des bras autour de mon cou, tous ensemble. La vie d'une mère de six enfants est une course permanente. J'ai parfois l'impression de passer mon temps à remplir les placards, à remplir le réfrigérateur, à remplir le lave-vaisselle, à remplir la machine à laver. À nourrir, sans que jamais les becs affamés ne se rassasient. C'est fou, mais c'est gai. Walter nous sert de pilier d'amour. La sarabande d'enfants qui tournent autour de nous, réclament, discutent, jouent et se chamaillent, mangent, et me rendent folle parfois avec leur désordre et leurs activités incessantes, c'est la VIE.

J'avais si peur que les trois grands ne me rejettent, m'ignorent, ou me refusent carrément. J'étais prête à les laisser faire le choix de me repousser et à en souffrir le reste de mon existence. C'est fini maintenant. Ils ont rejoint la tribu, repris leurs places. Les grands avec les petits.

Je les regarde aujourd'hui, en cette fin de printemps 1995, en étalant dans le jardin des rangées de linge à sécher. En coinçant sur le fil des dizaines de pinces à linge.

Marina, courbée sur un devoir qui l'angoisse, les cheveux dans la figure, les sourcils froncés de concentration et de doute.

Simon qui aplatit soigneusement sa tignasse bouclée, fait hurler de la musique « techno », et grogne « bof » si je lui dis qu'il est beau...

Moriah la fonceuse, qui file à bicyclette comme une flèche impatiente de pédaler pendant des kilomètres, pour revenir affamée.

Noélie la blonde, dans sa cabane de jardin, avec sa copine et sa poupée, précise, organisée, indépendante. Gourmande comme un écureuil.

Gautier, mon petit bonhomme sérieux, armé d'un revolver en plastique, toujours inquiet de ce qui se passe autour de lui, à la recherche de son ballon.

Olivier, super-bébé qui roule dans l'herbe et rigole tout le temps. Un bobo ? le bisou magique de maman ou de Walter, et il repart, conquérant le jardin du haut de sa couche-culotte.

Walter qui bricole, Walter qui travaille, Walter le « taiseux », le pince-sans-rire qui déclare :

– Patsy ? C'est une calamité dans une cuisine !

Il y a aussi Rustine, le chien trempé de pluie, qui doit être séché impérativement avant d'entrer. Mimine, le chat roux, qui a pris ses quartiers dans l'herbe et la grange, et nous contemple du dehors. Le noyer centenaire, les clématites sur le mur, le persil dans le potager tout neuf, les haies de charme à tailler, le puits à rénover, les oiseaux sous le toit, le goûter à faire, l'école, le marché, et les petites guerres civiles : Qui n'a pas rangé sa chambre ? Qui a dévoré les biscuits ? Qui met la table ? Qui a laissé traîner quoi ?

Je les aime. Le bonheur est là, sous mes yeux au quotidien. J'en suis étourdie.

Remerciements

Merci à toute ma famille – ma mère Mizou, mon père Jacques, mes frères Éric, Géry et Michel. Sans leur amour et leur soutien inconditionnel, cette histoire n'aurait jamais connu un dénouement heureux.

Merci à toi, Walter, qui as supporté mes sautes d'humeur, mes cris d'espoir et de désespoir, mes peurs, mes silences, mes doutes, mes absences longues et répétées de la maison – je ne t'aimerai jamais assez.

Merci à tous ceux qui, anonymement ou non, m'ont aidée au cours de ces années de bouleversement et de douleur qui m'ont paru interminables – votre aide morale et matérielle nous a permis de tenir bon tout au long de cette épreuve qui aura duré six ans et demi.

Merci à Hilda Kogut, Nadia De Vroede, Jean Dooms – l'un des aspects positifs de cette histoire fut de vous rencontrer. Sans vous, Dieu sait si nous aurions jamais retrouvé Marina, Simon et Moriah. Veuillez accepter mon amitié et ma gratitude éternelles.

Merci à Sabine, la sœur que je n'ai jamais eue, et à Paul – sans vous, ce cauchemar aurait été encore beaucoup plus difficile à vivre. La profondeur de ma gratitude est difficilement exprimable.

Merci à Écho et à Samaritain : bien que vos

identités restent cachées, la reconnaissance que j'ai pour vous ne l'est pas. Merci.

Beaucoup de personnes ont contribué avec désintéressement à la réalisation de ce livre, et nous aimerions remercier tout particulièrement quelques-unes d'entre elles. Merci à Bernard Fixot, Antoine Audouard, et Susanna Lea des Éditions Fixot pour le soutien constant qu'ils nous ont apporté, merci également à notre agent Mel Berger de l'agence William Morris pour son aide toujours très professionnelle. Nous sommes également très sensibles à l'aide que nous ont apportée Sam et Caroline Frye, qui n'ont ménagé ni leur temps ni leurs efforts pour nous permettre de mener ce projet à son terme. Leurs remarques attentives nous ont beaucoup servi. Merci.

POCKET - 12, avenue d'Italie - 75627 PARIS CEDEX 13
Tél. : 01-44-16-05-00

Imprimé en France par la
Société Nouvelle Firmin-Didot en mai 1997
Dépôt légal : juin 1997
N° d'impression : 36863